회색인

최인훈 전집 2
회색인

초판 1쇄 1977년 9월 5일
재판 1쇄 1991년 7월 5일
 3판 1쇄 2008년 11월 13일
 3판 13쇄 2025년 4월 23일

지은이 최인훈
펴낸이 이광호
펴낸곳 ㈜문학과지성사
등록번호 제1993-000098호
주소 04034 서울 마포구 잔다리로7길 18(서교동 377-20)
전화 02) 338-7224
팩스 02) 323-4180(편집)   02) 338-7221(영업)
전자우편 moonji@moonji.com
홈페이지 www.moonji.com

ⓒ 최인훈, 2008. Printed in Seoul, Korea.

ISBN 978-89-320-1916-1
ISBN 978-89-320-1914-7(세트)

이 책의 판권은 지은이와 ㈜문학과지성사에 있습니다.
양측의 서면 동의 없는 무단 전재 및 복제를 금합니다.

최인훈 전집 2

회색인

문학과지성사
2008

일러두기

1. 『최인훈 전집』의 권수 차례는 초판 발행 연도를 기준으로 했다.
2. 이 책의 맞춤법 및 외래어 표기는 국립국어연구원의 『표준국어대사전』을 따랐다. 다만, 일부 인명(러시아말)과 지명, 개념어, 단체명 등의 표기와 맞춤법, 띄어쓰기는 작가와 협의하에 조정하였다.
3. 인용문은 원본 그대로 표기하는 것을 원칙으로 하였으나, 경우에 따라 현행 맞춤법에 맞게 옮겼다.
4. 속어, 방언, 구어체, 북한어 표기 등은 작가가 의도한 바를 그대로 따랐다.
   예) 낮아분해 보이다/더치다/좀체로/어느 만한/클싸하다 등.
5. 단편과 작품명, 논문명, 예술작품명 등은 「　」, 장편과 출간된 단행본 및 잡지명, 외국 신문명 등은 『　』 부호 안에 표기했다. 국내 신문은 부호 표기를 생략했다.
6. 말줄임표는 ……로 통일하였고, 대화문이나 직접 인용은 "　"로, 강조나 간접(발췌) 인용은 '　'로 표기하였다.

차례

회색인 • 7

해설 자아와 현실의 변증법/김치수 • 386
해설 모나드의 창과 불안의 철학시哲學詩/우찬제 • 396

1

벗이 멀리서 찾아오니
또한 즐겁지 않은가

　1958년 어느 비가 내리는 가을 저녁에 독고준獨孤俊의 하숙집으로 그의 친구인 김학金鶴이 진로 소주 한 병과 말린 오징어 두 마리를 사들고 찾아들었다.
　학은 벌써 취해 있었다. 그는 침침한 골목으로 들어서면서, 자식은 이상한 데다 둥지를 틀고 있단 말이야, 하고 친구의 해사하면서 무슨 일에든지 신명을 내지 않는 우울한 눈빛을 얼핏 머리에 떠올렸다.
　주인은 집에 있었다. 반색을 하는 품이 그답지 않게 지루한 시간을 보내고 있었던 모양이었다.
　"잘 왔어."

"정말?"

"믿지 못하는 친구군. 삶을 좀 고지식하게 받아들이란 말야. 좋다면 좋은 거야."

"아이쿠, 언제부터야."

그들은 큰 소리로 웃었다.

준은 그래도 주인이라고, 미안한데 어쩌구 중얼거리면서, 신문지를 깔고 그 위에다 학이 들고 온 물건으로 술상을 차렸다.

"자 한잔."

학은 술잔을 내밀어 준이 따르는 술을 받으려다가 황급히 손을 거둬들였다. 그리고 술잔을 찬찬히 들여다보았다.

"왜 그래?"

준의 말.

"이게 뭐지? 묻었어……"

준은 목을 빼고 들여다보더니,

"아, 그거, 양치질할 때 쓰는 컵이야. 치약일 거야."

"자식이, 무슨 사람이 그래."

학은 종이로 컵 가장자리를 되게 문질러댔다.

"아주 깨끗한 체하는데? 세균과 망상의 덩어리면서."

"딴소리 마. 더러운 건 더러운 거야."

그들은 또 한 번 웃었다.

"아, 참……"

학은 들고 온 종이봉투 속에서 얄팍한 팸플릿을 꺼내어 준에게 주었다.

"자네 거 이번에 실렸어. 틀린 글자나 없는지 몰라……"
그는 준의 잔에 술을 따르면서 말했다.
"우리 동인同人들이 칭찬하더군. 자네 정말 동인될 생각 없어?"
그것은 학이 적을 두고 있는 정치학과 학생들의 학술 동인지 『갇힌 세대』였다. 학의 요청으로 거기에 이를테면 초대 투고를 한 것이 이번 호에 났다는 것이다. 준은 잔에 남은 술을 쭉 들이켜고 목차를 뒤졌다. 그의 글은 맨 뒤에 실려 있었다.

― 만일 우리나라가 식민지를 가졌다면 참 좋을 것이다. 먼저 그 많은 대학 졸업생들을 식민지 벼슬아치로 내보낼 수 있으니, 젊은 세대의 초조와 불안이 훨씬 누그러지고 따라서 사회의 무드가 느긋해질 것이다.
 안에서 싸우던 사람들도 밖에 나가면 경쟁의식이 훨씬 사그라지고 그 대신 현지의 문화 유적이나 살피면서 점잖은 취미를 기를 것이다. 여야가 아무리 치고받는 국회라 할지라도, 일이 식민지 통치에 관한 한 쉬쉬하면서 아무래도 민족은 이해 공동체라는 본을 훌륭하게 드러내 보일 것이다. 무어니 무어니 해도 유부녀 외입만 한 것이 없다고, 타족他族 족치면서 살아가는 것만큼 깨 쏟아지는 재미는 없는 것이다. 이렇게 해서 정치 싸움의 숨 쉴 구멍이 생긴다. 심심하면 차볼 수 있는 개 옆구리가 말이다. 가령 수도 서울에 어마어마한 화재가 생겨서 온통 생지옥이 벌어져서 민심이 흉흉할 때, '땟벌떼' '백골단' 같은 애국 단체를 풀어놓아 "화재는 모某국인들의 계획적 소행이다" 하는 헛 말을 퍼뜨린다. 모국인이란 말할 것 없이 우리의 식민지 사람을 가리킨다. 불같이 성난 군중은 손에손에 무기를 들고 당국의 치안 유지를 돕기 위해서 밀려간다. 불난 집이 성한다는 옛말이 옳다는 것이 이렇게 밝혀진다. 노동자들도, 인터내셔널이니 만국의 노동자니 하는 말에 그닥 입맛을 돋우지 않을 것이며, 그보다는 값싼 식민지 노동군의 내지內地 이동을 막으라고 요구하는 온건한 파업을 할 것이다. 경제 사정은 나쁘지 않을 것이다. 현지 농민의 무지와 법의 불비를 농간질하여 엄청난 땅을 빼앗아서 본국(우리, 즉 한국 말이다) 농민을 옮겨다 앉힌다. 식민지의 이권을 한 손에 쥐고 있는 조건에서는 웬만한 경영 솜씨이라도 수지는 맞출 수 있을 것이다. 살림이 넉넉하니 짐승 사랑하기 모임 같은 풍류인의 구락부가 생겨서, 개장국집 앞에서 앉아서 버티기 데모를 하는 사진이 신문을 장식할 것이다. 하물며, 순경이 시민의 머리카락이라도 건드리는 날에는 생야단이 날 것이다. 대학에서는 국학國學의 연구가 성하고, 허균은 조너선 스위프트의 큰 선배며 토머스 모어의 선생이라고 밝혀질 것이며, 이퇴계의 사상이 현대 핵물리학의 원리를 어떻게 앞질렀나를 밝혀낼 것이다. 우리들의 식민지를 가령 나빠유NAPAJ라고 부른다면, "정송강鄭松江과 나빠유를 바꾸지 않겠노라." 이런 소리를 탕탕 할 것이다. 식민지가 얼을 찾아 하나로 뭉치지 못하게 하기 위해서 그곳 옛 지배층에게 뼈다귀나 던져주어 지킴개로 부리며 지방별과 족보·사주 같을 것은 부추겨 저희끼리 싸움질하게 부채질할 것이다. 그러면서도 너무 족쳐서 뜻하지 않은 일을 빚어내지 않기 위하여 문치文治 비슷한 일을 물론 해야 한다. 불온한 청년들의 사명감을 꾀스럽게 돌려서 농촌 계몽으로 카타르시스시킨다. 한국 불교 조계종 분원分院을 두어 인생무상과 제법개공의 이理를 선전하여 '곤냐꾸' 정책을 쓴다. 고려자기를 왁자지껄 선전하여, 이런 예술을 낳은 국민이 치자治者가 되어 있는 현실은 골백번 공평한 역사의 보수임을 알려준다. 하도 태평천하라 도대체 우리는 무얼 하란 말이냐고 투덜거리는 앵그리 젊은 맨들의 귀여운 투정이 문학계를 즐겁고 볼만하게 할 것이다. 문학 얘기가 났으니 말이지, 교양 있는 독자는 늘어가고 염가판이 쏟아져나오고 고전의 보급이 희한할 만큼 잘돼 있고, 이런 기름진 밑거름 위에, 국민사國民史이면서 인간사일 수 있는 활달 정묘한 산문이 낭자하게 꽃필 것이다. 한글의 역사가 낱낱이 캐지고, 방대한 국어사전이 쏟아져나오고, 한 문학가는 "한국 문학의 에스프리는 첫째로 멋, 둘째는 멋, 그리고 셋째가 멋"이라고, 익살을 부릴 것이다. 음악의 발달은 아유 기막혀서 비엔나를 가리켜 "오스트리아의 서울"이라 부르게 될 것이다. 국악國樂의 저, 다 죽었는가 하면 문득 되살아나며, 넋의 어깨춤이 절로 나는 백천 번 멋들어진 가락이 전 세계의 음악 팬을 환장하게 만들 것이다.

여기까지 생각하다가 나는 한숨을 쉬었다. 제국주의를 대외 정책으로, 민주주의를 대내 정책으로 쓸 수 있었던 저 자유자재한, 행복한 시대는 영원히 가고 우리는 지금 국제 협조, 후진국 개발의 새 나팔이 야단스러운 새 유행 시대에 살고 있으니, 민주주의의 거름으로 써야 할 식민지를 부앙천지 어느 곳에서 손에 넣을 수 있으랴. 그러나 식민지 없는 민주주의는 크나큰 모험이다.

나는 몹시 괴로워서 마침내 내가 평소에 존경하는 나의 여자 친구를 찾아가서 여차여차 자초지종을 말하고 묘안의 유무를 물었다. 그녀는 먼저 나의 애국심을 칭찬하고 난 다음 말하는 것이었다.

"식민지의 대용물을 찾아야죠."

"대용물?"

"그렇죠. 이제 식민지야 어떻게 얻겠어요? 그러니까 그것 말고 그런 효력이 있는 다른 걸 찾아야죠."

"막 뺏고, 밟고, 퍼내도 아깝지 않을 그런 것이, 에이 여보쇼, 어딨단 말씀이오?"

"있지요."

"뭡니까?"

"사랑과 시간."

나는 경악하여 넉넉히 10분 남짓을 망연자실한 끝에 모기 소리만 하게 대꾸한 것이다.

"여자여 그대의 언言이 미美하도다."

그러고는 그녀를 미친개처럼 키스하였다.

"잘 썼는데!"

그것은 당자인 준의 말이었다. 그는 잡지를 책상 위에 얹었다.

"음, 인정해. 그러니까 말이야, 아까 내 얘기 어때?"

"뭐?"

"동인이 되라는 얘기 말야."

"정치학도들과 소설가 지망생이 동인이라는 건 좀 우습지 않아?"

"준이답잖은 옹졸한 말인데? 물론 정치과에 있는 애들끼리 서로 배우자는 게 뜻이지만, 그렇게 해서 마음 맞는 사람들끼리 모여서 서로 정신적으로 묶이자는 건데, 동인들이 자네 원고를 보고 무슨 과에 다니느냔 거야. 국문과라니까, 어버이 살아실 제의 후예치고는 꽤 쓸 만하다는 거야. 정치 감각이 있다는 거야."

"어버이 살아실 제란 건 뭐야?"

"왜 어버이 살아실 제 효도를 다할 것이 하는 시조 있잖아?"

"그래서?"

"우리 패들 얘기가, 그게 무슨 예술이냔 거야. 시조라는 게 다 그런 투 아냐? 주어진 질서를 곧이곧대로 차원도 옮김이 없이 자수에 맞춰서 풀이하는 게 무슨 예술이야?"

"그런 점도 없지는 않아. 그러나 국문학의 전부가 시조는 아니야. 그리고 국문학은 운문보다 산문 쪽이 나아."

"전문이 아니니까 그런 것까지 알 수 있나. 고작해서 대학 입시 때 고대문 지식하구 1학년 때 교양 과목으로 얻어들은 것밖엔 없는 친구들이니까 좀 표현이 지나친지도 모르지만, 아무튼 우리가 알기론 요새 문학이란 것도 우습더군. 어느 나라에 살고 있는지 어느 시대에 살고 있는지 시공時空의 좌표가 부재란 말야. 한국인의 정신 풍토는 나침반과 시계가 없는 배 같은 거야. 그 시간이 그 시간, 조금도 다름이 없어. 어쩌다 소설을 읽어봐도 조금도 사무치지 않아. 문학에 소양이 없어서 그럴 테지만 요새 나오는 시 같은 건 아주 손든 지 오래. 그건 무슨 소리지? 우리만 하면 그래도 한국에선 고급 독자에 들지 않아? 아무리 예술의 세계가 어려워졌대도 그 어려운 대목은 예술가가 맡고, 표현으로 나왔을 때는 적어도 최대공약수적인 얼굴을 하고 나와야 할 게 아닌가? 그렇지 않으면 현대예술이란, 벌써 그 길에 전문으로 몸담은 사람이어서 문학사와 작가 연구를 한 사람이 아니면 대뜸 작품 하나만 가지고는 뜻이 오갈 수 없는 지경에 이르렀단 말인가? 그렇다면 예술은 폐쇄 사회를 만든 게 아닌가? 내 말은 유행가를 쓰라는 게 아니야. 역사적인 시간과 공간을 함께하는 동시대인들에게만은 적어도 알 수 있는 형태와 감동이 있어야 하지 않겠는가 하는 말이야. 문학사에서의 평가는 어떻게 돼 있는지 모르지만, 난 김동인보다는 이광수가 훨씬 좋더군. 김동인한테서는 역사감각이란 걸 조금도 찾아볼 수 없어. 그가 역사소설을 썼다는 것이 그 증거야. 그에게는 이야기로 들은 역사, 이미 화석이 된 역사밖에는 파악할 수 없었던 모양이지. 그의 현대 소설에는 날짜 표시가 없어. 그 인물들은 조선시대라도 좋고 일제시대라도 좋고 오늘이라도 좋은 사람들 아닌가? 그의 소설은 역사의 비명碑銘이 아니라 자연의 가락이야. 바람과 물 같은 것이야. 「발가락이 닮았다」는 단편 있잖아. 그래 발가락이 닮았으면 어쨌다는 거야? 삼천리 강산이 다 일본을 닮아가는 판에, 발가락쯤 닮아서 무에 그리 신기한 게 있겠어? 역사를 자연과 헷갈리고 인간을 씨돼지와 혼동하고 있는 게 아닌가? 김동인은 일본의 침략을 독감 같은 걸로 알았던 모양이야. 그에 비하면 이광수는 훌륭해. 다른 작품은 다 말고 『흙』 하나만 가지고도 그는 한국 최대의 작가야. 그 시대를 산 가장 전형적 한국 인텔리의 한 사람을 무리 없이 그리고 있잖아? '살여울'에서 한 그의 사업이 성공했느냐 못했느냐는 물을 바가 아니지. 그는 그 당시 국내에서 살았던 낭만적인 인간의 꿈을 그린 거야. 그는 시대의 큰 줄기가 무엇인지를 보는 눈이 있었어. 이런 소설을 써달란 말이야. 우리 시대에 '허숭'이 살아 있다면 그가 무엇을 했겠는가를 써달란 말이야. 자네가 그런 걸 쓸 만하다고 인정했기 때문에 동인이 돼달라는 거야. 싫어?"

먼저 들어간 것이 있는 학은 꽤 취하는 모양이었다. 준은 오징어다리를 씹고 있다가 학의 말이 끝나자 박수를 쳤다.

"자네 문학 평론으로 돌아보지그래. 그리고 루카치한테 추천을 받아."

"루카치?"

"응, 헝가리 사람인데, 뭐랄까 이를테면 낭만적 마르크스주의자라 할까 그런 사람이야. 아, 취하는데······"

"농담이 아냐. 그만 빼고 자 어때, 내 면목을 세워줄 수 없어?"

"내가 입회하면 자네 면목이 서나?"

"그래. 내가 권유하도록 맡았으니까?"

"그런 데 들어선 뭘 해?"

"이런, 몇 번 말해야 알아······ 아까도 얘기하잖았어? 취지를 말하면······"

"아니, 그걸 잊은 게 아냐. 그런 걸 해서는 뭘 하자는 거야. 부질없어. 그리구 알지도 못하는 사람들하구 갑자기 회원이 된대도 잘 어울릴지 모르잖어?"

"다 좋은 애들이야."

"물론 그렇겠지. 그 점을 염려하는 게 아냐. 한 사람에게 좋은 사람이 다른 사람에게도 반드시 호감을 준다는 법은 없어. 그리구 난 현재로선 조직이라는 걸 믿을 수 없어."

"그건 자네 잘못이야. 크고 작고의 차이는 있을지 모르지만 어차피 사람은 조직을 통해서만 행동을 할 수 있는 거야. 이봐, 사람 일 알 수 없는 거야. 언젠가 우리 패가 내각을 만드는 날이 올지 누가 알아? 그땐 자네한테 문교부 장관 한 자리 돌아오지 말란 법도 없을걸."

"정치과 학생은 다른데? 설득 방법이 리얼해."

"결국 거절하는 건가?"

"자네하고 나하고 이렇게 술이나 마시면 되잖아? 그보다 자네 정치학을 그만두고 문학 평론을 하지."

"하하하. 이번엔 내가 설득당하는 차례군. 어때, 내 의견에도 들을 만한 데가 있나?"

"확실히 일리가 있어. 그러나 자네가 말한 한국 문학의 문제도 역시 한국적 상황 일반의 부분적인 형태라는 게 내 생각이야. 한국의 문학에는 신화神話가 없어. 한국의 정치처럼 말야. '비너스'란 낱말에서 서양 시인과 서양 독자가 주고받는 풍부한 내포와 외연外延이 우리에게는 존재치 않는단 말이거든. 서양의 빛나는 시어 詩語나 관용어들이 우리의 대중 속에서 매춘부로 전락하는 사례를 얼마든지 들 수 있어. 가로되 '니콜라이의 종소리' '성모 마리아' '슬픔의 장미' '낙타와 신기루' '아라비아' 같은 거. 이런 말은 그쪽에서는 강렬한 점화력을 가진 말이야. 왜냐하면 그 말들 뒤에 역사가 있기 때문이야. '니콜라이의 종' 하면 그리스 정교회의 역사와 비잔틴과 러시아 교회와 동로마 제국의 흥망이 그 밑에 깔려 있는 게 아니겠나? '성모 마리아'는 더 말해서 뭣 해? 바이블과 가톨릭 중세 기사들의 순례와 수억의 인간이 긋는 성호聖號가 이 고유명사를 받치고 있지 않아? 탄식의 장미는? 장미꽃을 빼고서 서양 문학을 말하는 건 달을 빼고 이태백이를 말하는 거나 마찬가지야. '사막' '낙타' '아라비아' 같은 것도 마찬가지야. 유럽의 모험과 통상通商의 역사를 빼고 이런 이미지를 이해할 수는 없을 거야. 그것은 아라비안나이트와 아라비아의 로렌스와의 이상한 혼합물이야. 주민과 풍토에서 떨어진 신화는 다만 철학일 뿐 신화는 아니야. 신화는 인간과 풍토가, 시간과 공간이 빚어낸 영혼의 성감대性感帶지. 거기를 건드리면 울고 웃고 발정하고 손톱을 박아오는 그러한 지역이거든. 이 성감대가 없고 보면 애무는 부자연한 장난이며 실례이며 변태에 지나지 않고, 독자는 불감증의 게으른 잠에서 깨지 못해. 한국의 현대시와 그 독자는 서툰 부부와 같아. 그렇다고 우리는 돌아갈 만한 전통도 없다. 아니, 있기는 하다. 그러나 그 전통은 자칫 우리들의 헤어날 수 없는 함정이기 십상이다. 흥얼거리는 타령조와 질탕한 설움 속에 너울너울 춤추는 선인들의 미학은 불쌍한 우리들 개화손開化孫들의, 그나마 탐탁지 못한 얼을 빼고 골을 훑어서 급기야 하이칼라 머리를 몽땅그려 상투를 꼬아줄 테니까. 우리들에게 있어서 서양은 매춘부와 같고 선인들은 물귀신 같애. 귀신이래서 나쁜 것은 아니지. 다만 사이렌과 발푸르기스의 마녀들의 후손은 달을 포격하기에 이르렀으나 손오공의 후

예는 그렇지 못했다는 것, 이것이 문제가 아닌가? 하늘을 나는 모포와 사이렌의 피리는 살아 있다. 그러나 손오공의 여의봉은 어디 있는가? 그들의 경우 과거와 현재는 이어져 있으나 우리는 끊어져 있다. 전위前衛, 보수保守란 말은 우리들의 경우 이중의 뜻을 가지고 있어. 우리들에게도 전위란 여전히 서양적인 것일 수밖에 없지만, 정작 그 상대는 보수적 서양과 동양이라는 두 겹의 얼굴을 가지고 있다는 거야. 저들은 단단한 벽돌 위에 얹힌 풍차와 싸우고 있으나 우리는 허공중에 거꾸로 매달린 허깨비와 싸우고 있어. 우리는 돈키호테도 될 수 없어. 저들은 낡은 신화를 부수고 새 신화를 세우기 위해 시를 쓰지만, 우리에게는 부술 신화가 없고, 서양의 그것은 서양 시인들이 부술 것이며 동양의 그것은 이미 폐허가 돼버렸으니 부술래야 부술 수 없어. 우리들은 패배한 종족이야. 상황은 뚜렷해. 우리들은 몇백 년 혹은 몇십 년씩 식민지민植民地民이었어. 동양은 백인들의 노예로서 세계사에 끌려나왔어. 맞먹는 경기자로서가 아니야. 이 사실이 모든 것을 설명해. 피카소에게는 필연적인 일이 우리에게는 필연적이 아닐 수도 있다는 것은 이런 때문이 아닌가? 생각해봐. 에어플레인을 날틀이라고 말해본대서 무에 달라지겠는가 말이야. 비행기를 우리 것으로 만드는 것은, 우리 손이 비행기를 만들고 우리들의 몸이 비행기의 떨림에 더 많이 친근해지는 때에만 가능해. 문제는 말의 영역이 아니라 역사의 공간에 있지. 언어로 친다면 우리도 과히 빠지지 않아. 지난날 우리에게 언어는 즉 존재였지. 언어 그것이 목적이었지. 그러나 서양인들에게는 그것은 부호였어. 그것은 작업을 위한 눈금이며 수

획의 기록이었다는 거야. 서예書藝라는 예술이 이 같은 차이를 잘 말해준다고 볼 수 있어. 언어가 부호이기를 그치고 존재로 승격했을 때 우리는 존재를 잃었지. 그래서 가장 풍부한 언어인 한자漢字는 가장 가난한 언어가 되었고 가장 소박한 표음문자는 그 속에 풍부한 역사의 육신을 가지게 되었어. 신화의 부재란, 사실은 역사의 부재였던 것이야. 언어는 생산하지 않아. 다만 역사─행동만이 생산해. 언어는 그 생산고生産高를 기록할 뿐. Elizabethan Age라는 말이 풍기는 뉘앙스는 결코 기계적인 실러블의 배합의 결과가 아니라 구체적인 문화사적 부호인 거야. 그것은 Elizabeth가 아니라도 좋아. 가령 Bulldog이라도 좋아. 그렇더라도 그 시대가 동일한 것인 이상 우리는 Bulldog Age에서 Elizabethan Age와 동일한 심상心象을 받을 게 아닌가? 부잣집 딸이 설사 '천둥이'라는 이름을 가졌대도 거기서 따뜻한 유머와 화려한 익살을 볼 테지. 그러나 심봉사의 딸인 한, 그녀가 선화공주란 이름을 가졌대도 별수 없어. 거리에 나앉은 성명 철학자들을 찾는 것이 부질없는 건 이런 때문이야. 이렇게 말하면 시의 창조적 기능이나 예언으로서의 기능을 잊었다고 할 테지만 창조나 예언도 인간에 관한 한 운명에 대한 모험이란 뜻일 테고, 운명에 대한 모험이란 어차피 역사에 대한 '반격 형식'이 아닌가? 우리가 무리했던 것은 우리들의 '현재'에 통과시킴이 없이 엉뚱하게 파리에 혹은 서라벌에 비약한 데 있지 않겠는가 말이야. 파리도 서라벌도 우리에겐 이방異邦이야. 이제까지 우리는 오해하고 있었어. 이 같은 현상이 왜 문학에 한한 일이겠어? 이건 한국의 상황 일반이 아닌가? 다시 말하면 문학 자체에만 책임을 묻는 건 너무 가혹하다는 거야."

학은 술잔을 입에서 떼면서 귀를 기울였다. 철떡철떡 처마 끝을 떠나는 빗물 소리. 접시에 담긴 죽을 핥아먹는 개의 혓바닥소리 같은 철떡이는 가락이 이슥한 밤을 알렸다.

학은 문득 생각난 듯이 말했다.

"그렇다면 행동해야 될 것이 아닌가?"

"그렇기 때문에 나는 행동하지 않으려는 거야."

"논리가 맞지 않는데?"

"알라딘의 램프는 아무 데도 없어. 우리 앞에 홀연히 나타날 궁전은 기대할 수 없어."

"그렇다면?"

"사랑과 시간이야."

"비겁한 도피다!"

"용감한 패배도 마찬가지지."

"패배를 거쳐서 사람은 자란다."

"무책임한 소리 마. 자기 자신이 받는 피해는 그만두고라도 남에게 끼친 피해는 무얼로 갚겠나?"

"앉아서 굶어죽자는 식이군."

"극단적인 비유는 잘못을 저지르기 쉽지. 내 뜻은 한국의 상황에서는 혁명도 불가능하다는 말이야. 개인적인 용기의 유무보다 훨씬 복잡해."

또 대화가 끊어졌다. 이번에는 침묵이 오래 끌었다. 학은 두 손으로 얼굴을 감싸고 있더니 천천히 말했다.

"그것도 역시 거짓말이야. 혁명이 가능했던 시대라는 건 어디도 없었어. 그래서 혁명이 일어났던 거야. 이런 역설의 논리는 인간의 의지에 의해서만 뚫렸어. 그 의지의 발동을 망설이는 것을 나는 비겁이라고 부르는 수밖에는 없어."

"아마 그럴 거야."

준의 말투는 화난 듯했다. 학은 친구를 한참이나 쳐다보다가 방바닥을 짚고 일어섰다. 휘청 했다. 왜? 하고 준이 눈으로 물었다.

"가겠어."

"비가 오잖아. 자고 가."

"아니 오늘은 가봐야 돼."

"그래?"

준은 더 말리지 않고 친구를 따라 방을 나갔다. 바깥은 안에서 낙숫물 소리로 짐작한 푼수로는 덜한 비였다. 안개보다 조금 무거운, 그러나 몹시 차가운 가을비였다.

"정말 가겠어?"

준은 손바닥을 펴서 비를 받는 시늉을 하면서 다시 한 번 물었으나 학은 곧장 대문 쪽으로 걸어갔다. 대문을 나서기 전에 학은 낮은 소리로 말했다.

"자네 말이 맞는지도 몰라."

줄곧 그 생각을 하고 있었던 모양으로 그의 말은 당돌하게 들리지 않았다. 그 대신 준의 가슴을 쳤다.

"조심해."

준은 그렇게만 말했다.

그는 방에 돌아와서 번듯이 드러누웠다. 갑자기 외로워졌다. 둘이서 소주 한 병을 비웠으면 그의 주량으로서는 무던한 편이었는데도 조금도 취하지 않았다. 술이란 먹는 자리에 따라서 취하기도 하고 않기도 하는데 지금의 준이 그랬다.

그는, 빈 병과 오징어 쪽을 신문지에 버무려 마루에 내놓고, 대강 방을 훔친 다음에, 자리를 깔고 드러누웠다. 낙숫물 듣는 소리가 점점 굵어진다.

철, 철, 철. 가만히 귀를 기울이면 처마 밑에 받쳐둔 양철대야에 떰벙떰벙 물 떨어지는 소리가 그 사이로 규칙적으로 들려온다. 철, 철, 철, 떰벙, 철, 철, 철, 떰벙. 매양 한결같이 끝없이 이어가는 그 소리는 먼, 아주 먼 기억의 벌판으로 그의 마음을 천천히 천천히 몰고 간다. 북한의 고향집. 항구 도시에 연한 작은 마을. 멀리 제련소 굴뚝이 바라보이고 왼편으로 눈을 돌리면 저 아래로 Y만의 해안선이 레이스 주름처럼 땅을 물고 들어오는 곳. 과수원을 하는 집이 그의 고향집이었다. 풍경을 이룬 부드럽고 구불구불한 둘레의 선線 속에서 자로 댄 듯이 하늘로 뻗친 하얀 굴뚝. 중학교 이학년짜리 아이에게 그 희디흰 여름날의 굴뚝은 얼마나 놀랍고 다디단 신비였던가. 그것은 여름 한낮이면 눈부신 빛의 기둥처럼 솜구름이 우쭐우쭐한 하늘 속으로 솟아오르는 것이었다. 그것은 굴뚝이 아니고 그렇게 큰 장승이었다. 끝에서 쉴 새 없이 내뿜는 잿빛 연기. 준은 그것을 장승의 머리카락이라고 생각하였다. 형이 보면 항상 꾸중을 하였으나, 그는 학교가 파해서 돌아오면 과수원 끝쪽의 오래 묵은 사과나무 위에 올라앉아서 굴뚝과 바다를 바라보왔다. 여름에 연기는 항상 바닷바람을 받아서 뭍으로 날린다. 바다에서는 바람만이 아니고 냄새와 빛깔도 오는 것이었다. 그 냄새로 사과꽃이 피고 그 빛깔 속에서 준의 소년 시절의 시간이 익었다. 어린 그의 꿈만큼 집의 사정은 행복한 것이 아니었다. 토지 개혁으로 과수원과 논의 태반이 남의 손으로 넘어가고 집에서 부칠 수 있는 이 작은 과수원과 몇 마지기 논이 남은 살림은, 여섯 식구 입을 지탱하기에 빠듯한 것이었다. 가장인 형네 내외와 두 살짜리 조카. 생과부가 된 누나. 어머니와 준. 그것은 묘한 가족이었다. 끼니때에도 대체로 묵묵히 말이 없었다. 어머니와 누나는 모녀간이라느니보다 설움을 아는 과부끼리였다. 그녀들의 남편은 똑같이 해방이 된 이듬해, 그러니까 토지 개혁이 있은 해에 월남했었다. 아버지가 월남한 것은 당연한 일이었다. 부모 덕분으로 일본 유학을 마친 후로는 줄곧 이 시골에서 과수원을 지켜온 아버지는 공산당의 눈으로 보면 전형적인 봉건 지주라는 것이었다. 학교를 졸업하고 막 이곳으로 왔을 무렵 소작인들의 편을 들어서 할아버지와 한동안 마찰이 있었던 것 같은 자그마한 반역反逆의 에피소드도 아무런 도움이 되지 못했다.

어느 달무리가 진 늦은 봄날에 아버지는 집에서 사라졌다. 몇 달 동안이나 준에게는 아버지는 W시의 친척 댁에 가 계시다는 설명이 주어졌다. 차츰 시간이 가면서 준은 아버지의 간 곳을 물어서는 안 되는 그런 곳에 아버지가 갔음을 알았다. 아버지는 이렇게 그의 소년 시대의 무대에서 모습을 감추었다.

그러나 매부의 경우는 좀 달랐다. 그는 장인이 떠난 후에도 반년이나 있다가 월남했다. 그는 해방 직후 북한 사회에 흔히 볼 수 있었던 주관적 동반자同伴者의 한 사람이었다. 주관적이라고 해야 하는 까닭은, 본인은 공산 정권에 대해서 동반자 의식을 갖고 있었으나 공산당은 손톱눈만큼도 그를 동지로 알지 않았기 때문이었다. 그가 그런 엉뚱한 착각을 한 데는 그럴 만한 까닭이 없는 것은 아니었다. 그는 학병에 나갔다가 도망 왔던 것이다. 그는 그 일을 투쟁이라고 여겼다. 그런데 공산당의 동무들은 그런 것은 조금도 투쟁이 아니라고 했다. 그런 투쟁을 할 수 있는 처지가 도대체 나쁘다는 것이었다. 학병이라는 특수 신분의 뿌리에는 한국의 봉건층과 일본 제국주의의 야합이 있었던 것이라고 매섭게 꾸짖었다. 매부는 당황했다. 그제야 그는 정신이 번쩍 들었다.

이렇게 해서 이 집에는 또 한 사람의 생과부가 생겨야 했다. 하기는 그들 두 사람은 아직 결혼식을 올린 것은 아니었다. 그들은 같은 W시의 고등학교를 다닐 때 눈이 맞았던 것이다. 해방 전 준이 국민학교 3~4학년 시절에 그는 젊은 두 사람의 만남에 가끔 어울리곤 했었다. 또 지금 생각하면 바둑이를 데리고 가는 셈쳤겠으나 그런 대접을 받는 재미도 싫지는 않았다. 또 한 가지는 셋이 있을 때는 누나가 유별나게 준을 위했다. 보통 때는 학대한다는 뜻이 아니라 남자의 앞에 있을 때 그녀는 지나치게 준을 끔찍이 다루는 듯이 보였다는 얘기다. 좋아하는 사람 옆에 있으면 여자는 마음까지도 더 착해지는 것일까.

아무튼 그러한 누나가 매부가 떠난 뒤로는 사람이 달라졌다. 여위고 통 말이 없는 그녀는 밭이나 과수원에서 일제시대에 입던 작업복을 걸치고 하루 내 짜증 내는 일도 없이 맡겨진 일을 했다.

형으로 말하면, 매부하고 동창이었으나 매부가 재주가 넘쳐 보이고 미남자인 데 비하여 그는 말 없는, 무엇을 생각하고 있는지 잘 알 수 없는, 덤덤한 사람이었다. 형수는 근처의 보통학교를 나온 시골 색시였다.

이런 환경은 어찌 보면 그리 나쁜 것은 아니었다. 가족마다 저마다 무거운 짐을 지고 있는 이 집안에서는 준의 행동을 간섭하는 일이 별로 없었다. 아버지가 계실 때는 가끔 잔소리를 들었고, 학기 말마다 가져오는 성적 통지부를 들고 고민해야 하는 때가 괴로운 기억으로 남아 있었으나, 이제는 아무도 그럴 사람이 없었다.

밤이 깊어지면 이 집에서는 남모르는 의식儀式이 벌어졌다. 그것은 의식이라고 하는 것이 옳았다. 집 안에서 제일 치우친 뒷방에는 라디오가 있었다. 일제로, 마이크 앞에 강아지가 앉은 표가 있는 그 다섯 구球짜리 라디오가 말하자면 신탁神託을 알리는 무당이었다. 그들은 깊은 밤에 보내는 남한의 대북 방송을 듣는 것이었다. 숨을 죽이고, 가슴 울렁거리면서. 깊은 감동과 공감을 가지고. 전파를 타고 오는 여자의 아름다운 목소리를 듣는 깊은 밤의 의식儀式. '사랑하는 북한 동포 여러분'으로 시작하는 그 여자의 목소리는, 독고준의 소년 시절을 수놓고 있는 아름다운 시詩들 가운데서도 가장 빛나는 것 가운데 하나였다. 언제나 그 목소리와 더불어 시작하는 애국가의 가락은 그의 가슴을 달고 아릿한, 기쁨과 슬픔의 어느 것이라고 집어낼 수 없는 야릇한 감동으로 막히게 했다. 언덕과 벌판의 한 모퉁이에 외따로 떨어진 집은 거의 완전하도록 안전한 곳이었으나 그들은 안심할 수 없는 신경을 달래는 방법을 마련하지 않을 수 없었다. 그 파수병 역할은 대개 어머니와 형수가 맡아보았다. 그들은 라디오가 있는 방으로 지나가는 대청마루에서 다리미질을 하거나 적당한 일거리를 흩뜨려놓아서 길을 막았다. 전파를 타고 호소하는 여자는 밤마다 놀라운 소식을 옮겨주었다. 북한의 지배자들의 선전은 거짓말이라는 것. 북한은 감옥이라는 것. 자유와 행복을 뺏어버리고 인민들을 노예처럼 부려먹는 무시무시한 감옥이며 북한 인민들은 그 감옥 속에 갇힌 죄수들이라는 것. 남한에서는 여러분을 하루바삐 구해낼 날을 고대하고 있습니다. 민주주의. 자유. 꽃피는 문화. 세계와 통한 생활. 자유민들의 행복한 나라. 삼천리 금수강산. 이승만 박사. 김구 선생. 민주주의. 자유. 압제자들은 기어코 망하고야 말 것입니다. 그들은 우리 민족의 얼을 빼앗고 그 대신 붉은 제국주의자들의 혼을 강요하고 있습니다. 토지 개혁이라는 이름 아래 착한 국민의 재산을 빼앗아 공산당이 지배하는 새로운 소작인의 나라를 만들고야 말았습니다. 그들은 신의주와 함흥에서 우리들의 어린 꽃봉오리들을 소련의 전차와 총검을 빌려서 무참히도 학살했습니다. 여러분, 그러나 희망을 가지십시오. 여러분의 조국은 여러분을 버리지 않을 것입니다. 여러분의 부모 형제자매는 마魔의 38선을 넘어서 그리운 당신들을 우리들의 품에 안을 날을 고대합니다. 자유로운 조국. 민주주의의 나라. 유토피아…… 그것은 아버지의 목소리였으며 사랑하는 사람의 목소리였다. 이 집안에서 그 목소리가 전하는 말을 의심할 사람이 있을 턱이 없었다. 준에게는 그것이 진리보다 더한 것이었다. 그것은 그에게 아름다운 동화로 들렸다. 오색 무지개에 싸여서 꽃이 피고 털빛이 고운 새들이 지저귀는 남쪽 나라에서 들려오는 훈훈한 꿈의 속삭임이었다.

준 자신은 그때 모르는 일이었지만 당시 북한에는 이 같은 밤의 의식儀式을 지내는 사람이 무척 많았다. 소문은 소문을 낳고 그러한 사람들의 티 없는 가슴속에서 남조선은 이 세상에 없는 번영을 누렸다. 개인도 아니고 한 시대를 산 수많은 사람들이 함께 지니고 있었던 어떤 환상幻像을 다른 자리에 있었던 사람으로서 실감한다는 것은 거의 불가능한 일이다. 준은 월남 후 가끔 그것을 전달할 수 있는 방법을 생각해보았다. 마침내 그는 생각해냈다. 아날로지에 의하는 길밖에는 없었다. 근세 유럽의 지식인들이 이탈리아에 보낸 미친 듯한 그리움. 저 「미뇽의 노래」가 풍기는 향수의 몸부림 속에 그는 그 쌍둥이를 찾아냈다. 바이런, 괴테, 횔덜린, 니체 같은 그 시대의 엘리트들의 이탈리아에 대해서 품고 있던 환상의 강렬함. 그들은 이탈리아에 그들 영혼의 주소를 가지고 있었다는 사실을 그들의 전기를 읽어볼 기회를 가진 사람이면 쉽사리 알 수 있다. 해방돼서 전쟁이 날 때까지 북한 사람들이 남한에 대해서 품고 있던 심상心象의 모습도 이에 닮은 모습이었다. 사회에 널리 퍼진 그와 같은 믿음이 그 속에 사는 티끌인 한 소년에게도 영향을 주었다는 것은 아주 당연한 일이었고, 하물며 집안의 형편이 몸으로 그것을 지지하는 것으로 돼 있는 바에야 더더구나 그러했다. 그것은 독고준에게는 분위기로 있었다. 그리고 시대의 분위기라는 것이야말로 여자의 성감처럼 복잡한 진리가 아니겠는가.

말로 나타내자면 어쩔 수 없이 빙글빙글 도는 길을 더듬어야 되면서도 동시대인에게는 곧바로 사실로 존재하는 것. 아버지가 사는 지역에서 들려오는 목소리는 이렇게 해서 그들 집안을 정신적인 망명 가족으로 만들었던 것이며, 소년 독고준은 일찍이 그 나이에 망명인의 우울과 권태를 씹으며 자랐다.

비록 소년일망정 준에게도 박해의 시련이 있었다. 학교에서 소년단 집회가 열릴 때마다 그는 이단심문소異端審問所에 불려나간 배교자의 몫을 맡아야 했다. 그의 하찮은 생활의 잘못, 이를테면 지각이라든가 시간 중에 졸았다든가, 청소가 깨끗지 못했다든가 하는 일들이 빠짐없이 그의 반동적 가족 성분에 연결돼서 검토되고 냉혹한 자기비판이 강요되었다. 소년단 지도원이라는 이름으로 학교에서의 공산당 출장원 노릇을 맡아보는 교원은, 미래의 공산당의 달걀인 그의 꼬마 영웅들 — 소년단 간부들을 지휘하여 회의를 진행시키면서 준을 공격하였다. 그것은 꼭 여러 마리 사냥개를 풀어서 죄 없는 짐승을 물게 하는 사냥꾼의 솜씨 같은 것이었다.

어느 날 역사시간이었다. 새로 온 역사 선생이 처음 가지는 시간이어서 학생들은 조금 굳어 있었다. 올봄에 교원대학을 나왔다는(그는 아직도 학생 옷을 입고 있었다) 젊은 선생은 출석을 부르고 나자 학생들을 한바퀴 죽 훑어본 다음 이렇게 물었다.

"여러분, 역사란 무엇일까요, 아는 사람?"

학생들은 약간 기가 질려서 눈만 말똥거릴 뿐 대뜸 반응은 없다.

"생각한 대로 말해보십시오."

그 한마디에 끌리듯이 여기저기서 손이 올라갔다.

"네, 역사란 옛날에 일어났던 일입니다."

"역사는 지나간 일에 대해서 배우는 시간입니다."

"역사란 과거를 돌이켜보고 미래의 지침으로 삼는 과학입니다."

이것은 준의 대답이었다. 선생님은 대답마다 싱글싱글하면서 고개를 옆으로만 흔들고 있다가 모두 지쳐버리자 비로소 입을 열었다. "동무들은 모두 아주 귀여운 부르주아 역사가들이군요."

이 불길한 부르주아란 선언 때문에 학생들은 기가 질려버렸다. "역사란 옛날 일도 아니고, 또 옛날을 돌이켜서 앞을 보자는 것도 아닙니다. 그런 것은 다 부르주아 역사가들이 인민을 속이기 위해서 만들어낸 거짓말입니다. 역사란 계급투쟁의 과정입니다. 피지배계급과 지배계급 간의 피 흘린, 그리고 흘리고 있는 싸움의 과정, 이것이 역삽니다. 어떤 시대에 어떤 지배자들이 어떤 피압박계급을 어떻게 착취했는가, 그들을 착취하기 위해서 어떤 전쟁을 했으며 어떤 문화를 만들어서 인민들의 눈을 속였는가를 연구하는 과학이 역삽니다. 이것은 일찍이 마르크스와 엥겔스가 세워놓은 역사의 방법입니다. 즉 유물사관입니다. 이것만이 참다운 역사의 방법입니다. 지금 이 시간부터 여러분은 압제자들에 대한 인민들의 반항의 역사를 배우는 것입니다."

중학교 1학년 생도들을 놓고 한 것을 생각하면 좀 너무한 일이었다. 사실 그 무렵 북한 땅에는 한 가지 종류의 진리의 말밖에는 없었다. 같은 진리라도, 아이·어른, 배운 사람, 못 배운 사람, 책임이 많은 사람, 책임이 적은 사람에 따라 몸에 맞게 처방된 진리의 양적 다름이 없었다. 그러나 정말 너무한 것은 그날 저녁에 일어난 소년단 학급 총회였다. 학급 소년단 분단장은 느닷없이 준을 고발하는 것이었다.

"……독고준 동무는, 평소에 비열성적이며 낙후한 사업 태도를 가지고 일해왔는데, 오늘 역사시간에는 부르주아적인 말을 하여 역사의 참다운 정의를 알지 못하면서 과오를 범했습니다. 자아비판을 요구합니다."

분단장은 종이에 적은 것을 읽고 있었다. 소년단 지도원이 적어 준 것임에 틀림없었다.

이날 준은 근 한 시간이나 고문을 당했다. 그리고 이런 일은 그 후 심심치 않게 계속됐다. 그는 점점 더 망명자가 되었다.

사과꽃이 피기 전 매우梅雨의 계절에 그는 밤늦도록 안방에서 책을 읽으면서 새웠다. 그 방에는 아버지와 형님, 누나의 세 사람이 읽어온 책들이 그득했다. 그리고 이제 그 모든 책이 다 그의 것이었다. 아버님 책은 거의 모두가 오래된 일본 법률책이었다. 그것들은 준에게 아무 쓸모없는 휴지들이었다. 형과 누나의 책의 대부분은 소설이었다. 그는 닥치는 대로 읽었다. 누나가 밭일 속으로 망명한 것처럼 그는 책 속으로 망명하였다. 그가 제일 좋아하며 되풀이 되풀이해서 읽은 책은 『플란더스의 개』였다. 아름다운 사랑. 개와 사람 간에 맺어진 우정과 믿음, 어른들의 쓸데없는 겉치레, 소년의 야망, 우연이 빚어낸 비극. 아름답고 착한 소년이 바르고 씩씩하게 살다가 쓰러지는 모습이 그를 감동시켰다. 『집 없는 아이』도 그를 기쁘게 했다. 그것은 『플란더스의 개』와는 거꾸로 바르고 굳센 사람이 끝에는 이기고야 마는 이야기였다. 레미 소년과 더불어 그는 프랑스 방방곡곡을 떠돌았다. 원숭이가 폐렴에 걸렸을 때 준은 몹시 슬펐다. 양어머니를 그리워하는 레미의 마음을 헤아리고 눈물을 흘리는 것이었다. 모험과 싸움의 이야기가 그의 어린 마음을 즐겁게 했다. 이런 쉬운 이야기만 읽은 것은 아니었다. 그는 두툼한 『나나』를 몰래 읽고 있었다. 이 게으르고 방종한 여자의 이야기가 어쩌면 그렇게 재미있을까. 그는 나나가 벽난로 앞에서 맨몸뚱이가 되어 불을 쬐는 대목을 읽으면서 가슴이 뛰었다. 『플란더스의 개』나 『집 없는 아이』와는 또 다른 세계가 거기 있었다. 그리고 더 어찔하고 자릿한 세계였다. 『나나』를 그는 몰래 읽었다. 어쩐지 남이 보는 데서 읽기는 계면쩍었기 때문에. 어머니 앞에서만은 그는 버젓이 그 책을 펴놓고 읽었다. 어머니는 한글과 한문을 조금 뜯어볼 뿐, 책을 못 읽는 것을 알고 있었기 때문에. 어머니는 그저 준이 아무 책이나 들고 있으면 공부하는 줄만 알고 몸이 상하겠다고 늘 말했다. 그럴 때 그는 사람을 속이고 있다는 죄의식을 느꼈다. 그것은 아마 그 자신 분명히 죄스럽다고 느낀 맨 처음 감정이었다. 죄의 기쁨 속에서도 이야기의 세계는 여전히 매력이 있었다. 그것은 일종의 거꾸로 선 세계, 물구나무 선 마음의 나라였다. 이야기가 더 현실적이고 현실이 더 거짓말 같은 질서였다. 이 같은 죄의 기쁨을 위해서 그는 나중에 값을 치러야만 했다. 그가 책을 읽고 있는 방 바깥 처마 끝에는 커다란 옹기 도가니가 늘 빗물받이로 놓여 있었다. 비가 오는 날이면 철, 철, 철, 떰벙 떰벙, 하는 소리가 문득 그의 귀를 울렸다. 그는 한참씩 그 소리에 귀를 기울이다가는 다시 책장을 넘겼다. 책을 읽고 있는 사이 그 소리는 어디론가 사라졌다가 그의 주의력이 느슨해지면 그 소리는 다시 기어들었다. 사람이 들어서는 기척에 준은 머리를 들었다. 누님이 문간에 서 있었다. 그녀는 전에 없이 새옷을 갈아입고 치장을 하고 있었다. 준의 곁에 와 앉는데 엷은 분 냄새가 풍겼다. 그녀의 표정은 어딘지 심상치 않은 데가 있었다. 준은 말없이 누나를 쳐다보았다.

누나는 준이 읽고 있는 책을 들여다보다 말했다.

"준아, 나하고 얘기 좀 할까?"

준은 눈으로 대답하고 일어나 앉았다.

"준은 매부 얼굴이 생각나?"

준은 고개를 끄덕였다. 누나는 오른손을 내밀었다. 손바닥 위에 사진이 한 장 놓여 있었다. 준은 들여다보았다. 누나와 매부가 가지런히 앉아서 찍은 사진이었다. 두 사람 다 학생복 차림이었다. 사진 속의 두 사람은 활짝 웃고 있었다. 누나는 지금보다 갑절이나 젊고 싱싱해 보였다.

"셋이서 해수욕하던 생각나니?"

누나는 사진을 이윽고 들여다보면서 혼잣말처럼 물었다.

"응."

준은 그녀가 왜 갑자기 매부 이야기를 묻는지 이상스러웠다. 그는 무료해서 읽던 책에 다시 손을 뻗치려다가 흠칫 굳어버렸다. 누나가 털썩 방바닥에 엎드리면서 소리를 죽여 흐느끼기 시작한 때문이었다. 준은 한참이나 그녀를 내려다보고만 있었다.

겨우 용기를 낸 그는 조심스레 누나의 어깨에 손을 얹었다.

"왜 그래, 응, 누나?"

그녀는 거기 동생이 있는 것을 잊은 사람처럼 소리는 그대로 죽인 대로지만 세차게 몸부림치며 흐느꼈다. 준의 코허리와 가슴이 쥐어짜인 듯이 아파오면서 설움이 북받쳐올랐다. 누나의 설움이 그의 가슴으로 옮아와서 그를 흐느끼게 했다. 문밖에 기척이 나고 누군가 거기 머물러 서는 듯했으나 방문은 열리지 않았다. 그들은 무척 오래 그런 자세대로 한 사람은 까닭이 있어서, 또 한 사람은 동기의 슬픔을 위해서 울었다.

이윽고 눈물을 거둔 누이는 준의 얼굴을 닦아주고 동생을 꼭 끌어안았다가 놓아주었다. 그리고 애써 웃어 보였다.

"누나가 바보지? 괜히 울고 싶어서 준이 방을 빌렸어."

준은 안심이 되면서 일부러 볼멘소리를 했다.

"뭐야 어른이, 이젠 울지 마."

"어마 얘는, 어른은 울 일이 없나 뭐."

그녀는 주먹을 들어 준의 머리를 찧는 시늉을 했다.

"어른은 괜히 울고 싶은 때가 있나?"

"그럼. 너두 이따가 자라면 다 알게 돼. 준인 어른이 돼서두 누나같이 약한 여자를 울리면 안 돼."

"여자를 왜 울려?"

"글쎄, 그것도 이담에 알게 돼."

그녀는 또 울먹해졌다. 오늘 저녁의 그녀는 울기는 했지만 오랜만에 예전의 그녀답게 보였다. 활발하고 수선스러웠던 옛날의 모습을 보면서 준은 왜 그런지 가슴이 훈훈해졌다. 그리고 속으로 난 누나가 좋아, 하고 중얼거렸다.

그녀는 고개를 떨구고 무엇인가 골똘히 생각하고 있었다.

누이가 방에서 나간 다음에 그는 다시 책을 집어들었으나 영 읽을 수 없었다. 허공의 한곳을 뚫어지게 보고 있던 누이의 눈매가 자꾸 어른거렸다. 그는 책을 집어던지고 누이가 하던 것처럼 허공을 보면서 멍하니 생각에 잠겼다.

철, 철, 철, 떰벙, 철, 철, 철, 떰벙. 밖에서는 여전히 비가 내리고 있었다.

이 비가 걷히고 나면 곧 사과꽃이 필 것이었다.

2

폭음의 단풍 사이로 난 검은 숲을 헤치고
나의 님은 갔습니다

독고준은 문득 잠에서 깨었다.

그는 무슨 꿈을 꾸고 있었으나 잠에서 깨는 참에 그만 잊어버렸다. 그만 잊어버렸다는 것은 우습다. 깨었을 때는 벌써 꿈의 내용은 아주 생각나지 않고 다만 꿈을 꾸었다는 흐릿한 느낌만 남았기 때문에. 즐거운 꿈은 분명 아니었다. 그의 머릿속에는 구체적 내용은 싹 숨아진 채 그 꿈이 짐짓 물들여놓은 느낌만 남아 있었다. 그 여운은 허망하고 안타까운 것이었다. 허전함과 안타까움은 서로 맞지 않는 감정일 텐데 지금의 독고준의 머릿속에서 그들은 같이 있었다. 그 느낌은 가을과 같은 것이었다.

방은 빛받이가 좋은 편이었다. 동남으로 양쪽이 트인 방 안은 그러나 언제나처럼 밝지 않았다. 비는 밤새 내리고도 이 아침까지 멎지 않고 있다. 어제저녁에 김학과 술을 나누던 일이 바로 전같이 생각되었다. 준은 언제나처럼 반듯이 누운 채 천장을 올려다보았다. 천장지는 얼룩얼룩한 모양이 무슨 풀잎 같기도 하고 또 어찌 보면 메뚜기들의 수없이 많은 무리 같기도 했다. 그뿐이 아니었다. 잠시 눈을 감았다 다시 들여다보면 수많은 거미들이 벌름벌름 기어가고 있었다. 분홍빛 잔등에 새파란 다리를 허우적거리고 있었다. 준은 이불 밑에서 발가락을 옴지락거렸다. 그의 왼쪽 엄지발가락 바깥쪽에는 사마귀가 있다. 그는 오른발 엄지발가락으로 그것을 만지작거렸다. 발톱에 걸어서 꽤 세게 지그시 밀었으나 아프지는 않다. 그는 발가락으로 장난은 하면서도 천장지를 보면서 멋대로 그림을 만들며 생각하였다. 꿈에 대해서였다. 무슨 꿈이었을까. 사실 꿈을 꾸었는지 않았는지도 확실치 않았다. 아니 분명 꾸었어. 그건 확실해. 그건 확실해도 무슨 꿈이었던지는 여전히 떠오르지 않았다. 아무리 해도 생각해내지 못하리라는 걸 그는 알고 있었다. 번번이 그런 일이 있었지만 궁리를 해보아서 생각해낸 적은 없었다. 내용도 모르는 꿈을 기억한다는 사실이 그를 붙잡고 놓지 않는다. 그리고 무언가 짜증이 난다. 그것은 알리바이를 대지 못하는 무고한 혐의자의 마음 같은 것이었다. 일어나볼까. 아니 일어나선 뭘 해, 벌써. 그는 비로소 느긋해졌다. 오늘은 일요일. 그 생각이 왜 그런지 불쑥 송구스럽도록 아련한 느낌을 주었다. 일요일. 준은 모든 요일 중 일요일이 가장 좋다고 생각한다. 일요일 아침에는 늦잠을 잘 수 있기 때문이다. 다른 날이라 해도

원하기만 한다면 그렇게 못 할 것은 없지만 일요일이기 때문에 그렇게 한다는 것과는 기분이 틀리다. 나. 독고준. 너도 일요일 같은 인간이 아닌가, 그는 생각한다. 조금만 늦잠을 잔 다음 적당한 시간에 일어나서 간단한 아침을 마치고 성경책을 정성스레 옆에 끼고 자기 구區 교회로 가는 그런 일요일의 인간이라면 그는 행복하다. 한 가족이 부산스럽게 도시락을 준비하고 아내와 아이들의 옷치장을 재촉해서 어느 고궁古宮이나 근교의 유원지로 떠나는 그런 일요일의 인간이라도 조촐한 행복의 소유자다. 아니면 어느 찻집이나 공원 입구에서 여자와 만나서 무해무익한 지껄임과 농담과 식사와 그리고 영화관에서 서양 사람들의 풍요를 눈요기하면서 소비하는 일요일의 인간. 그러나 준은 그 어느 것도 아니다. 그의 일요일은 늦잠을 자는 날. 아무것도 할 일이 없는 날. 할 일이 없다는 사실 자체가 행복해지는 그런 날이다. 그는 벌써 오래전부터 자기의 몸속 어디선가 자라고 있는 식물의 지극히 은밀한 성장을 느끼고 있었다. 그는 그 식물의 형태를 눈으로 보지는 못했다. 만져보지도 못했다. 그러나 사람이 제 몸속에 자라는 암을 언젠가는 눈치를 채듯이 그도 속의 부스럼이 자라고 있는 기척을 알고 있었다. 그는 가끔 심란하게 스스로 의심해보기도 했다. 나는 정신병의 초기나 혹은 상당히 깊어진 상태에 있는 것이 아닐까 하고. 그런데 몸의 탈과는 달리 마음의 그것인 바에야 환자가 스스로를 진단하는 힘이 있는 동안에는 아직 그의 정신은 파멸까지에는 이르지 않은 것일 테지. 그리고 나는 파멸은 원치 않아. 그리고 아니, 나는 행복을 원한다. 다만 그 행복이 어떤 것인지 알지 못하는 것뿐이다. 행복. 과연 그런 것이 있는 것인가, 그렇더라도 반드시 인간은 행복해야만 하는가. 이렇게, 그래도 자기만의 독방을 쓸 수 있고 하루 세 끼를 굶지 않고 대학에 다니고 약간의 용돈을 쓸 수 있다면, 이 시대 이 사회에서는 고등관에도 상上이 아니겠는가. 머릿속에 처넣은 온갖 잡탕의 지식의 조각, 혹은 잘해서 부분품. 그리고도 조금도 안심安心이나 입명立命에는 먼 상태. 하기는 지금 이 시대는 그런 고전적인 해탈의 길은 막혔다고 한다. 벌고, 쓰고, 섹스를 즐기고, 될 수 있는 대로 더디게 늙도록 조심을 하고, 기어코 늙으면 피로한 내분비선에 인공의 에너지를 주입해서 젊음을 늘리고…… 그래서는 어쩌자는 것일까. 아니 어쩌겠다는 투의 사고방식이 벌써 시체 생각이 아닌 것이다. 그저 그뿐이다. 그러다가 죽는 것이다. 흥분하는 것은 귀찮다. 이런 것이 민주주의. 앵글로 색슨족은 쇠가죽 같은 신경을 가졌다. 쇠심줄처럼 시간을 되씹는다. 그들은 뛰지 않는다. 허들 경기 같은 삶을 짜증부리지 않고 되풀이한다. 게르만족 같은 것은 대지도 못한다. 대뜸 미치고 들리고 하늘로 날아올라가는 습성은 리얼리즘과는 멀다. 러시아인들의 광신. 그 뼛속까지 스민 미신들. 그들은 언제나 식탁 위에 놓인 고기 대신에 하늘나라의 꽃송이를 택하는 바보들이다라고 서양사는 가르치고 있다. 우리. 우리는 대체 뭔가. 풀만 먹고 가는 똥을 누면서 살다가, 영악스런 이웃 아이들에게 지지리 못난 천대를 받으며 살다가 남의 덕분에 자유를 선사받은 다음에는 방향치方向痴가 되어서 갈팡질팡의 요일曜日과 요일. 눈귀에 보고 듣는 것은 하나에서 열까지 서양 사람들이 만들고 쓰고 보급시킨 심벌심벌…… 몸가짐을 바로잡으려야 잡는 재주가 없다. 연달아 신안新案 특허를 양산해내는 억센 장사 솜씨 그대로 벌써 바닥이 드러난 이야기를 되풀이 또 되풀이 우려내고 재생시키는 그 솜씨. 서양 애들은 훌륭해. 얼마나 힘차고 놀라운 종자들인가. 악착같이 제 것을 찾고 잘사는 것이 옳다는 인종들. 인정사정도 없이 포만하게 행복해야만 하겠다는 탐욕. 이런 앞뒤 사정이 좀 알아질 만큼 되고 보니 벌써 때는 늦어서 발버둥 쳐도 빼앗지 못할 역사의 고삐. 너도 나쁘지 않고 나도 나쁘지 않은, 그래서 모두가 나쁜 이 시대. 이런 속에서 개인이 홀로의 영광을 누릴 수도 없거니와, 그렇더라도 대체 무어란 말인가. 그는 어제저녁 심각한 얼굴로 돌아간 김학의 마지막 말을 생각해본다. 자네 말이 옳을는지 몰라. 아니 내 말은 반드시 옳지는 않다. 혁명은 논리의 이율배반을 의지로 뚫는 것이야라고 했지. 물론 그럴 테지. 그런데 그 의지가 녹슨 스프링처럼 주저앉은 채 튀어주지 않는다면? 그러면 어떻게 된다는 말인가? 혁명. 그렇구말구. 우리 시대뿐이 아니라 혁명은 언제나 최대의 예술이다. 그러나 이 예술이 불모不毛의 예술인 것은 이미 실험이 끝난 일이 아닌가. 천년 왕국을 앞당겨 땅 위에 이뤄본다는 집념은 확실히 서양종이다. 우리한테는 이런 풍속이 원래 없었다. 종種 속에 깊이 파묻힌 에고. 그들은 게으르게 잠자고 꿈지럭거리고 힘없이 죽어서 흙으로 돌아가면서 수천 년을 살아왔다. 산천초목 속에도 배어 있을 이 리듬을 어느 누가 하루아침에 고칠 수 있을까. 학은 혁명을 하자는 것일까. 그 생각에 준은 픽 웃었다. 젊은 사람이 할 만한 일이라면 사랑과 혁명일 것이다. 혁명. 누가 누구를 위한 것이라도 좋다. 그저 가슴에서 뜨거운 물이 흐르고 눈에 불을 켤 수 있는 그런 무슨 믿음을 가지고 살 수 있는 시대에 살았던 사람들은 얼마나 좋을까. 녀석은 이광수를 치켜세웠것다. 문외한들이 할 만한 소리야. 아무튼 이광수에게는 임이 있었다. 용운 스님의 말마따나 임만 임이랴. 이광수의 임은 민족이었다. 그런데 지금은 그 민족 같은 것을 업고 나설라치면 단박 바지저고리 소리를 들을 테니 이러지도 못하는 엉거주춤한 세대. 무슨 일을 해보려 해도 다 절벽인 사회. 한두 사람 힘으로는 어쩔 수 없는 시대. 아니다. 나는 시대를 걱정하는 건 아니다. 실상은 시대 같은 건 아무래도 좋다. 민족 같은 것도 아무래도 좋다. 다만 내가 그 속에서 살고 있으니까 그걸 이용한다는 것뿐이다. 한국이 아니면 죽고 못 산다는 건 아니다. 서양은 또 모르지만 적어도 중국이나 일본 같은 데 혹은 베트남이나 몽고 같은 데로 가서 살라면 그리 고통스럽지 않게 살 수 있을 것이다. 그리고 한국인 이웃을 사랑하는 만큼은 그들도 사랑할 수 있을 테고 그 이상은 미워하지 않을 것이다. 참으로 더러운 시대 못난 지역의 주민이 우리다. 아시아 천지라도 마음대로 여행할 수 있다면 얼마나 좀 살 만할 것인가. 칭기즈 칸의 후예들의 너절한 오늘 속에서 유럽을 떨게 한 위대한 기병騎兵들의 고함 소리를 떠올려보는 것은 가난한 마음의 시인을 위해서 얼마나 훌륭한 자극제일까. 그의 시는 살지고, 이미지는 살아 움직이고, 심벌은 허공에서 내려와 뿌리를 박을 것이다. 서양에는 별로 가고 싶지 않다. 첫째 언어에 자신이 없다. 다음에 틀림없는 촌닭 노릇을 해야 한다. 돈 내고 바보 노릇 하러 갈 필요는 없다. 그래서 그는 친구들 중에 흔히 있는 외국 유학 광집파狂執派에는 그리 동정할 수 없다. 3년이나 4년에 무엇을 배운단 말인가. 고작 고등학교 어학 실습이나 한다는 정도일 게다. 잘해야 그 애들 멋대로 만들어놓은 백색白色의 체계를 열심히 익혀가지고 와서는, 어리둥절한 고향 사람들에게 거짓 선지자가 되는 게 고작이지. 아, 돈이 있으면 가는 것은 좋다. 그저 그뿐이다. 그래서? 그래서는 없다. 한때 독고준은 맹렬한 집념에 사로잡힌 시대가 있었다. 고등학교에서 대학 초년에 걸친 시대에 그는 에고에 눈이 떴다. 여러 사람 가운데서 유독 귀여운 자기를 발견한 것이다. 민족의 일원도 국가의 일원도 그리고 가족의 일원이기도 전인 '자기.' 그는 이 발견에 몸이 으스스하도록 감격했다. 그는 자기의 에고를 가꾸고 매끄럽게 다듬고 대뜸 눈에 뜨일 유별난 빛깔을 내게 하고 싶은 욕망에 사로잡혔다. 그는 몇 시간씩 거울에 마주서서 표정을 연구했다. 그것은 계집애들이 화장대 앞에서 소비하는 시간과 다를 것이 없었다. 그로서는 분칠을 하는 무기물의 화장이 아니고 정신의 분장술을 연구한다고 했겠지만 마찬가지였다. 그는 닥치는 대로 책을 읽었다. 그에게 있어 책이란 계집애들에게 있어서의 크림이나 로션이나 루주 같은 것이었다. 속의 얼굴을 단장하는 일을 그는 스스로를 속이는 그럴듯한 대의명분 아래 진행시켰다. 역사든 철학이든 그는 짓이겨서 그, 속의 얼굴을 다듬는 데 썼다. 무엇 때문에 그처럼 미친 듯이 읽었을까. 아마 외로워서였다. 외로워서? 아마.

  그 여름. 그 여름도 여느 해와 다름없이 사과꽃은 5월 중순에 피었다. 과목밭에서는 한창 바쁜 철이었다. 준도 가마니에 넣어서

곳간에 쌓아뒀던 닭똥을 소쿠리에 담아서 밭으로 나르는 일을 도왔다. 그러자 전쟁이 났다. 전쟁은 그렇게 아무렇지도 않게 참으로 시시하게 시작되었다. 그것은 처음에는 그저 소문처럼 왔다. 한 달 후 전쟁은 처음으로 사람들의 눈앞에 불쑥 다가섰다. 수평선 저편으로부터 시커먼 강철의 새들이 항구의 하늘 위로 덮쳐들면서 땅 위에 있는 사람들과 집들을 공격하였다. 대공 포화가 악을 썼으나 비행기가 떨어졌다는 소문은 없었다. 그리고 이날부터 도시의 사람들에게 있어서나, 물론 독고준에게 있어서도 새롭고 무서운 여름이 시작되었다. 검은 새들의 뒤를 이어 그보다 더 미끄럽게 보이는 은색의 전투기와 폭격기들이 매일같이 도시의 하늘에 모습을 나타냈다. 이것은 이 도시가 세워지고 처음 있는 일이었다. 완전히 악의를 품은 은빛의 기계들이 하늘로부터 도시를 부수기 시작하였다. 처음에 그들은 바닷가에 자리 잡은 조선소와 석유 공장을 공격하였다. 재목과 쇠붙이가 산산이 흩어져 불붙기 시작하고 거대한 기름 탱크가 시커먼 연기를 뿜으며 불타올랐다. 모든 기름 탱크가 터지면 전 시市가 불바다가 되리라는 소문이 떠돌았으나 그런 일은 일어나지 않았다. 그 대신 소개령이 내렸다. 소개는 재빨리 순식간에 이루어졌다. 그렇다고 해서 도시는 완전히 죽은 것은 아니었다. 여전히 도시는 움직이고 살아 있었다. 사람들은 나날이 부서져가는 도시로 '출근'하였다. 왜냐하면 그들은 모든 가재 집물을 다 옮겨낼 수는 없었기 때문이며 또 어떻게 된 일인지 주요한 기관, 관공서들은 여전히 소개하지 않았기 때문이었다. 경보가 울리기는 했으나 언제나 적기가 머리 위에 온 다음에야 뒤늦게 으앵 하고 바보 같은 소리를 지르는 것이 예사로 된 다음부터는, 사람들은 사이렌을 듣고도 피하지 않고 있다가 폭음 소리를 들은 다음에야 호 속으로 들어가는 버릇이 붙어버렸다. 그것은 일종의 반항—당국에 대한 불신의 나타냄이었으나 이제는 아무도 그것을 통제하는 사람이 없었다. 사태는 그쯤 돼 있었다. 거리에는 매일같이 전과를 알리는 벽보가 붙었는데, 만일 그 내용이 사실이었다면 조선의 강토는 삼천리가 아니고 구천리쯤은 되었어야 옳았고 '미 제국주의자'들의 부대는 매일같이 대량 섬멸이 돼서 본국에 남아 있는 병력은 얼마 되지 않을 것이 분명했다. 누구의 입에서 나왔는지 알 수 없는 말이 쉴 새 없이 돌았다. 가로되 미군 비행기는 예배당은 절대 치지 않는다. 비행기 속에는 특별한 장치가 있어서 땅 위에서 하는 말소리까지 다 듣는다면서. 비행사들은 땅 위에 있는 사람 중에서 군인과 민간인을 귀신같이 가려내서 군인만 쏜다는 이야기. 어느 것이나 지극히 패배주의적인 사설들이 사람들의 입에서 입으로 옮아갔다. 그 가운데 어떤 것은 그럴 만한 근거가 없는 것도 아니었다. 언덕 위에 우뚝 솟은 천주교당은 아직 말짱했다. 스테인드글라스의 울긋불긋한 칠이 여름 한낮의 하늘가에서 어느 때보다도 자신 있게 빛나고 있었다. 예수교 신자들은 어떤 임박한 영광을 어렴풋이 느끼면서 그들의 남모르는 기도 속에서 자기들의 도시를 소돔과 고모라로 불렀다. 멸망해가는 도시를 커다란 핵처럼 둘러싸고 근교에 피난한 시민들이 그 속으로 들락거리면서 여름을 보내는 것이었다. 그것은 속으로부터 썩어가는 능금알을 둘러싸고 기어오르며 기어내리고 혹은 파먹고 있는 한 무리의 개미에 비할 수 있었다. 눈 깜짝할 사이에 많은 사람이 죽어갔다. 약은 없었다. 식량은 무섭게 모자랐다. 영양들이 나빴다. 처음에 군사시설만 공격하던 하늘의 은빛 기계들은, 차츰 가리지 않고 아무 데나 공격하기 시작했다. 햇빛만이 푸짐한 7월의 하늘을, 은빛 날개를 번쩍이며 유유히 날아와서는 사람들의 가난한 삶의 우리들을 간단히 부숴놓고는 또다시 남쪽으로, 또는 바다 쪽으로 사라지는 폭격기의 편대를 어느새 사람들은 생활의 한 부분으로 받아들였다. 마치 무슨 행사처럼 하늘에서 죽음과 파괴를 선사하러 매일같이 도시의 상공을 찾아오는 이 철의 새들에 대해서 그러나 사람들이 나타낸 반응이야말로 놀랍고도 뜻깊은 것이었다. 그들은 폭격기를 사발기四發機라 부르고 제트기는 '쌕쌕이'라는 이름으로 불렀는데, 앞의 것은 글자 그대로 엔진의 수로 부른 것이고 뒤의 것은 날아갈 때의 소리를 따서 붙인 것인데, 이와 같은 이름의 어디에도 적의 비행기에 대한 증오의 울림은 없었으며 설사 이런 현상이 비극적인 것도 흔히 놓쳐서 다루는 어느 나라나 비슷한 서민 기질이라 치더라도 역시 그것은 중요한 것을 비치는 일이었다. 쌕쌕이라는 발음 속에다 사람들은 망나니 자식이 남의 아이를 때려서 울려주고 들어왔을 때 어버이들이 나타내는 그 미묘한 표정을 담아넣었다. 말썽만, 짜식이…… 하는 그런 기분 말이다. 그런데 그 성가시다는 것이 바로 집이 무너지고 팔다리가 날아가고 일터가 불이 붙게 되는 일이었으니, 그해 여름의 W시에는 거꾸로 선 절망과 허무의 악마가 소리 없이 웃으며 목숨을 비웃고 다닌 것이었다. 권력의 자리에 앉은 사람들과 민중은 처음부터 마음이 소통이 없어서, 말하자면 옛날에 추장들이 헌 계집을 부하에게 배급했듯이 떠맡겨진 정부가 눈앞에서 망해간다는 사실은 사람들에게는 조금도 자기 일처럼 느껴지지 않았다. 하기는 따지고 보면 자기 집, 자기 목숨이 허물어져가는 것이었지만 동시에 그것은 싫고 따분하던 동무들이 망해가는 일이기도 했다. 아마 일본 제국주의자들의 통치 아래 있던 2차대전 말기에 가끔 엉뚱하게 울리곤 했던 '적기 내습'의 경보를 들었을 때에 사람들이 느꼈던 심정과 거의 다름이 없었을 것이다. 항상 정치의 밖에서 살아온 사람들의 슬픈 버릇이다.

 이 같은 일들이 독고준에게 모두 다 관계있는 일은 아니었다. 어느 날의 오후 그의 공상의 장승인 제련소의 흰 굴뚝이 그날따라 이십 분이나 계속된 폭격으로 중허리가 부러졌다. 폭격이 끝난 다음, 뚝 꺾어진 굴뚝의 뻐끔한 구멍을 바라보았을 때 그는 말할 수 없는 슬픔을 느꼈다. 그 굴뚝은 그에게는 값진 것이었다. 그가 철이 들면서부터 멀리 바라보이는 W시의 이쪽 변두리에 키 높이 하늘로 솟은 그 하얀 시멘트의 막대기는 그와 더불어 많은 이야기를 나눈 친구였다. 준은 사과밭을 둘러싼 밤나무숲에 앉아서 연기가 피어오르는 도시를 바라보았다. 도시는 벌써 멀리서도 알아볼 만큼 갈기갈기 찢겨 있었다. 반듯한 인공人工의 선이 마음대로 부서진 그 원경遠景은 소년의 눈에는 무엇인가 신선한 놀라움을 안겨줄 뿐이었으나, 꺾인 굴뚝은 그에게 확실한 슬픔을 주었다. 7월 중순에 끝나서 9월에 다시 열리는 학교도 이대로 가면 어떻게 되는지 물론 알 수 없었다. 그는 학교에서 비상소집이 있을 것을 은근히 두려워했다. 폭탄이 떨어지는 거리가 무서운 것이 아니라, 그 영악한 꼬마 '동무'들과 그들의 주인인 소년단 지도원 선생의 까닭 모를 박해가 무서웠던 것이다.

이런 때 멀리 떨어진 교외에 살고 있다는 것은 독고준의 집으로서는 복 받은 일이었다. '미 제국주의자'들은 사과나 밤 같은 것에는 그닥 흥미가 없는 모양으로, 독고준은 그 도시가 나날이 피 흘리며 망해가는 것을 마치 먼 곳에서 돌림병이 한창인 도시를 보듯 구경하면서 지낼 수 있었다.

어느 날 마을의 인민위원회에서 사람이 나와서 오랫동안 형과 이야기하다가 돌아갔다. 그날 밤 형과 어머니는 라디오가 있는 방에서 늦게까지 의논하였다. 방 앞을 지날 때 이런 소리가 들렸다. "……더 생각할 것 없다. 사람이 무사하고 봐야지……" 어머니의 말이다. 준은 이 전쟁이 오래 계속되기를 바랐다. 방학이 끝없이 이어나가고 학교에는 영 다니지 않게 되면 얼마나 좋은 일이겠는가. 그럴 수만 있다면 그는 흰 굴뚝이 꺾인 슬픔까지도 그럭저럭 참을 수 있을 것 같았다. 학교에 가지 않고도 집에서만 지낼 수 있다는 기쁨과, 도시에서 마을에서 집에서 매일마다 허물어져가는 생활의 질서가 빚어내는 어두운 공기 속에 끼어서, 준은 소년다운 고민을 맛보았다. 그러나 그의 마음속에는 그럼에도 불구하고 이 여름은 변화와 놀라움에 가득한, 그래서 어느 여름보다 벅찬 것이었다. 아침밥이 끝나면 수확을 높이기 위해서 떼어낸 사과 풋열매를 호주머니에 가득 넣고 책을 옆에 끼고 밤나무숲으로 간다. 그가 요즈음 읽고 있는 책은 『강철은 어떻게 단련되었는가』였다. 유명한 소련 작가의 그 소설은 러시아 제정 끝무렵에서 시작하여 소비에트 혁명, 그 뒤를 이은 국내 전쟁을 통하여 한 소년이 어떤 모험과 결심, 교훈과 용기를 통해서 한 사람의 훌륭한 공산당원이 되었는가를 말한 일종의 성장소설이었다. 그러나 그가 공산당원이 라든가 차르 정부가 얼마나 혹독했는가는 아무래도 좋았다. 소설의 처음부터 독자의 마음을 사로잡는 주인공 소년의 익살스럽고 착한 성격이, 그리고 황폐해가는 농촌과 도시의 눈에 보이는 듯한 그림, 주인공의 바보같이 순진한 사랑, 그러한 것이 준의 마음에 들었다. 그것은 다름 아닌 『집 없는 아이』의 소비에트판 번안이었다. 선량하고 용기 있는 소년이 세상을 이기고 씩씩한 청년이 되어 이쁘고 영리한 색시를 얻는 이야기였다. 그는 한 소설을 되풀이 읽었다. 이번에도 마찬가지였다. 그렇게 하면 그는 그 책 속에 씌어진 집과 수풀, 강과 도시, 붉은 벽돌집과 학교, 구름과 햇빛, 차르의 기병들과 노동자들의 지하실, 그리스 정교의 중과 수도원 학교, 그리고 그 모든 인물들을 그의 소유로 만들 수 있기 때문이었다. 한줄 한줄 되풀이해서 읽을수록 그것들은 그의 마음속에 튼튼히 자리 잡고 그의 소유권은 굳어졌다. 그런 뜻에서 그는 참으로 부자였다. 그가 머릿속에서 쌓아둔 온갖 재물과 인물, 강과 산은 그에게 외계外界에 대한 무관심을 가져왔다. 희고 빛나는 시멘트의 굴뚝을 빼놓는다면. 도道 인민위원회 건물이 넘어지는 것 같은 것은 그리 중요한 일이 아니었다. 어른들이 자기네 도시가 망하는 것을 거꾸로 선 기쁨, 어떤 마조히즘의 눈으로 바라본 심정도 소년 독고준의 태도보다 그렇게 이성적인 것은 아니었다. 왜냐하면 어른들 역시 눈에 보지 못한 동화童話 — 남쪽 나라에서 번영하고 있다는 태극기와 이승만 박사의 나라에 대한 그리움 때문에 눈앞에서 벌어지는 파괴를 눈감아버렸기 때문이다. 그 두 가지 태도의 차이는 마치 『집 없는 아이』와 『강철은 어떻게 단련되었는가』 사이의 다름만 한 것밖에는 없었다. 소년 독고준은 그의 독서를 통해서 눈부시게 다채로운 현상現象의 저편에서 울리는 생명의 원原 리듬, 혹은 원原 데생을 찾아낸 것이었다. 어느 이야기나 같은 이야기였다. 다만 레미는 프랑스 농민 집안의 옷을 입었고 『강철은 어떻게 단련되었는가』의 주인공은 러시아 농촌의 아이들 옷을 입은 것이 다를 뿐이었다. 그는 밤나무숲에 누워서 책을 읽었다. 짜르의 기병들이 달려가고 있었다. 폭음이 들린다. 눈을 들어보면 멀리 도시에서는 검은 연기와 불꽃이 솟아오르고 있다. 폭격기가 오는 시간이었던 것이다. 그는 다시 책으로 고개를 숙였다. 소년은 산림관원의 산장山莊으로 올라가고 있었다. 도시의 하늘에서 B-29들은 살지고 미끈한 사지를 눈부시게 뒤채면서 죽음의 검은 강철 촉매를 떨어뜨리고 있었다. 땅 위에서는 노예처럼 유순한 도시가 그때마다 상처에서 피를 흘리고 몇 개나 될지 알 수 없는 뼈다귀가 으스러져간다. 그런 것은 아무튼 좋은 것이다. 소년은 뜨거운 여름날 산장으로 오르는 길을 걷고 있었다. 소녀는 아름다웠다. 그러나 그는 가난하고 농민의 아들이다. 하느님이란 거짓말쟁이가 아닐까 하고 생각하는 이상한 아이였다. B-29들은 커다란 원을 그리며 곱돌아들면서 공격한다. 마치 상처를 입은 짐승에게 달려드는 사냥개들처럼.

땅에 떨어진 열매나, 너무 많이 달린 나무에서 솎아낸 풋열매는, 모아서 사과술을 만들어 국영 식당에 팔거나 현물세에 넣을 수도 있었다. 준의 호주머니에 든 아기 사과는 커다란 독에서 대개는 몰래 집어낸 것이었다. 그날도 그는 벌써 알코올이 풍기기 시작한 사과 열매를 입속에서 우물거리면서 밤나무숲에 누워 있었다. 주인공은 책을 넣어가지고 다니는 가방 속에 탄약을 넣어서 몰래 날랐다. 짜르의 헌병들도 조그만 소년의 책가방 속에 설마 그런 물건이 들어 있으리라고는 생각지 않았다. 소년은 혁명군에게 총알을 날라다준 것이다. 꼬마 영웅. 책과 꽃이 아니고 총알과 수류탄을 만지며 자란 소년. 그것은 먼 나라의 어떤 소년의 모험이었다. 위대한 문학이 그렇듯이 이 소설도 역시 그것이 생산된 시대를 넘어서 살아남을 수 있을 힘을 가졌는데, 그 까닭은 다름이 아닌 그 시대를 가장 잘 그려낸 때문이었을 것이며, 비록 어린아이의 이야기였으나 보다 많이 어른의 이야기였다. 오늘은 시간이 되었는데도 비행기들은 나타나지 않았다. 그 대신 집 쪽에서 준을 부르는 어머니의 목소리가 들려왔다. 준은 그쪽을 보았다. 뜰 한가운데서 어머니는 이쪽을 손짓하고 있었다. 그 옆에 레닌모를 쓴 사람이 서 있었다. 가슴이 덜컥 내려앉았다. 얼핏 소년단 지도원을 떠올린 때문이었다. 그는 눈을 사려서 자세히 바라보았다. 아니었다. 좀더 키가 작은 모를 남자였다. 그는 W시에서 온 민청원民靑員이었다.

"학생 동무. 내일 학교로 나오시오. 지금 거리는 놈들의 폭격으로 부서지고 부상자가 속출하고 있습니다. 민청과 소년단이 동원

되어 건설과 간호 사업을 하도록 되었습니다. 동무는 이 근처에서 할 수 있는 대로 학생들을 많이 연락해가지고 나오시오. 알겠소?"

준은 물었다.

"학교로 가면 됩니까?"

"그렇소. 내일 아침 10시에 우리 학교에서 민청과 소년단의 합동 궐기 대회가 있소. 위대한 조국 전쟁에 우리들이 이바지할 수 있는 기회를 놓쳐선 안 됩니다."

민청원은 스스로에게 다짐하듯이 눈을 빛내며 웅변조로 말했다. 그의 얼굴은 W시에서 이곳까지 걸어오는 사이에 빨갛게 익어 있었고 구두는 먼지투성이였다. 어머니는 그를 마루에 청해 올려서 사과술과 감자떡을 대접했다. 그는 주먹만 한 떡을 다섯 개나 먹고 난 다음에 폭격에 다친 사람은 그렇게 많지 않으니까 염려 말라고 어머니를 안심시켜놓고 돌아갔다. 그가 돌아간 후에 어머니는,

"준아, 안 가면 안 되겠니?"

하고, 어린아이한테 상의했다.

"왜?"

"이 애가, 매일같이 저 모양인데 아이들을 불러내서는 어쩌자는 건지…… 그 사람들 하는 일은……"

어머니는 멀리 W시를 바라보았다. 오늘은 어떻게 된 일일까. 아직도 폭격기들은 나타나지 않았다. 해안을 낀 거리에서 사람들이 움직이는 것이 보이고 어업조합의 하얀 벽이 한결 눈부시게 뚜렷했다. 그 건물은 아직 무사했다. 이런 때 자세히 보면 아직도 도시는 버티고 있었다. 만일 부서진 건물을 다 쓸어내면 여유 있게

자리 잡은 거리쯤으로 넉넉히 우길 수 있음 직했다.

"아직도 집이 많은걸."

준은 어머니를 돌아보며 말했다.

"응?"

그녀는 무슨 생각을 하고 있다가 어리둥절해서 준을 쳐다보며 되물었다. 준은 대답하지 않고 어머니는 누나하고 꼭 닮았다고 생각했다. 입언저리가 더 그랬다. 그는 마루에서 내려와 밭으로 나갔다. 누님은 옥수수밭에 있었다.

"나, 내일 학교 가."

그녀는 허리를 펴고 일어났다. 머릿수건 밑으로 내민 머리카락을 추켜올리면서 물었다.

"학교?"

"응, 사람이 알리러 왔어."

준은 민청원 이야기를 했다. 그리고 감자떡을 다섯 개나 먹었다는 것을 덧붙였다. 그는 누님과 얘기할 때면 언제나 우습게 말을 하는 것이 예사였다. 어머니는 우스운 말도 잘 알아듣지 못하고 엉뚱한 대답을 하는 게 일쑤여서 그런 방식이 통하지 않았다. 누님은 그러나 근심스런 얼굴이 되더니,

"얘, 너 가지 마라"

하였다.

"안 돼?"

"거기를 어떻게 가려고 그러니?"

"괜찮다고 그러던데?"

"누가?"

"아까 그 사람……"

"얘는……"

누님은 머릿수건을 벗어서 탁탁 털었다. 그러고는 집 쪽으로 걸어갔다. 어머니한테로 가는 모양이었다. 준은 시내를 바라보았다. 그의 학교는 저 언덕 뒤편이어서 여기서는 보이지 않는다. 그는 무섭지 않았다. 그리고 아이들이 다 나가는데 혼자만 빠질 수는 없었다. 학기가 시작한 다음에는 늘 하듯 방학 동안의 활동을 보고하는 소년단 대회가 열릴 것이며, 그때 또 자기비판을 하는 것은 참을 수 없는 일이었다. 그에게는 미 제국주의자들의 비행기보다도 소년단 지도원 선생의 눈초리가 더 무서웠다. 컴컴한 교실에서 촛불을 켜놓고 아버지가 왜 월남했으며 매부는 어디로 갔는가, 그들이 집에 있을 때 준에게 어떤 말을 했는가, 거기에 대해서 준의 생각은 어떠한가, 준의 행동은 그 사람들한테서 영향을, 소부르주아적인 나쁜 버릇을 물려받았다고 생각지 않는가, 이런 닦달질이 끝없이 이어질 일을 생각하면 몸서리가 쳐졌다. 이 동네에서 준이 알려줄 아이는 둘밖에 없다. 내 책임은 둘뿐이야. 그 애들한테 연락해서 데리고 가면 지도원 선생은 좋아할 것이다. 그는 레닌 모자를 뒤로 젖혀 쓰고 입을 꽉 다문 지도원 선생의 얼굴을 떠올렸다. 준은 지도원 선생을 대할 적마다 늘 야릇한 느낌을 가졌다. 이 선생이 처음 왔을 때 준은 퍽 호감을 가졌다. 그는 국어를 맡고 있었는데 말소리가 상냥스럽고 얼굴도 잘생겼다. 어느 날 그는 학생들에게 숙제를 냈다. 제목은 '봄'이었다. 준은 며칠 후 직원실로 불려갔다. 지도원 선생은 준이 낸 작문을 꺼내놓고 그에게 여러 가지를 물었다. 그의 태도 속에서 독고준은 국어 선생님이 아니라 한 사람의 내무서원을 느꼈다. 대답하는 그의 혀는 더듬거리고, 그러면서 지도원 선생이 알고자 바라는 바를 소롯이 다 불었다. 이야기가 끝났을 때 지도원 선생님의 얼굴은 차디찼다. 그는 문득 공포를 느꼈다. 그의 작문은 봄철의 비와 물에 젖은 과목들, 하얀 제련소 굴뚝과 멀리 내다보이는 바닷가를 말했다. 그것이 왜 선생님에게는 비위가 거슬렸을까. 준의 머리로서는 한 소년의 작문 속에서 반동 부르주아의 집안을 알아낸 이 젊은 '동무'의 솜씨를 물론 알 수 없었다. 그다음부터 준은 지도원 선생을 피했다. 준이 제일 좋아하고 자신 있는 국어시간에도 그는 손을 드는 횟수를 조정하도록 애썼다. 번연히 아는 물음에도 그는 태연히 멍청한 표정을 짓는 거짓을 익혔다. 다른 학생들이 대답할 때 그는 마음속으로 그들의 답변을 보탰다. 그는 처음에 선생님을 보았을 때 가졌던 그 호감에 대해서 생각할 때마다 안타깝고 슬펐다. 그 후에 선생님은 그의 적이 되었다. 소년단의 '동무'들을 시켜서 그를 비판대에 세우는 무서운 선생님이 된 것이다. 준은 어머니한테 일러두고 가까운 데 있는 한반 친구의 집으로 갔다. 동무는 집에 없고 그 애 어머니가 나왔다. 준이 학교에서 부르러 왔다고 말하자 그 애 어머니는 깜짝 놀라 보였다.

"에그 저걸 어째, 그 애는 요새 감기 기운이 있어서 밤이면 열이 심하단다. 매일 그 시간이면 꼼짝을 못 하는데…… 학질인가 보구나."

준은 학질인데 열이 난다는 말이 이상스러웠다.
"그래도 안 가면 안 돼요."
"아픈 데야 어떡허니? 알았다. 너는 전하기만 하면 됐으니까."
준이 더 말을 하려는데 아낙네는 집 안으로 들어가버렸다. 그는 어찌할 바를 모른 채 마당 한 귀퉁이에 자란 해바라기의 노란 얼굴을 바라보았다. 행여나 친구가 돌아올까 기다렸으나 좀체로 그는 나타나지 않았다. 이 아이 말고는 이 근처에 한반 아이는 없었다. 그는 할 수 없이 집으로 돌아와야 했다.
저녁상에 둘러앉았을 때 형님이 말했다.
"준아, 너 내일 학교 가지 마라."
"……"
"알겠니?"
"그럼 어떡해……"
"뭐가 어떡해야…… 알겠지?"
"……"
그는 어머니와 누나를 보았다.
"형 말대로 해라…… 원, 사람들이 정신이 없지……"
"오빠 얘기대로 해라, 준아."
아무도 준의 마음을 알아주는 사람은 없었다. 요사이는 밤마다 형과 누나는 라디오가 있는 방에서 오래 머물렀다. 두 사람은 가끔 쳐다보고 눈으로 이야기하며 고개를 끄덕였다. 준에게는 그 '남쪽의 목소리'가 전보다 못해 보였다. 전에는 아름다운 음악과 재미난 이야기가 많아서 좋았으나 전쟁이 시작되고는 어딘지 평양에서 보내는 말과 비슷해져갔다. 형과 누나는 반대로 요즈음 방송이 한결 재미있는 것 같았다. 그는 어머니가 다리미질을 하는 마루 끝에 앉아서 멀리 시가지 쪽을 보았다. 7월 하순의 밤은 맑은 하늘에 별이 빛날 뿐 불빛 하나 없는 시가지의 모습을 삼키고 있었다. 다만 가까운 산등성이는 별빛 속에서도 뚜렷이 드러나 보였다. 별빛이 땅에 내려온 것처럼 보이는 반딧불이 스르륵 날곤 했다. 그는 무릎을 세워 안고 골똘히 생각에 잠겼다. 가야 한다. 어떤 일이 있어도 가야 한다. 어떤 일이 있어도 가야 한다. 만일 가지 않았다가. 아니 그러지 못해. 그는 한숨을 쉬었다.

"준아……"

그는 깜짝 놀랐다. 다리미질을 하던 손을 멈추고 어머니가 그를 보고 있었다. 희미한 등잔불 때문에 어머니 얼굴은 잘 보이지 않았다. 준은 마루에 벌렁 드러누웠다. 참으로 고운 별밤이었다. 구름 한 점 없이 온 하늘이 빛나는 보석으로 꽉 차 있었다. 준은 속으로 야아 하고 소리쳤다. 별하늘을 보는 것은 언제나 좋았다. 책 읽는 것 다음으로 좋았다.

새벽이다. 한 시간이나 걸었다. 이제 집은 멀리 뒤에 있었다. 그는 몇 번씩 뒤돌아보았다. 그 산모퉁이에서 형의 모습이 금시 나타날 것만 같았다. 여기서는 집보다 시내가 더 가까웠다. 고개를 뒤로 돌릴 적마다 거기 어머니와 형의 모습을 바라는 마음과 그러지 말았으면 하는 마음은 무서운 이야기를 들을 때처럼 반반으로 어울렸다. 그는 밤 내 생각한 끝에 몰래 집을 빠져나오기로 한 것이다. 이 길을 방학 전까지는 통학 기차로 다녔으나 전쟁이 나고는 차가 안 다닌 지 오래였다. 시내로 가는 길은 곳곳에서 철로와 교차하기도 하고 나란히 뻗기도 한다. 나란히 된 곳에서는 준은 도로를 버리고 철로의 자갈을 밟으며 걸었다. 그것은 낯익은 길이었다. 기차를 놓칠 경우에는 그들 통학생은 언제나 이렇게 오고 갔기 때문이었다. 그는 걸어가면서 주머니 속의 감자떡을 꺼내 먹었다. 양쪽 주머니에 든 떡은 하루 양식으로는 넉넉할 것이었다. 혼자서 새벽 일찍이 폭격이 있는 곳으로 가는데도 두렵지 않았다. 오히려 그는 포근한 안도감 속에서 꾸준히 발을 옮겼다. 학질에 걸렸다던 친구처럼 하고 싶지는 않았고, 그는 이제 해야 할 일을 했으므로 지도원 선생에게도 꿀릴 일이 없다고 생각하니 무엇인가 가슴을 누르던 것이 툭 트인 느낌이었다. 그는 아래 호주머니를 들춰서 사과 열매를 집어내 입에 넣었다. 새큼한 맛이 좋았다. 그는 문득 『집 없는 아이』의 레미를 생각했다. 그리고 『강철은 어떻게 단련되었는가』의 주인공 소년을 생각했다. 그들의 모험과 같은 일을 하고 있는 듯한 생각이 그를 기쁘게 했다. 그리고 자기 행동에 대한 그럴듯한 설명도 거기서 찾아낸 듯싶었다. 어른들의 말이 다 옳은 건 아냐, 왜냐하면 그 책의 주인공들은 여러 번 어른들의 말을 거슬렀지만 그 어른들은 다 옳지는 않았기 때문이다. 발끝에 차이는 자갈. 길가에 아무렇게나 자란 코스모스. 그런 것들이 하나하나 신선하게 그의 마음을 끌었다. 그것은 신선한 아침 공기 때문이었는지도 모른다. 그러나 또는 그 이상의 까닭이 있었는지도 모른다. 그는 여태까지 책 속에서만 살아왔다. 그것은 사람의 세계가 아니라 사람의 그림자의 세계였다. 그는 풀이나 나무나 꽃을 보아도 그가 읽은 책 속의 어느 것과 겨눠보지 않고서는 그것들을 마음에 새겨둘 수 없었다. 예수교도가 성경을 통해서만 세계를 보듯이, '동무'들이 볼셰비키 당사黨史를 통해서만 역사를 보듯이, 소년 독고준도 그의 주인공들을 통해서만 세계를 받아들였다. 그것은 다 나쁜 것은 아니었으나 그렇다고 다 좋은 것은 아니었다. 오늘 새벽의 탈출과 지금의 이 탈출은 그러므로 생각하기에 따라서는 그렇게 작은 사건이 아니었고, 그의 앞날을 위해서 어떤 상징마저도 될 만하였다. 시내에 닿기까지 그의 주머니 한쪽은 거의 비고 사과 열매만 조금 남았다. 시내에 들어서면서 준은 비로소 전쟁의 모습을 보았다. 수도원을 지나서 시의 변두리를 흐르는 강에 걸린 시멘트 다리는 기둥만 덩그렇게 남기고 부서져 있었다. 그 대신 갑자기 만든 나무다리가 놓여 있었다. 인민학교의 벽돌 건물이 반이나 허물어졌고, 담을 따라서 심어진 포플러가 마당 안으로 또는 한길 쪽으로 쓰러져 있었다. 엎어진 사열대가 제자리를 훨씬 벗어나서 뒹굴고 있다. 전봇대들은 둘에 하나 꼴로 부러지거나 밑에서 꺾여서 넘어져 있었다. 그의 학교인 제2중학이 있는 시내 중심으로 가까워짐에 따라서 부서진 모습은 더욱 거칠어져갔다. 석유 공장은 그 중심지였다. 새카맣게 탄 기둥이 겹쳐서 쓰러진 위에 벽돌 부스러기와 기와가 널려 있었다. 그 웅장하던 건물의 그런 모습은 마치 거짓말 같았다. 거리에는 사람들이 이따금씩 이 골목에서 불쑥 나오고 저 골목으로 흘끗 사라지고 그런 정도였다. 독고준은 마치 다른 도시, 어느 낯선, 처음 오는 도시를 걷고 있는 느낌이 들었다. 눈 익은 건물이 눈 익은 자리에 없는 것은 도시의 얼굴을 다르게 했다. 그럴 수밖에 없는 것이, 도시는 땅 위에다 집을 지은 것이다. 그 집들이 없어지거나 바뀌면 도시가 바뀌는 것이다. 그의 집 과목들이 하룻밤 사이에 없어지고 밋밋한 맨땅이 드러나는 것을 떠올릴 수 없듯이 이 거리가 이렇게 되었으리라는 것은 눈으로 본 지금에야 그를 놀라게 했다. 멀리 집에서 밤나무숲에 누워서 바라볼 때 그는 이런 것들을 짐작지 못했다.

학교에 다다랐을 때 그는 또 한 번 놀라야 했다. 학교는 절반만 남아 있었다. 그리고 그의 교실은 없어진 그쪽이었다. 그는 달려가서 그 무너진 자리로 들어갔다. 커다란 쇠망치로 후려갈긴 모양으로 건물은 반이 잘려서 나머지 부분만 더욱 우뚝해 보였다. 옆구리가 드러난 그 모습은 생리 교과서에 있는 해부도처럼 부자연스러웠다. 그보다도 연극의 무대 장치를 더 닮아 보였다. 무대에서는 집이 반쪽만 나오기도 하고 네 벽 가운데 한쪽 벽만 열려 있는, 그런 꼴이었다. 무대에서는 조금도 어색하지 않은 그런 방식이 자기 학교일 때 준에게는 가슴이 뛰도록 놀라웠다. 산산이 흩어진 의자, 떨어진 흑판, 깨진 창유리. 그는 직원실로 가보았다. 아무도 없었다. 잠겨 있었다. 그는 마치 무엇엔가 홀린 사람처럼 어리벙벙해졌다. 이곳까지 오는 동안 그는 집을 몰래 나왔다는 데서 오는 흥분과 그렇게까지 해서 학교의 명령을 지킨다는 자랑스러움이 있었다. 그러나 허물어진 학교와 텅 빈 교정은 그의 마음이 기대고 있던 무슨 막대 같은 것을 훌렁 뽑아버렸다. 그는 어찌할 바를 몰라서 넘어진 기둥 위에 주저앉았다. 그는 시계를 가지고 있지 않았으나 10시까지는 아직도 멀었다. 잘돼서 8시나 그쯤일 테니까. 그는 일어서서 성한 쪽 교실을 한 방 한 방 기웃거리고 다녔다. 어떤 교실은 쇠가 잠겨 있었고 어떤 것은 열려 있었다. 그는 열린 방에 들어가보았다. 책상과 마루에 먼지가 두껍게 앉아 있었다. 그는 교단에 올라섰다. 그리고 교탁 속에 머리를 디밀어 살펴봤다. 분필통이 있었다. 그는 분필을 하나 집어내서 흑판에 '학교'하고 써보았다. '부서진 학교'하고 썼다. '빈 교실' '없다' '선생님이 없다' '학생도 없다' '전쟁' '폭격' '미 제국주의자' (그는 낙서를 계속했다) '나는 민청 형님이 시킨 대로 학교에 왔으나 아무도 없습니다' '학교' '학교' '거리' '사람들은 다 어디 갔을까' '학교에 나 혼자 있다' '지도원 선생님' '자아비판' '소부르주아' '피오네르' '소년단' '간부' '벽보' '지도원 선생님' '지도원'…… 어디선가 기척이 나는 것 같았다. 그는 얼결에 지우개를 들어 흑판을 덮었다. 그러면서 귀를 기울였다. 이내 아무 소리도 들리지 않았다. 그는 교단에서 내려서서 머리만 내밀고 복도를 내다보았다. 아무도 없었다. 그대로 한참이나 있다가 그는 복도로 나섰다. 나오면서 다시 한 번 교무실을 들러보았으나 여전히 자물쇠가 잠긴 대로였다. 그는 학교를 뒤로하고 거리로 나섰다. 조금씩조금씩 그는 이 이상한 거리에 익숙해갔다. 사람은 먼 곳에 보이다가는 사라지고 또 나타나고 했으나 차는 한 대도 다니지 않았다. 햇살이 차츰 따가워졌다. 사람이 없는 거리를 걷는 것이 점점 재미스러워졌다. 그는 골목으로 들어서서 될수록 천천히 걸었다. 극장은 오래된 간판을 붙인 채 문이 텅 열려 있었다. 간판 그림에는 아코디언을 안은 남자가 벌판을 바라보고 서 있었다. 그 옆에는 머릿수건을 쓴 여자가 서 있었다. 어떤 집에서 광주리를 인 여자가 나왔을 때 그는 깜짝 놀랐다. 집에 사람이 있다는 것이 오히려 신기했던 것이다. 그러나 거의 모든 집들은 비어 있었다. 그는 문득 그 집 속으로 들어가보고 싶은 충동을 느꼈다. 그렇게 할 수는 없었다. 혹시 사람이 있는지도 알 수 없었다. 겉으로 보아서는 분명히 빈집이었으나, 걸음을 옮기면서 집 안으로 들어가보고 싶다는 생각이 점점 강해지면서 참을 수 없어졌다. 마침 한반 동무의 집이 나섰다. 그는 여태껏 그 생각을 못 한 것이 이상했다. 오늘 학교에 나오라는 이야기는 혹시 잘못인지도 몰랐다. 그것을 알아보기 위해서도 그는 누군가 같은 학교 친구를 찾아야 했다. 그는 동무의 집 대문을 밀고 들어갔다. 사람은 보이지 않고 문은 꼭 닫혀 있었다. 그는 동무의 이름을 불러보았다. 대답이 없었다. 그는 용기를 내서 문을 밀어보았다. 문이 열렸다. 그는 안을 들여다보았다. 그 방은 텅 비어 있었다. 다음 방도 마찬가지였다. 셋째 번 방에는 밖으로 자물쇠가 잠겨 있었다. 그는 단념하고 그 집을 나왔다. 깊은 밤처럼 인적이 없고 그 대신 환한 대낮이었다. 모든 집과 사람이, 도시 전체가 마술에 걸리고 독고준 혼자 깨어 있어서 걸어다니는 듯한 느낌이었다. 아무튼 모이기로 했다는 시간까지는 기다려야 했다. 그는 나머지 떡과 사과 열매를 씹으면서 홀가분한 마음으로 걸음을 옮겼다. 나쁘지 않았다. 아무 일도 없이 혼자서 이 빈 거리를 거니는 것이 처음에는 서먹했으나 지금 그는 즐거웠다. 그는 중앙 거리를 지나서 시장으로 가보았다. 장이 서 있었다. 과일과 음식이 많았다. 사람들이 폭격이 그칠 새 없는 이 곳으로 모여드는 까닭은, 써야 할 물건을 바꾸는 데에도 있었다. 세간들을 다 옮길 수는 없었기 때문에 집을 돌아보기 위해서도 와야 했다. 그런 일은 어느 것이나 가족 가운데 한두 사람이 오면 되는 것이었으므로 거리에 나오는 사람의 수효는 뜸할 수밖에 없었다. 준은 될수록 사람이 없는 골목을 골라서 걸어갔다. 그는 어떤 집 앞에서 걸음을 멈추었다. 뜰에 하나 가득 꽃이 피어 있었다. 그는 담 너머로 꽃밭을 바라보았다. 손을 뻗치면 이쪽에서 제일 가까운 꽃송이는 딸 수 있었다. 그러나 손이 나가지 않았다. 집은 이 시간에 창과 문이 꼭 닫혀 있었다. 그는 꽃밭과 그 닫힌 창과 문을 번갈아 보면서 망설이고 있었다. 불쑥 그의 손은 담장 너머로 건너갔다. 바로 그러자였다. 찢어지는 듯한 쇳소리가 머리 위를 달려갔다. 뒤를 이어 또 또. 공습. 닫혔던 문이 열렸다. 준의 누님 또래의 여자가 나타났다. 그녀는 달려나오면서 준의 팔을 잡았다. 준은 여자가 끄는 대로 달렸다. 어디서 나왔는지 그들의 앞뒤에는 사람들이 달리고 있었다. 제트기들은 낮게 날면서 총을 쏘았다. 준과 여자가 가까운 방공호에 다다랐을 때에는 와랑거리는 폭격기의 엔진 소리가 하늘을 덮었다. 방공호에는 이미 사람들이 있었다. 그들 뒤로 자꾸 밀려들었다. ㄱ 자로 구부러진 호壕 속은 캄캄했다. 준과 그녀는 아직도 손을 잡고 있었다. 세찬 소나기가 퍼붓듯 쏴 하는 소리에 이어 쿵, 하고 멀리서 땅이 울렸다. 그 소리는 같은 짬을 두고 이어졌다. 캄캄한 속에서 사람들은 말없이 숨을 죽이고 있었다. 사람의 훈김과 정오 가까운 한여름의 열기로 굴속은 숨이 막혔다. 폭음이 점점 멀어져간다.

 그때 부드러운 팔이 그의 몸을 강하게 안았다. 그의 뺨에 와 닿는 뜨거운 뺨을 느꼈다. 준은 놀라움과 흥분으로 숨이 막혔다. 살냄새. 멀어졌던 폭음이 다시 들려왔다. 준의 고막에 그 소리는 어렴풋했다. 뺨에 닿은 뜨거운 살. 그의 몸을 끌어안은 팔의 힘. 가슴과 어깨로 밀려드는 뭉클한 감촉이 그를 걷잡을 수 없이 헝클어지게 만들었다. 폭격은 계속되었다. 폭탄이 떨어져오는 그 쏴 소리와 쿵, 하는 지동 소리는 한결 더한 것 같았다. 준은 금방 까무러칠 듯한 정신 속에서 점점 심해가는 폭음과 그럴수록 그의 몸을 덮어누르는 따뜻한 살의 압력 속에서 허덕였다. 폭음. 더운 공기. 더운 뺨. 더운 살. 폭음. 갑자기 아주 가까이에서 땅이 울렸다. 어둠 속에서 사람들이 한꺼번에 웅성거렸다. 폭음. 또 한 번 굴이 울렸다. 아우성 소리. 폭음. 살냄새……

3

역적의 공산당을 때려부수자
역적의 김일성을 잡으러 가자

 지루하던 비가 한낮이 지나서야 개었다. 준은 자리를 거두고 가까운 음식집에서 아침 겸 점심을 하고 들어왔다. 그는 오늘 아무 예정도 없었다. 식사를 하고 난 다음에는 으레 담배가 당긴다. 보통 때는 기계적으로 담배를 꺼내서 물게 되지만 문득 이상해질 때가 있다. 그가 첫 담배를 피우기는 군에 들어가서의 일이니까, 벌써 3~4년 경력이 붙은 셈이다. 복학한 다음에도 그럭저럭 피우고 있다. 사실 군대 생활을 하는 동안 담배는 요긴한 몫을 했다. 하필 배속된다는 게 엠비피 사단의 수색 중대였다. OP라는 곳은 독고 준과 같은 남자에게 안성맞춤으로 잔인한 자리였다. 이북 출신은 되도록 OP 근무를 시키지 않는다는 것으로 되어 있었으나 그는 거기서 근무하게 되었다. 지호지간指呼之間이란 이것을 말하는 것일 게다. 바로 눈앞이었다. 녀석들이 호壕 밖으로 나와서 평행봉 하는 것이 보인다. 자식들은 저것도 체육 사업이라고 부를 테지. 두 개의 막대기 사이에서 흔들리는 몸뚱어리를 바라보면서 그는 쓴웃음을 지었다. 포대경砲臺鏡 속에서 바라보이는 그들의 옷차림은 예나 지금이나 초라했다. 산굽이를 돌아나와 이쪽의 관측에 백미터가량 노출된 보급로를 소달구지가 지나간다. 이런 불리한 도로를 왜 그냥 쓰는지 모를 노릇이었으나, 준이 고지에 와서 내려갈 때까지의 이태 사이, 그 길은 줄곧 사용되었다. 해가 지루한 여름날 같은 때 느린 걸음으로 지나가는 그 달구지를 보고 있노라면, 문득 알 수 없는 슬픔이 가슴을 적신다. 저게 혹시 고향의 동창일지도 모른다든지, 설명하자면야 이리저리 그럴듯한 풀이가 되겠지만 그런 분석의 이전이나, 마찬가지 얘기지만, 분석 이후랄까 아무튼 따분하기 이를 데 없는 노곤한 서글픔이다. 조금도 격하지 않다. 어느 편인가 하면 달고 연하다고 할 만한 허탈의 심정이다. 그럴 때 담배가 제일이다. 불을 붙여서 한 대 피워 문다. 행복. 행복하다고 느낀다. 겹겹 산속에 전망대를 만들어서 천하에 게으르고 쓸모없는 인간에게 이 같은 엑스터시를 맛보게 해주는 이 시대時代를 마음껏 노래하고 싶은 생각이 든다. 달구지는 천천히. 확연기를 뿜어낸다. 눈을 감고 싶지는 않다. 눈은 어디서나 감을 수 있는 것이다. 그러나 여기는 눈을 감기에는 너무나 아름다운 곳이다. 유유히 산마루를 타고 넘는 구름. 콱 쏟아지는 햇볕 아래, 자라고 싶은 대로 자란 방초芳草가 굽이쳐 내려가고 올라간 골짜기와 산마루. 나무는 없다. 시야를 막기 때문에 양편에서 쳐버렸다. 풀이 없으면 이곳의 봄과 여름은 계절의 뜻을 잃을 것이다. 이 풀도 하기는 반가운 것이 아니다. 키 높이 자란 그 풀 속으로 간첩과 때로는 기습 부대가 건너오는 수가 있기 때문이다. 아무튼 탁 트인 전망 속에 여름은 무르익는다. 보급은 1종에서 4종에 이르기까지 말할 수 없이 좋다. 그리고 전쟁은 아니지만 전쟁이라는 아주 사람 죽이는 희한한 상황. 준은 행복할 수밖에 없다. 시간을 맞추어 녀석들은 스피커로 선전을 한다. 친애하는 국군 장병 여러분. 그리고 미 제국주의. 이승만 매국 도당. 남반부 인민들이여. 전체 지식인 학생들이여. 북반부에서는…… 늘 그 소리가 그 소리. 꽤나 우둔한 놈들이다. 곰이 한 가지 재주밖에 없다더니, 원 저렇게야. 좀 산뜻한 궁리가 좀 안 날까. 그러나저러나 그것들은 이미 말이 아니다. 바람이다. 햇빛이다. 구름이다. 그것은 공기의 진동이기 때문에. 아무도 잡으려 하지 않기 때문에. 그런 것보다는 이쪽 것이 훨씬 지능지수가 높다. 울고 넘는 박달재. 항구야 잘 있거라. 마도로스 풋사랑. 비 내리는 고모령. 불효자는 웁니다. 고향길 눈물길. 남매는 단둘이다. 명동 부기우기. 화류계 사랑. 이런 식민지 멜로디에서 캄 온 어 마이 하우스. 유 아 마이 선샤인. 오오 캐럴. 테네시 월츠. 다알링 아일 러브 유. 베비즈 카밍 홈 같은 GI 센티멘털리즘까지. 그것들은 놈들의 헛고함질보다 훨씬 낫다. 군가나 건설의 노래 같은 것보다 백 배나 낫다. 놈들은 귀에 못이 박히도록 그런 것을 들었을 터이니까. 언젠가는 가까운 OP에서 소대장의 목이 잘렸다고 하지만, 그렇다고 24시간 365일을 신경을 곤두세우고 있는 것은 사람으로서는 불가능하다. 이런 시간이 너무나 풍부한 하얀 대낮에는 다만 인생을, 더욱이 내 인생을 찬미하고 싶을 뿐이다. 주여, 당신이 계시다면 내 찬송을 받으시기를. 이 좋은 구경을. 이 좋은 하늘을. 저 풍성한 풀들을. 저 좋은 태양을. 그리고 늦춰진 죽음을. 그런 심정이다. 또 하나 마차. 한 시간 동안의 일이 이것이다. 그러므로 담배다. 화랑 담배. 화랑의 전통은 살아 있다. 황산벌의 기사騎士 관창. 화랑 담배 연기 속에 신라의 넋은 살아 있다. 그래서 담배. 바라보이는 저 산 너머로 곧장 가면 W시로 가는 길이 나선다. 지도를 보면 그렇다. W시. 이제는 절대로 갈 수 없는 곳. 그날 그 대폭격에 무너진 방공호에서 모진 상처 하나 없이 살아난 것은 기적이라고 할 수밖에 없었다. 그를 찾으러 나온 형이 준을 발견한 곳은 시립병원 복도였다. 그 길로 집으로 업고 갔다. 다친 데는 없었으나 까무러쳤다가 살아난 그는 집에 돌아와 누워서도 밤마다 가위에 눌렸다. 겨우 열이 내린 다음에도 그는 누워서 지냈다. 도시에서 폭격은 날이 갈수록 심해져갔다. 한동안 그는 폭음이 들리면 이불을 뒤집어썼다. 그 소리가 끝날 때까지 그대로 있었다. 캄캄한 이불 속에 하얀 얼굴이 보였다. 따뜻한 팔. 뜨거운 뺨. 살냄새. 그것들은 누님의 것과 같으면서 달랐다. 집의 사람들은 그가 이불을 뒤집어쓸 때마다 폭음이 무서운 때문이라고만 생각했다. 그러나 이불 속의 어둠은 그 방공호의 암흑을 되살려주었다. 집 사람들은 비행기 소리가 지나간 다음이면 으레 그의 이불을 벗기려고 했다. 안간힘을 쓰는 그의 노력을 그들은 가시지 않은 무서움 때문이라고만 생각했다. 그런 오해가 또한 그에게 죄의식을 갖게 하였다. 이렇게 해서 그의 경우에도 섹스는 죄와 비밀의 무대에서 시작했던 것이다. 그것은 두려움임에는 틀림없었다. 그러나 찢어지는 쇠뭉치에 대한 것이 아니라, 부드러운 살의 공포였다는 것을 가족들이 알 리 없었다. 하늘과 땅을 울리는 폭음이 아니라 귀를 막아도 들리는 더운 피의 흐름 소리 때문에 떨고 있는 것을 아는 사람이 있을 리 없었다. 자리에서 일어난 다음 또다시 밤나무숲에 앉아서 W시를 바라보고 있는 소년은 이미 다른 아이라는 것을 아무도 몰랐다. 『나나』에서 그는 무엇인가 설레는 것을 알아보고 있었다. 백작이 보는 앞에서 나나가 알몸뚱이가 되어 맨틀피스를 향해 서서 불을 쬘 때 그는 가슴을 두근거렸다. 그러나 그것은 유리 하나 저편의 세계였다. 방공호 속에서 일어난 일은 몸으로 겪은 일이었다. 그는 겹겹이 둘러싸인 이야기의 세계에서 처음 이 세계 속으로 밀려나왔다. W시를 바라보는 그의 눈은 반딧불처럼 약한 것일망정 소년의 속에서 점화된 욕망의 빛을 담고 있었다. 시市를 바라보고 있노라면 그곳으로 달려가고 싶은 생각이 불현듯 그의 마음을 스치고 갔다. 그를 안아준 여자는 죽었을지도 모른다. 나는 그 여자 때문에 살아남았는지도 모른다. 몸으로 막아주었기 때문에. 그러므로 그녀의 생사는 알아야 한다는 논리를 어린 마음이 꾸며보는 것이었다. 그러나 저번과 달라서 이번 경우에는 집의 사람들이 옳게 여길 그럴싸한 핑계가 없었다. 학교에서 부르러 왔다는 것과 소년단 지도원에 대한 준의 두려움은 지난번 탈출을 누구에게나 이해할 수 있도록 했고, 또 준에게는 용기를 주도록 만들었다. 이번에는 그럴 수 없었다. 지금 그가 또 없었진다면. 그는 매를 맞든지 미친 아이 취급을 받을 것이었다. 그의 마음은 한없이 우울하고 짜증스러웠다. 그의 기억 속에서 그 여자의 초상화는 매일 확실해져갔다. 얼굴은 둥글다. 흰 얼굴. 줄무늬 간 원피스. 검은 눈썹. 맵시 있는 코. 흰 이빨. 그의 기억과 상상력은 사이좋게 의논해서 부드럽고 젊은 여자의 초상화를 만들어갔다. 얼굴은 더욱 희어갔다. 눈썹은 더 곱게. 코는 더 오똑하게. 이빨은 진주를 닮아서 매끄럽고 빛났다. 입술은 다정하고 붉었다. 도시의 폭격은 커다란 역사의 다른 국면이 곧 이 도시에 덮쳐들어오려고 하는 그 발소리였으나 독고준의 귀에는 전혀 다르게 들렸다. 누님과 형은 밤마다 라디오 앞에서 전보다 더 깊은 눈짓을 주고받았다. 어른들에게는 그 폭음과 그 지동 소리의 뜻이 또 다르게 들렸던 것이다. 9월이 갔다. 남루한 옷과 군용 트럭들이 이따금 마을 앞길을 지나갔다. 또다시 유언비어가 성하기 시작했다. 전쟁 초에는 왜놈들이 미군과 국방군의 선두에서 싸우고 있다는 소문이 돌았었다. 이번에는 깜둥이가 선두에서 싸우는데 그들은 사람을 보는 대로 잡아먹는다는 이야기를 마을 부인들과 아이들이 퍼뜨리고 다녔다.

  10월 초순의 어느 날. 남쪽의 사람들은 끝내 이 마을에 나타났다. 나타났대야 그들은 지나가는 것이었다. 그들은 트럭을 타고 군가를 부르면서 W시로 질주해갔다. 그들은 흥분해 있었다. 마을 사람들은 물과 과일을 들고 길에 나섰다. 손에손에 태극기를 들고. 병사들은 흥분해 있었다. 사람들은 미끈한 GMC와 으리으리한 복장, 깔끔하고 빛나는 총기에 감탄했다. 트럭들은 가끔씩 멈추어서 사람들이 받쳐올리는 사과 궤짝을 담아올리고 물을 마셨다. 병사들의 발에 걸친 윤나는 군화와 장교들이 신은 반장화는 그들에게 놀라움을 주었다. 너무나 값지고 의젓했기 때문에. 형은 연방 사과 궤짝을 날라왔다. 어머니는 누님과 둘이서 물을 나르기에 바빴다. 트럭은 한정 없이 자꾸 뒤를 이어 지나갔다. 병사들은 흥분하고 있었다. 그들은 차 위에서 소리 높이 군가를 불렀다.

역적의 공산당을 때려부수자
역적의 김일성을 잡으러 가자

물러가기를 싫어한 여름이 아직도 서성거리는 듯 햇살은 따가웠다. 승리한 사람들의 노랫소리는 높이 하늘로 울려가고 빨리 달려가는 GMC들은 누런 먼지를 수없이 날렸다. 사람들 틈에서 구경하던 준은 아까부터 골똘히 다른 생각을 하고 있었다. 지도원 선생은 이제 쫓겨갔다. W시. 이 줄지어 들어가는 사람들이 차고 넘친 거리로 가보고 싶다는 생각이었다. 그렇게 그는 자기 마음을 설명했다. 그의 마음속 깊은 곳에 있는 참다운 바람에 대해서. 그것은 소년다운 위선이었지만 전혀 위선만인 것은 아니었다. 그는 사람들한테서 빠져나와서 트럭이 나가는 쪽으로 걸어갔다. 집 식구들은 보이지 않았다. 그는 그냥 걸었다. 길가에는 사람들이 잇대어 늘어서 있거나, 좀 끊어져도 곧 또 사람들이 뭉쳐 있고 했기 때문에 그의 행색은 조금도 드러나 보이지 않았다. 축제일에 어른들 사타구니 사이로 빠져 다니는 아이들을 거들떠보는 사람이 아무도 없는 것이나 마찬가지였다. 퍽이나 걸어서 그는 다음 마을에 이르렀다. 거기서 차들은 줄을 지어 멈춰서 쉬고 있었다. 여기서도 물을 마시고 사과 대접을 받고 있었다. 장교들은 길가의 농가에 들어가 쉬고 있었다. 툇마루에 반짝거리는 반장화들이 여러 켤레 놓여 있었다. 그 집 부엌 쪽으로 돌아갔을 때 솥에서는 김이 나고 여자들이 오락가락하는 것이 보였다. 뜰 한쪽에 닭털이 수북이 흩어진 것으로 보아 닭을 잡는 것을 알 수 있었다. 어느 집 뜰에 사람이 둘러서 있다. 그는 들여다보았다. 한 사람이 우람한 황소의 고삐를 잡고 있고 다른 사람이 망치를 들고 그 앞에 서 있었다. 한 번에 해야 되우. 둘러선 사람들 가운데서 누군가 말했다. 망치 든 사람은 손바닥에 침을 탁 뱉더니 연장을 고쳐 잡았다. 소는 뒷발을 뻗고 메, 하고 울었다. 자루가 긴 망치가 빠르게 반원을 그렸다. 1초. 2초. 소는 앞다리를 꺾었다. 그러자 가벼운 먼지를 일으키며 육중한 몸뚱이가 모로 쓰러졌다. 그만이었다. 다른 사람들이 바꿔 들어서서 날카로운 칼을 소의 배 한복판에 찔러서 사타구니까지 쭉 내리찢었다. 다른 사람은 소의 목에 칼을 푹 찔렀다가 뺐다. 받쳐진 대야에 콸콸 피가 쏟아져 내려갔다. 쇠가죽을 벗기는 사람은 가슴과 배를 다 마치고는 다리를 벗겨냈다. 지금은 널찍한 모피 위에 흰 막에 덮인 커다란 고깃덩어리가 얹혀 있었다. 그는 소의 오금을 잘라서 뒷다리 둘을 끊어내고 다음에는 앞다리를 도려냈다. 아까 피를 받아내던 사람이 목둘레를 잘라낼 때 준은 자리를 뜨려고 했으나 발이 떨어지지 않았다. 쇠대가리가 따로 났다. 한 사람이 뿔을 잡고 번쩍 들어서 날라갔다. 이제 사람들은 내장을 들어내는 판이었다. 그는 자리를 떴다. 그는 트럭 있는 데로 가 보았다. 한 마을 사람이 군인에게 말하고 있었다.

"시내에 좀 갈 수 없을까요?"

"여보시오, 지금 어느 땐데 시내엘 간단 말이오."

"인민군 아이들은 다 도망하고 시내는 비었다던데요?"

"안 되오, 전투 중이란 말요."

그 사람은 시내에 꼭 가야 할 사정을 설명하기 시작했다. 트럭을 태워달라는 것이다. 병사는 사과를 씹으면서 건성으로 말을 들어주고 있었다. 준은 생각했다. 저 사람이 차를 타게 되면 나도 따라서 타야지. 여기서 시내까지 가자면 멀기도 하려니와 여느 때와 달라서 군인들을 실은 트럭이 길을 메우고 있는 속을 걸어간다는 것은 불안스러웠다. 그는 이 자리에 지켜섰다가 하회를 보아 그렇게 하기로 마음먹었다. 마을에 흩어졌던 군인들이 하나둘 차를 세워둔 길가로 돌아온다.

차들이 발동을 걸고 부릉부릉대기 시작했다. 어떻게 타협이 되었는지 아까 그 사람은 트럭에 기어오르고 있었다. 트럭에 앉은 병사들은 아무도 말리지 않았다. 준은 화끈거리는 얼굴을 숙이면서 그 사람 뒤를 따라 차에 올랐다. 군인들은 보고만 있었다. 차의 행렬은 출발했다. 황백색의 먼지를 자욱이 날리며 차는 달려간다. 준이 보통 같으면 엄두를 못 낼 이런 일을 재빠르게 혼자 해내도록 만든 데는 이 돌변한 사태의 어수선한 분위기가 많이 작용한 것도 사실이었으나 지금 그는 머리가 아프도록 W시에 가고 싶었다. 그런 감정은 지금까지 그의 생활에서 비슷한 것을 찾아본다면, 친구가 가진 책을 빌리기 위해서 그의 마을과는 반대쪽인 S리로 밤을 새워 다녀왔던 일밖에는 없었다. 동리마다 비슷한 환영을 받으면서 차량들은 W시로 다가갔다. 그 차에는 여덟 사람의 군인과 마을 사람 그리고 준이 타고 있었다. 병사들은 바닥에 실은 사과 궤짝을 터서 먹으면서 연방 노래를 불렀다.

> 양양한 앞길을 바라볼 때에
> 가슴에 고동치는 애국의 핏줄
> 넓고 넓은 사나이 마음
> 생사도 다 버리고 공명도 없다

달리는 차 위에서 먼지를 뒤집어쓰고 목이 터질 듯이 노래를 부른다. 귀에 익지 않은 군가는 소년 독고준에게 무엇인가 형용키 어려운 고독을 맛보게 했다. 마을을 지나서 다음 마을까지 양쪽에 펼쳐진 논 사이로 차는 달리고 있었다. 병사들 가운데 가장 젊어 보이는 한 사람이 큰 소리로 외쳤다.
"야, 맞히나 봐."
그는 말을 끝내기도 전에 손에 든 사과 한 알을 차가 달리는 저 앞쪽을 향해서 던졌다. 사과는 지게를 지고 걸어가던 늙은 농부의 어깻죽지를 때리고 땅에 굴렀다. 겁에 질린 농부의 얼굴이 차 위를 살폈다. 그 옆을 왁자지껄한 웃음소리를 실은 차가 지나가면서 몇 알의 사과가 더 날아갔다. 농부는 길가에 모로 돌아서서 그것을 피했다. 처음 사과 한 알이 날아가는 순간 준은 가슴이 꽉 막혔다. 그의 눈앞에서 병사는 거푸 두 번 세 번 던졌고 순식간에 농부는 저 뒤로 남겨졌다. 준은 웃고 있었다. 병사들이 유쾌하게 웃고 있었기 때문에 그들의 표정을 닮았던 것이다. 그는 몰래 차를 얻어 타고 있었다. 그는 표정으로나마 맞장구를 쳐야 했다. 그러나 그의 가슴은 슬픔과 아까 군가를 들으면서 느꼈던 것보다 비할 수 없이 강한 고독으로 울렁거렸다. 머리에서 왕왕 소리가 났다. 앞차가 멎으면서 준이 탄 차가 멎고. 뒤를 이어오던 차가 고장이 생긴 모양이다. 준이 탄 차 바로 옆에 두 구의 시체가 넘어져 있었다. 시체는 인민군 병사였다. 마른 논에 얼굴을 반쯤 묻고 이쪽으로 드러난 네 개의 운동화 바닥을 길에 걸친 자세로 그들은 나란히 넘어져 있었다.

"그 새끼들 더럽게 됐다."

"먹어라, 새끼들아."

앞뒤 차에서 사과가 날아가서, 시체 위에 혹은 옆에 떨어졌다. 진흙 속에 박히는 사과를 바라보면서 독고준은 웃고 있었다. 차에 있는 사람들의 표정을 닮기 위해서. 차는 다시 출발했다. 황백색의 먼지를 자욱이 날리며……

지프 한 대. 탑승자 셋. 지프도 가끔 나타난다. 포대경 속에 드러나는 '동무'들의 지프는 우리 것보다 스타일이 둔하다. 지프는 백 미터의 거리를 우右에서 좌左로 가로질러 사라져버렸다. 길 위에서 되비치는 하얀 햇살. 아지랑이. 어디선가 새가 운다. 발동기의 웅웅 소리. 조직이란 것은 묘하다. 보통 거대한 기계에 박힌 톱니바퀴란 말을 한다. 그것은 틀림없는 말이다. 그러나 조직 속에는 늘 맹점이 있다. 없어서는 안 될 임무지만 잘만 이용하면 에고를 위한 디오게네스의 통을 만들 수 있는 그런 자리가 늘 있는 법이다. OP만 해도 그렇다. 여기는 말하자면 양쪽의 더듬이다. 여기서 얻어지는 관측은 물론 빙산의 한 모서리이지만 모아서 맞춰보면 물 밑에 잠긴 거대한 부분의 부피를 짐작해내는 데 긴요한 도움이 될 것이다. 그러나 여기서 근무하는 한 사람에 대해서 말한다면 그저 단조한 동작을 되풀이하는 것뿐이다. 맹점이란 말은 다분히 조직의 입장에 서서 능률을 걱정하는 울림을 주지만 오히려 이런 것을 달리 생각해서 긍정의 방향으로 돌리는 것이 옳지 않겠는가. 만일 조금도 낭비가 없는 완전을 그려본다면 그것은 지옥이다. 조직은 그 자신 속에 모순의 논리를 가지고 있다. 조직이 계속하자면 필요한 비능률을 그 속에 지녀야 한다. 그래야 에고가 숨막히지 않는다. All work and no play makes Jack a dull boy. 그것은 조직과 에고와의 야합이다. 야합이란 현실의 논리다. 점잖게 중용中庸이네, 해보아도 속은 마찬가지다. 기승해서 달려들면 기계는 고장 나고 사람은 멍이 든다. 지금 생각하면 북에서 '동무'들이 해방 후 벌여놓은 일 가운데는 무리가 많았다. 무엇인가 잘못된 데가 있었다. 그들은 조직을 이루고 있는 낱낱의 에고들이 저마다 그 조직 자체를 삼켜버릴 수 있는 허무의 '점'들이라는 사실을 무시하고 있다. 그래서 그들 사회의 무겁고 따분한 공기가 생긴다. '동무' 두 사람이 막사 밖으로 나온다. 평행봉에 매달린다. '체육사업'이다. 사업 하하. Dull boys. 도대체 뭐가 뭐란 말인가. 남들은 나이가 들면 세상이 알아지고 철이 든다고들 하지만 나의 경우는 갈수록 오리무중 캄캄한 밤길이다. 뭐가 뭔지 알 수 없다. 생사도 다 버리고 공명도 없다는 마음으로 여기 제6 OP에 서서 포대경을 들여다보는 것은 아니다. 잡념과 번뇌는 저 벌판의 잡초처럼 이내 맘엔 무성도 하고. 욕망의 태양은 지글지글 끓는다. 다만 풍경은 움직이지 않는다. 이 벌판처럼. 움직여야만 하는가. 움직여야만 하는가…… 태양은 하늘에 있고 잡초는 게으르게 숨 쉬며 나 독고준은 포대경 속에 100미터의 길을 지켜보며 취생醉生해서는 안 되는가. 무엇을 할 것인가, 하는 의문이 생길 때마다 그는 당황해진다. 무엇을 할 것인가. 그 물음은 인간은 무엇을 해야만 된다는 요청을 앞세우고 있다. 그러나 무엇을 해야만 하는 것인가, 무엇을…… 뜨거. 그는 담배를 발로 비볐다. 교대는 오지 않을 것이다. "미안한데." 전우여 조금도 관계없다. 나는 이 근무를 사랑한다. 그렇다, 만일 인생에도 이런 자리가 있다면. 인마人馬. 적 보급 차량. 덮개를 씌운 마차 하나, 15시 30분. 그뿐. 이런 자리가 만일 이 인생에 있다면 나는 그것을 원한다. 아무것도 하지 않고 다만 보기만 하는 생활. 한없는 욕망을 간직한 채 인생의 밖에 서 있는 몸가짐. 그것도 한 가지 참여라? 그렇기는 하다. 그렇더라도…… 그렇다 치더라도…… 괜찮다. 그러나 밥을 먹어야 할 것이 아닌가. 누가 밥을 먹여주는가. 밥. 밥이란 물건이 그렇게 중요한 것을 그는 피난 시절에 처음 알았다.

　월남해서 만난 아버지는 그의 기억 속에 있던 아버지가 아니었다. 풍신이 좋고 말이 없으나 위엄이 있는 인물이 그의 기억 속에 있는 아버지의 초상화였다. 물들인 UN 점퍼의 구겨진 칼라 위에 솟은 야윈 목을 바라보면서 그는 왜 그런지 흐뭇한 '아버지'를 느꼈다. 가족들이 다 남고 준이 혼자 나오게 된 이야기를 들으면서 그의 눈에서는 거침없이 눈물이 흘렀다. UN군의 철수가 전해졌을 때 온 시市는 발칵 뒤집혔다. 바로 전날까지도 모르고 있던 시민들은 부두로 몰려갔다. 피난할 사람을 태우려고 항구에는 화물선이 하나 들어와 있었다. 아무나 태우는 것이 아니었다. UN군이 들어온 다음에 여러 기관에서 협력한 사람들이 대상이었다. 준의 집에서는 준과 누나가 피난하기로 정해졌다. 잠깐 갔다가 곧 오는 줄만 알았다. 형이 두 사람을 데리고 부두로 나갔다. 아무 연고도 없는 그들은 배를 타는 것을 단념해야 했다. 아버지가 시 자치회에 근무한 한반 친구의 가족을 만난 것은 전혀 우연이었다. 친구는 준을 열列에 끼워주면서 자기 아버지에게 부탁해서 허락을 받았다. 못난 누나는 준을 떼밀면서 자기는 다른 사람들한테 끼어 갈 테니 먼저 타라고 했다. 두 사람씩이나 폐를 끼칠 수 없다고 생각한 때문이다. 그는 친구를 바라보았다. 그는 가만있었다. 친구의 아버지도 시무룩한 채 딴 곳을 보고 있었다. 친구의 어머니는 짜증이 난 목소리로 친구의 어린 누이를 쥐어박고 있었다. 할 수 없었다. 그는 밀리는 배를 타고 누나는 남은 채 배는 출항했다. 아버지에게 이야기하면서 그는 죄지은 사람의 부끄러움을 느꼈다. 사지死地에 가족을 두고 도망해온 치사한 두 사람. 이렇게 해서 아버지와의 생활이 시작되었다. 그들은 영주동에 2평방미터의 판잣집을 짓고 아버지는 국제시장에 나갔다. 그는 여러 가지 장사를 했으나 한번도 재미를 보지 못했다. 준이 매부 얘기를 물었을 때 아버지는 사람 같지 않은 놈이라고 내뱉듯이 말했다. 그는 이남에 나와서 다른 여자와 결혼했던 것이다. 누나와는 이미 관계없는 그는, 따라서 매부도 아니고 사위도 아니었다. 아버지 말씀에 의하면 자본이 없어서 장사가 안 된다는 것이었다. 그 돈이 제일 첨에는 어떻게 생기는지 준은 몹시 궁금했다. 준은 피난 온 다음 해에 학교에 들어갔다. 피난민촌에 있는 바라크 학교였다. 그들 두 사람의 생활은 어려웠다. 지금 생각하면 아버지는 월남한 이후 줄곧 뉘우치고 계셨던 것이 분명하다. 이북에 있는 과수원에서 가족들과 같이 사상이고 뭐고 아무도 다치지 말고 살 수만 있었다면 그는 그쪽을 택했을 것임에 틀림없다. 물론 '동무'들이 그렇게 놔두지 않아서 넘어온 것이지만. 부모덕에 공부를 하고, 물려받은 과목밭이나 가꾸고 주재소 주임이 보여준 존경 비슷한 것 속에 살아온 그는 나이까지 들고 난 지금은 아주 약하디약한 생활자였다. 게다가 남한 사회는 한국이 여태까지 겪지 못한 새 사회로 변모하는 중이었다. 돈이면 그만인 사회. 적당한 겉치레와 브레이크를 걸 수 있는 전통도 없는 채 자본주의의 가솔린 냄새나는 사회로 변해가고 있는 속에서 그는 낙오자가 되었다. 약해진 아버지는 어린 아들을 데리고 곧잘 심각한 이야기까지 나누는 것이었다. 고독했을 것이다. 어느 겨울에 아버지와 아들은 바람이 몰아치는 거리를 거닐면서 주고받았다.

"이런 날은 부산도 춥지요?"

"겨울이니까……"

"추울 때도 배가 든든하면 떨리지 않아요. 배가 고프면 더 추워.

그러니까 추워도 먹을 것만 있으면 안 추운 거나 마찬가지야."
 아버지는 멀리 바다 쪽을 내다보면서 한 손으로 준의 손을 잡으며 신음하듯 말했다.
 "그래…… 맞았어……"
 그날 그들은 아직 아침밥을 먹지 못하고 있었다. 겨울의 스산한 거리. 찌푸린 하늘. 주린 배를 안고 손을 잡고 걸어가면서 배가 고프면 더 춥다는 이야기를 중요한 발견이나 한 듯이 주고받았다. 지프 1, 탑승자 3, 16시. 아까 그 지프다. 앞자리에 탄 친구가 손을 들어 이쪽을 가리키고 있다. 지프는 사라졌다. 환경에 적응한다는 점에서는 그 독고준도 문제를 가지고 있었다. 그의 섹스의 계절이 시작되고 있었다. 무력한 아버지였으나 그가 아버지와 같이 생활한 것은 거칠고 벌거벗은 성性의 시대로 성급히 쓸려들어가는 것을 막아주었다는 뜻에서도 크나큰 도움이었다. 그렇지 않았던들 독고준의 정신의 세계는 다른 길을 밟았을지도 모른다. 뜰도 없는 바라크 건물이었으나 학교는 학교였다. 아버지는 준에게 일을 시킨다는 것은 엄두도 내지 않았다. 아무튼 그는 학생이었고 바라크일망정 집이 있고 집에는 '아버지'가 계셨다. 준이 대학에 들어갔을 때 오랜만에 아버지는 술을 드셨다. 너만 성공하면 내 고생은 아무 일도 없다. 아버지는 그렇게 말씀하셨다. 대학 이학년이 된 봄에 아버지가 돌아가셨을 때 준은 어른이 됐다. 그것은 슬픔이란 말로는 잘 나타낼 수 없는 차디찬 절망이었다. 우선 다음 학기에 낼 돈을 마련할 수 없었다. 그는 군에 지원했다. OP의 생활은 그에게 휴식과 마음을 가라앉히는 시간을 주었다. 아버지는 그의 생활의 뿌리였다. 그는 거기서 자양 — 돈과 애정을 공급받았다. 그가 없는 지금, 그는 허공에 떠 있었다. 독립한 에고의 뿌리를 내리기까지는 바람막이와 따뜻한 볕이 필요했다. 새로운 생활을 위한 결의와 체념을 그는 이 특수지대의 고요한 공기와 햇빛과 눈과 바람 속에서 익혔다. 그것은 물론 아무것도 아닌 일이었다. 기댈 데 없이 된 한 피난민 청년이 생활의 밑바닥에 제 발로 서야 되게 되었다는 시시한 이야기에 지나지 않았다. 그러나 독고준에게는 3·1운동이나 6·25동란보다 중요한 일이었다. 3·1운동이나 6·25동란은 준의 힘으로는 어찌할 수 없는 일이었다. 이것은 자기 일이었다. 산과 산. 그 너머에 멀리 W시의 항구와 그 거리들과 5월의 사과꽃과 양철지붕을 인 고향의 집이 마음속에서 새로운 신神이 된 것은 이곳의 생활 속에서였다. 그것들은 예전에 마귀할미나 백설공주, 신데렐라, 손오공, 나나 같은 이야기의 주인공들이 차지했던 자리를 대신하게 되었다. 현실의 세계에서는 손에 잡히지 않는다는 점에서 그것들은 같았으며, 그러면서도 현실보다 아름답고 빛난다는 점에서 같았다. 그것은 발전이라고 할 수 있었다. 아득한 하늘 위의 신神들 대신에 땅으로 이어진 저쪽에 살고 있는 신이 대신한 것은 꿈이 그만큼 가까워진 것이니까. 다르게 생각하면 역시 독고준의 비극이었다. 아버지와 같이 생활했다는 준準정상적인 조건이, 비록 아래위 양옆으로 줄줄이 얽힌 부르주아 가정의 그것보다 못할망정, 독고준이 성性의 세계로 거칠게 휩쓸리는 것을 막은 것처럼 그의 마음속에 자리 잡은 향수鄕愁라는 우상은 현실과의 사이에 또 하나의 벽을 만들었기 때문에. 그의 마음은 철조망의 선을 넘어서 고향의 집으로, 사과밭으로, 부서진 학교로, 방공호 속의 그의 나나에게로 공상의 나그넷길을 떠났다. 사랑이 그러한 것처럼 향수도 결정작용結晶作用을 한다. 그의 마음 속에서 고향의 풍물은 금테를 두르고 돌아왔다. 고지의 일몰은 빠르다. 산마루에 해가 없혔는가 하면 사방은 흠씬 어둠에 잠겨버린다. 풀벌레가 울고, 갠 밤이면 하늘은 한결 가까워진다. 별하늘의 아름다움. 사방에 둘러선 산으로 막힌 하늘은 진한 물이 괸 호수다. 반딧불. 차단한 빛의 작은 알맹이들이 그 호수 위를 스르륵 날아간다. 별하늘에서 받는 높고 깨끗한 감동. 하느님과 단둘이 말을 주고받는다는 기도의 습관을 가지지 못한 독고준은 별하늘을 대할 때는 언제나 확실한 에고의 존재감을 맛보았다. 누군가와 확실히 면대하고 있다는 느낌은 거꾸로 말하면 그렇게 면대하고 있는 에고가 있다는 말이었다. 내가 있다는 것은 그렇게 놀랍고 벅찬 일이었다. 나는 정말 있는가. 별하늘을 보면 그는 확신할 수 있었다. 내가 딛고 있는 이 땅덩어리만 한, 혹은 저 태양만 한 별들이 바닷가 모래알보다 더 많이 꽉 들어차 있다는 저 공간. 그는 차가운 외로움을 느낀다. 그의 눈은 이웃에게로 간다. 거기 자기와 똑같은 외로운 한 인간이 있다. 그는 이 허허한 벌판에 놓인 똑같은 운명의 소유자다. 무연無緣의 중생을 사랑할 수 있는 사람은 없다. 이 막막한 공간에서 고독을 같이 견디고 있다는 인연이 사람과 사람을 맺어준다. 그것은 설명할 수 없다. 머나먼 나그넷길에서, 어느 벌판의 오솔길에서 문득 사람을 만났을 때의 기쁨. 그것이 인간의 윤리를 지탱하는 마지막 뿌리가 아니겠는가. 다른 뿌리가 다 마르고 썩는 날에도 이 우주 감정宇宙感情만은 남는다. 이렇게 해서 독고준의 에고는 이웃 에고에게로 연대의 손을 뻗친다. 그의 에고와 이웃 에고와 별하늘. 이 세 개의 점을 연결한 삼각형 속에서 그는 외로움과 싸웠다. 청년 시절에 흔히 있는 대로 독고준도 체계體系에의 집념에 사로잡혀 있었다. 세계를 한 가지 원리로 설명하고 싶다는 욕망. 그것은 가족으로부터 분리되어 소속할 체계를 잃은 에고가 자기 분열을 막기 위해서 환경과의 사이에 벌이는 본능의 싸움일 것이다. 여러 가지 구불구불한 잡담을 다 제하고 간단히 말한다면 그는 외로웠기 때문에 별하늘을 사랑하게 되었고 뒤늦게는 사람을 사랑하고 싶어졌다는 말이 되겠지만, 간단한 일을 간단히 생각지 못하는 것이 그 나이의 병일진대 그런 호걸스런 충고는 독고준에게 아무 쓸모도 없다.

고지高地의 생활도 끝나고 다시 민간인이 됐을 때 그는 막막했다. 궁하면 통한다는 말대로 그의 머리에 매부 얼굴이 떠올랐다. 남한에 나와서는 한 번도 만나지 않은 사람이었다. 매부도 아닌 사람이었지만 그의 기억에는 아직도 검은 학생복을 입고 누나와 같이 사과나무 밑에 앉아서 곧잘 해 지는 줄도 모르고 이야기하던 하얀 얼굴의 청년으로 남아 있었다. 물론 망설였다. 매부의 집은 으리으리한 집이었다. 그 속에 사는 사람도 옛날의 그 사람이 아니었다. 보기 좋게 거절을 당했다. 학鶴이 알아봐준 가정교사 자리에서 등록금을 대주기로 되지 않았더라면 그는 아무 방도 없었을 것이다. 제대했을 당시는 한동안 묘한 감상에 사로잡혀 있었다. 나는 일선 고지에서 돌아온 사람이다, 이 나라를 위해서 전선을 지키다 왔다, 하는 신파의 감정이 있었으나 어느 강아지 한 마리 그런 감정을 살펴주지 않았다. 제대 군인이 백만도 더 될 사회에서 당연한 일이었다. 매부의 처사는 그에게 또 하나 사람을 믿지 않는다는 나쁜 씨를 심어놓았다. 오늘까지 가정교사 자리를 옮겨 다니면서 독고준은 점점 자기 자신에 대해서 절망해갔다. 그는 소설가가 되겠다는 것이 막연한 희망이었으나, 그것도 꼭 되고 싶다는 것보다도 그저 되어볼까 하는 것뿐이었으며 그게 아니면 죽고 못 산다는 것은 아니었다. 그는 여전히 소설을 탐독했으나 소년 시절처럼 빠져들 수 없었다. 다 거짓말이고 가슴에 오지 않았다. 사실은 그 자신의 속이 비어 있는 것은 생각지 않고 소설 속에서 소설을 찾자는 데 까닭이 있었으나 그의 가슴에서 정작 활활 타오를 그런 불길은 없었다. 일요일 같은 인간. 매일 날에 날마다 일요일 같은 놈. 그는 자기의 에고를 마치 구경거리이기나 한 듯이 바라보았다. 그 바둥거리는 모양. 측은했다. 두 개로 쪼개진 이 자기가 한데 어울려 붙어야 무슨 일에든 신명이 날 테지만 이런 모양으로는 언제까지나 그는 깊은 회의와 권태의 의자에서 일어날 수 없었다. W시에서 폭격을 당하던 날, 그 굴속의 여자를 생각할 때면 그는 다시 소년의 날로 돌아가는 기분이 들었다. 진격하는 부대를 따라들어가던 일. 사과. 한낮의 햇볕 아래 자기의 가죽을 외투처럼 깔고 누워 있던 소. 노인에게 사과를 던지던 병사. 그 병사의 모습은 그 후에 그가 남한에서 본 것을 상징하는 그림이었다. 그 여자는 지금 어떻게 살고 있을까. 사람의 가슴속 제일 깊숙한 곳에 자리 잡은 가장 소중한 물건이란 이렇게 시시한 일일까? 만일 다른 사람이 그것을 본다면 하찮은 부스러기에 지나지 않을 것이다. 그러나 나에게는 그게 진주眞珠라는 데 문제는 있다. 거기를 건드리면 언제나 울리고 아프다. 나의 친구 학은 좋은 놈이다. 한국 같은 땅에 두기가 아까운 아이다. 그러나 그는 어딘가 막혔다. 마치 저 '동무'들처럼. 그는 아주 고결하고 훌륭하기 때문에 바보다. 녀석은 혁명을 하자는 것일까. 이 삼천리 금수강산을 유토피아로 만들자는 것일까. 바보 자식. 개자식. 무엇 하러 이 땅에 유토피아를 세운다는 거야? 누가 부탁했어? 누가 해달랬어. 이 땅은 구조할 수 없는 땅이야. 한국. 세계의 고아. 버림받은 종족. 동양의 유대인. 사랑하는 김학 선생, 당신은 예수 그리스도가 되시려는 거요? 유다여, 그대의 일을 하라고 뽐내고 싶으신가요? 김학 선생. 그것은 안 됩니다. 이 사람들은 밸도 없고 쓸개도 없는 사람들입니다. 성내지도 않고 울지도 않습니다. 그런데 무엇 하러 당신같이 고운 맘씨 가진 사람이 아까운 일생을 망쳐야 합니까? 가끔 신문 3면에 나는 기사를 못 보십니까? 70 평생을 조국에 바친 노지사老志士의 말로. 그런 기사를 대할 때마다 소름이 끼치더군요. 무슨 오산이었을까 하고. 당자는 그만두고라도 사랑하는 이를 밤낮 꿈속에서만 만난 그의 아내며 학교 교육도 제대로 받지 못한 자녀들은 누가 갚아줍니까? 그런 것도 보람이라고요? 거짓말. 가장 나쁜 거짓말입니다. 그런 거짓말만 해왔기 때문에 이 꼴인지도 모르지. 김학과 만날 때는 준도 끌려서 세상을 바르게 보고 청년다운 논리에 열중한다. 사실 김학이 없다면 준의 생활은 훨씬 쓸쓸할 것이다. 그는 학을 공격하고 빈정거리고 비웃으면서 어떤

회색인 83

쾌감을 즐겼다. 그와 마주 앉아서는 준은 그래도 세상을 생각하면서 살자는 사람같이 보였다. 학은 친구의 그런 겉모양에 속고 있었다. 한번 홀로가 되면 독고준은 도로아미타불이 돼버렸다. 애써도 추어올릴 수 없는 이 허물어진 마음. 회색의 의자에 깊숙이 파묻혀서 몽롱한 눈으로 세상을 바라보기만 하자는 이 몸가짐. 그러면서도 학의 말에 반발하고 싶고 그들이 만들고 있다는 모임에 퍼뜩 생각이 미치곤 한다. 나라는 놈은……

 준은 일어서서 창으로 갔다. 이 집은 낡은 일본집인데 집주인네는 아래층을 쓰고 그는 위층을 쓴다. 위층에는 준의 방 하나밖에 없다. 준이 이 집을 택한 것은 우선 집세가 싸기 때문이다. 도심지는 아니지만 한 달에 1,000환이란 세는 좀체로 생각할 수 없다. 집주인은 철도국에 벌써 30년 일하고 있는 50대의 남자고 고등학교 1학년에 다니는 딸이 하나, 마누라, 이렇게 세 식구다. 위에 시집간 딸이 셋이고 아들은 없다. 이런 사람들이 어떻게 이 적산 집을 차지했는지는 모르지만 수리를 제때에 안 한 탓으로 집은 많이 낡았다. 주인네 식구가 단출하다는 것만이 아니라 준은 2층에서 내다보는 전망을 사랑했다. 남쪽 창으로 내다보면 미군부대가 있고 그 저쪽으로는 한강이다. 미군부대는 막사와 시설이 먼눈에 보면 더욱 반듯한 것이 눈을 끈다. 아름답다고 해도 좋을 만하다. 테니스 코트가 있는데 하얀 공이 반짝하면서 나는 것을 보기를 준은 즐겨했다. 땅에 그은 하얀 줄. 하얀 유니폼. 하얀 네트. 하얀 공. 그것들이 재빠르게 움직이는 모양은 두는 사람 없이 제대로 움직이는 장기말 같다. 그 훨씬 저쪽에 한강이 흐른다. 그는 이곳에서 강에도 무수한 얼굴이 있는 것을 알았다. 기슭에 자란 풀이나 나무가 계절마다 모습이 달라지는 것이 변화의 첫째 원인이다. 이른 봄에 쪼개진 얼음이 흘러내리는 물빛은 얼음과 눈 때문에 차갑다. 그러는 사이에 새싹이 푸르무레 돋아나고 햇빛이 한결 밝아지면 강물은 부드러운 청색이 된다. 그것은 봄철에 아직 목에서 떼지 못하는 젊은 여자들의 털실 목도리처럼 부드러워진다. 한여름의 강물. 수없이 많은 빛의 알맹이들이 강 표면에서 튕겨져서 서로 부딪치면 강물은 흐늘흐늘 몸을 뒤척이는 양단이 된다. 물론 나룻배나 벌써 멱 감는 아이들, 빨래하는 여자들이 개입하면 느낌은 또 바뀌는 것이지만. 얼음이 언 다음에는 강은 강이 아니다. 강은 오히려 마음속에 있다. 저 언저리에 분명 다리가 있었는데. 저 나무는 여름에 어떻게 보이던 나무던가. 강줄기가 땅과 어울려 붙어서 제 모습을 알아내기 힘든 것처럼 잎사귀 떨어진 나무도 못지않게 달라진다. 그 나뭇가지에 눈이 쌓인 대로 있은 적은 별로 없다. 걸치는 데 없는 벌판의 바람은 눈이 쌓이기 무섭게 날려버린다. 겨울에 달이 있는 밤에 이 창에서 보는 한강은 스산하기 이를 데 없다. OP에 근무할 때나 이 집에서 살면서 독고준이 절실히 느낀 일이 한 가지 있는데, 그것은 한국의 산수山水에 관한 것이다. OP에서 바라보는 산에는 그처럼 깊은 골에도 눈길 닿는 데까지 번번한 맨몸인 채 나무가 없었는데도 산의 몸매는 결코 거칠지 않았다. 여름풀들이 부드럽게 덮여 있는 탓이기도 했으리라. 그러니 이 산에 나무가 들어찼을 때는 그야말로 금수강산이란 말을 빼고는 다른 말을 고를 수가 없었을 것이다. 산천이 너무 좋아서 사람을 망친 것이 아닌가. 하릴없는 시간에 그런 생각을 하고 웃은 적도 있다. 이 창에 서서 보는 한강의 겨울 풍경도 비록 스산하기는 할망정 결코 사람의 영혼을 두려움에 떨게 하도록 가혹하지는 않다. 이 산천을 보면 세계가 어둡고 구원할 수 없는 것이란 생각은 들지 않는다. 어느 한구석에는 빠지는 길이 있다는 느낌을 받는다. 하물며 지금은 가을. 그것은 흔히 보는 산수화 그대로였다. 동양화의 사실성을 그는 놀랍게 생각하였다. 그것은 천재들의 기교라느니보다도 이 강과 산과 구름을 그대로 베껴놓은 것이다. 자욱이 서리는 안개, 그 속에 들락날락하는 봉우리, 산허리에 자리 잡은 한 채의 기와집, 그 가운데를 섶을 진 마을 사람이 내려오는 장면은 그대로 한 폭의 그림이었다. 나라는 망하고 사람도 망했는데 강산은 왜 이다지도 아름다울까. 그는 무엇인가 깊디깊은 설움이 그 안개처럼 몸을 휩싸는 것을 느끼는 것이었다. 그것은 애국가를 부르는 어떤 순간 코허리가 시큰해지는 그런 감정을 닮은 것이었다. 그것이 싫었다. 그런 드높아지려는 낌새가 싫다. 그래봤자 아무것도 아닌 것이다. 시대의 흐름이란 것도 한 세대가 지나면 얼마나 맥 빠진 것이겠는가. 아니 그러나 사람은 그 흐름 속에서 살게 마련이 아닌가. 해탈하려는 것, 그 인연의 사슬 밖으로 벗어나려는 것이 바로 번뇌의 원인이 아니겠는가. 그렇다. 해탈하지 말자. 사슬에 매인 채로 사는 것. 그는 무슨 큰 발견을 한 듯이 가슴이 울렁거렸다. 그렇다. 해탈은 석가모니 한 사람에게나 맡기고 인간은 열심히 번뇌에 살아야 옳지 않겠는가. 번뇌의 기쁨. 번뇌의 아름다움. 우리 동양 사람은 이 가장 아름다운 인간의 표적을 얼마나 학대했는가. 지금 우리는 값을 치르고 있다. 또 그날 밤 학鶴의 말을 떠올린다. 혁명이 가능했던 상황이란 건 없었어. 혁명은 그 불가능을 의지로 이겨내는 거야. 거기에 대해서 나는 무어라 대꾸했던가. 사랑과 시간. 사랑과 시간. 그러나 얼마나 기다려야 하는가. 언제 우리들의 가슴에 그 진리의 불이 홀연히 당겨질 것인가. 그것은 기다리면 자연히 오는 것인가. 만일 너무 늦게 온다면. 사랑과 시간. 이것이 스스로를 속이는 기피가 안 되려면 무엇이 있어야 하는가. 무지한 백성. 몽매한 역사. 그런 것일까. 아니 문제는 그런 데 있지 않다. 나는 그럴 생각이 없는 것이다. 나는 진리를 믿고 싶지 않은 것이다. 천 사람, 만 사람에게 하나같이 꼭 들어맞는 그런 진리를 믿고 그 때문에 가슴을 태울 만한 순결은 이미 내 몫이 아닌 것이다. 어떻게 하다 이렇게 된 것일까? 내 나이에 어떻게 하다 이런 인간이 된 것일까? 이것은 시대가 나를 거세한 것일까? 아니. 시대에 책임을 넘기겠다는 것은 아니다. 나의 불행은 내가 책임진다. 만일 극락에 가서도 불행한 사람이 있다면 그 불행은 당자만이 책임지는 수밖에 없다. 인간의 불행 속에는 얼마까지가 필연의 탓이고 얼마까지가 우연의 탓일까. 이 가늠을 그는 일찍이 배워보지도 못하고 제 힘으로 알아내지도 못하고 있다. 지금의 독고준에게 한 가지 희망이 있다면 언젠가 한 번은 고향에 가보고 싶다는 생각이었다. 그 고향에 가서 일생을 묻겠다는 것이 아니었다. 돌아가봐야 그곳은 옛날에 불던 풀피리 소리 아니 나고 메마른 입술에 풀피리는 쓰디쓸 것이다. 그러나 그렇기 때문에 한 번 가고 싶다. 그 쓰디쓴 풀피리를 불기 위하여. 메마른 입술에 풀피리를 씹으며 그 밤나무숲에 다시 한 번 앉아서 희디희게 빛나는 제련소 굴뚝을 볼 수 있다면. 이런. 굴뚝은 벌써 그해에 부서졌는데. 굴뚝은 다시 섰는지도 모른다. 또 서지 않았다면 어떤가. 눈 익은 그 공간에 이미 흰 기둥 없다는 것이 쓰디쓴 풀피리가 아니겠는가. 그러나 그곳엔 언제 갈 수 있는가. 사랑과 시간이 해결해줄 것인가. 열몇 해 전 여름의 어느 날 갑자기 우리들을 일본 사람들에게서 풀어준 그 운명이 또 한 번 기적을 가져올지도 모르지. 그렇게라도 좋다. 한 번만 더 가보았으면. 그래서 형님과 어머니와 누님에게 우리들이 그 하고많은 밤의 굿을 치르며 그리워하고 그곳에 살고지라 빌었던 귤이 무르익는 남쪽 나라는 와보니 있지 않은 허깨비더라는 것, 따라서 그 목소리 곱던 아가씨는 거짓말쟁이라는 것, 누님이 이 세상에서 제일 잘나고 제일 훌륭한 남자라고 여겼던 사람은 치사한 녀석이더라는 것 — 이 모든 얘기를 그 사람에게 해주어야 할 것이 아닌가. 그러나 그런 날이 올라구. 우리는 이렇게 사는 것이다. 다른 누가 와서 또 한 번 겁탈하는 것을 기다리는 실성한 갈보처럼 우리 엽전은 언제까지고 임을 기다릴 것이다. 사랑과 시간. 엽전의 종교. 하하. 속으로는 번연히 꽤가 그른 줄 다 알면서 얼렁뚱땅 거짓말이나 해가면서 처자식 고생이나 시키지 않게 처신하는 유식한 분들이 정치를 하고 사업을 하고 신문을 내고 교육을 하는 판에, 백년하청이지 어느 날에 물이 맑아질까. 그러니까 혁명이라? 싫다. 누가 이 따위 엽전들을 위해서 혁명을 해줄까 보냐. 아까운 목숨을 걸자면 좀더 귀여운 사람들을 택해야지. 독고준 자네는 엽전 아닌가. 그러니까 엽전답게 목숨을 아낀단 말이다. 나는 더러운 고슴도치처럼 혼자만 웅크리고 살다가 나만큼 비열하고 그저 그만한 여자가 있으면 같이 살아도 좋고. 그러니까 김학 선생. 나는 당신이 좋으면서 싫어. 당신은 내 생활을 어지럽히니까. 되지도 않을 일로 슬픈 환상을 일으켜주니까. 김학 선생, 당신의 순정은 잘 알아. 그러나 난 엽전의 생리를 잘 알아. 내가 엽전이니까. 안 될 거야. 잘 안 될 거야. 실은 그게 아니야. 서양 아이들 등쌀에 제대로 되겠어? 그 애들의 거창한 힘과 겨룰 수 없어, 김학. 엽전답게 살지 않으련?

무엇인가 스스로 격해지면서 그는 의자등에 거칠게 머리를 기대며 눈을 감았다.

가까운 극장에서 음악이 들려온다. 이 강산 낙화유수 흐르는 봄에 새파란 잔디 얽어 지은 맹세야 세월에 꿈을 실어 마음을 실어 꽃다운 인생살이 고개를 넘자……

4

청춘을 따르자니 부족이 울고
부족을 따르자니 청춘이 울더라

오후의 캠퍼스는 철 지난 해수욕장을 닮았다. 더구나 토요일이다. 도서관 뒤에 두 그루 마주 선 은행나무 밑에 '갇힌 세대'의 동인 네 사람이 번듯이 드러누워 있었다. 이름은 동인지 제2호 편집 회의지만 그런 것은 아무래도 좋다고 그들의 자세는 말하고 있었다. 높이 저 멀리 가볍게 비낀 구름은 과연 그게 구름인가 자꾸 눈을 사려야 할 만큼 하늘은 맑았다. 가을의 이맘때가 되면 공연히 뒤숭숭하고 무언가 잊어버린 것 같은 그런 심사에 눌리곤 한다. 누군가의 이름을 잊어버리고 생각해내려고 안간힘을 쓸 때처럼 그렇게 안타까운 것이다.

"김학……"

"……"

누군가 김학을 불렀다. 대답이 없어도 그저 그뿐 다른 사람도 더 말이 없다. 은행잎이 떨어져온다.

"이봐……"

김정도金正道가 김학 쪽으로 돌아누우면서 불렀다. 그들 사이에는 몸집이 비대한 김명호金明浩가 겹진 턱을 쳐들고 번듯이 누워서 눈을 감고 있다.

"도예이, 뭐꼬?"

김학은 일부러 고향 사투리로 정도를 받아주었다. 정도는 한참 학의 머리 너머로 허공을 쳐다보다가 생각난 듯이 말했다.

"동지여, 우리는 무엇을 해야 할 것인가?"

'가'를 익살스럽게 높여서 물었다.

"글쎄."

"글쎄라니 그건 무슨 대답이야?"

"글쎄다."

"계속해서 글쎈가? 아는 사람?"

정도는 제가 팔을 들면서 누워 있는 동인을 한 바퀴 둘러보았다. 저만치 떨어져 누워 있던 오승은吳承恩이 손을 들었다.

"자넨가? 좋아."

승은은 털보라는 별명이 어울리는 얼굴에, 웃음을 지었다.

"글쎄란 말이 그렇게 이해가 안 가? 좋은 말 아냐? 판단을 머뭇거리고 있는 회의懷疑의 정신이 그대로 나타난 우수한 한국어야. 글쎄. 얼마나 좋은 말인가. 이것이냐 저것이냐, 극적인 정점에 이르렀을 때 한마디 '글쎄,' 이래서 드라마는 맥이 빠지고 위기는 자연 해소가 돼. 난 글쎄란 말 가운데는 한국인의 한없이 아름다운 중용中庸의 논리가 있다고 생각하는 사람이야. 글쎄, 내 말에도 자신은 없지만."

정도는 친구의 비꼬인 의견을 묵묵히 듣고 있다가 한숨을 쉬었다. 학은 말했다.

"우리만은 그러지 말자, 응? 그런 말을 하기는 쉬워. 그건 사실이었으니까. 해방 후에 무슨 연설마다 '36년간'이란 말이 나오지 않았어? 지금 그런 말을 쓰는 사람은 없어. 말해봐야 쓸데없기 때문이지. 지난날에 있었던 못난 역사의 상처를 자꾸 그리는 것은 가장 쉬운 일이지만 그것은 다만 그걸로 끝나는 거야. 문제는 미래의 시간에 있어. 미래만이 진정한 시간이 아닌가. 과거는 시간이 아니야. 그건 셈이 끝난 계산서 같은 거야. 이제 어떻게도 할 수 없는 일이야. 우리의 문제는 미래의 문제야. 우리가 인간답게 사는 건 그것을 알아내야 해. 스스로를 학대하는 것도 도를 지나치면 비겁하다는 것과 무엇이 다르겠느냐 말이야, 내 말은. 내 의견으론 우리 조상이 잘못했던 점에 대해서 너무 깊은 감정적인 열등감을 가질 필요는 없는 거야."

"김학. 콩 심은 데 콩 나고 팥 심은 데 팥 난다고 선인은 말씀하셨어."

"잘못이야. 콩과 팥은 그럴 거야. 그러나 사람은 콩도 아니고 팥도 아니야. 역사는 콩밭도 아니고 팥밭도 아니야. 그게 자연과 역사가 다른 점이 아닌가. 인간의 역사에는 혁명이 있지만 자연에는 마멸이 있을 뿐이야. 우리나라의 가장 대표적인 역사관은 아마 '정감록'이야. 누군가를 기다리는 그 사관史觀, 난 그걸 비난만 하는 게 아니야. 누군가를 기다린다는 태도, '그 사람'이 와서 이 세상을 바로잡고 역사의 끝장을 낸다는 사상은 바로 기독교의 근본사상이 아닌가. 그들은 수천 년 동안 메시아를 기다리고 있어. 다만 그들은 인간은 빵만으로 살 수 없다고 하면서도 빵에 매달리고 그 빵에 집착해서 피를 흘리고 혁명을 하면서 살아왔어. 기다리는 태도가 틀려. 정감록파는 목욕이나 하고 산골에 엎드려서 정씨 오기만 기다리지만, 기독교인들은 구세주가 올 때까지 조금이라도 더 좋은 일을 해서 이윽고 오실 큰사람 앞에서 떳떳하자는 게 아닌가. 어찌 보면 이건 교활한 타협이야. 빵도 사랑하고 하느님도 사랑한다니, 얼마나 능글맞은 친구들인가 말일세. 이런 간단한 장사꾼의 논리 때문에 우리들 유현幽玄과 풍류風流의 종족이 골탕 먹는 것 아닌가. 생각하면 참으로 '못나고 또 못났도다 배달의 아이들아'야."

"학의 말은 역사는 필연이 아니라 자유에 의해서 움직인다는 설이지만 반드시 그렇지도 않아. 구체적으로 꼼짝할 수 없는 그런 환경이란 게 있어. 어떻게 해볼래야 해볼 수 없는 그런 환경이 말이지. 우리의 지금 상태가 그것 아냐? 자, 여기서 혁명을 일으키자니 그토록 무시무시한 사태가 있는 것도 아니고 안 그러자니 따분하고 희망이 없고, 사는 것 같지 않고 창피하고 그래서 '갇힌 세대'가 아닌가? 갇혔다는 것. 옥 속에 있다는 것. 이것이 우리의 환경이야. 우리는 갇혀 있어. 갇혀 있으니까 최소한 입에 들어가는 먹이는 누군가가 준단 말이야. 마치 죄수처럼. 죄수들은 생존은 허락되지만 생활은 금지당한 사람들이거든. 그들은 자유로부터 소외당하고 있어. 그러나 당장 죽는 것이 아니니까 그럭저럭 포로의 생활에 길들여지는 거야. 이것이 무서워. 사람마다 말세라 하고 이거 망나니 세상이라고 하면서도 그렇다고 사생결판을 내는 그런 상태는 바라지 않고 있거든. 여기에 양의 무리가 있다고 가정해보자. 오른쪽으로 몰면 오른쪽으로 우르르 몰리고 왼쪽으로 몰면 왼쪽으로 달리고. 이건 동물이야. 인간이 아니야. 우리에게는 단 한 가지 길만 허용되고 다른 길은 용납되지 않아. 요 먼저 어느 야당의 국회의원이 남북통일은 무력이 아니라 평화적 방법으로 이루어져야 한다는 말을 한 적이 있지 않아? 그랬더니 어떻게 됐어? 국시國是를 어겼다, 용공容共이다, 괴뢰들에게 동조한다고 야단이더군. 앵무새처럼 한 가지 말만 하라. 이것이 정부의 요구야. 인생과 정치를 좀 다원적으로 보는 것은 우리 사회에서는 여전히 터부에 속해. 이른바 대통령이 산다는 집은 구중궁궐인 것처럼 신비의 안개에 싸여 있고, 국민들에게는 그 속에 사는 인물의 모습은 종잡을 수 없는 풍문처럼밖에는 전해지지 않는다. 500환을 주면서 신사 모자를 사오라더란 일화 같은 게 그거야. 또 사람들은 이렇게 말해. '그분이야 어디 나쁜가. 주위의 간신놈들이 나쁘지.' 이것 봐, 간신이란 말일세. 민주 국가의 대통령의 보좌관들을 부르는 데 쓰인 이 전 시대적 용어를 좀 보게나. 행정의 최고 책임자는 신성불가침이고 잘못이 있다면 그 '간신들을 물리쳐'야 한다고 이 투표자들은 말해. '우리 대통령은 혹시 나쁜 놈일지도 몰라?' 이런 생각을 꿈에도 못 하고, 또 못 하도록 만들고 있어. '간신'들이. 나는 보통 선거에 의문을 가지고 있어. 한국의 민주주의가 이토록 썩은 데는 선거 제도에 책임이 있어. 서양에서는 오랜 세월을 두고 싸워서 얻은 선거권이 우리 경우에는 헐값으로 선사되었거든. 그래서 고무신 한 켤레에도 팔리고 막걸리 한 잔과도 바꾸는 거야. 이것이 우리들의 비극이야. 서양의 비극은 특권을 안 내놓겠다고 앙탈하는 귀족들의 손을 피 묻은 도끼로 찍어내고 그 손아귀에 틀어쥐고 있던 인간의 권리를 뺏어와야만 했던 그 피의 드라마, 그게 서양의 비극이었어. 아름다운 것을 위해서 피가 흘려져야만 했던 모순이 서양의 비극이었어. 로베스피에르의 피투성이의 사랑. 크롬웰의 가혹한 사랑. 그게 서양의 비극이었어. 자유의 역사에는 끈적끈적한 피가 엉겨붙어 있어. 그 피는 지금도 후손들에게 호소하고 명령하는 힘을 지니고 있어. 우리들의 경우는 피 대신에 막걸리가 흐르고 인간의 모가지 대신에 고무신이 굴러가고 있어. 이것은 비극이 아니야. 이것은 드라마가 될 수 없어. 우리는 갇혀 있으나 탈출은 금지돼 있어. 이번 영일迎日 을구乙區의 선거만 해도 그렇지 않아? 그런 일이 어떻게 일어날 수 있었을까. 이 사회를 움직이는 사람들은 도대체 무슨 생각을 하고 있는 것일까. 이제는 이 부패한 공기는 고질이 됐어. 악의 평화 속에 가라앉은 이 세대의 마음을 잡아 흔드는 것은 인력으론 불가능해. 요 먼저 그, 이 몸이 살아실 제의 후예 말마따나 사랑과 시간밖에는 해결할 도리가 없을 게야. 김학, 어때?"

"응…… 자네가 지금 좋은 말을 했어. 우리들에게는 드라마가 없다고. 그건 사실이야. 이것이 아니면 죽는다 하는 신념이 없기 때문에 자유가 박탈당했을 때도 그것이 절실하지 않은 거야. 그러니까 반항도 하지 않아. 그래서 드라마도 없다는 결론이 나오지. 이 구원받을 수 없을 것만 같은 감옥 속에서 어떤 사람들은 여기가 정말 우리들이 살 수 있는 단 하나의 장소일까 하고 의심을 품고, 그런 의심을 품은 여러 사람이 모여서 이 감옥을 때려부수는 것, 이것이 이 시대를 사는 지식인의 길이 아니겠어? 자유를 박탈당하고 사는 것은 치사한 일이라는 것, 민주주의를 노래하면서 선거구민에게 고무신을 보내는 것은 치사한 일이라는 것, 그런 상태는 참을 수 없다는 것, 이게 우리들의 감정이 아닌가. 남들이 그러니까 낸들 별수 있는가 하는 식으로 하면 끝없는 악순환이 이어나갈 뿐이야. 우리의 마음 가운데 비극의 정신을 불러일으키는 것, 그리고 이 같은 정신을 전달하면서 단 한 사람에게라도 더 영향을 미치는 것이 우리가 할 일야."

그때 정도가 이야기에 끼어들었다.

"자네들 둘이 다 옳아. 우리들의 이 현실은 혁명도 불가능하도록 되어 있어. 혁명이란 늘 극도로 썩은 정권이 극도로 포학을 부릴 때에 일어나는 게 통례였어. 오늘날 우리가 눈앞에 보고 있는 현실은 프랑스혁명이나 러시아혁명 당시의 상황과 근본적으로 다른 점이 세 가지가 있어. 첫째는 전자의 두 혁명은 모두 지배계급이 달라진 혁명 — 계급혁명이었어. 시민과 노동자가 귀족을 대신했어. 그런데 오늘날 우리 사회에서 혁명이 일어날 수 없는 이유는 이 계급혁명의 불가능 때문이야. 현재 우리는 국체상으로 공화국이기 때문에 특권계급이란 존재하지 않아. 주권은 인민의 것으로 되어 있어. 이념상으로는 문제는 해결이 돼 있는 거야. 정치의 부패는 이념상의 악에서가 아니라 실천 면에서의 시행착오로 받아들이도록 사회 구조가 돼 있단 말야. 헌법은 좋은데 운용이 나쁘다는 것이지. 둘째 원인은 국내 정치와 국제 정치와의 떨어질 수 없이 맺어진 연대 관계 때문이야. 우리가 사는 세기에서는 아프리카에서 흘려진 피는 프랑스의 지식인들을 노하게 만들며 코리아에서 모욕당한 민주주의는 워싱턴에서 걱정을 일으키는 그런 식으로 되어 있어. 한 국가의 정치가 고립하지 않고 세계적인 관련 속에 들어 있단 말야. 가령 알제리인들을 예로 든다면 자기들의 독립운동을 탄압하는 자들과 자기들에게 하루속히 독립을 주라고 외치는 사람들이 꼭 같이 프랑스인이라는 사실은 기묘한 콤플렉스를 일으켜. 또 이승만 정부의 부패를 묵인하는 것이 미국 정부인가 하면 이승만 정부를 아프게 꼬집는 『워싱턴 포스트』도 미국 신문이라는 거야. 서양 사람들은 패를 두 장 가지고 있으면서 엇바꿔 던지는 거야. 그 사람들의 선의善意는 여하튼 후진국 사람들에게는 이것이 독毒이 되고 있어. 미국이 잘사는 것은 반드시 한국도 잘살게 되리라는 증명이 되지 못하는데도 '자유진영'이라는 이름으로 착각을 일으키고 있다는 말이지. 이승만이는 미국이 데려온 사람이다, 그 사람을 쫓아내면 미국이 좋아하지 않는다, 그렇게 되면 북쪽에서 노리는 자들이 있는 현정세로는 불안하기 그지없다, 이래서 혁신의 뜻을 가진 사람도 이 박사를 업고 나설 계획이나 하게 되니 그게 무슨 혁명이 되겠어? 역설 같지만 미국 원조 때문에 우리는 스포입되고 있어. 바쁘면 도와주려니, 미국이 있는데 이승만 정부가 설마 민주주의의 마지막 정조를 팔지는 못하려니, 이런 사회 심리가 있어. 이런 데서는 절망감이 생기지 않아. 막다른 골목이다 하는 분위기가 조성되지 못한단 말이야. 끝없는 수렁 속으로 빠져들어가면서 숨 쉬는 파이프 하나는 무한히 길게 뻗쳐서 수면 위의 공기를 공급해주는 것, 이게 우리들의 이상한 현실이야. 우리 사회에는 절망이라는 활자는 있으나 절망은 없어. 혁명 시대의 프랑스 국민이나 러시아인들에게는 혁명이라는 길밖에는 살아날 도리가 없었어. 이것이냐 저것이냐가 아니라 길은 하나, 혁명뿐이었어. 우리는 그렇지 않아. 우리들에게는 미국이라는 숨 쉴 구멍이 있어. 하나 예를 들까. 정부에게 쫓기는 야당 국회의원은 항구에 정박하고 있는 외국 선박에 피신하지 않았는가? 현실에 절망한 많은 이상주의자들은 미국 유학이라는 길을 택하지 않았는가. 자네는 혹시 제정 러시아의 인텔리들이 프랑스 유학생이었다는 사실을 들는지 모르지만, 그것과는 달라. 그네들은 파리에서 돌아올 때 과격한 개혁주의자들이 되어 돌아왔지만 한국 사람들이 미국에서 돌아올 때는 얌전한 공리주의자가 되어 오는 거야. 이래서 국민의 영혼에 불을 지를 역할을 해야 할 민족의 알맹이들이 정신적인 고자들이 돼버리는 거지. 셋째 번 이유는 국토의 분단 때문이야. 정부를 때리는 것도 국가의 안녕 질서를 위태롭게 하지 않는 한도 내에서만 허락된다는 것이 우리의 처지가 아닌가. 북한에서 기회만 노리는 공산주의자들에게 틈을 주어서는 안 되니까. 살을 다치지 말고 뼈를 수술하자는 거나 마찬가지 이야기지. 그래서 살도 썩고 뼈도 썩고 있어. 절망도 불가능하다는 것, 이것이 우리의 비극이야. 우리들의 시대는 고전적인 격정의 드라마도 허용되지 않는 시시한 비극이야. 나타나는 모습이 시시하니까, 사태의 중대성을 좀체로 깨닫지 못하는 거야. 2천만의 인간이 키 없는 배를 타고서, 폭포를 향하여 천천히 흘러가고 있어. 다만 배의 갑판에는 커다란 텔레비전이 설치돼 있어서, 거기에 어마어마하게 크고 튼튼한 한 척의 강철선이 물거품을 물면서 장쾌하게 달리는 모습을 보여주고 있어. 그 배의 옆구리에는 USA라고 찍혀 있어. 텔레비전을 보고 있는 사람들은 그 문자 위에 ROK라는 문자를 오버랩시켜서 그 배가 우리가 탄 배다, 라는 환상을 즐기고 있어. 스크루는 멎고, 방향타는 부서지고. 나침반은 깨어지고, 옆구리에서는 조금씩 물이 새 들어와서 쥐새끼들이 갑판으로 이동을 시작하고 있는 판국에 말이야."

동인들은 저마다의 자세로 누워 있었으나, 정도의 말을 귀담아 듣고 있었다. 그들은 꼭 같이 어떤 슬픔을 느꼈다.

오래 아무도 입을 열지 않았다.

학이 끝내 그 침묵을 깨뜨렸다.

"정도, 자네 말은 어떻게 들으면 오해 받기가 쉬워. 우리는, 절망의 조건은 비록 바깥에서 올는지 모르지만, 절망하는 주체는 어디까지나 우리 자신이라는 걸 알 필요가 있어. 우리들의 현실이 아무리 괴기하고, 따라서 반응하기가 어려운 것일지라도, 그것은 노력을 포기하는 이유는 되지 않아. 일제 말엽에 한국의 명사들이 학도들에게 지원병을 장려하는 망동을 하지 않았나? 그 사람이 어떻게 그랬을까 싶은 사람들까지도 그랬었단 말이야. 그 사람들의 생각은 이랬다는 거야. 일본을 넘어뜨리고 독립하기는 인제 틀렸다, 일본은 너무 강해졌다, 이런 현실에서 조선 사람들에게 반항을 설교한다는 것은 피해만 크고 이득은 적다, 거꾸로 우리가 그들에게 협력함으로써 우리들의 몫을 늘리자, 이 전쟁이 끝났을 때 우리는 백의동포의 아들들이 흘려준 피의 값을 받게 될 것이다, 그렇게 해서 조금씩 자치를 실현해가자, 백만 학도여, 그대들은 역사 앞에 바쳐지는 순결한 어린 양이다, 겨레를 위해서 죽으라, 이것이 그분들의 논리였다는 거야. 국제 정세에 어두웠던 것은 용서해준다고 치더라도 이 얼마나 비열한 노예의 논리냐 말이야. 민족을 향해서 발언하는 사람들의 이 어처구니없는 헛소리가 당시의 청년들에게 얼마나 해독을 끼쳤을까? 이 논리를 그대로 좇는다면, 우리는 한국말 대신에 일본말을 더욱 열심히 배워야 하고, 그들의 생활을 본받아서 끝내는 3천만 명이 모조리 뼛속까지 일본 사람이 돼야 한다는 결론이 나오지 않겠나. 차라리 입을 다물면 모르되 순진한 정신을 그르치는 이런 말을 뇌까린 사람들이 이른바 지도자들이었으니, 우리는 참 복도 없는 민족이야. 처녀가 애를 배도 할 말은 있다지만 애 배지 않은 것만큼은 못할 게 아닌가? 독립선언문을 기초한 사람이 침략자들이 세운 대학에서 강의를 하였으니 슬픈 일이었어. 이런 잘못을 다시 저질러서는 안 돼. 정치의 세계에서는 당분간 이빨에는 이빨로 대한다는 법칙이 있을 뿐이야. 그러지 않겠거든 침묵하든지. 이광수 같은 사람이 자기가 그토록 사랑하던 청년들더러 원수의 싸움을 도와주라고 권한 것은 얼마나 기막힌 일이야. 해방 후에 이광수가 발간한 『변명』은 없느니만 못하더군. 차라리 가만있을 일이지. 개인끼리든 사회나 국가에서든 유혹에 지고 잘못을 저지른 사람은 뉘우치고 근신해야 하고, 어려움에 이긴 사람은 상을 받아야지 않겠어? 그래야 정의가 실현되지. 해방 후에 우리는 정치적 대차대조표를 작성할 때 사기를 당했어. 이승만 씨가 친일파들을 끌어들였을 때 비극은 시작된 게 아냐? 한국이란 참 이상한 나라지."

그 말을 오승은이 받았다.

"한국이 특수 지역이라는 증거는 얼마든지 있어. 2차대전 후에 이른바 후진국에서는 내셔널리즘이 휩쓸었고, 지금도 그게 최대의 조류로 흐르고 있는데도 한국에는 그런 바람이 불 기미도 보이지 않았다는 건 확실히 놀라운 일이야. 사람이 살기 위해서는 사랑도 필요하지만 증오도 역시 필요해. 아무도 미워하지 않는다는 거야. 해방 직후에는 그런대로 '일본 제국주의'가 당분간 그런 증오의 표적 구실을 했지만 6·25 바람에 끝장이 나버렸어. 하기는 6·25 전에도 반일 감정은 이미 국민적 단합의 심벌로서의 효력을 잃고 있었어. 그 대신 '빨갱이'가 그 자리를 메웠어. 오늘의 불행을 만들어준 나쁜 이웃에 대해서 이렇게 어물어물 감정 처리를 못 한 채 흘려버리는 것은 기막힌 일이야. 강간당하고도 헤 웃는다면 말은 다한 것 아닌가. 개인의 마음이나 집단의 심리나 짜임새는 마찬가지야. 한은 풀어야 하고, 욕망은 이루어져야 해. 정치적인 강간의 상처를 제대로 다스리지 못하면, 그 국민은 정치적으로 불감증이 돼. 정치에서 어두운 면만 보고 외면해버려. 그저 몸으로만 당할 뿐 감격을 모르고 산다는 얘기야. 우리가 지금 그렇지 않아? 지금 한국 정치를 맡아보고 있는 사람들은 다 전과자들이야. 어쨌든 그들은 일본 사람들과 타협하고 산 사람들이야. 애국자가 소중한 것은, 슬픈 역사의 장난으로 어떤 국민이 욕된 삶 속에 있을 때 인간다운 반항의 모범을 보여주는 일이야. 그런 사람들의 희생을 발판으로 해서 용기와 믿음을 되찾게 해주는 것이지. 김구와 이승만이라는 두 지도자 중에서 이승만이 정권을 잡았을 때 도덕적 타락의 길은 열렸지. 김구가 대통령이 되었더라면 다른 일은 몰라도 자그마치 친일파에 대한 태도만은 철저했을 거야. 친일한 사람을 모조리 사형하라는 게 아니야. 정치에서는 결과만 문제되는 것이니까 그들의 동기야 어쨌든 정치에는 얼씬도 말아야 하고. 김구가 정권을 잡았더라면 그렇게 되지 않았을까 생각하는 거야. 정치 수완이 어떻고 할 테지만, 여보게, 이 모양으로 나라 망치는 게 정치 수완이라면 그런 건 없는 게 좋아. 군자는 외롭지 않다고 했으니, 그런 사람 밑에는 그런 사람이 모였을 거야. 늘 비분강개하고 상해의 뒷골목식인 애국주의를 강요하는 바람에 좀 귀찮기는 할 테지만, 거짓말만 하는 이 기독교인 박사님보다야 나을 게 아닌가. 역시 아버지를 가지려면 좀 고집불통이라도 깨끗한 선비가 낫지, 늙은 체신도 없이 노상 '권력'의 호르몬제를 복용하고 '권력'의 실버 텍스를 조끼 주머니에 넣고 다니는 친구를 어떻게 존경하겠나 말이야. 김구를 이승만이가 죽였는지 빨갱이가 죽였는지 몰라도 그 범인이 버젓이 나와 다닌다니 이거 도깨비 세상이지, 어느 미친 새끼가 남을 위해서 자기 생애를 바치리라는 생각을 멋으로라도 가져보겠나. 빌어먹을, 배웠다는 새끼들도 돈만 주면 개처럼 꼬리 치는 판이니 우리 같은 송사리 인텔리들이 흥분하다가도 머쓱할 일이 아니야?"

학은 맞받아 대꾸를 하려다가 문득 입을 다물었다. 갑자기 시들해졌다. 여태껏 주고받은 말들이 아무 쓸모없이 생각되었다. 공중에 대고, 들을 사람도 없이 지껄인 넋두리라는 생각이 그의 마음을 무겁게 누르고 혀를 굳게 했다. 공중에 뱉은 말. 먼지처럼 공중에 뜨는 말. 황금빛 부채 모양을 한 은행잎이 한 잎 두 잎 심심치 않게 떨어져온다.

가을이다. 그리고…… 학은 호주머니에 손을 넣어 집에서 온 전보를 만지작거렸다. 갑자기 무슨 일일까.

얼마나 걸릴지 모르지만 막상 고향에 내려간다고 생각하니 여기 누워 있는 친구들이 자기의 서울 생활의 내용이라는 느낌이 새삼스럽게 들었다. 비슷한 냄새를 풍기는 짐승들은 얼려다닌다. 그들도 서로가 서로를 필요로 했다. 서울내기인 김명식을 빼고는 춘천이 고향인 김정도, 목포가 고향인 오승은, 이렇게 모두가 객지살이였다. 그는 요즈음 그 객지란 말을 아프게 생각하고 있었다. 하숙에서 한밤중 어쩌다 잠이 깨었을 때 고향집과 어머니를 불현듯 생각하곤 했다. 오늘처럼 학교에서 모이는 때도 있지만 대개는 서로의 하숙을 돌면서 모였다. 아직 여자의 재미를 모르는 청년들이 그러하듯이 그들의 우정에는 순수함이 있었다. 서로 얼려서 웃고 떠들고 독백에 가까운 대화를 나누고 나면, 한결같이 무슨 일을 치르고 난 것 같은 느낌이 드는 것이었다. 어느 누구도 모임을 좌

지우지하려거나 한 곳으로 몰고 가려는 사람은 없었다. 그렇게 할 수도 없는 일이었다. 정체를 알 수 없는 안타까운 마음을 달래기 위하여 그들은 서툰 논리를 움직여보고 자기에게만 가장 확실한 아포리즘을 상대방에게 던지고 하면서 정신의 줄타기를 희롱하는 한 무리의 광대들이다. 그들은 그것을 알고 있다. 자기가 광대라는 그들의 분위기는 아슬아슬하고 숨차고 약간 아름답기까지 하였으나 그것은 다 거짓 위에 세워진 것을 알고 있었다. 떨어져도 죽지 않는다는 것을 그들은 알고 있었다. 그 아슬아슬함은 진짜 위험이 아니라는 것을, 그 감격은 환상이라는 것을, 그 긴박감은 에고의 초조라는 것을, 약간의 아름다움은 자기도취라는 것을 그들의 속마음은 알고 있다. 어떤 순간에 문득 혀가 굳어지고 말할 수 없이 허전해지는 것은 그런 까닭이었다. 그것이 그들을 더욱 뭉치게 했다. 거짓에는 거짓의 진실이 있다. 마치 위험한 줄타기를 하는 광대들에게 그들대로의 우정이 있듯이.

혁명. 피. 역사. 정치. 자유. 그런 낱말들이 그들의 자리를 풍성하게 만들고 있었으나, 그것들이 장미꽃·저녁노을·사랑·모험·등산 같은 말과 얼마나 다른지는 의문이었다. 왜냐하면 그들에게는 그 무거운 낱말들 — 혁명·피·역사·정치·자유와 같은 사실의 책임을 질 만한 실제의 힘이 없었기 때문이었다. 그들이 지배할 수 있는 것은 언어뿐이었다. '사실'에 영향을 주고, '밖'을 움직이는 정치의 언어가 아니라 제 그림자를 쫓고 제 목소리가 되돌아온 메아리를 되씹는 수인囚人의 언어 속에 살고 있었다. 그 속에서 그들이 몸부림치면 칠수록 현실은 더욱 멀어 보였다. 언어와 현실 사이에 가로놓인 골짜기를 뛰어넘는 길은 막혀 있었다. 그 골짜기를 이을 수 있는 다리를 놓기에는 그들은 너무나 초라한 '아이들'이었다. 물론 그들의 언어가 수인의 언어여야만 했던 것은 그 언어를 품고 있는 사실事實의 세계를 반영한 탓이었다. 젊은 영혼의 세계와 현실의 체계가 비교적 원만한 연속을 가지고 있는 사회였다면 그들은 덜 괴로웠을 것이다. 마음은 높고 현실은 낮았다. 무슨 방법으로든지 착륙하는 것이 필요했으나 그러지 못하는 데 슬픔이 있었다.

반쯤 잎이 떨어진 은행나무는 잎사귀 사이가 허술해져서 수척해진 대신에 가리워졌던 작은 가지들이 드러나서 한결 골격이 뚜렷해 보였다.

오랜 침묵을 깨고 승은이 말했다.

"우리 오늘 술이나 할까, 김학 어때?"

"난 오늘 내려가야 한대두."

"그러니까 이별주로 말이지."

"무슨 이별주야……"

"아무튼……"

"그러지 말고, 제안이 있어."

"……"

"자네 김구를 나쁘지 않게 생각하는 모양인데…… 그런가?"

"사랑스런 테러리스트 아냐?"

"됐어. 그럼 우리 김구 선생 묘를 참배하는 게 어때?"

"지금?"

"지금. 우리 집도 거기서 가까우니까 그 길로 짐을 싸고 떠나겠어."

승은은 나머지 두 사람을 둘러보았다. 그들은 대답 대신에 꿈지럭거리면서 몸을 일으켰다.

그들은 교문을 나서자 마침 달려온 버스를 탔다.

가로수들은, 벌거벗은 가지를 손가락처럼 하늘로 쳐들고 그 손가락 사이에 전깃줄이 여러 줄로 걸쳐져 있었다. 아스팔트 위에는 낙엽들이 자그마한 휴지조각처럼 굴러다닌다. 늘 보지만 이 길은 조용한 거리다.

승은은 학의 옆구리를 꾹 찌르며 말했다.

"봐, 세상은 아무 일 없는 것 같지?"

학은 한참 말없이 있다가,

"글쎄, 정말 아무 일도 없는지도 모르지"

하고서는, 한쪽 팔굽을 창틀에 얹으면서 돌아앉았다.

효창공원 바로 앞에서 내려 그들은 걸어갔다. 아래로 내려다보이는 여자 대학교 뜰을 학생 서넛이 지나가는 것이 보인다.

"오승은 씨, 자넨 연애에 대해서 어떻게 생각하나?"

정도가 말했다.

"애국지사의 묘를 참배하러 가는 길에서 그런 말 하면 못써."

승은이 점잖게 타일렀다. 정도는 킥 웃었다.

그들은 김구 선생 묘 앞에 섰다.

"기분이 묘한데?"

승은의 말.

"왜?"

김학.

"쑥스럽다."

김명식.

"애국지사의 묘 앞에서 쑥스럽다는 것은?"

김학.

"글쎄, 그러니까 말이야."

김명식.

"내 말은 그게 아니야."

오승은.

"그럼?"

김명식.

"스릴이 있단 말이야."

오승은.

"스릴?"

김학.

"대통령이 지나가는 연도에서 손뼉을 치는 것과 꼭 반대의 일을 하고 있단 말이야. 우리는, 지금…… 앗, 앉아라!"

그들은 일제히 주저앉았다.

그리고 꼭 같이 주변을 재빨리 살폈다.

"핫핫하……"

승은은 좋아서 깔깔 웃으면서 잔디풀 위에 뒹굴었다. 세 사람은 병신처럼 쭈그리고 앉은 채 그가 좋아하는 모양을 바라보았다.

"흐흐…… 아 통쾌하다. 왜 그러고 있어. 오줌 누는 거야? 누워."

그제야 속은 줄 안 세 사람은 묘소 쪽을 머리로 하고 드러누웠다.

그들 네 사람은 승은의 장난에 대해서 나타낸 자기들의 반응을 생각하면서 누워 있었다. 이윽고,

"지사의 묘를 방문하면서 스릴을 느낀대서야."

승은은 신음하듯 그렇게 말했다.

그들의 발치 저만치에서 어린 계집애들이 줄넘기를 하고 있다.

학이 서울역에 도착했을 때는 늦가을의 해가 기울어진 다음이었다. 그는 3등 대합실에 들어서면서 경부선 창구를 찾았다. 창은 닫혀 있고 그 앞에 줄을 선 사람도 없었다. 그는 팔목시계를 들여다보았다. 아직 두 시간이나 있다. 너무 일렀다. 그는 돌아서 나오면서 고개를 들어 건물 정면에 달린 둥근 전기 시계를 올려다보았다. 시계의 분침은 그의 팔목시계의 그것보다 3분이 늦어 있었다.

그는 광장을 가로질러 역을 마주보는 위치에 있는 다방으로 들어갔다. 손님이 듬성듬성 앉아 있고 조명은 어두웠다. 그는 카운터를 바라보는 벽 옆 자리를 차지하고 트렁크를 빈자리에 얹었다.

카운터에는 어려 보이는 레지가 앉아서 손님이 들어왔는데도 움직이는 빛도 없이 한 팔을 전축에 얹고 멍하니 돌아가는 레코드를 들여다보고 있었다. 레코드는 약한 목소리로 유행가를 부르고 있었다. 당신이 주신 선물 가슴에 안고서어 달도 없고 해도 없는

어둠을 걸어가오. 학은 담배에 불을 댕겨 한 모금 빨면서 눈을 감았다. 저 멀리 니콜라이 종소리 처량한데 부엉새 우지 마라 가슴 아프다. 학은 으스스한, 마치 오한 같은, 그러나 가벼운 까닭 모를 쾌감이 등골을 타고 내리는 것을 느꼈다. 그리고 퍼뜩 준을 생각했다. 니콜라이의 종소리. 한국 유행가에는 그러고 보면 엉뚱한 사설이 많다. 니콜라이면 러시아 소설에 나오는 러시아 정교회의 성자의 이름이다. 그러니까 '니콜라이'의 종소리면 정교회의 종각에서 울려오는 미사의 종일 것이다. 한국에 러시아 교회가 있는지 없는지 학은 알지 못했다. 아마 없을 것이다. 가령 있더라도 있는지 없는지 모를 정도라면 정서상으로는 없는 셈이다. 저 노래 가사를 지은 사람은 무슨 속으로 그런 말을 가져왔는지 궁금한 일이다. 아마 니콜라이라는 발음에 풍기는 엑조티시즘을 빌린 것이리라. 외국 말에는 그런 이상한 힘이 있다. 자기 나라 말은 너무 가까워서 씹을 맛이 없다. 외국 말에는 어딘지 '남'으로서의 저항이 있다. 원서 강독 같은 시간에 학은 그런 경험이 있다. 해석해놓고 보면 신기할 것도 없는 말인데 원문으로 읽으면 무언가 단단하고 뿌듯한 느낌을 준다. 단순한 열등감일까. 아마 절반은 그렇고 반은 이유가 있다. 아무려나 지금 차 시간을 기다리면서 듣는 유행가는 이상하게 가슴에 왔다. 니콜라이의 종소리가 울리는 저녁. 사랑을 잃어버린 여자는 부엉이(웬 난데없는 부엉일까)더러 울지 말아달란다. 부엉이야, 그러면 울지 마라.

"뭘 드시겠어요?"

학은 눈을 떴다. 레지가 곁에 와 있었다.

"커피를…… 맛있어요?"

레지는 물론이라는 듯이 고개를 끄덕이고 카운터로 돌아갔다.

학은 뜻 없이 팔목시계를 들여다보았다. 10분이 지나 있었다. 기차를 탈 적마다 그는 쓸데없이 일찍 오곤 한다. 언제부터 그런 버릇이 생겼는지는 모른다. 공연히 차를 놓칠 것 같은 생각 때문이다. 오늘도 시간이 있으니까 술이나 한잔하자는 제의를 물리치고 부랴부랴 떠났던 것이다. 그는 호주머니에서 전보를 꺼내 펴들었다. '급 귀성 부.' 무슨 일인지 알 수 없었다. 조금만 있으면 겨울방학인데 급히 오랄 만한 일이 생각나지 않았다. 그리고 한편으로 이런 막연한 전보를 보낸 부친을 조금 원망했다. 기왕이면 전보 나름으로 짧게라도 용건을 적으시지. 레지가 차를 날라왔다. 학은 달착지근한 초콜릿 빛의 물을 조금씩 넘기면서 고향집을 생각했다. 남들은 경주에 산다면 야 서라벌이구나 석굴암이구나 하지만, 정작 거기서 나고 자란 학으로 말하면, 어떻달 것 없는 시골 도회지에 지나지 않는다. 게다가 학이 철이 나고서부터는 줄곧 기울어져가기만 하는 집안 살림이었다. 지금 학이 공부를 하는 것도 사실은 무리한 일이었다. 아주 바랄 수 없이 깡그리 망했다면, 그러면 그런대로 이를테면 독고준처럼 스스로 고학하는 길을 택하기도 하겠지만 그런 것도 아니고 보면, 학의 마음은 하숙비 송금을 받을 때마다 말할 수 없이 괴로웠다. 그래서 다음 학기부터는 가정교사를 나가기로 이야기가 되어 있었다. 경주도 그가 어렸을 때에 비하면 퍽이나 달라졌다. 사변 후에 어느 도시나 그렇게 된 것처럼 군대가 들어오고 상점이 많아지고, 다방과 여관이 많아졌다.

그것은 어수선하고 지저분한 시골 도회였다. 물론 시가지를 벗어나면 거기는 옛 경주가 있었다. 그러나 능과 탑과 절들까지도 변하는 시대의 길을 벗어나지는 못했다. 부쩍 많아진 관광 손님들을 상대로 음식점과 구멍가게와 여관이 들어찬 불국사 일대는 찾아갈 때마다 그를 우울하게 만들었다. 토함산은 예대로의 토함산이었으나 그것이 왕좌에서 물러난 왕족처럼 하루하루 위엄을 잃어가는 것을 볼 때마다 그는 여러 가지 생각에 잠겼다. 그의 나이로서는 고적에 매달려서 삶을 이어가는 가난한 사람들의 살림보다도 속되어가는 고향의 운치가 더 아깝게 느껴지는 것이었다. 옛날에 영국의 노동자들이 새로 발명된 기계를 파괴했다는 이야기나 별다를 것이 없는 게 그의 정신적 풍토였으나 스스로는 그것을 모르고 있었다. 그런저런 까닭으로 집으로 돌아가는 기차를 기다리고 있는 그의 마음은 조금 우울하였다.

전축은 이어 노래를 부르고 있었다. 아 신라의 밤이여, 불국사의 종소리 들리어온다. 지나가는 나그네야 걸음을 멈추어라. 고요한 달빛 어린 금오산 기슭에서 노래를 불러보자. 신라의 밤 노래를. 가수는 묘하게 목소리를 떨면서 부르고 있었다. 듣는 사람이 숨이 찰 것 같은 야릇한 창법이다. 우리가 찾은 것, 우리가 찾는 신라는 저런 것인가. 그 노래는 판잣집과 구멍가게와 철조망이 흔해진 고향에는 차라리 어울리는 것인지도 모른다. 어떻게 돼서 모든 일이 이렇게 한 자리씩 격이 떨어졌을까. 모든 것이 그렇다. 모든 것이.

기차는 정각에 떠났다. 밖에는 달이 있었다. 한 모서리가 약간만 이운 창백한 가을달이 언제까지나 그의 눈앞에 떠 있었다. 시가지를 벗어나자 학은 처음으로, 집에 가는구나 하는 느낌이 들었다. 한강을 넘어서고는 부서지듯 하얀 달빛을 받은 산과 벌판이 잇따라 펼쳐진다.

학은 창틀에 팔을 괴고 창밖으로 지나가는 가을밤의 풍경을 지루한 줄 모르고 바라보았다. 도시에서 한 발짝만 나서면 이렇게 변함 없는 한국의 얼굴이 있다. 기차와 나란히 달리는 하얀 국도. 연변의 초가집들. 엷은 안개에 싸인 초가지붕은 달빛 아래에서 틀림없이 아름다워 보였다. 그 지붕 밑의 삶은 틀림없이 고달프고 불행한 것일 테지만. 그럴까. 정말 그런가. 만일 초가지붕 밑에 있는 사람들이 그 삶에 만족하고 있다면. 만족지 않는다 치더라도, 그저 그렇게 사는 것이려니 여기고 산다면. 그들의 정신을 깨워주고 더 높은 욕망을 가르쳐주는 것은 옳은 일일까. 그것이 옳다. 잠에서 깨야 한다. 비록 한때의 혼란이 있더라도 그들은 반드시 깨야 한다. 그 간소하고 겸손한 욕망의 버릇을 버리고 더 진하고 억센 욕망에 눈떠야 한다는 것이 계몽주의자들의 일관한 생각이었다. 아니, 문제는 그런 데 있지 않다. 남의 욕망을 깨우쳐준다는 주제넘은 생각을 자기 삶의 목표로 삼는다는 일이 우리 세대에서도 청년의 자세일 수 있을까 하는 문제다. 그게 문제다. 준은 사랑과 시간이라고 했지. 사랑과 시간. 사랑과 시간. 기차는 철교를 지난다. 물 위에 부서지는 달빛이 아름답다. 학은 점점 멀어져가는 강을 바라보면서 깊이 숨을 들이켰다. 서울에서는 아무리 깊은 숨을 쉬어도 공기는 이렇게 시원하지 않았다. 서울에서 그는 늘 초조했다. 당장 무엇을 해야 할 일도 없을 텐데 늘 마음은 환경과 겉돌면서 안간힘을 썼다. 그것은 촌놈이 고향 떠나서 뿌리를 박지 못한 불안이었을 것이다. 그러나 그렇게 따진다면 지금의 서울은 촌놈의 서울이지, 서울 사람의 서울은 아니다. 서울뿐만 아니라 어느 도시건 도시란 원래 그런 것이다. 새로운 힘과 허영을 가슴에 품은 지방 사람이 도시에 와서는 그들의 정력과 끈기로 그것을 살찌게 하고 변하게 만드는 것이다. 학의 경우에는 그래도 유학을 온 셈이지만 자기 손으로 살림을 꾸리는 사람들에게는 서울은 커다란 저자에 지나지 않는다. 그곳에서 사람들은 분주하게 속이고 상대방을 넘어뜨리고 허세를 부리면서 화폐를 한 장이라도 더 긁어모을 생각에 바쁠 뿐 이웃을 즐기고자 동네를 치장하는 그런 겨를은 없다. 서양의 도시 발달을 보면 그들은 봉건 귀족들에게 맞서서 한 가지씩 권리를 주장해서, 끝내는 시민의 권리와 신분을 만들어낸 것이지만, 서울은 이도저도 아닌 그저 오가잡탕의 추악한 도시였다. 돌아가는 이유야 어찌 되었든 이렇게 차를 타고 보니 그의 마음은 점점 어떤 해방감을 느꼈다.

찻간은 붐비지 않았다. 학이 앉은 데도 한 사람 몫의 자리가 비어 있었다. 무엇 때문에 오라는 것인지 몰라서 궁금했지만 그는 더 생각지 말기로 했다.

밤기차의 풍경은 늘 비슷하다. 말이 적고 눈을 지그시 감고 있는 사람이 많다. 학의 앞에 앉은 노인도 벽에 머리를 기대고 졸고 있다. 학의 옆에 있는 사람은 차가 떠나자마자 눈을 감아버렸다.

학은 다행스럽게 여겼다. 말하기 좋아하는 사람이 동행이 되면 좀 고생을 해야 한다. 지금 그는 홀로이고 싶었다. 기차를 타거나 버스를 탈 때면 그는 으레 그 시간을 잘 이용하리라고 맘먹는다. 목적하는 곳에 이를 때까지는 아무 할 일이 없는 시간이므로 그 사이에 생각이나 실컷 한다는 계획을 세운다. 그러나 그런 계획은 번번이 실패한다. 출발역에서 종착역까지 그의 '생각'은 한자리를 빙빙 돌고 있었다는 결과가 되기 일쑤다. 기차를 타고 그 속에서 달리기를 하는 것과 꼭 마찬가지로. 아무 그럴듯한 착상 한 가지 떠올라본 적이 없다. 그렇다면 다음부터는 아예 다른 생각을 말고 푹 잠이나 자게 될 법한 일이었으나 그렇지가 않았다. 그때마다 이번에는, 하고 또 유혹에 진다. 그래서 잠만 설친다. 무엇 때문일까. 아마 매양 한결같은 기차의 리듬 때문인지도 모른다. 방향은 앞으로 자꾸 나가는 셈이지만 속에 타고 있는 사람에게는 지루한 진동이 내리 이어질 뿐이다. 졸음이 오기 꼭 알맞다. 설령 기차가 굉장히 빨리 달린다는 경우에도 탄 사람이 속도를 느낀다는 일은 드물 것이다. 기차가 자동차와 다른 점이다. 기차의 경우에는 사실상 속도감이 없다. 자기가 움직인다는 느낌이 안 든다. 기차라는 한 사회가 덩어리로 움직이는 것이지 그 속에 탄 낱낱의 사람이 움직이는 것은 아니기 때문일 거야. 지구를 타고 있는 사람이 속도를 느끼지 않는 것처럼. 이런 점에서도 공산주의는 낙제야. 사유私有가 허락되지 않는 행복은 행복으로 느껴지지 않아. 집단에서 에고로, 에고에서 집단으로. 인간의 역사는 이 두 극極 사이를 오가는 시계추 같은 것. 그 사이에 집단도 아니고 에고도 아닌 중간

형을 만든 게 우리 '동인'이지. 사회에 이런 작은 집단이 많으면 많을수록 좋다. 사람이란 백 사람을 사랑하기보다는 열 사람을 사랑하기가 쉽고 그보다는 다섯 사람을 사랑하기가 더 쉽지만 한 사람만 사랑하는 것은…… 한 사람만을 사랑하는 것은 다섯 사람을 사랑하기보다 더 어렵다. 그래서 동인同人이다. 그 뭉침은 두텁고 오래간다. 학교를 마치고 직업을 가지고, 이윽고 나이가 든 다음에도 동인들은 여전히 모인다. 그때는 남몰래, 신문 같은 데다 광고를 내는 일은 없을 뿐만이 아니라 집안 식구에게도 자기의 소속을 알리지 않는다. 눈에 뜨이지 않는 데서 우리는 조용히 만날 것이다. 그때는 서로가 돈도 모았을 때일 테니까 모이는 장소도 돈을 좀 들여서 그럴듯한 곳으로 할 수 있다. 우리는 모이면 별 형식은 없더라도 서로 위안을 받을 것이다. 자기 아내에게도 말할 수 없는 인간의 비열한 상처를 서로 드러내 보이면서 악마의 웃음을 교환한다. 이를테면 섹스의 문제도 아무 치레 없이 서로 이야기한다. 아무한테나 음담을 벌이는 사람은 바보다. 우리끼리만 한다. 흥분하지 않고. (물론 흥분할 나이도 아니겠지만) 그리고 그 나이에 가서도 아직도 이 세상에 선善을 이루어보겠다는 은밀한 야심을 버리지 않는다. 순진. 세상을 겪고도 살아남은 순진함이 우리를 부끄럽게 한다. 불혹不惑의 나이를 맞고도 꺼지지 않는 육체의 욕망을 못내 창피하게 여긴 옛날의 여자들처럼. 머리가 희끗한 점잖은 사람들이 아직도 인간은 신비스럽다고 생각하고, 따지고 또 따져도 해탈은 못 얻고, 그래서 마누라와 다 자란 자식들의 눈을 피해서 비밀의 동인들의 모임에 나간다. 그들은 평생 음모를 해왔으나 그들의 일은 이루어지지 않았다. 무슨 음모였을까. 세상을 바꾸는 음모다. 이상한 반란을 꿈꾼다. 세상을 바꾸는 일. 사람은 왜 혁명에 그토록 미치는 것일까. 우리는 정말 혁명에 성공할지도 모른다. 역사는 우연의 함정투성이이니까. 그래서 우리는 피 묻은 웃음을 웃으며, 사랑하기 때문에 증오하는 생애를 보는지도 모른다. 그럴 때 인간은 그런대로 사는 것이다. 그럴 때 양같이 순하던 사람도 포악한 독재자가 될는지도 모른다. 혹은 '갇힌 세대'의 이름대로 우리들의 미래도 다름없는 수인의 시대일지도 모른다. 아마 그렇게 되기가 쉽다. 나갈 길 없는 지평선. 그렇더라도 우리들의 집념은 사그라지지 않을 것이다. 겉보기에는 조용하고 온건한 사람들이지만 우리들은 속으로 미쳐 있는 것이다. 그것을 아무도 모른다. 우리는 울부짖지 않는다. 가끔 농담도 하고 잡담에도 끼어든다. 우리들의 정체를 숨기기 위해서다. 남들이 우리들을 수상쩍게 여기지 않도록 해야 한다. 말하자면 평범의 탈을 쓰고 사는 고독한 망명자다. 그래서 우리들끼리는 더욱 가까워진다. 우리는 서로 다른 직업에 종사하면서도 거기다 공동의 낙인을 찍는다. 그렇게 해서 이 세계에 우리들의 영토를 넓히는 것이다. 그런데 독고준은 어떻게 생겨먹은 놈일까. 그는 혼자서 세상을 견디어낼 수 있을까. 얼마나 강하면 그렇게 할 수 있는가. 그의 매사에 얼른 열을 내지 않는 고집을 무슨 수로든지 꺾어버려야지. 이번에 만나면 꼭 끌어들여야지…… 그는 일어섰다. 통로를 지나 문을 열고 밖에 나섰다. 왼쪽 승강대 쪽으로 목을 돌린 그는 거기에 자기보다 먼저 자리를 차지하고 있는 사람을 보았다. 두 손으로 손잡이를 잡고 맨 아랫단에 서 있는 사람이 있다. 여자다. 머리가 옆으로 날리고 목덜미가 하얗다. 학은 그 자리에 선 채로 그 뒷모습을 바라보았다. 달빛 아래 환한 바깥 풍경은 빨리 지나간다. 공간이 좁은 탓으로 더욱 빨라 보인다. 여자의 몸은 위태해 보였다. 뒤에서 슬쩍 밖으로 밀어버리면. 그는 어처구니없는 자기 망상에 저항하려는 듯이 차체의 모서리를 꽉 붙들었다. 그러자 그 여자를 기차 밖으로 밀어버리고 싶다는 북받침은 점점 강해졌다. 모서리를 잡은 손이 경련을 일으키듯 당긴다. 안심하고 서 있는 여자는 간단히 밖으로 굴러떨어질 것이다. 아마 새벽이 되기까지는 살인은 발견되지 않을 것이다. 그때쯤해서는 나는 집에 가 있다. 범인을 찾는 것은 불가능하다. 경찰은 우선 여자의 남자 관계를 캐고 들 것이다. 그 여자와 친분이 있는 남자들에게는 다 알리바이가 있다. 경찰의 수사는 막힌다. 오늘 이 열차를 탄 사람들을 모조리 알아내는 것도 불가능하다. 증거가 없기 때문이다. 사건은 영원히 해결되지 않은 채 의문으로 남는다. 아무 증거도 남지 않는다. 할 것인가. 절대로 안전한 범죄다. 왜 안 해야 하는가. 오른팔로 가볍게 밀면 된다. 그것으로 끝난다. 절대로 안전한 범죄를 하지 않는다는 것은 말이 안 된다. 밀자. 가만있자. 혹시. 그는 뒤를 돌아다보았다. 자기가 소리 없이 웃으며 서 있었다. 악.

학은 손을 들어서 앞을 가렸다.

"웬일이세요?"

그의 옆에서 줄곧 자고 있던 사람이 그의 팔을 붙잡고 있었다.

"가위에 눌리신 모양이군요……"

학은 머리를 흔들면서 일어섰다. 통로를 지나서 문을 열고 밖에 나섰다. 그는 거기 기대서서 가슴을 두근거리며 승강대 쪽을 바라보았다. 아무도 없었다. 시커먼 장방형의 공간 속에서 연기와 더불어 사방에 부딪혀 갈 곳을 잃은 쇳소리가 몰려들어오고 있었다. 터널에 들어왔던 것이다.

학은 이마에 밴 진땀을 문지르면서 매캐한 연기 속에 우두커니 서 있었다.

5

하늘과 나만이 아는데 왜 악惡을 놓칠 것인가?
—『생활의 발견』

11월 중순부터 날씨는 처음으로 겨울다워졌다.

독고준은 골목 어귀에서 군밤을 한 봉지 사들고 바람을 등에 받으면서 걸음을 옮겼다. 그가 낡은 판잣문을 밀고 현관에 들어섰을 때 나지막한 목소리가 주인네 방에서 들려왔다. 보통 같으면 주의를 하지 않았겠지만 그 목소리는 좀 특별했다. 책 읽는 소리처럼 가락이 섞여 있었다.

그는 언제나처럼 현관에서 구두를 벗어서 한 손에 들고 마루에 올라섰다. 2층으로 올라가는 계단으로 가자면 주인네 방 앞을 지나야 한다.

그 앞을 지나면서 그제야 아하 하고 속으로 끄덕였다. 전도사가

온 것이었다. 오늘이 처음은 아니었다. 준은 호주머니에 든 군밤 봉지를 만지작거리면서 조금 망설이다가 그냥 2층으로 올라와버렸다.

방문을 열었을 때 따뜻한 어둠이 그를 맞았다. 속에서 타는 불이 난로 뚜껑을 비집고 나와서 어둠 속에 보얗게 떠 있다.

준은 어둠 속에서 그 희미한 빛을 바라보았다. 불빛은 순간적으로 그를 묘한 감동에 젖게 하였다. 마치 기회를 놓쳐버린 타수처럼 준은 좀체로 전등을 켤 생각을 않고 의자를 더듬어 걸터앉아서 어둠 속에서 작은 행복처럼 공간을 밝히고 있는 빛을 그대로 지켜보았다. 문득 고향집 아궁이에서 밤을 구워먹던 먼 옛날이 그의 머리를 스치고 갔다. 빈 부엌. 그곳만, 남은 불로 어스무레한 아궁이에 밤톨을 파묻고 만화를 보던 생각. 그러니까 저 불빛보다는 밝았다…… 눈이 어둠에 익어지면서 지금은 난로의 윤곽도 알아볼 수 있었다. 밑의 받침대도. 그리고 역시 아주 흐릿하게 조명을 받은 천장도. 귀를 기울인다. 아래층에서는 아무 기척도 나지 않았다.

고요하다. 준은 어둠 속에서 머리를 저었다. 이런 것이 생활인가. 갑자기 그는 이름 모를 적막함을 느꼈다. 그것은 오랫동안 잠자지 못한 사람이 갑자기 느끼는 저항할 수 없는 고달픔 같은 것이었다. 그는 손을 들어 자기 얼굴을 만져보았다. 다음에 목을 더듬었다. 그것들이 흡사 남의 살처럼 신기하게 만져졌다. 그런 상태대로 오랫동안 어둠 속에 앉아 있었다.

아래층에서 문 여닫는 기척이 난다. 그는 외투를 벗어놓고 군밤

봉투를 들고 일어났다. 방문을 열고 마루에 나섰다. 계단을 반쯤 내려가다가 준은 한 발은 내려디딘 채 우뚝 멈춰섰다.

방문이 열리면서 손님이 나오고 있다. 그는 뚫어지듯이 그 얼굴을 바라보았다. 뒤따라나온 주인 내외와 영숙의 배웅을 받으며 그녀는 현관 쪽으로 걸어갔다.

손님을 보내고 그들이 돌아들어올 때에야 준은 천천히 계단을 밟아 내려갔다.

"추워져서…… 연탄은 괜찮던가요?"

영숙이 아버지는 도수 높은 안경 너머로 2층을 살피듯하면서 물었다.

"잘 탑니다."

준은 영숙의 손에 봉지를 쥐어주면서 대답했다.

"들어오시우, 선생님."

영숙이 어머니는 방바닥에 펼쳐놓았던 성경책을 덮어서 한옆으로 밀어놓으면서 준을 불러들였다.

"좀 앉았다 갈까요?"

"들어오슈. 아무리 난로를 놔두……"

준은 권하는 대로 아랫목에 앉았다. 영숙은 동그란 나무접시에 군밤을 담아서 준이 쪽으로 밀어놓는다.

"예배를 보셨군요?"

"네. 김순임 자매한테 많이 배웁니다."

"네…… 전도사?"

"네. 우리 교파에서는 전도사라고는 부르지 않는다우. 남자들끼리는 형제고 여자는 자매지요."

"교파 이름이 무언데요?"

"왕국재림교회랍니다. 참, 주께서 내리신 은총으로 눈을 뜨게 된 것이 다 높고 깊으신 뜻이지요."

"왕국재림교회?"

"진리를 깨치면 복을 받아요. 우리도 얼마 안 되지만 요즈음은 모든 게 고맙고 고마워요. 김순임 자매 덕분이죠. 선생님도 배우시우. 이제 곧 아마겟돈 싸움이 옵니다."

"아마겟돈요?"

"암요."

영숙이 어머니는 한옆에 밀어두었던 성경을 들어 무릎에 얹고 책장을 넘겼다.

"들어보시우. '또 내가 보매 개구리 같은 세 더러운 영이 용의 입과 짐승의 입과 거짓 선지자의 입에서 나오니 저희는 귀신의 영이라 이적을 행하여온 천하 임금들에게 가서 하나님 곧 전능하신 이의 큰 날에 전쟁을 위하여 그들을 모으더라. 보라, 내가 도적같이 오리니 누구든지 깨어 자기 옷을 지켜 벌거벗고 다니지 아니하며 자기의 부끄러움을 보이지 아니하는 자가 복이 있도다. 세 영이 히브리 음으로 아마겟돈이라 하는 곳으로 왕들을 모으더라. 일곱째가 그 대접을 공기 가운데 쏟으매 큰 음성이 성전에서 보좌로부터 나서 가로되 되었다 하니 번개와 음성들과 뇌성이 있고 또 큰 지진이 있어 어찌 큰지 사람이 땅에 있고 나서 이같이 큰 지진이 없었더라. 큰 성이 세 갈래로 갈라지고 만국의 성들도 무너지니

큰 성 바벨론이 하나님 앞에 기억하신 바 되어 그의 맹렬한 진노의 포도주 잔을 받으매 각 섬도 없어지고 산악도 간데없더라. 또 중수가 한 달란트나 되는 큰 우박이 하늘로부터 사람들에게 내리매 사람들이 그 박재로 인하야 하나님을 훼방하니 그 재앙이 심히 큼이더라.' 이게 아마겟돈이라오. 세상 종말이 곧 온답니다. 바벨론의 백성들이 하나님을 노엽게 한 죄로, 하나님께서 진노하사 이 세상을 없이하는데 오직 복음을 믿는 자만이 구원을 받는다고 말씀하셨소. 그날이 되면 예수님께서 천사군을 거느리시고, 이 세상에 왕으로 오셔서 악의 권세를 뿌리째 뽑으시고 믿는 자들을 거느리고 왕국을 차리신답니다."

준은 속으로 놀랐다. 이분이 이처럼 긴 얘기를 하기는 처음이었다. 말수가 적고 늘 언제 보아도 손에 일감을 쥐고 있는 그저 말 없는 분이었는데, 하고 그 자그마한 몸매를 다시 한 번 바라보면서 놀란 것이다.

그녀는 남편을 바라보면서, 타이르듯 말했다.

"영감도 처음에는 좀체 귀를 안 기울였는데 요즈음은 많이 깨달았다우. 다 은총이죠."

영감은 마누라가 하는 말에 고개를 끄덕였다.

준은 성경을 집어들고 한참 동안 그저 뜻 없이 책장을 넘기다가,

"말씀 잘 들었습니다"

하고 일어났다.

"좀 앉아 계시지."

"아닙니다. 몸 잘 녹였습니다."

회색인 123

그는 방을 나왔다.

"선생님도 믿으우. 형제들 중에는 대학생도 많답니다. 요담 집회 때, 같이 가보아요."

영숙이 어머니는 독고준이 관심을 보여주는 때를 기다렸다는 듯이 마지막까지 전도를 잊지 않았다.

"네, 언제 한번……"

준은 계단에 올라서면서 말했다.

방에 돌아와서도 그는 불을 켜기를 망설였다. 그는 의자를 가져다 난로를 다리 사이에 끼는 자세를 잡고 앉았다. 연탄 냄새가 코를 찔렀다. 계단에 발소리가 나더니,

"선생님!"

문밖에서 영숙이 목소리가 났다.

준은 앉은 채로,

"응? 들어와"

하면서 일어서지도 않았다. 그녀는 문을 열고,

"감자 삶은 거 갖다드리래요. 여기 놓아요……"

하고는 계단을 내려가버렸다.

준은 일어서 불을 켰다.

난로는 남향한 창에 가깝게 놓여 있다. 한편의 창은 봉해버렸다. 방 끝에 벽장이 있다. 왜식 벽장이다. 바닥은 물론 다다미다. 나머지 벽에 책상이 있다. 책상 옆에 책상 키 두어 배 되는 책꽂이가 있다.

벽장에서 이부자리를 내서 깐다. 그는 일기장과 펜 그리고 잉크

를 머리맡에 갖다놓은 다음 옷을 벗고 자리에 들었다. 벽장 속에서 종일을 얼었던 이부자리는 썰렁하다. 그는 무릎이 턱에 받히도록 몸을 오그리고 머리끝까지 이불 속으로 집어넣는다. 남이 본다면 좀 경망스런 꼴이지만 별수 없는 일이다. 이렇게 하고 한참을 지내면 답답한 것과 잔뜩 오그린 자세에서 오는 피로 때문에 좀 훈훈해진다. 이럴 때마다 그는 야릇한 기분을 느낀다. 그것은 아마 비참悲慘이라는 느낌이다. 추워서 몸을 오그리는 일이라면 그만이지만 준은 언제나 그런 기분이다. 겨울마다 그렇다. 그리고 울고 싶어진다. 그리고 지금은 울어도 별수 없는 것을 생각하면 더욱 쓸쓸해진다. 가족. 가족이란 것을 새삼스럽게 생각해본다. 사람이 그 속에서 나고 살다가 죽는 것이 가족이다. 죽으면 그뿐인 것도 아니다. 가족의 명예를 위하여, 라고 말한다. 가문이 어떻고 한다. 그런 '가족'이 독고준에게는 제일 아득한 존재가 되어 있다. 이남 땅에 부친을 파묻은 그의 형편으로서는 가족을 생각할 때에도 분열증에 걸린다. 그의 가족의 일부는 W시에 있고 일부는 서울 교외 땅 밑에 누워 있고, 그리고 독고준 나는 여기 셋집 2층에 쭈그리고 누워 있다. 그는 세 개의 점을 연결한 세모꼴을 만들어본다. 그 도형圖形은 깨뜨릴 수 없이 든든하고 빛깔은 진해 보인다. 피와 추억과 사상과 약간의 증오 — 즉 과거라는 시간이 만들어놓은 허물지 못할 집이다. 자기의 에고를 뒤따라가면 가장 평범하게 그의 손에 잡히는 것이 한 권의 족보다. 한국 사회는 족보가 신분 증명을 하는 사회 형태에서는 점점 벗어나고 있지만, 아직도 에고의 좌표를 정위定位하려고 할 때 제일 그럴듯하게 느껴지고 사실 태반의 사람들이 알며 모르며 받아들이고 있는 자기自己 정위定位는 역시, 혈통이라는 축軸과 몇 대代라는 시간의 축으로 이루어지는 자기상自己像이다. 현대 한국인이 방황하고 자신이 없는 것은 어떤 '연속'의 체계 속에 자기를 자리매김하지 못하고 있으며 또 사실상 불가능하기 때문이다. '가족'을 그러한 체계로 삼는 것은 지난 날에는 곧 '가치價値'의 체계에 참가하고 있다는 말이 될 수 있었다. 유교의 원리는 곧 가족의 윤리였기 때문에. 지금은 다르다. 정승의 직계손이라 할지라도 설마 그 사실이 곧 자기의 뛰어남을 나타낸다고는 생각지 않게쯤은 되었다. 지금 세상에 양반 상놈이 어디 있어, 하는 상식이 그 사정을 말해준다. 그런데 지금 우리에게는 이 '가족'을, 혹은 '가문'을 대신할 만한 체계가 아무것도 없다. 현실적으로 없다는 말이 아니라 사람들의 가슴속에서 그만한 힘을 내도록 익지 못했다. 현대 한국인에게도 '가문'이라는 말은 사무칠망정 '국가'는 아무래도 거북하다. 그런대로 가문이나 씨족을 넓혀서 짐작할 수 있는 '민족'은 훨씬 알아먹기 쉽다.

 해방 후에 남의 숙제를 떠맡아 고민하는 어리석은 민주주의-공산주의 싸움 같은 어쭙잖은 일 대신에 해방된 그 마음으로 우직한 민족주의로 치달았다면 지금쯤은 훨씬 자리가 났을 것이다. 민중에게 제일 알아보기 쉽고 무리 없는 공감을 받을 수 있는 체계가 그것이었고 제일 가짜 아닌 일손의 재고在庫를 가지고 있던 방법도 그쪽이었다. 그랬더면 영감들은 자신을 가지고 무슨 일을 했을 것이고 새 세대는 그러한 노인들을 뚜렷한 벽으로 알고 값있는 반항의 자세를 가질 수 있었을 것이다.

여기까지 생각하고 준은 비로소 이불 속에서 머리만 자라 모가지처럼 쏙 내밀었다. 자리가 녹은 것이다.

선뜩하다.

늘 하는 버릇이다. 하려고 해서라느니보다 이불을 뒤집어쓰고 있으면 자연 여러 가지 생각이 떠오르는 대로 되다 보면 이런저런 생각을 하고 있는 자기를 보게 된다.

머리맡에 놓인 감자. 보기에는 썰렁하다. 알이 굵고, 껍질이 터진 사이로 보드라운 가루가 보인다. 그는 오른손을 내밀어 한 알을 집었다. 따뜻한 기운이 있다. 게다가 접시 한쪽에는 설탕도 있다. 그는 손에 쥔 감자에 설탕을 꾹 묻혀서 한입 베어 먹었다. 부드럽고 단맛이 그게 아니었다.

창문이 부르르 울린다. 바람이 센 모양이구나. 한쪽만 남기고 반은 발라버려야겠다. 준이 누워 있는 위치는 벽장과 나란히 머리를 남쪽에 두었다. 벽장에 붙어 눕는 것은 그래도 의지가 되는 것 같은 심리가 있고, 또 하나는 그의 물건은 거의 이 벽장 속에 있으므로 누워서 손쉽게 벽장문을 여닫아서 소용되는 것을 꺼낼 수 있기 때문이다.

그는 감자를 먹으면서 오늘 일을 생각했다. 그가 지금 보아주고 있는 학생은 고등학교 3학년인데 명년 봄에 대학에 들어가면 가정교수는 그만하겠다는 학생 아버지의 말이었다. 어느 국영 기업체의 간부 사원인데 요즈음은 거기를 그만둔다는 얘기를 학생의 어머니한테서 들었다. 그때까지 다른 자리를 구해보되 자기도 적당한 데가 있으면 주선해주겠다는 이야기였다. 한 달에 3만 환씩 주고 등록금을 대주는 조건은 다른 아이들이 다 부러워한 자리였는데. 당장은 아무 궁리도 나지 않았다. 방학이 지나면 2월. 한 달은 어물어물 지날 테고 3월에 입학시험. 그러니까 일은 급하다. 당장 새 학기 등록이 문제였다. 이렇게 중대한 고비에 설 때마다 그는 멍해진다. 마치 남의 일이기나 한 것처럼 손을 놓고 그저 게으르게 꿈지럭거린다. 언제부터 이런 게으름이 몸에 배었는지 알 수 없는 일이다. 아무튼 오래전부터임에는 틀림없다. 할 수 없는 놈이다, 나는. 그는 자기 자신을 할 수 없는 놈이라고 생각한다. 일요일의 인간. 영원한 일요일의 인간. 교회도 모르고 놀이터도 모르는 일요일의 인간. 교회라. 그는 또 한 개 접시에서 감자를 집어 들어 베어 먹었다. 교회. 예수쟁이들을 생각할 때마다 왜 묘한 생각이 들곤 할까. 정치와 교회는 무관한 것이 아닌가. 제국주의와 기독교는 직접적으로는 관계가 없다. 물론 우리는 원주민이다. 우리의 정치 제도는 우리가 싸워서 얻은 것이 아니다. 우리는 나사못 하나도 발명하지 않았다. 지성인이기 위해서는 될수록 많은 외국어를 알아야 할 형편이다. 우리가 쓰는 일용품 — 정신적인 것이건 물질적인 것이건 — 의 전부가 외래품. 럭키치약이나 해태캐러멜은 외래품이 아니라는 사람이 있다면 그는 좀 둔하다. 우리 조상은 가락엿을 애호했고 이빨에는 소금이 으뜸인 것으로 알았다는 그러한 의미에서 럭키치약과 해태캐러멜은 외래품이다. 도막엿이 아니고 캐러멜, 이〔齒〕소금이 아니고 투스 페이스트인 바에야. 우리들이 가지고 있는 모든 것이 한국이라는 풍토에 이식된 서양이 아닌가. 서양. 예수교와 과학의 세계, '나에게 지점支點을 달

라. 지구를 움직여 보이겠다'는 생각과 '세상을 얻은들 무슨 소용인가. 너의 영혼을 구하라'고 말한 영구 혁명론자의 사상이다. 과학과 기독교 사이에는 아무 연속성이 없다. 발생적으로도 그렇고 본질적으로도 그렇다. 그것은 완전히 단절된 모순의 상태에 있는 두 개의 사상이다. 서양사는 이 두 사상 사이의 드라마라고 요약될 수 있다. 성경의 이야기를 빌리면 신과 인간의 씨름인 것이다. 진정한 드라마는 오직 신과 인간 사이에만 있다. 인간 사이의 드라마도 그것이 드라마로서 의미를 가지자면 '신과 인간의 씨름'이라는 '원형'의 '모형'일 때에 한한다. 서양 예술처럼 단순한 것도 없다. 그것은 줄곧 이 유일한 라이트모티프인 '신과 인간의 씨름'을 한없이 변화시킨 수많은 변주곡에 다름 아니다. 성경에 나오는 탕자의 기본 리듬인 '고향—방랑—귀향'의 공식에 살을 붙인 것들이다. 미학은 간단하다. 서양 예술은 항상 세 박자로 춤춘다. 왜 예술뿐이랴. 헤겔의 철학은 방대한 '왈츠 곡집'을 연상시킨다. 그가 만일 작곡가가 되었더라면 틀림없이 요한 스트라우스가 되었을 것이다. 정반합正反合, 정반합, 정반…… 이런 식이다. 이것은 서양 문화의 밑바닥을 흐르는 '어미가락'이다. 그들의 문화의 어느 한 곳을 취하든 우리는 이 가락을 가려낼 수 있다. 이것이야말로 동양 음악이 전혀 알지 못하는 골격이다. 국악만 해도 그렇다. 국악이란 끝도 중턱도 하물며 시작도 없는 허망한 가락이다. 거기가 거기고 거기가 거기다. 홀연히 일었다가 그윽하게 사라지는 신비한 목소리. 국악이 전달하는 그윽한 맛을 서양 음악은 알지 못한다. 서양 미술은 그 바탕에 있는 생활을 노골적으로 느끼게 하고,

심포니는 사상을 전달할 뿐이다. 심포니처럼 현학적인 음악도 없다. 그 증거로 이른바 해설이라는 게 가능하다. 그러나 국악을 해설한다는 소리는 못 들었고 아마 부질없다. 우리 음악의 내림은 소리 없는 소리. 소리 없기 위한 소리다. 우리 예술의 전통은 로고스에 뿌리를 둔 미학에 있지 않고 선禪의 미학 위에 서 있다. 로고스와 분석에 대한 철저한 불신임이다. 그래서 물에 물 탄 듯 술에 술 탄 격이다. 독고준은 종이를 끌어당겨 쓰기 시작했다.

우리는 원주민이다. 서양사는항상삼박자로춤춘다. 내가가장쓸쓸했던때는최남선씨와오경태씨의개종을알았을때였다. 크라이스트와아르키메데스의시소게임 — 놀라운곡예. 서양이인류에게제공한두사람의리바이어던 — USA와USSR. 우리는살지않았다쳇. 왈츠의대가헤겔. 이카루스와달마. 내려오시오깨어나시오. 역사는역사가치료한다. 왈언덕이있어야비빈다옳습니다. 서양사람들의 '언덕' 으로서의기독교. 그렇다고해서우리의언덕석굴암이나백마강에서구해야할는지…… 도자신이없고즉다시말하면그리하여. 한국이사는길은농민이사는데있다고생각할수없다한국이사는길은한국이사는데있다. 우리들의언덕은그렇다면하처재일까? 없는데있다 (사기다아니다사기다이하약) 만일기독교를언덕으로받아들인다면우리는또한번8·15를가져야할것이다그래도좋지만. 모든앙가주망이모든데가주망보다나은것은아니다즉모든암캐가모든수캐보다약한것은아니다즉모든수캐가모든암캐아이구그만두자. 예의를지키는놈은속물이고예의를지키지않는놈은개아들이다. 나는일본을한없이사랑한다그들은우리를 망신시켰으므로. 근세사최대의비극은아마청일전쟁에서중국이패배한그것이다. 어떤서양사람이말하기를 '영국자본주의가발전한것은인도를차지한데서온것은아니라'고했다물론이다영국은오직다음이야기를하기위해서인도에머문것이다왈 '셰익스피어를잃느니차라리인도를잃겠다' Anglosaxon-Christi\anity = (컷) (Manchester + Christ) -Christ = Stalin, (정치대수학을위한겸손하고소박한공식기일의장) 서양휴머니즘은존재했지만휴머니즘일반이란것은존재하지않았다. 네프류도프공작이영국왕이라면영국으로하여금4백년동안인도의식민지가될것을주장했을것이다쓰레기통에서장미꽃은피지않는다그러나강간속에서는민주주의가핀다그리고진흙에서연화는핀다운운. 요즈음고양이는퍽인도적이라는쥐들사이에떠도는풍문이있기는하다어떤짓궂은쥐는그것은쥐가멸종할까봐금렵기를둔것뿐이라는설을세웠는데이쥐는유아기외상이남아서만사를비꼬아서보는버릇이있다고하는것은고양이의진단어쩌구. 우리는아리조나카우보이다야(이것은또길이의파렴치한세계관)

독고준은 쓰기를 멈췄다. 한 개 남은 감자를 집어서 입에 넣었다. 손을 뻗쳐서 벽장문을 연다. 아래위 두 칸으로 나뉜 벽장 안은 조그마한 잡화상 못지않게 다채롭다. 7~8년 동안의 객지 살림에 하나둘 모은 재산들이다. 그중에서 그는 고무줄로 묶어놓은 대학 노트 꾸러미를 꺼냈다. 일기장과 비망록이다. 그는 가끔 그것을 꺼내 읽는다. 이런 일이 있었던가 싶은 사건을 발견할 때도 있다. 어떤 구절에서는 쓴웃음을 짓는다. 다시는 돌아오지 못하는 생활의 기록이다. 그는 끌리는 대로 한 권에서 몇 군데씩 띄엄띄엄 읽어갔다. 어느 권을 집어드는데 책갈피에서 수첩 같은 것이 떨어진다. 그것을 집어들고 문득 놀랐다. 노동당원증. 매부의 사진이 붙어 있다. 그는 한동안 정신 나간 사람처럼 누렇게 뜬 사진을 들여다보았다. 그날 W시에서 UN군의 철수선을 탈 때 그는 누님의 가방(하기는 꾸릴 때는 두 사람의 물건을 같이 넣었기 때문에 누구만의 것도 아니었지만)을 가지고 왔는데 그 속에 매부의 당증黨證이 들어 있었다. 없어진 줄만 알았는데 낡은 일기장 속에 파묻혀 있었구나. 준은 당증을 손바닥에 얹은 채 이상한 생각이 들었다. 이것을 처음 발견했을 때는 별다르게 여기지 않았다. 누님이 보려고 가져온 것이려니 여겼던 것이다. 지금의 독고준에게는 그러나 좀 이상했다. 당증이라면 까딱하면 사람이 죽고 살 수도 있는 물건이 아닌가. 사진을 지니고 싶었다면 다른 것도 얼마든지 있었는데 왜 하필 이런 것을 가져왔을까. 그는 다시 한 번 사진을 들여다보았다. 비록 색은 바랬을망정 그것은 젊고 잘생긴 지금의 준이 나이 또래의 젊은이의 얼굴이었다. 자식. 그는 사진을 툭 방바닥에 던졌다. 그 순간 그의 머릿속을 어떤 생각이 빠르게 스치고 지나갔다. 그는 너무 당돌한 생각에 엎드린 채 침을 삼켰다. 설마. 아니다. 그 누이가 그럴 수 없다. 그는 몸을 움직여 이불 속에서 무릎을 꿇고 두 팔로 턱을 괴었다. 그는 방금 자기의 머리에 떠오른 생각이 두려웠다. 그러나 그는 끝내 거기서 벗어나지 못했다. 누이는 복수를 하기로 맘먹은 것이 아니었을까. 매부가 월남해서 딴 여자와 산다는 이야기를 누이는 들었을 것이다. 그녀가 가끔 혼자서 울고 우울해지고 몸이 상해가던 것은 물론 그런 이유에서였다. 그때만 해도 38선은 헐렁한 국경이었다. 이남의 사람들은 이북에 있는 친척들의 소식을 들을 수 있었고 이북에서도 마찬가지였다. 준은 한 번 친구한테서 『마인』이란 소설을 빌려 본 것을 기억한다. 해방 후 서울에서 찍은 것이었다. 그 친구의 아버지나 형이 아마 남한을 들락날락한 밀수 상인이었겠지. 그런 실정이었다. 그러니까 온 집안에서 매부의 일을 모른 사람은 나 혼자였고…… 준은 얼굴을 이불에 대고 눈을 감았다. 배신한 애인의 당증을 가지고 그 남자가 있는 곳으로 가는 배를 타기 위하여 군중이 아우성치는 물결 속을 헤매고 있는 한 사람의 여자가 보였다. 그녀는 배를 탄다. 고달픈 항해 끝에 남한에 온다. 옛 애인을 만난다. 변심한 남자는 쌀쌀하기만 하다. 그녀는 애원한다. 남자는 더욱 귀찮아한다. 그녀는 남자를 쳐다본다. 거기 옛날에 그녀의 삶의 보람이었고 손에 쥔 꿈이었던 한 남자 대신에 죽이고 싶도록 미운 타인을 본다. 여자는 방긋 웃는다. 그러고는 핸드백에서 한 장의 증명서를 꺼내서 그의 눈앞에 비친다. 물론 뺏기지 않도록 멀찌감치서. 순간 경악한 남자의 얼굴…… 준은 가볍게 신음했다. 두 손으로 머리를 움켜잡았다. 소설이다. 소설이다. 그럴 리가 없다. 그 착한 누이가. 아니 착한 것과 사랑은 관계가 없다. 누이는 착하기는 할망정 바보는 아니다.

그는 베개를 베고 반듯이 드러누웠다. 가슴이 몹시 뛰었다. 그는 한참 후에 다시 당증을 집어들었다.

빛이 바랜 한 장의 사진이 붙어 있는 조그마한 그 증명서는 복잡한 생각을 자아내게 했다. 북한에 있을 때 「당증」이란 소련 영화를 본 적이 있다. 두 남녀가 사랑한다. 두 사람은 한마을에서 자란 소꿉친구다. 남자는 공산당청년동맹의 열성 맹원이다. 그는 장차 공산당원이 될 것이며 아름다운 애인과 결혼할 예정이다. 그때 한 남자가 나타난다. 그는 몰락한 부르주아 출신의 청년으로 소비에트 정권을 파괴하려고 하는 반동 비밀 결사의 한 사람이다. 그는 자기의 임무를 해내기 위한 수단으로 여자에게 접근한다. 여자는 탕아 기질이 풍기는 이 미남자 스파이에게 점점 기울어진다. 끝내 여자는 스파이의 손아귀에 들어가고 만다. 공산당 간부인 여자의 아버지 후원을 받으면서 스파이는 점점 출세한다. 그들은 이미 결혼한 사이다. 스파이는 어느 중요한 공장의 공장장이 된다. 드디어 기회는 왔다. 어느 날 스파이는 동력 스위치를 조작하여 공장에 불을 지른다. 다행히 불은 이내 소화되고 한편 발화 원인에 관하여 수사가 시작된다. 스파이는 도망하기로 작정한다. 도망하는 데는 당증이 필요하다. 당증을 넣어둔 금고의 열쇠는 아내가 가지고 있다. 스파이는 비로소 아내에게 자기의 정체를 밝히고 자기와 같이 도망해줄 것을 애원한다. 아내는 놀란다. 그녀는 스파이(남편)의 말에 응하여 서랍에서 열쇠를 꺼내는 척하다가 대신에 권총을 집어들고 남편을 겨눈다. "꼼짝 마라." 한 손으로 수화기를 들어 당국에 연락한다. 새파랗게 질린 남편은 무릎을 꿇고 애원한다. 나는 당신을 사랑했다. 진정이다. 우리들의 사랑을 생각해서라도 이렇게 잔인할 수 있는가. 그러나 여자는 끄떡도 않는다. 당의 적이라는 것을 안 이상 당신은 이미 나의 사랑도 아니며 남편도 아니라고. 막다른 골목에 몰린 스파이는 그녀에게 달려든다. 바로 그때 문을 박차고 들어서는 한 무리의 사람들. 손에 권총을 든 내무서원들이다. 그 선두에는 옛날의 애인이 서 있었다. 스파이는 잡히고 여자는 끝내 소꿉친구의 가슴으로 — 대강 이런 내용이었다. 상대방의 사랑이 거짓이었다는 것을 발견한 경우에 돌아선다는 것은 얼마든지 있을 수 있는 일이지만 거기에는 괴로움과 슬픔이 따르는 게 사람의 정인 것이다. 영화에서는 그런 배려는 아예 셈에 없었다. 남자의 정체를 알기 무섭게 여자는 권총을 집어들고 있었다. 영화에 나타난 한에 있어서 남자가 반혁명 분자라는 것은 분명했으나 사랑까지도 가짜였다는 증명은 없었는데도 그랬다. 옛날에 일본 아이들이 만들던, 아들을 싸움터에 보내면서 눈썹 하나 까딱 않는 군국軍國의 어머니식인 영화였다.

독고준은 그 영화의 생각이 이 순간 문득 떠올랐다. 만일 누이가 정말 그렇게 마음먹었다면 그녀의 계획은 훨씬 인간다운 것이 아닌가. 아들이 죽으러 가는데도 웃으며 보낸다든가, 남편의 정치적인 견해가 정부의 그것과 다르다고 해서 권총을 집어드는 기계들보다는 훨씬 사람다운 일이 아닌가. 처음에 그 생각이 머리에 떠올랐을 때 느꼈던 놀람과 어떤 죄악감은 점점 사라지고 준의 마음은 이런 데로 기울어져갔다. 누이는 이 땅 남한에 오고 싶었을 것이다. 정말 오고 싶었을 것이다. 그녀에게는 목적이 있었다. 일생에 단 한 번 진정을 걸었던 승부의 결말을 보기 위하여 이곳에 오고 싶었을 것이다. 승리를 바라지는 않았을지도 모른다. 그녀는 자기 눈으로 자기 운명의 얼굴을 보고 싶었을 테지. 이 한 장의 카드에서 어떤 실속 있는 결과를 기대한 것은 아니었을 것이다. 그런 방법으로 사랑을 되찾을 수도 없거니와 그녀의 자존심도 허락지 않았을 것이다. 다만 이 한 장의 카드를 내던지는 것. 그 일을 위해서 그녀는 오고 싶어 했다. 아니 그렇게 하는 것은 결국 악에 지는 것이 아닌가? 똥이 무서워서 어쩌나 하는 생각 때문에 얼마나 많은 악이 번영을 누려왔던가. 똥은 구덩이를 파고 묻어야 할 것이 아닌가. 이빨에는 이빨로라는 말이 애정에만은 통하지 않는 것일까. 이 카드의 임자가 이것을 언제 어디서 어떻게 쓸 셈이었는지는 끝내 알 수 없는 일이다. 내 머리에 떠올랐던 그 생각은 누이의 것이 아니라 내 것이었다. 그는 다시 한 번 놀랐다. 그렇다면 이 카드는 내 것이다. 바로 던지느냐 외로 던지느냐는 내 맘에 달렸다. 준은 뚫어질 듯이 사진 속 사나이의 눈을 노려보았다. 내 손에 달렸다. 이 카드는 아직도 시효가 지나지 않았다. 누이가 어떻게 생각하느냐에는 관계가 없다. 준은 또 한 번 신음했다. 당증을 쥔 손이 떨렸다. 우연히 굴러나온 한 장의 낡은 증명서가 게으르고 주저앉은 그의 정신을 잡아 흔들었다. 지금 매부가 차지하고 있는 사회적인 자리를 고려한다면 이 낡은 종이쪽지의 힘은 독을 묻힌 화살이었다. 내가 바란다면 이 화살을 그의 몸에 꽂을 수 있다. 반드시 심장이 아니라도 좋다. 아무 데나 닿기만 하면 그 자리는 썩는다. 준은 아랫입술을 지그시 깨물었다. 몸에 닿기만 하면 그 자리는 썩는다. 매부는 거기를 도려내야 한다. 무엇 때문에? 무엇 때문에 그렇게 하자는 것인가. 도려낸 살점을 먹기 위하여? 그의 망막에는 몇 년 전에 만난 매부의 군턱이 진 하얀 얼굴이 떠올랐다. 평화스럽고 복스러운 표정이었다. 어렸을 때 그가 보던 시원하면서도 어딘지 침울하던 빛은 변해 있었다. 자기는 인생을 다 살았다고 생각하고 있는 것일까. 성공했다고 느낀 것이다. 자기는 행운의 길을 찾아내고 더 방황할 필요가 없는 처지에 놓여 있다고 안심하고 있을 테지. 그런 사람에게 갑자기 함정을 만들어놓는다. 지금 준에게는 수많은 월남민이 기약 없는 귀향에 지쳐서 재혼해야만 했던 사정은 별로 사무치게 오지 않았다. 게다가 매부와 누이의 관계는 더욱 허술한 것이었다는 조건도 소용없었다. 그들은 사랑하지 않았는가? 그리고 그는 기다림에 지쳐서 다른 여자를 맞았다는 핑계도 대지 못한다. 그는 월남 직후에 딴 여자와 붙은 것이다. 그 소식은 이미 고향에 전해져서 그 때문에 누이는 병이 났다. 몸이 상하고 젊음을 잃어버렸다. 그는 어느 여름 비 오던 밤에 그의 방에 찾아와서 소리를 죽이며 느껴 울던 그녀의 꿈틀거리던 등을 생각했다. 그렇게 쉽사리 맘 변하는 가벼운 녀석을 그녀는 애타게 사랑했구나. 누이의 세대만 해도 옛날의 순정 어린 사랑을 진심으로 믿는 사람들이다.

그의 마음은 누이에 대한 그리움과 부실한 남자에 대한 미움으로 가득 찼다. 모르는 사이에 그는 자기 마음에 싹튼 복수의 계획을 정당한 것으로 만들기 위하여 자기 심장을 선동하려고 애쓰고 있었다. 준은 『죄와 벌』이라는 러시아 소설의 주인공 라스콜리니코프를 생각하였다. 그 가난한 러시아 학생은 한 노파를 죽였다. 그의 눈으로 볼 때 살 값어치가 없는 한 늙은 여인. 한 떨기의 꽃보다도 이 세상에 유익지 못한 늙은 돈버러지. 그런 흉물에게서 돈을 뺏어 쓰는 것은 옳은 일이다. 그렇게 해서 자기 같은 전도 유망한(그러나 돈만 없는) 청년이 생활의 위협을 덜게 된다면 이 세계를 위해서 좋은 일이라고 판단하고 노파를 죽였다.

준은 담배를 붙여 물었다. 깊이 빨아들였다. 그는 흥분하고 있었다. 연기를 길게 내뿜는다. 따분하던 그의 생활의 질서에 난데없이 드라마가 생기려 하고 있다. 그렇다. 드라마다. 아무 나쁜 일도 하지 않고 드라마를 만들려는 것은 되지 않을 일이다. 나는 한다. 나의 경우는 라스콜리니코프처럼 당돌하지는 않다. 나는 충분한 이유를 가지고 있다. 그를 협박해서 졸업할 때까지 학비를 대게 하자. 그가 사람이면 원래는 그럴 만도 한 일이 아닌가. 한때는 틀림없이 사랑했던 여자의 아버지고 동생이었다. 따뜻한 마음을 가진 사람이라면 그들을 도와주겠다는 센티멘털리즘이 없을 수 없는 일이었는데 그는 거들떠보지도 않았다. 아버지 장례식에도 오지 않았다. 기억의 바다에 가라앉아 있던 숱한 원한이 연달아 떠올라와서 파도를 일으켰다. 그를 망하게 하고 싶은 증오가 부풀어 올랐다.

그런 놈이 버젓하게 살아 있기 때문에 이 사회는 이 꼴이다. 그런 사람을 버려두기 때문에 드라마는 없는 것이다. 사람을 속인 인간. 자기를 가장 믿는 인간을 밟은 녀석은 사람이 아니다. 김학이 모양으로 국가 민족을 상대로 흥분하도록 내 영혼은 고상하지 못하다. 내게서 가장 가까운 사람이 상처를 입었을 때 내 신경은 곤두선다. 그리고 모든 사람이 그렇게 한다면 정의는 가장 확실히 행해질 이치가 아닌가. 죽이자는 것도 아니다. 그를 협박해서 불안하게 만들고 인생이란 장미꽃 가시 하나에 의해서도 파괴된다는 것, 손바닥만 한 종이 한 장 때문에 무너질 수도 있다는 것을 가르쳐주자. 그리고 그에게서 돈을 착취하자. 꿈을 잃어버린 사람에게 제일 중한 물건은 돈일 테니까. 그것을 잃는다는 것은 아픔일 테니까. 심장이 돌처럼 굳어진 사람을 울리자면 돈을 뺏는 수밖에 없다. 학비 정도가 아니고 많이 뺏자. 착실한 학생을 몇 명 골라서 학비를 대주는 것도 좋다. 우선 납부금 낼 때마다 찔끔거리는 주인집 영숙이를 공부시킨다.

그는 이 엄청난 음모에 머리가 어찔하도록 흥분했다. 만일 이 음모에 실패해서 귀찮은 일이 생긴다 하더라도 그 화가 미치는 것은 나한테서 그친다. 나는 여기서 고아니까. 그는 왼쪽 엄지발가락의 사마귀를 지그시 밀었다. 혼자라는 생각이 이상한 감동을 주었다. 혼자다. 가족이 없는 나는 자유다. 신은 죽었다. 그러므로 인간은 자유다, 라고 예민한 서양의 선각자들은 느꼈다. 그들에게는 그 말이 옳다. 우리는 이렇다. 가족이 없다, 그러므로 자유다. 이것이 우리들의 근대 선언이다. 우리들의 신은 구약과 신약 속에가 아니고 족보 속에 있어왔다. 우리들의 우상은 십자가에 박혀 스스로 죄를 짊어진 한 인간이 아니고, 항렬과 돌림자로 새겨진 족보였다. 그런 까닭에 우리들의 신은 '집안'이요 '가문'이었다. 나사렛의 이방인 이야기를 들을 때 언제나 타관 사람을 대하는 미묘한 어색함은 이 때문일 것이다. 신은 죽었다 할 때 그 말은 필경 서양 사람들에게 대하여 죽었다는 말이다. 서양은 세계가 아니라 그 부분. 예수를 십자가에 달 때 마음 약한 총독은 손을 씻음으로 공범됨을 면하려 했지만 우리는 그것도 아니다. 우리는 '현장'에 없었던 것이다. 카이사르의 것은 카이사르에게, 서양 사람들의 도덕적 범죄는 그들의 책임으로 그쳐야 한다. 그들은 '이스라엘'을 확대 해석해서 '영적 이스라엘'이라는 새 번역을 한다. 이스라엘이란 피로 맺어진 가족이라는 종種 개념에서 영으로 맺어진 집단이라는 유類 개념으로 옮겨앉는다. 얼마나 점잖지 못한 사기의 논리인가. 우리들 동양인은 그리스도교의 비유와 심벌이 가지는 미학적인 일반성을 역사적인 동시성으로 착각당해왔다. 불쌍한 정신적 강간. 영국 자본주의가 해외 식민지 경영을 통해서 자기 사회의 모순을 완화하고 위기를 넘어서고 활력을 찾은 것처럼, 서양 속에서 막다른 골목에 선 기독교는 선교라는 공간적 확대를 통하여 위기를 완화해온 것이다. 문제를 정직하게 정면으로 받는 대신에 그들은 시간을 번 것이다. 공간적 확대를 통하여. 우리 사회에 넘치고 있는 이 '심벌의 이중 구조' 때문에 문제는 자꾸 순환하고 고뇌는 비극의 표정을 이루지 못하고 끝없이 신파가 되고 만다. 서양의 언어가 우리를 정복한 것이다. 핏줄이 다른 언어를 (언어라고 얕보고) 받아들였을 때 우리는 그 언어 뒤의 역사까지도 받아들였던 것이다. 그리스도는 우리를 떨게 하지 않는다. 그는 나와 무관한 이방인이다. 그러므로 그와 나 사이에 드라마는 없다. 우리는 다른 각본의 등장인물이다. 동양인과 서양인이 만나는 자리는 서로 족보를 겸허하게 포기한 자리여야 할 게다. 독립은 주고도 연방으로 얽어매려는 친구들, 얼마나 놀라운 정치적 천재들인가? 죽은 놈만 억울하다는 식으로, 서양이 저지른 악惡에 대해서는 어느 누구의 입에서도 회개의 말이 나오지 않았다. 그들에게 회개를 요구하는 말은 동서東西의 대립이라는 오늘의 상황 때문에 우리들에겐 터부가 돼 있다. 이러고서 무슨 자유며 무슨 독립이며 무슨 희망인가. 서양은 야누스. 두 개의 얼굴을 가지고 있다. 자본주의. 공산주의. 우리들의 자리는 없다. 우리는 주역이 아니라 엑스트라일 뿐. 우리에게는 선도 없고 악도 없다. 아직도 우리들 엽전에게는 '집'이 제일이다. 우리가 정말 사랑할 수 있는 것은 집뿐이다. 집 있는 사람은 함부로 처신하지 못한다. 그는 모험도 할 수 없고 도박도 할 수 없다. 그러나 나 독고준에게는 집이 없다. 나는 그러므로 무다. 나는 나 자신을 선택할 수 있다. 아니, 내게는 북한의 집이 있지 않은가. 어머니와 누이와 형님의 가족과. 그것을 생각하는 것은 괴로운 일이었다. 분명히 있기는 있다. 그러나 있는 것인가. 없다. 고향이 그리워도 못 가는 신세 저 하늘 저 산 너머 아득한 천리. 그는 피식 웃었다. 왜 한국의 시들은 유행가보다도 절실하지 못할까? 거짓의 언어를 빌려 썼기 때문이다. 그리고 앞으로도 할 수 없는 일이다. 정신의 독립을 찾기 전에는. 에고의 고향으로 돌아가기 전에는. 어떻게 된 일인지 그의 눈앞에 어떤 모습이 연락 없이 떠올랐다. 하얀 목덜미. 풍부한 입술. 계단을 내려가다가 흘깃 훔쳐본 여자의 얼굴. 누군가를 닮았다. 어디서 본 여자다. 그는 하마터면 소리를 지를 뻔했다. 그 여자다. 폭격. 사람들이 물러간 거리를 헤매던 그 여름날의 이상한 산책. 빈집. 막 꽃을 꺾으려던 참에 집 안에서 달려나오던 여자. 폭음. 더운 공기. 더운 뺨. 더운 살. 폭음. 어둠 속에서 사람들이 일제히 웅성거린다. 아우성 소리. 폭음. 살냄새…… 그녀를 보던 순간에 느꼈던 충격의 원인을 그는 이제야 알았다. 그의 기억의 깊은 바다 밑으로부터 한 마리의 인어가 물결을 헤치고 올라와서 바다 위에서 헤엄치던 다른 한 마리의 인어와 어울려 하나가 되었다. 그는 벌떡 일어나서 창가로 걸어갔다. 그 창으로 내다보니 바깥에는 어둠이 바로 거기까지 밀려와 있을 뿐 불빛 하나 없었다. 그는 반대편 창으로 내다보았다. 멀리 시가지의 불빛이 바라보였다. 그의 눈은 불빛을 넘어서 더 멀리 저쪽을 보고 있었다. 항구에 닻을 내린 수없이 많은 배들. 그 위에 드리운 밤하늘에 한 여자의 얼굴이 떠올랐다. 그 얼굴은 보고 있을수록 밤하늘 가득히 울려퍼졌다. 음악처럼. 더 이상 커질 수 없게 퍼졌을 때 얼굴은 별똥이 흐르듯 그에게로 달려왔다. 아름다운 환상에 취하여 독고준은 창유리에 이마를 기댔다. 유리의 차가움이 상쾌하게 피부를 적셨다. 어쩌면 그렇게 같을 수 있을까. 어쩌면. 그는 혼자서 중얼거렸다. 오랫동안 오랫동안 그의 가슴속 깊은 곳에서 바다의 산호처럼 신비하게 뿌리박고 있던 꿈이 정말이 되었다. 그는 어찌할 바를 몰랐다. 그는 발소리를 죽이면서 양편의 창문 사이를 오갔다. 그 어두운 창문은 예측할 수 없는 내일처럼 그를 불안하게 했다. 또 한편의 먼 항구의 밤 모습처럼 보이는 도회의 불빛은 예고 없이 찾아드는 놀라움과 기쁨과 유혹처럼 보였다. 달그락 소리가 났다. 그는 후딱 문간으로 머리를 돌렸다. 이내 기척이 없었다.

그의 시선은 이부자리 머리맡에 놓인 당증黨證으로 옮겨갔다. 이 저녁에 생긴 일들이 그를 차츰 더 혼란하게 했다. 망가져서 버려두었던 시계가 손도 보지 않았는데 갑자기 똑딱거리기 시작하면 사람은 놀랄 수밖에 없다. 그처럼 먼지가 앉고 소리를 죽이고 있던 독고준의 속의 시계는 똑딱거리기 시작하고 톱니바퀴들은 웅성거리기 시작했다. 그는 당증을 집어들었다. 자유에의 여권. 그는 작은 목소리로 중얼거렸다. 사진 속의 약간 우울한 미남자는 준의 얼굴을 지켜보고 있었다. 이 사진을 품고 남자가 있는 나라로 가는 배를 타려던 여자. 폭격이 한창인 도시. 어두운 방공호 속에서 소년을 애무하던 여자. 먼 나라, 먼 옛날의 이방인의 이야기를 들려주기 위하여 집집을 찾아다니는 하얀 목덜미와 풍부한 입술의 여자. 세 사람의 여자가 그에게 손짓하고 있었다. 준은 그들이 서로 보내는 눈웃음 속에서 어떤 한 가지 의미를 읽어내려고 안간힘 썼다. 그는 또 한 번 뒤로 돌아서 반대편 창으로 갔다. 유리 저편에는 짙은 어둠뿐이었고 그 대신 독고준 자신의 얼굴이 유리에 어려 있었다. 뜻밖에도 그 얼굴은 밝은 표정을 하고 있었다. 세 사람의 여자는 세 사람의 뮤즈처럼 가난한 그의 영감을 싱싱하게 했다.

그는 생각을 서두르지 않았다. 잡아놓은 먹이를 희롱하는 짐승처럼 그는 자기 앞에 놓인 자유를 천천히 요리하기로 했다. 그의 마음은 알고 있었다. 그것은 아직 언어로 표현이 될 만큼 분명하지는 않았으나 조만간 그는 논리를 만들어내고야 말 것이었다. 언어보다 더 중요한 것, 거기서 참 언어가 울려나오는 확실한 기적을 손에 쥐고 있었기 때문에 그는 든든했다.

애써서 생각하지 않고도 그 여자의 모습은 눈앞에 생생하게 떠올랐다. 옆구리에 낀 성경책과 그것을 받쳐든 하얀 손까지도. 현관 쪽으로 옮기던 걸음걸이도. 첫눈에 본 여자 때문에 뜨거운 불처럼 그의 몸을 싸던 욕망을 그는 부끄럽게 생각지 않아도 되었다. 그는 이유가 있었다. 그 여름날의 여자는 성숙한 욕망을 가진 어른이었고 그는 아직 어린 소년이었다. 지금 그는 어른이었다. 그런데 여자는 여전히 그 나이대로였다. 여자는 기다려준 것이다. 그는 시간을 거꾸로 달려서 그 여름으로 돌아갔다.

그 여름 속에는 많은 것이 있었다. 그의 영혼은 순결하고 세계는 살 만한 곳이었다. 검은 새들은 도시를 폭격해주었다. 도시는 거짓말처럼 준을 위해서 자리를 마련해주었다. 그의 악역이었던 소년단 지도원에게 맞서기 위해서 그는 폭탄이 쏟아지는 거리로 찾아갔던 것이다. 그 여름 속에는 용기가 있었다. 그리고 그 용기는 보답을 받았다. 조용한 빈집의 정원에서 한껏 햇빛을 즐기던 꽃들. 여태껏 그것은 먼 옛날 일로 돼 있었다. 그런데……

새봄에 등록금을 댈 걱정에 골똘히 잠겨서 하숙으로 돌아온 가난한 학생은 한없는 공상과 흥분에 싸여서 이슥한 밤을 잊어버렸다.

가난한 사람에게는 자유가 있다.

6

엷은 졸음에 겨운 늙은 아버지가
짚베개를 돋워 고이시는 곳이라 한들

학이 집에 가서 발견한 것은 하루 전까지도 위험한 고비를 헤맸다는 부친의 모습이었다.
"오지 않아두…… 됐는데……"
눈언저리가 푹 꺼진 노인은 머리맡에 와 앉는 학을 올려다보면서 웃어 보였다.
"내가 죽고 싶어야…… 죽지."
학은 부친의 여윈 얼굴을 들여다보면서도 조금 안심이 되었다. 혈색이 좋던 얼굴은 백지장이었고 더구나 입술은 까슬한 게 사람의 몸에 붙은 부분 같지 않았으나, 죽고 싶어야 죽는다는 말에는 부친의 기벽이 유감없이 드러나 있어서 학은 왜 그런지 부친은 돌아가시지는 않을 거라고 생각했다.

　병실에서 물러나와 형과 단둘이 된 그는,

　"형은 언제?"

하고 물었다.

　"어제."

　그는 동생더러 앉으라고 권하면서 자기가 먼저 방바닥에 번듯이 드러누웠다.

　학은 벽에 걸린 해군 소위의 제복을 올려다보면서 또 물었다.

　"그렇게 올 수 있는 모양이지……?"

　"음, 기지 근무니까…… 넌 놀랐지?"

　"언제? 전보 받을 때? 그 전보야 놀라고 뭐고가 있어? 짐작도 못 했는데."

　"방학도 멀지 않았으니 뭐 괜찮겠지."

　"그래."

　형은 부친이 발병한 것은 한 보름 전이고 갑자기 악화되는 바람에 꼭 돌아가시는 줄만 알고 부랴부랴 형제를 불렀던 모양이라고 설명했다. 자기가 도착한 다음부터는 잠도 잘 주무시고 이젠 별일 없을 거라는 의사의 말이라 했다.

　"아버진 여전하셔."

　"왜 뭐라시든?"

　"아까 얘기 왜 못 들었어?"

　"으흠."

　"대단한 자신이지?"

"글쎄 말야."

"정말 그렇게 맘먹고 계시는가 보지?"

"설마."

형제는 부지중 웃음을 터뜨렸다.

"쉬, 어머니 들으시면 큰일 나. 불효자식들이랄 거 아냐."

"불효라……"

"형은 원래 효자지만."

"이놈……"

다섯 살이 위인 형이었으나 두 형제뿐인 탓이었는지 그들은 허물없는 친구 같았다.

"근무는 어때?"

"그저 그래……"

"배 타지 않나?"

"지금은 육지 근무야."

"교대로?"

"그렇지."

"어느 쪽을 더 좋아해?"

"누가, 나? 나 말이야?"

"응, 형도 그렇고 사람들이……"

"아 일반적으로 어느 편을 원하느냔 말이지…… 뭐라 할 수 없는데? 해상 근무가 오래되면 육지가 그립구 육지에서 오래되면 바다가 그립구…… 그런 거야."

"형은 오래 하는 거요?"

"뭐?"

"군인 말야."

"오래나 마나 임관한 지 두 해밖에 더 돼야지. 연한이나 마친 담에 생각할 일이지."

"난 가끔 이상한 생각이 들 때가 있어."

"……"

"형이 군대란 실감이 안 나."

형은 가볍게 웃었다.

"그런 말 하지 말어."

"미안해."

학은 정말 미안한 마음이 들었다. 그는 형과 나란히 드러누웠다. 이 방은 그들이 학생 시절에 같이 쓰던 방이었다. 그때는 앉은뱅이책상이 두 개 문을 끼고 나란히 놓여 있었으나 지금은 없다. 그때만 해도 형은 문학 책을 많이 읽고 있었다. 가끔 아주 심각한 낯빛으로 동생을 쳐다볼 적이 있었는데 그럴 때 학은 형의 세계에서 떨어진 채 홀로 있는 자기를 느꼈다. 형제도 남이라는 것을 실감시켜주는 그런 순간에도 그는 형은 특별한 사람이라는 존경을 잃지는 않았다. 형은 장차 훌륭한 소설가가 될 것이라고 그는 생각했다. 형이 무시로 그런 암시를 했던 것이다. 독서 범위가 같지 않은 동생을 붙들고 형은 인생의 뜻과 여자와 사랑에 대해서 아주 긴 설교를 하는 일이 많았다. 어려운 말을 많이 섞는 탓으로 다는 알 수 없었으나, 우울한 열기가 담긴 눈빛과 거침없이 나오는 변설은 학을 압도하기에 어렵지 않았다. 그런 형이 해양대학을 지원한 것도 그에게는 놀라웠고 졸업하면서 해군 소위로 임관을 했을 때는 더욱 이상스러웠다. 남이 무슨 생각을 하는지는 알 수 없다. 형제 간이라도 그렇다. 그렇게 느꼈다.

놀라기는 했으나 부친의 병환이 고비는 지난 모양이었으므로 오랜만에 형을 만난 즐거움이 겹쳐 집에 왔다는 마음의 평화가 학에게는 소중한 것이었다.

그는 나란히 누운 형의 가슴을 보았다. 부피가 있고 널찍했다. 학은 돌아누우면서,

"형, 한 번 해."

오른팔을 내밀어 팔씨름을 청했다.

형은 처음에는 웃기만 하더니 끝내 몸을 일으켜 학의 손을 잡았다. 그리고 아주 깨끗이 학의 주먹을 방바닥에 눕혀주었다.

"이런, 다시."

몇 번 해도 마찬가지였다.

"굉장한데?"

형은 씩 웃는다.

"이걸 했으니까 역시……"

학은 노 젓는 시늉을 해보였다.

"형."

"……"

"형은 왜 해양대학에 갔지?"

그는 주춤하더니 다시 돌아누우면서 시름없는 투로 말했다.

"팔씨름에 이기기 위해서……"

학은 아찔했다. 그리고, 나는 미련한 놈이다 하고 생각했다.

형은 눈을 감고 있었다.

학은 베개를 가져다 하나는 형에게, 다른 하나는 자기가 베고 잠을 청했다.

이튿날은 화창한 늦가을의 날씨였다.

아침에 문안을 드렸을 때 부친은 어제보다도 더 좋아 보였다. 형을 보고는,

"하루쯤 더 쉬고 가봐. 공연히……"

불렀다고 어머니를 노려보았다.

만약을 염려해서 집에 와서 머무르고 있던 가까운 일가 사람들도 돌아가고 난 집은, 갑자기 텅 빈 느낌이었다.

형은 학을 보고 말했다.

"오늘 불국사 갈까?"

학은 형의 갑작스런 제의에 얼른 대답을 못 했다.

"난 1년 만이야."

"그래. 날도 좋고……"

그들은 오전 안으로 돌아오겠다고 일러놓고 집을 나섰다.

시가지를 빠져서 불국사로 가는 버스 속에서 그들은 아무 말도 하지 않았다.

형은 창문 밖으로 지나가는 풍경도 처음 오는 유람객처럼 열심히 내다보고 있었다.

큰길에서 불국사로 들어가는 어귀에서 차를 버리고 걸어 올라가기로 했다. 산길을 오르기에 날씨는 안성맞춤이었다. 보행으로 달

아오른 뺨을 스치는 바람은 말할 수 없이 시원했다. 단풍이 아직도 빛을 잃지 않은 철이다. 심심치 않게 동행들이 앞서고 뒤서고 올라간다.

푸른 하늘과 그 밑에 뭉게뭉게 솟아오르며 퍼져 있는 나무숲의 일렁임.

"서울은 어때?"

"뭐 그저 그래……"

한참 있다가 형은 불쑥 말했다.

"너 새 학기 등록금은 염려 마라. 어머니한테서 들었어."

"어머니가……"

"좀 바쁜 모양이더군. 내가 낼게."

학은 한참 있다가 대꾸했다.

"나도 이제부턴 아르바이트할 생각이야."

"그래? 일자리가 그리 쉽게 있을까?"

"어렵지. 정 안 되면 쉬지 뭘."

"그건 안 돼. 넌 몰라서 그래. 공부할 때 공부해야 돼. 나도…… 그렇게 생각한 적이 있지만…… 학생은 공부해야 돼."

"사정이 허락 안 하는데도 아등바등할 생각은 없어."

"글쎄 그게 틀린 생각이라니까. 넌 그런 소리를 하지만 그래 봐야 너만 손해야."

대화가 끊어졌다.

그들은 불국사 경내로 들어섰다.

햇빛 속에서 돌층계가 유난스럽게 환하게 보였다.

형은 한 손으로 난간을 만지면서,

"왜 유독 여기만 돌로 했는지 몰라."

"돌이 좋아."

"물론."

형은 말을 이었다.

"난 바다에 있을 때 문득 불국사가 보고 싶은 충동을 느낀 적이 있어. 가족도 아니고 이 불국사를 말야."

"전통에의 향순가?"

"글쎄, 아무튼……"

"역시 형은 한국인이야. 바다에서 산을 그리워했다니. 가령 배 한 척을 타고 세계의 바다를 노략질하고 다니면서 자기 나라로 먼 나라의 진귀한 보물을 실어온 앵글로 색슨의 생리하군 다르군."

"아니 그렇게만 얘기할 게 아니야. 가령 네가 말하는 그 앵글로 색슨만 해도, 역시 늘그막에는 고향의 전원田園에서 여우 사냥이나 하고 늙은 마누라와 마주 앉아 성경이나 읽었을 게 아니야. 그리고 잘만 되면 웨스트민스터에 잠자기를 원했을 게 아닌가. 그들이 바다에서 구한 것은 모험과 투쟁과 증오고 그들의 자그마한 조국에서 바란 것은 평화와 번영 그리고 사랑이야."

"멋대로군."

"참 멋대로야. 내가 재미있는 얘기 하나 할까?"

"뭔데?"

"올라가면서 해."

그들은 도로 산을 빠져나와 석굴암 가는 길로 들어섰다.

"내 친구 얘긴데, 원양훈련遠洋訓練을 나갔다가 요코하마橫濱에 들렀을 때 일이야. 마침 그와 나는 당직 사관이어서 상륙하지 못하고 배에 남게 됐지. 바다에서 살아본 사람이 아니고는 실감이 안 나겠지만 그런 때 근무란 건 지독한 고통이야. 저녁식사를 마치고 친구와 나는 갑판을 걸으면서 이야기를 주고받었어. 바로 눈앞에는 항구의 불빛이 요란하고. 우리들의 걸음이 주포主砲탑 아래 이르렀을 때 그는 나를 끌고 사수석으로 들어가지 않어? 무심히 서 있다가 문득 그의 시선과 마주친 나는 섬뜩했어. 그의 눈초리가 심상치 않았어. 술을 약간 마신 사람처럼 번들거리고 있단 말야.

의아스럽게 쳐다보는 내 기척을 알아보았는지 그는 불쑥 이렇게 말하는 게 아냐?

'이봐 김소위. 난 지금 유혹을 받고 있어.'

'유혹?'

'음.'

'누구한테?'

나는 그 순간에 대뜸 어떤 육체파 아가씨를 떠올리면서 그렇게 되물었더니, 그는

'누구한테? 누구한테 유혹을 받고 있느냔 말이지?'

하더니 느닷없이 깔깔 웃어댄단 말이야. 나는 머쓱해지면서,

'왜 이래?'

좀 언짢게 말했더니,

'미안해. 자네 말이 그럴듯해서 그만…… 그런데 누구한테 유

혹을 받고 있는 건지 나도 모르겠단 말야.'

 이 사람이 갑자기 왜 시답잖게 구는가 나는 짜증스러워지면서,

'사춘긴가?'

 '김 소위. 내, 말하지. 아까 식사 전에 이 앞을 지나다가 문득 내 머리에 희한한 생각이 떠올랐단 말이야. 이 砲砲 말이야(그는 포신砲身을 어루만졌다), 이걸 저기다 대고 그냥 쏘아붙인다면……'

 그는 턱으로 요코하마를 가리키는 것이 아닌가. 순간 내 몸속을 쭈뼛한 것이 좍 흘러가더군. 나는 어떤 감동에 사로잡힌 채 온통 갖가지 조명이 아름다운 항구에 눈을 준 채 벙어리처럼 대꾸를 못했어. 멍한 채 섰는 내 귀에 녀석의 말은 무슨 마술의 중얼거림처럼 계속 들려왔지.

 '……그 생각이 떠오른 순간의 감격을 어떻게 나타냈으면 좋을까. 내가 여자하고 처음으로 잤을 때도 그보단 못했어. 나는 사수석에 얼어붙은 채 눈은 저 시가를 보고 오래 서 있었어. 나는 내 손을 두려워했어. 내 머리에 떠오른 무서운 생각을 실천에 옮기고 싶어서 떨고 있는 내 손을…… 탄彈은 충분해. 내 손이 단 1분간만 작업하면 그 찬란한 밤의 도시는 순식간에 그야말로 수라修羅의 뜰이 돼. 아…… 그 기쁨. 그 보람. 집이 무너지고 차가 깔리고, 그렇지, 사람이 죽는다. 왜놈들이. 김 소위 (그는 내 어깨를 툭 쳤다) ……어때 나하고 같이할 생각 없어?'

 나는 이미, 반은 취한 사람이었어.

 '……'

 '……'

그는 말했어.

'무서워?'

'아니, 그러나……'

'난 지난번에 상륙했을 때 말로만 듣던 일본의 부유함을 보았어. 이 얼마나 태평한 나라. 이 자유. 사람들의 얼굴에 넘치는 즐거움. 그들은 잘살고 우리는 멍들고…… 그러나 이런 건 일본에 오는 한국인이면 다 한 번씩은 느끼는 일인데 내가 왜 이런 생각을, 저기를 포격한다는 이런 생각을 냈을까? 누가 유혹한 것일까? 누구라고 생각해? 내 머리에 이런 아이디어가 떠오르게 한 게?'

이야기는 이걸로 끝이야. 우리는 물론 요코하마를 포격하지는 않았어. 그 후에 그 친구는 병으로 제대를 하고 지금은 시골서 지내고 있지. 그때, 그런 당돌한 말을 들었을 때의 그 이상한 흥분에 대해서 난 그 후에 많이 생각해봤어."

형은 발을 멈추고 아래를 굽어봤다. 민첩한 물건이 숲속으로 빠르게 사라졌다. 다람쥐다.

학은, 형은 역시 이상한 사람이구나 하고 생각했다. 옛날도 그랬지만 지금도 이 사람의 속을 다 알 수 없다는 것이 그에게 어떤 안타까움을 주었다.

"그건 말야. 사람이란 참으로 여러 가지 보람으로 살 수 있다는 생각이야. 간단한 말이지. 흔히 돈과 권력을 사람의 욕망 가운데 가장 큰 것으로 셈하지만 그건 욕망의 가장 보편적인 형태고 그 밖에 이루 헤아릴 수 없을 만큼 욕망의 종류는 많아. 그런데 욕망 가운데는 순전히 개인적인 것과 그렇지 않은 게 있어. 돈을 벌겠다,

잘생긴 여자를 가지고 싶다 하는 건 개인적인 욕망이야. 그 혜택이 그 한 사람에게만 그치니까. 그러나, 어떤 인간이 자기 민족을 괴롭힌 외국의 항구 도시를 포격하고 싶다는 충동, 이 욕망은 순전히 개인적인 것이라고 할 수는 없지 않아. 그의 욕망에는 전체全體의 숨결이 쉬고 있어. 그를 유혹한 것은 전체였던 거야. 그의 경우에는 한국 민족이라는 전체가 그를 통해서 복수하려고 했던 게지. 만일 그때 요코하마를 포격했더면 많은 사람이 죽었을 거야. 선량한 일본 사람들도. 그리고 아이들. 아무 죄도 없는 아이들이. 그렇다면 친구의 행위는 옳지 않았고 끔찍한 미치광이의 짓이 되었을 거야. 이게 고민이야. 옛날에는 부모의 원수는 자기 원수이고, 가문의 적은 자기 적이고, 몇백 년 전의 원한을 그 아득한 후손後孫을 상대로 풀기도 하면서 아무 회의도 느끼지 않았거든. 그러나 지금은, 지금은 달라졌어. 한 제너레이션만 지나면 책임을 물을 대상은 없어져. 맞은 놈만 억울한 셈이지. 그렇다고 오늘날 세상이 민족이나 국가를 아주 파탈해버렸는가 하면 그렇지도 못하잖아. 여전히 세계는 집단을 단위로 움직이지만 옛날의 집단과 다른 것은 그것이 살아 있는 연속체連續體가 아니고 무기물無機物이 되었다는 점이야. 그래서 내 친구가 요코하마에서 체험한 그 이상한 흥분은 우리들이 살고 있는 이 시대에서는 모름지기 희극적인 행동이 돼가고 있다는 거야. 종족種族이 개인의 신이요, 의지할 곳이요, 어머니의 품이었던 시대, 다시 말해서 내셔널리즘의 시대는 지나가버렸어. 물론 서양 사람들을 기준해서 그렇지만. 그렇다면 전체자全體者로서의 민족이라는 것은 이미 사라졌는데 인간의 마음

속에는 아직도 그에 대한 향수가 살아 있다는 게 우리들의 고민이야. 이것까지 없어져주었으면. 그러나 지금 단계에서 그것을 기대하는 건 무리고 또 손해라는 것. 그리고 사람은 자기가 살고 있는 시대를 뛰어넘으려고 하는 건 불행한 일이라고 나는 생각하게 됐어. 내가 배를 타고 있을 때 불국사가 보고 싶어졌다는 것, 그건 뭐, 불국사가 세계에서 가장 뛰어난 예술이니 하는, 그런 쇼비니즘이 아니야. 이 넓은 천지에 유독 그곳이 나의 곁에 있었다는 그 우연을 사랑스럽게 생각하게 됐다는 것뿐이야. 그것을, 팔자를 사랑하는 것이래도 좋아. 내가 한국인이라는 것, 그것은, 내 팔자야. 운명이래도 좋고. 인연因緣의 사슬에 그저 맹종해서 새로워지지 않으려는 건, 어리석겠지만 자기가 출발하는 자리를 분명히 알고 그 자리가 불행한 자리라면 그런 자리에 더불어 서 있는 이웃을 동정하고 도우려는 마음가짐, 이 길밖에는 없어. 물론 넌 정치학과니까 그 방면의 이론에는 더 밝겠지만.

원래 학문이란, 언제 어디서나 누구에게나 들어맞아야 한다는 게 대전제大前提일 테지만, 정치학政治學 같은 건 그렇지 않은 것 같아. 무슨 말이냐 하면 정치학만 해도 저쪽의 경우는 정치사라는 육체를 가지고 있지만 우리 경우에는 하루아침에 신탁神託처럼 주어졌어. 그러니까, 학문에서 로고스와 파토스의 아름다운 조화가 없어. 주체적 정열은 없고 기계적인 해석뿐이야. 옛날 왕조王朝 시대의 유학자들이 유교를 신봉한 태도가 이보다는 낫지 않았을까 생각해. 한마디로 사대주의라고들 하지만 그때 사람들은 유교적 문화를 중국의 것이라는, 그런 생각은 없었던 게 아닐까. 길(道)은 누구의 길도 아니라 천하天下의 길이란 신념이었을 거야. 그러니까, 그들은 코즈모폴리턴이었지. 이런 현상은 유럽 사람들이 그리스를 자기들의 조상으로 착각하고, 로마 교회를 자기들의 제국帝國으로 오랫동안 착각해온 거나 다름이 없어. 다만 그들은 이윽고 그리스와 로마의 보편제국普遍帝國에 대해서 내셔널리즘의 반기叛旗를 들게 됐어. 유럽의 국가들은, 그리스도는 왜 로마를 특별히 좋아해야 하는가? 그것이 로마가 아니고 런던, 페테르부르크, 베를린이어서는 왜 안 되는가 하고 의심했을 때 유럽에는 활력活力과 번영이 약속됐어. 그렇게 해서 제국주의적 열강의 시대가 2차대전까지 계속된 거야. 민주주의와 공산주의는 이 과정에서 자라난 물건이었고 어디까지나 서양적 유산遺産이야. 그런데 그 유산의 대변貸邊은 서양 사회가 차지하고 차변借邊은 우리가 짊어지고 있다는 게 현실 아니야? 우리는 중국적 보편제국에 대해서 회의懷疑할 틈도 없이 서양적 보편제국의 발톱에 걸려버렸다는 거야. 그 회의할 틈, 그 역사적 시간이 바로 일본이 우리를 점령하고 있었던 시기에 해당해. 그 시기에 우리가 남의 사슬 밑에 있었기 때문에 우리는 내셔널리즘에서 시기를 놓친 거야. 우리 세대에는 내셔널리즘이란 일본에 대한 반항이라는 부정적 뉘앙스밖에는 없고 긍정적인 면은 없어. 왜냐하면 국가가 없었기 때문이야. 반항할 상대는 있어도, 사랑할 대상은 없었다는 것. 이것이 서양 내셔널리즘과 우리들의 것과의 틀린 점이지. 서양 사람들에게는 짓밟을 식민지와 사랑할 조국이 같이 있었는데, 우리에게는 사랑할 조국은 있으나 빼앗을 식민지는 없어. 그래서 우리는 조국祖國 속에 갇혀 있어.

그 조국이 둘로 갈라져서 서로의 목줄기를 물고 있다면 이 이상 나쁜 상황이란 좀체로 찾기 힘들 거야. 이 현실이 비롯한 바를 캐본다면 거기는 두말할 것 없이 일본 제국주의의 피 묻은 얼굴이 있거든. 요코하마를 포격하고 싶다는 욕망에 몸부림친 그 장교를 나는 이해해."

"그때 쏘아버릴 걸 그랬지?"

그들은 소리 높이 웃었다. 앞에 걸어가던 젊은 남녀가 힐끔 돌아다보았다. 자기들을 보고 웃는 줄 알았던 모양이다.

"얘, 저 사람들한테 미안한데?"

"왜?"

"기분 나쁠 거 아니야."

"뭐, 행복한 사람들은 곧 잊어버려."

"넌 행복한 일이 좀 있니?"

"없어."

"왜 그래? 그렇게 기회가 없나? 서울 같은 데서는 얼마든지 있을 텐데?"

"뭐가? 기회가?"

"음."

"안 그래. 여자는 많아도 기회는 반드시 많지 않아. 그 점에서도 현대 도시라는 건 괴물이야. 지역이 넓고 사람이 많으니까 얼핏 이상한 착각을 준단 말이야. 그 많은 사람과 그 넓은 지역에 자신이 다 관계하고 있는 것 같은 착각을. 그러나 사실은 그렇지 않거든. 내 경우만 해도 학교와 하숙 사이를 왔다 갔다 하는 게 대부분이고, 그 밖에는 몇몇 친구를 찾아보는 정도가 사교의 전부야. 공교롭게도 그 친구들이 대부분 지방 출신이니."

"흠, 그도 그렇구나."

"결국 그림의 떡이라는 거지."

"떡이라고는 생각하나?"

"그야……"

학은 싱긋 웃었다.

"그리고 촌놈이라서 그런지 엄두가 나지 않아. 가령 고향이라면 어느 여자 하면 어느 집 몇째 딸이고 형제는 몇이고 집안이 어떻고 하는 것은 쉽게 알 수 있지 않아? 그래서 가능성 여부도 대강 짐작할 수 있단 말이지. 그러나 서울 같은 데서 설령 전차나 버스나 영화관에서 얼핏 인상이 좋은 얼굴을 만났다 하기로서니 어떡허겠어. 쫓아가서 실례합니다, 저하고 친구가 돼주실 수 없겠습니까? 전 나쁜 놈이 아닙니다, 이럴 수도 없는 일이고 그래서 결국 그림의 떡이지."

"너 같아서야 세상에 연애하는 사람 하나도 없겠다. 남녀 학생들이 모이는 기회 같은 게 있을 게 아니야?"

"같은 학교 여학생들은 그런 대상으로 여겨지지가 않아."

"누이동생 같단 말인가?"

"설마. 그게 묘해. 신비감이 없다는 것도 아니고. 아마 남자들만 있는 사회에 적은 숫자가 있는 것이니까 그럴는지도 몰라."

"공원의 꽃을 꺾지 않는 그럼 심정?"

"비슷해."

"여학교도 많지 않아?"

"그건 먼 나라야."

"손이 안 닿는다는 말이야?"

"그래."

"무슨 방법이 있을 텐데?"

"있을 테지. 그런데 그 짓을 못 하겠단 말야."

"그 짓이라니? 너 꽤 구식이구나."

"글쎄 구식인지 뭔지는 몰라도 프로포즈하는 광경만 상상해도 소름이 쭉 끼쳐."

"순 병신이구나."

"그런데 영화 같은 데서 서양 사람들 연애하는 걸 본다든지 소설에서 읽어보면 그렇지도 않거든. 그게 이상해."

"이상할 게 뭐 있어? 저절로 다 되는 거야."

"글쎄 당하면 어떨는지 지금 같아서는 도무지 자신 없어. 연애야말로 팔자소관인가 봐."

"되게 팔자타령을 하는구나."

"나보다도 형은 어때?"

"나야 벌써 졸업했지."

"그러지 말고 가르쳐주는 셈치고……"

"용감해라. 이것밖에 없어."

"한국에서 용감한 건 깡패밖에 없을 거야."

"좀더 크게 말해봐."

형은 턱으로 앞에 가는 남녀를 가리켰다.

회색인 161

"아니, 무슨 편견을 가지고 있는 건 아니야. 내가 주변이 없다는 것뿐이지."

"사랑에 대해서는 충고란 건 무의미해. 네 말대로 팔자일 거야."

"팔자를 고쳐야지."

"고쳐야지……"

"형부터 해."

그들은 또 웃었다. 앞서가던 남녀의 모습은 보이지 않았다.

가을 햇살이었으나 가파른 길을 걷고 있는 그들에게는 바야흐로 꽤 훈훈한 것이 되어갔다. 이 길은 그들의 어린 시절 무시로 쏘다니던 놀이터이기도 했다. 그때의 집은 토함산 동쪽 기슭에 있었다. 토함산은 그들에게는 그저 뒷산이었다. 아무런 특별한 까닭도 없는 산이었을 따름이다. 이곳저곳에 가는 대로 부딪히는 능이나 절간이나 다 마찬가지였다. 밖에서 오는 사람들이 품고 있는 이 고장에 대한 동경과 찬탄의 감정은 그들의 마음속에는 새겨져 있지 않았다. 그러나 지금 형은 이 길을 오르면서 말하기를 그는 바다에서도 이 산을 생각했다 한다. 그것은 무엇일까. 향토라는 것이 우리들에게 구원이 될 수가 있을까. 아무려나 그러한 학 자신도 오랜만에 후련하고 청신한 기분을 맛보고 있는 것만은 틀림없었다. 꼭대기까지는 아직 멀었다. 내다보면 구불구불한 길이 모퉁이마다 끊어졌다가는 이어지고 끊어졌다가 또 이어진다. 나무숲은 한여름의 뭉게뭉게 솟아오르는 무성한 기운은 없었으나 틈틈이 수놓인 단풍과 엷어진 녹색이 어우러져 산 전체에 건조한 아름다움을 주고 있었다. 세계에는 왜 아름다움과 더러움이 함께 있는 것일까.

 굵은 자갈이 섞인 정갈한 이 길을 오르고 있노라면 그가 평소에 생각하고 있던 문제들은 훨씬 빛이 바래 보였다. 만일 이 세상에 악이면 악, 선이면 선, 그런 식으로 한 가지 성질의 사물만 있다면 인간의 괴로움이란 있을 수 없을 것이다. 그 옛날에 우리들의 조상이 아직 소박한 생활을 해나가고 있을 때만 해도 이곳은 깊은 가르침을 줄 수 있었을 테지. 배고픈 사람도 이 산을 보고 한 끼니쯤은 위안할 수 있었을 것이요, 사랑에 실패한 사람조차 이 자연 속에서 대안代案을 찾을 수 있었겠고 권력의 싸움에 진 사람도 여기서 운명을 깨달을 수 있었을 것이다. 인간의 욕망에 대해서 자연은 너무나 위대했던 것이다. 그러나 무한한 욕망의 추구가 인간의 자랑이라는 교육을 받은 우리들에게는 토함산도 옛사람들의 토함산이 아니다. 이 모순을 어떻게 풀면 좋은가. 인생의 두 가지 길. 투쟁과 체념 사이의 조화를 얻지 못하고 있는 우리들의 생활. 격식도 없고 믿음도 없는 시대. 도시에 나가 소란한 장바닥에서 부대끼다가 고향에 돌아오면 모든 것이 작아 보이고 무지스러워 보이는 그러한 마음. 그것을 이겨내지 않으면 안 된다. 그것을 이겨내는 길은 한두 가지에 손을 대는 것으로써는 되지 않는다. 갑이 을과 얽히고 을이 병과 얽히고 그런 식으로 모든 것이 얽혀 있으므로 그 속에서 사는 어떤 개인이 아무리 절박한 위기를 느낀다 해도 일은 조금도 달라지지 않는다. 그래서 결국 신경만 갉아먹는 결과가 되고 마는 것이 아닌가. 세상은 저 갈 데로 간다. 그래서 사랑과 시간이라고 준이 놈은 말한다. 사랑과 시간. 그 사랑이 문제다. 조국을 사랑한 청년이 원수의 도시를 포격하고 싶은 시대. 애국지사의 묘소를 찾은 청년들이 스릴을 느껴야만 하는 시대. 불을 끄고 개표開票를 하는 시대. 이런 시대에서 사랑한다는 것은 무엇을 어떻게 해야 한다는 말일까. 바다에서 불국사를 생각한다는 것일까. 그는 고독이 두려웠다. 서울에서 '갇힌 세대'의 동인들과 어울려 있으면 그 분위기 속에서 그는 어떤 확신 속에서 살고 있다는 느낌을 가질 수 있었다. 그러나 이렇게 떨어지고 보면 결국 혼자였다. 아니 혼자가 아니었다. 그는 병석에 누워 있는 아버지의 아들이었고, 형편이 기울어진 지방 유지의 차남이었고, 나날이 소란스러워가는 시골 도회의 아들이었다. 그에게는 아직도 이 모든 것을 뿌리치고 그, 김학이라는 순수한 개인의 자리만을 차지하겠다는 용기는 없었다. 형만 해도 그랬다. 그 나이에 아직도 장가들지 않고 동생의 학비를 책임지겠다고 말하는 사람은 분명히 냉정한 도회인은 아니었다. 김학은 그러한 문제를 생각할 때마다 독고준의 처지를 부러워했다. 그는 아무 거칠 것이 없다. 고생을 한다고 해도 제 몸 하나의 문제였다. 그러한 사람에게는 어떤 해방감이 있지 않을까. 김학이 독고준을 좋아하고 그에게 끌리는 데는 그러한 자유에 대한 부러움이 섞여 있었는지도 모른다. 독고준을 생각할 때 다른 것은 생각지 않아도 좋았다. 여자를 볼 때마다 그녀의 집안은? 가족은? 하고 생각해야 할 그런 필요가 없었다. 책에서 배운 추상적인 논리와 동인들과 같이 있을 때의 미묘한 기쁨과 집에 와서 몸으로 실감하는 혈연의 유대와, 이 세 개의 자리를 김학의 정신은 헤매고 있었다. 그에게는 이 토함산도 그러한 집의 한 부분이었다. 여기서 맛보는 그윽한 만족이 그에게는 어쩐지 불안한 것이었다. 그것을 비유한다면 애인이 있는 남자가 다른 여자의 곁에서 문득 즐거움을 느꼈을 때 맛볼는지도 모를 감정에 흡사했다. 석굴암에 닿은 것은 10시 좀 지나서였다. 암자 밑에 자리 잡은 뜰에는 인적이 없고 기념품 파는 가게 앞에 몇 사람이 보일 뿐이었다.

그들은 샘물로 목을 축이고 암자로 올라갔다. 거기도 사람은 없었다. 입구를 지키는 신장神將들은 여전한 그 자세로 그 자리에 서 있었다. 형은 여래상如來像 앞에서 손을 모아 인사를 드렸다. 학도 그에 따랐다.

여름에도 이 속은 냉장고나 다름이 없다. 지금은 썰렁한 기운이 몸을 긴장시켰다. 여래상 뒤켠으로 돌아간 형이 학을 불렀다. 형이 손가락질하는 데를 봤다.

부처님의 엉덩이 한 모서리가 큼지막이 살점이 떨어져나간 자리에 양회를 아무렇게나 이겨 붙였다.

"전에도 이랬던가?"

"글쎄……"

그 자리는 몹시 추해 보였다.

"세상에 국보치고 이런 대접을 받는 예는 없을걸."

형은 성난 목소리로 말했다.

"알뜰한 집이면 부뚜막도 이렇게는 안 바를 텐데……"

"이쪽은 상한 데가 없지?"

학은 동굴의 둥글게 굽은 벽에 새겨진 돌부처들을 돌아보면서 말했다.

"빈 데가 있지 않아?"

벽은 두 단으로 되어 있고, 아래쪽은 직접 벽을 쪼아 부처들을 새겼고 그 위로 또 한 바퀴 조촐한 회랑回廊 같은 자리였다. 회랑은 칸으로 나뉘고 한 칸에 한 기基씩 모셨는데, 빈자리가 많은 것이다.

"어떻게 된 걸까."

"외출하신 모양이지."

학은 웃었다. 소리가 웅, 하고 울린다. 학은 벽에 새긴 불상을 하나하나 돌아보았다. 여래상과 다른 점은 먼저 이분들은 다 서 있는 모습이라는 것이고 다음에는 퍽이나 인간적인 신들이었다. 그중의 어떤 늙은 부처는 짓궂은 할아버지(?) 같은 우스운 얼굴을 하고 있었다. 도도하게 거만을 떠는 사람은 하나도 없다. 소박하고 너그러운 용모. 도사리지 않은 자연스런 몸가짐. 이 부처들은 오랜 세월 가운데 여래상을 모시고 지내면서 이렇게 순수했다. 이 것을 새긴 사람의 손은 이 고장 사람의 손이었을 게고, 만들면서 그의 가슴에 있던 본도 이 고장 사람들이었을 것이다.

그 시대의 한국 사람은 이렇게 수수하고 꾸밈이 없었던가 보지.

"이분이 여기서는 제일 미인이야."

학은 형의 곁으로 갔다. 형이 가리키는 미인은 입구를 들어서면서 왼쪽으로 셋째 번 부처였다.

과연 미인이었다. 돌을 가지고 어쩌면 이렇게 부드러운 성품을 다듬어냈을까. 가볍게 걸친 옷 아래로 넉넉한 살집이 살아 숨 쉬는 것 같다.

"저 귀여운 발등 좀 봐."

형은 받침대를 밟고 있는 보살의 맨발을 가리켰다.

불상의 몸처럼 우아한 것은 없다. 여성의 경우에는 더욱 그렇다.

"서라벌 가시내의 발등. 저것을 새긴 석수의 마음에는 애인의 모습이 있었다?"

"그렇게 생각해, 형?"

"그렇지 않았을까?"

"그랬을 거야."

"우리도 옛날에는 괜찮았어."

"어느 나라든 옛날에는 다 괜찮았지……"

"그럼. 옛날에는 다 훌륭했는데……"

"지금은……"

"몰락했다는 거지."

"그렇더라도 저 부처가 아름다운 데는 변함이 없지 않아? 사람도 그 자손인데…… 자꾸 견주니까 그래. 아니 비교하는 것까지는 좋아. 인간은 여러 모양으로 살 수 있는데 그 중 한 가지만을 우상이라고 믿는 게 말이 안 맞지……"

학은 형의 파란 입술을 보면서 그렇게 말했다.

내려오는 길은 훨씬 걸음이 빨랐다. 안개는 말끔히 가시고 온 산은 투명한 가을 햇빛 속에 단정한 모습을 보이고 있었다. 햇살은 나뭇잎에 부딪혀도 아지랑이를 만들지 않았다. 그래서 대기는 이글거리지 않고 끝 모를 하늘이 더욱 높아 보였다.
 등산모에 선글라스를 쓴 사람들이 가끔 엇갈려 올라가는 것이 보였다.
 "형은 제대하면 뭘 할래?"
 "생각 중이야……"
 "아직도?"
 "남의 일도 아닌데 막 할 순 없잖아?"
 "남의 일은 막 하긴가?"
 "참 그렇던가?"
 집에 돌아와서 그들은 먼저 사랑방으로 나가보았다. 부친은 일어나 앉아서 미음을 들고 있는 참이었다.
 "괜찮으세요?"
 반가운 김에 형의 목소리는 약간 들떠 있었다. 부친은 입으로 가져가던 숟갈을 멈추고 시무룩하게 말했다.
 "괜찮기로 했다."
 어머니는 눈을 끔뻑해 보인다.
 형은 고개를 숙이면서
 "네……"
하고, 이상한 어조로 대답을 한다. 학은 터져나오는 웃음을 간신히 참고 있다가 형을 따라 물러나왔다.
 방으로 돌아와서야 그들 형제는 마음 놓고 웃었다. 유쾌한 웃음이었다.
 뒤따라 들어온 어머니가 그들에게 더 자세한 설명을 들려주었다. 아침에 그들 형제가 나간 다음 부친은 인제 아프지 않다면서 방 소제를 시키고 오랜만에 끼니답게 드셨다는 말을 했다.

오후에는 두 사람은 일가집을 돌아다니면서 지냈다. 집에 와서도 부친의 용태가 어떻게 될지 알 수 없어서 집에만 있었던 것이다.

가난한 사람도 있고 좀 나은 사람도 있었지만 거의 농가들인 그들은 막 가을걷이가 끝난 무렵이라 1년 중 어느 다른 철보다 흥성거려 보였다.

거둬들인 허허한 논밭에 뾰족한 그루터기가 촘촘한 논두렁길을 지나면서 학은 보이지 않는 수렁 속으로 자꾸 빠져들어가는 느낌이었다. 싫지 않은 수렁이었다. 그 속에는 이 가을의 공기처럼 조용하고 확실한 커다란 평화가 도사리고 있었다.

그들은 보름을 지나 이울기 시작하는 창백한 달이 토함산 마루에 얼굴을 내밀 무렵에 집에 돌아왔다.

오늘 하루 무척 걸어다녔는데도 두 사람 모두 얼른 잠이 와주지 않았다. 자리를 깔고 불을 끈 방에서 그저 뒤척뒤척했다. 창호지 가득 뿌연 달빛이다. 뒷산 대나무숲을 바람이 지나가면서 솨솨 소리를 낸다.

그 소리가 좀 잔잔해지면 쓰르라미 소리가 끼어들었다.

학은 귀성열차에서 꾼 꿈을 생각했다. 그 꿈은 몹시 불쾌한 것이었다. 하필이면 그런 이상한 꿈을 꾸었을까. 기차 승강대에 매달린 여자를 떼밀고 싶다는 그런 흉악한 욕망이 내 가슴 어느 한 구석에 숨어 있었다는 것인가. 피로했던 것이다. 꿈의 내용은 제 멋대로인 법이다. 그런 것까지 책임질 수는 없는 일이다. 그러나 하필이면. 하필이면 그런 끔찍한 꿈을. 그리고 내 뒤에 또 한 사람의 내가 서 있었지. 어느 나가 진정한 나였을까. 범행을 저지르고자 한 나와 그것을 비웃던 나. 그러한 괴기한 환상은 이 맑은 가을밤에 어울리지 않는 그림이었다. 이 가을밤 그것은 추한 얼룩이었다. 그 얼룩이 자기 머리에 묻어 있다는 생각은 학을 불쾌하게 하는 것이었다. 이 밤처럼 맑고 깨끗할 수는 없는가. 먼 도회에 가서 내 영혼은 찢어지고 더러워져가고 있는 것일까. 그는 형 쪽으로 돌아누웠다.

형은 등을 보이고 누워 있다.

"……"

"……"

그는 형을 부르려고 했으나 소리가 나오지 않았다.

형은 학비는 염려 말라고 했다. 아마 봉급을 모아둔 것이 있는 모양이었다. 그 돈을 쓴다는 일이 도리에 안 될 일 같았다. 무슨 일이라도 해서 혼자 힘으로 공부를 해야 할 텐데. 무슨 일이라는 것이 쉽지 않은 것은 너무나 뻔했다.

"형."

"응."

불러는 놓았으나 할 말이 없었다.

"왜, 잠이 안 와?"

"안 와."

형은 등을 돌린 채,

"밤이 너무 좋은 모양이야"

하고 말했다.

"너무 심각해지지 않는 게 좋아."

"무얼?"

"무엇이든지…… 아등바등 기를 써서 어느 목표에 빨리 닿자는 생각 때문에 괴로운 거야."

과연 내가 괴로운 것은 그 때문일까? 하고 학은 생각했다.

"난 점점 뭐가 뭔지 모르겠어."

"너 정지용이 알아?"

"이름은 들었어."

형은 목소리를 가다듬어 읊기 시작했다.

넓은 벌 동쪽 끝으로
옛이야기 지즐대는 실개천이 휘돌아나가고
얼룩빼기 황소가
해설피 금빛 게으른 울음을 우는 곳
―그곳이 참하 꿈엔들 잊힐 리야.

질화로에 재가 식어지면
비인 밭에 밤바람 소리 말을 달리고
엷은 졸음에 겨운 늙으신 아버지가 짚베개를 돋워 고이시는 곳
―그곳이 참하 꿈엔들 잊힐 리야.

흙에서 자란 내 마음

파아란 하늘빛이 그리워
함부로 쏜 화살을 찾으려
풀섶 이슬에 함추름 휘적시던 곳
— 그곳이 참하 꿈엔들 잊힐 리야.

전설 바다에 춤추는 밤물결 같은
검은 귀밑머리 날리는 어린 누이와 아무렇지도 않고
여쁠 것도 없는
사철 발 벗은 안해가
따가운 햇살을 등에 지고 이삭 줍던 곳
— 그곳이 참하 꿈엔들 잊힐 리야.

하늘에는 성근 별
알 수도 없는 모래성으로 발을 옮기고
서리 까마귀 우지짖고 지나가는 초라한 지붕
흐릿한 불빛에 돌아앉아 도란도란거리는 곳
— 그곳이 참하 꿈엔들 잊힐 리야.

 규칙적인 것이 끝난 다음에 오는 고요함은 부자연스러운 법이다. 말도 마찬가지다. 빈 것을 메우기 위해서 말을 하는 것이지만 그럴수록 빈자리는 커진다.
 쓰르라미 소리가 기다리고 있었다는 듯이 요란스럽게 터져나왔다. 그럴 때 무정한 벌레 소리도 구원이었다. 그 구원을 학은 잡았다.

"형은 고향을 사랑해?"

"아니, 고향이 나를 사랑한다는 것을 알게 됐어."

"고향이?"

"고향이."

"그건 그저 말장난 아냐?"

형은 벌떡 일어나 앉았다. 학은 가슴이 죄는 듯한 그런 긴장을 느꼈다. 어머니의 치켜든 채찍 밑에서 잘못한 아이가 눈을 꼭 감는 식으로.

형은 도로 누웠다.

"화났어?"

"아니. 날 그렇게 알아주지 않는가, 좀 섭섭해서……"

"그게 아니야……"

"너한테 강요하지는 않아. 혹은 내가 잘못인지도 몰라. 사람은 올챙이 때 생각을 못하는 법이니까. 다만…… 내가 말하고 싶은 건 자기의 욕망이 어디까지 '나'를 죽인 것인가를 잘 계산해보라는 거야. 우리 시대는 유관순의 시대가 아니야. 요코하마를 사격한다는 생각이 광대의 환상으로밖에는 보이지 않는 그런 시대야. 전체全體에 사로잡힌 열병은 우리가 사는 시대에는 아무도 동정 않는 일이 되고 말았어. 왜 그럴까? 왜? 아마 여러 가지 까닭이 있겠지. 나도 다는 몰라. 그러니까 우리가 더 확실히 사랑할 수 있는 것을 아끼자는 거야."

"내 친구에 그런 말하는 애가 있어."

"그래?"

"비열한 일이야."

"비열? 그럼 넌 구체적으로 그 애보다 더 나은 무슨 일이라두 하구 있다는 거야?"

"……"

없다. 형은 가장 아픈 데를 찔렀다. 독고준과 나의 차이는 현재로서는 의견의 다름뿐이다. 다만 생각의 차이. 그러나 우리가 무엇을 할 수 있단 말인가. 해야 할 것은 하나밖에 없다. 혁명. 혁명이 있을 뿐이다. 그것은 불가능하다. 우리는 파멸로 향해가면서도 정작 목숨을 새롭힐 손은 쓰지 못할 이상한 시대에 살기 때문에. 이것은 무엇인가. 한 그루 연꽃조차 키우지 못할 이 괴상한 진흙탕.

사랑 쪽에서 부친의 밭은기침이 들려왔다. 무슨 신호인지 형제는 똑같이 알아차렸다. 그 쇠약한 목청에 담겨진 애정을. 그들은 입을 다물고 잠을 불러들였다.

엷은 졸음에 겨운 늙으신 아버지가 짚베개를 돋워 괴시는 고향의 밤이, 어떤 시대의 젊은이에게는 차라리 반역하고 싶은 아픔일 수도 있다.

7

보리밭 지켜보고 한평생 살자

1959년은 이른바 2·4파동의 떠들썩한 소문을 안고 시작되었다. 크리스마스이브에 한 무리의 무인武人들이 국회에 나타나서 눈부신 활약을 한 이 사건은 분명히 한국의 정치사에 길이 남을 만한 큰일임에는 틀림없었으나 그렇다고 해서 2천만 국민이 모두 다 이 일에 비분강개해서 인심이 흉흉해 있었다고 생각하는 것은 잘못이고 사실 그렇지도 않았다.

신정新正은 도시에서 여전히 축하되었으며, 여전히 새해의 태양(조금도 다르지 않은 싱싱한)은 솟아올랐고, 사람들은 열심히 사랑을 하고, 사무실에 나갔다.

어떤 사람들의 느낌으로 막다른 골목이라고 다그치게 느껴지는 시대가, 그럼에도 불구하고 혁명도 일어날 것 같지 않고 그렇다고 하늘에 태양이 두 개 나타난다거나, 핏빛 눈이 내린다거나 경무대에 밤마다 이상스런 새가 와서 울고 간다거나 — 한마디로 말세에 반드시 나타나는 것으로 우리들 한국인이 오랜 경험을 통해 알고 있는 흉조凶兆라 할 만한 것이 하나도 나타나지 않을 뿐 아니라, 겨울에 태극나비가 나타났다느니 또는 한 길이 넘는 산삼이 강원도에서 어느 노인의 손으로 캐지는 등 태평성세의 징조가 신문을 다채롭게 했는데, 확실히 역사란 현묘玄妙한 것이며 역사 속에 사는 자의 슬픔도 기쁨도 또한 여기 있다 할 것이다.

『갇힌 세대』의 동인들의 말을 빌릴 것도 없이, 어느 경우이고 대혁명이란 그저 압제壓制가 있다는 것만으로는 모자라고, 그 압제가 못 견딜 만한 것이라는 느낌이 국민의 대다수에게 부풀어 있어야 하는 법인데, 섭섭한(혹은 다행스런) 일이지만 국민이 그런 감정에 이르기에는 아직 때가 익지 못하고 있었다.

여기 대해서는 여러 사람이 여러 가지 훌륭한 풀이를 하고 있는데 요컨대 앞서 말한 바, 크리스마스이브에 한 떼의 장사壯士들이 국민의 대표(라는 것으로 되어 있는)들이 모여서 나랏일을 의논하는 자리에 나타나 그 힘을 뽐냈다는 바로 그 사건이야말로 괴상한 새나, 핏빛 눈 같은 천변지이天變地異에 맞먹는 흉조였는데도 우리 동포들의 역사 감각에는 효력이 없었다는 말이 될 것이다.

가령 삼각산에 장수의 발자국이 났다든가, 계룡산이 늑대처럼 울기 시작했다고 신문이 보도했다면 사태는 훨씬 말세적인 징조를 띠었을 것임이 뚜렷하다.

이것으로 미루어보건대 한국민은 아직도 그 사회 발전의 계통

발생의 단계로 봐서 시적詩的인 국민이라고 하는 것이 알맞겠다. 즉 어리다는. 수판을 따져서 단 한푼이라도 셈이 더한 편에 계약을 한다는 '장사꾼'의 차가운 손보다도, 하늘이 무너져도 솟아날 구멍은 있다든가, 산 입에 거미줄 치랴든가 하는 눈물겹도록 사랑스런 주먹구구가 알아보기 쉬운 상태임을 알 수 있다.

대저 시대時代라는 말은 우리들에게 실감이 없는 것으로, 어떤 시대가 다른 시대에 없는 유별난 뜻을 지니고 있다든가, 설령 지니고 있는 경우 그것을 알아내는 감각은 우리들에게 몹시 모자란다. 그런 시간의 파악은 이른바 원근법과 색채 감각이 뚜렷한 그림 같은 것이며 우리들의 시간 감각은, 십간십이지十干十二支를 타고 한없이 돌고 도는 물레방아 같은 것이다. 참으로 길흉화복吉凶禍福은 돌고 도는 물레방아가 아니겠는가. 1959년 봄. 이 땅에 혁명이 일어날 것 같은 낌새는 보이지 않는다. 계룡산鷄龍山이 울기 전에는 막무가내일 것이다.

2월 하순의 눈이 몹시 내리는 저녁이다.

이날 눈은 정말 탐스러웠다. 주먹만큼씩한 것들이 퍼부었다. 아직 해질 무렵은 멀었으나 눈 내리는 서울의 겨울날 저녁은 어둡고 침침했다.

하숙을 나선 독고준은 큰길에서 전차를 탔다.

차 안은 사람이 듬성듬성했다. 그는 자리를 잡고 앉아서 창밖을 내다보았다. 유리에 주먹눈이 날아와서 엉겨붙어서 바깥을 볼 수 없었다. 그는 돌아앉아서 팔짱을 끼고 눈을 감았다. 그는 지금 매부를 만나러 가는 길이다.

 지난해 어느 날, 그 당증을 찾아낸 밤에 그의 머릿속에 떠올랐던 음모는 그 후 더 자라지는 못했다. 밝은 날 아침에 생각하니 그것은 문학청년다운 공상에 지나지 않았다. 그는 도저히 그럴 용기가 날 것 같지 않았다. 가장 큰 장애물은 역시 사람을 협박한다는 행위의 범죄적인 냄새였다. 그날 밤에 그는 그러한 범죄의 옳음을 밝히기 위하여 퍽 창의성 있는 철학까지를 만들어냈으나 역시 소용이 없었다.

 매부 — 현호성이라는 인물을 비열한 악한으로 색칠을 하고, 그러한 악한을 괴롭힌다는 일은 조금도 나쁠 것이 없다는 논리를 만들어내려고 했으나 왜 그런지 사무쳐지지 못했다. 분명히 그날 밤 그는 흥분해 있었다. 그날 밤 그의 감정에 거짓은 없었을 것이다. 그런데도 그의 증오는 이튿날 아침에는 허무하게 무너졌다. 무너진 까닭이 중요하다. 현호성이가 나쁜 인물이 아니라는 뜻인지, 아니면 그는 나쁜 인물이지만 독고준에게 용기가 모자랐다는 뜻인지가 말이다. 아마 후자後者일 것이다. 왜냐하면 그는 당증를 본인에게 돌려줄 생각은 조금도 없었기 때문이다.

 등록금 때문에 뛰어다니는 사이에 그의 문학적 모험에 대한 감정은 더욱 사그라지고 가라앉아버렸다. 그런데 돈은 끝내 안 되고 말았다. 아직 등록까지 사이에 날짜는 있었으나 그때까지 돈이 마련될 가능성은 거의 없었다.

 그러자 다시 당증은 그를 유혹하기 시작했다. 현호성이라는 인물에게 그 문서는 분명히 무서운 것이다. 그가, 특혜 융자로 치부를 한, 모당의 돈줄 가운데서도 굵직한 사람이라는 것은 아는 사람은 다 아는 터였다. 그러면서도 한 번도 말썽을 내거나 꼬리를 잡힌 적은 없었다. 그만큼 차지고 빈틈없다는 소문이었다. 그런 인물이 지난날 노동당원이었다는 증거가 드러난다면 일은 크게 벌어질 수밖에 없다. 등록금쯤이 문제가 아닐 것이다.

그것은 몇만 환의 돈과 맞먹어주지 않았다. 그 불균형이 준을 망설이게 하는 것이었다. 박을 심어서 박이 나온다면 아무도 놀라지 않겠지만, 그 속에서 금은보화가 쏟아진다면 암만해도 불안한 일이었다. 도끼로 개 잡는 식의 잔인함이 그를 망설이게 했다.

그런데 돈을 마련할 길이 없다. 자연히 준은 가운데를 택하는 데로 기울어졌다. 어쨌든 현호성을 찾아보자. 오랜만에 인사를 하고 도와달라고 해보자. 만일 거절하면…… 그때는 그때 가봐서 어떻게든 하자. 이렇게 작정하고 그는 현에게 편지를 냈다.

처음에 먹었던 과격한 생각을 미루고 온건한 방법을 택하기로 한 때문에 그의 마음은 비교적 차분한 편이었으나, 스스로도 알 수 없는 어떤 불안이 마음 한구석을 떠나지 않는다. 만일 거절한다면 그때는? 그에 대비한 마음가짐을 마련하지 못하고 있었다. 뒤숭숭하고 자꾸 초라하게 느껴지는 것은 그 때문이었다.

약속한 찻집인 록펠러에 준은 10분 이르게 닿았다. 실내는 널찍하고 사람도 붐비지 않았다. 현의 입장도 생각해서 그는 될 수 있으면 조용한 곳을 고르느라 한 것이었으나, 결국 이런 데 말고는 알맞은 곳이 없었다. 처음부터 집으로 찾아갈 생각은 없었다. 그래서 널리 알려진 고급 찻집인 록펠러를 말했다.

그는 사람이 듬성한 실내를 둘러보면서 이만하면 웬만한 비밀 얘기도 할 수 있겠다고 생각하였다.

그는, 따뜻한 커피를 조금씩 마시면서, 어떻게 이야기를 꺼낼까 망설였다. 사람이란 뜻밖에 작은 일에 골치를 앓는 수가 많다. 그는 현을 어떻게 불러야 할까 생각해보았다. 머릿속에서 생각할 때는 현은 늘 '매부'로 되어 있었다. 독고준은 그 점에 생각이 미치자 새삼스레 쓸쓸해졌다. 매부는 무슨 매분가. 지금은 그저 남이다. 한 고향 사람이자 누나의 옛 애인이다. 부름은 빼자. 준은 이럴 때 주어 없이도 거북할 것이 없는 우리말을 고맙게 여겼다.

다음에 이야기는 어떻게 꺼낼까. '좀 도와주세요.' 이렇게 불쑥 끌어낼까? 아니 그 먼저, 인사말이 오고 갈 것이다. 알맞은 때를 잡아서 부드럽게 꺼내자. 현이 어떻게 나올 것인가를 머리에 그려보면서 그는 저쪽 없는 장기를 둔다.

정각. 약속 시간이었다. 문 쪽을 바라보았다. 문은 움직이지 않았다. 눈길은 못 박힌 듯이 거기서 떠나지 못했다. 문이 열렸다. 빨간 목도리를 한 젊은 여자가 들어선다. 여자는 방 안을 한 바퀴 돌아보더니 저쪽 카운터 옆에 앉은 같은 또래의 여자가 앉은 자리로 걸어갔다. 준은 잔을 들어서 남은 커피를 마셨다. 좀 늦을 수도 있는 일이었다. 그는 레지가 가져다놓은 신문을 집어들었다. 신문에는 아직도 2·4파동의 뒷이야기가 한창이었다. 민주주의의 조종 弔鍾. 독재의 횡포. 다수당 횡포. 빈사瀕死의 국민 주권. 그런 말들이 눈에 들어왔다. 다수당多數黨의 횡포. 얼마나 우스운 말인가. 민주주의는 다수의 지배가 아닌가. 다수결로 통과되었으면 그것은 합법인 것이다. 그 다수당을 만들어준 것은 국민이 아닌가. 그런데 그 국민은 다수당을 지긋지긋한 악당들로 보고 있고. 이 순환. 이 순환의 형식면만 본다면 답은 나오지 않는다. 다수당이 만들어진 구체적인 과정에 부정이 있는 것이다. 민주 국가에서 다스리는 원천源泉인 투표가 제대로 되지 않기 때문에 나쁜 놈들이 다수당이 되고 마는 현실.『갇힌 세대』친구들은 요사이 한창 흥분하고 있겠지. 학이 놈은 경주에서 보낸 편지에서도 나라 걱정을 하고 있었지. 요코하마 포격의 얘기는 그럴싸하더군. 그런데 틀렸어. 왜 못해. 그런 감정의 폭발을 왜 실행하지 못해. 그랬더면. 아무렴. 그럴싸한 얘기고말고. 그 사건은 세계를 뒤흔들었을 게 아닌가. 유례를 찾아볼 수 없는 케이스가 되었을 거야. 그런데……

15분이 지나도록 현호성은 나타나지 않았다. 준은 안달이 나기 시작했다. 문이 열릴 적마다 그의 눈길은 재빨리 그리로 움직였으나, 기다리는 사람은 좀체로 나타나지 않았다. 조용하게 흐르는 음악 소리마저 그에게는 지겨운 것으로 느껴지기 시작했다. 아직도 신문은 들고 있었으나 읽고 있는 것은 아니었다. 하기는 전혀 이쪽만의 약속이었다. 현호성으로서야 지정된 시간에 다른 약속이 있는지도 모를 일이었고, 설마 독고준의 손에 그의 자리를 뒤흔들 만한 물건이 잡혀 있는 줄은 꿈에도 모를 것이다. 그러나 (준은 생각한다) 편지는 일주일 전에 낸 것이 아닌가. 사정이 있다면 알릴 말미를 주기 위하여 그렇게 했었다. 그런데 현호성은 연락이 없었다. 등록을 앞두고 절박해진 그의 마음은 점점 거칠어졌다. 현호성은 묵살해버리자는 게 아닐까? 그의 속에서 어떤 덩어리가 불끈했다. 아무튼 좀더 기다려보자. 그는 앉은키를 낮추어 의자 등에 비스듬히 몸을 눕혔다.

한 시간 후, 독고준은 꼿꼿한 눈살에 창백한 얼굴을 하고 록펠러를 나섰다. 현호성은 끝내 오지 않았던 것이다.

눈은 멎어 있었다. 아주 어두워진 거리에 따뜻하게 밝혀진 불빛 속을 그는 무거운 걸음걸이로 걸어갔다. 발밑에 밟히는 눈이 아직 굳어지지 않은 것으로 보아 눈이 멎은 지는 그리 오래되지 않은 것 같았다. 그는 포켓에 손을 찌르고 발끝에 눈을 주면서 덮어놓고 걸어갔다. 오지 않았다. 오지 않았다. 편지에 간곡하게 만나고 싶다고 썼는데도 현호성은 오지 않았다. 그의 가슴은 말할 수 없이 허전했다. 물론 현으로부터 사랑을 바라고 있었던 것은 아니었으나, 볼일이 무언지조차 모르면서도 아예 만나는 것까지 마다해버린 현의 태도가 그의 가슴에 슬픔을 일으키게 했다. 이 넓은 도시에 그를 도와줄 사람은 아무도 없었다. 자유를 찾아서 그들은 남한에 왔다. 아버지는 생활에 지쳐서 이미 죽어버렸고, 자기 자신은 남들이 요령 좋게 빠져버리는 군대에도 오라는 대로 갔다 왔다. 휴전선의 감시 초소에서 그는 여러 가지 생각을 하였으나 어떻게든지 살아야 하겠다, 살아야 하겠다고 인생을 긍정하였다. 그것은 반드시 어떤 확실한 논리에서 나온 것은 아니었다. 자유. 민주주의. 그런 것은 이미 그의 영혼에 어떤 울림을 주는 힘을 잃고 있었다. 그런 것보다 더 큰 것. 그것들보다 더 오래 살아남는 것. 그렇다. 삶. 생명의 본능이 독고준에게 계시를 주었던 것이다. 인생은 살 만하다. 고향이 없어도. 아버지가 없어도. 조국은 부패했어도.

인간은 살아야 한다고 그에게 가르쳐주었다. 휴전선의 하늘을 흘러가던 그 여름날 구름들이. 아름답고 신비한 밤하늘, 그 산속의 무성한 풀들이 그렇게 가르쳐주었다. 그는 학교에 돌아와서 닥치는 대로 아르바이트를 바꾸어가면서 살고 공부하느라 발버둥 쳤다. 이번 등록은 어쩔 도리가 없었다. 점심을 제대로 먹지 못하며 오늘까지 뛰어다녔으나, 일이 안 되려는 것인지 다된 듯싶던 자리가 틀리곤 했다. 남의 도움을 받아야만 할 때가 살아가자면 있지 않은가. 지금 그는 도움이 필요했다. 그래서 현호성에게 편지를 냈다. 그런 사람인 줄 안 다음에는 발길을 끊어버린 사람이었다. 그러나 절박한 경우를 당하면 사람이란 엉뚱한 생각을 하는 법이다. 현호성을 생각해낸 것이 그 당증과 관련해서였다는 사실이 꺼림칙하기는 했다. 그날 밤 당증을 발견했을 때 그의 머리를 차지한 공상의 계획은 그를 괴롭게 했었다. 깊은 밤에 사람의 머리에 떠오른 생각은 괴상한 것일 수가 있다. 준은 그 생각을 할 때마다 어떤 부끄러움을 느꼈다. 공갈을 해서 남의 돈을 뜯어낸다는 것은 말짱한 정신으로는 생각할 수 없는 일이었다. 설사 저쪽이 악당이라 할지라도 공갈은 용서될 수 없다. 돈에 궁한 마음에 비열한 범죄의 문턱을 서성거린 자기의 심리를 준은 괴롭게 생각했었다. 지금 그의 윗저고리 안주머니에는 그 당증이 들어 있었다. 오늘 현호성에게 그것을 돌려줄 생각이었다. 그것도 이야기가 끝난 다음에. 그를 유혹하는 그 네모난 악마를 병 속에 집어넣어서 주인의 손에 돌려줄 생각이었다. 그런데 현호성은 오지 않았다. 편지도 하지 않았다. 현호성은 그렇게까지 차디찬 사람이었던가. 행복해지고 지위가 높아진 사람의 마음에 한 가닥 인정이 스며들어지는 것은 보통 있는 법이 아닌가.

이제 독고준은 막막했다. 이 넓은 도시에서 나는 혼자다. 그것은 학비뿐 아니라 당장 생활이 막연하다는 것을 뜻했다.

준은 길가의 대폿집으로 들어갔다. 흰 페인트를 칠한 드럼통 위에서 연거푸 큰 잔으로 세 개를 비웠다.

대폿집을 나와서도 그의 발길은 갈 데가 없었다. 자기가 걷고 있는 거리를 애써 마음에 두려고도 하지 않았다.

어떻게 할 것이냐. 어떻게 할 것이냐. 단순한 똑같은 그 한마디가 머릿속에서 끝없이 맴을 돌았다. 그렇다면, 그렇다면 현호성은 아픈 맛을 보아야 한다. 현호성. 당신의 몰인정이 불행을 불러들였다. 나를 탓하지 말라. 나는 도끼로 개 잡을 생각은 없었다. 당신의 인색한 마음이 가져온 결과라고 생각하시오. 준은 우뚝 멈춰섰다. 그렇다. 나는 나쁘지 않다. 캄캄하던 눈앞이 확 트였다.

그는 골목에서 밝은 거리로 나오는 입구에 서 있었다. 그는 집 쪽으로 발길을 돌렸다. 한다. 그는 속으로 부르짖었다. 나는 한다. 현호성 씨, 당신은 나를 동정하지 않았다. 나도 당신을 동정하지 않는다. 우리들에게는 거래만 남았다. 독고준의 머릿속은 더욱 환하게 트였다. 그의 걸음은 이젠 가벼웠다. 그렇다. 사람은 이렇게 살아야 한다. 자기가 이용할 수 있는 모든 것을 이용하는 것은 옳은 일이다. 당신은 그렇게 성공했고 구질구질한 감정을 잘라버리면서 당신은 오늘을 만들었을 것이다. 당신도 아파보아라. 괴로워해보아라. 독고준의 마음은 점점 부풀어올랐다. 한길에서 집으로 들어가자면 비탈진 길을 한참 걸어야 한다. 거기는 하얀 눈이 그대로 남아 있었다. 한가운데 사람이 다닌 발자국이 띄엄띄엄 뻗쳐 있었으나 아직 한 줄로 이어붙지는 않고 있었다. 독고준은 그 발자국을 하나하나 뒤따라 밟아갔다. 문득 그의 시선은 앞에 가는 그림자에 멎었다. 10미터쯤 앞에 걸어가는 사람이 있다. 사이가 가까워지면서 독고준은 그 뒷모습이 닮은 사람을 생각해내었다. 그의 가슴이 가볍게 뛰었다. 걸음을 다그쳐 그녀의 옆을 스치면서 돌아다보았다. 김순임이었다. 준은 우뚝 섰다. 그녀도 준을 알아보았다. 준은 말했다.

"아, 가시는 길이군요."

그녀는 알릴락 말락 웃어 보이면서 고개를 끄덕였다.

"가시죠."

그들은 나란히 걷기 시작했다. 다른 때 같았으면 독고준은 이런 기회를 기뻐했겠지만 오늘은 그렇지 않았다. 발자국이 난 데를 여자에게 내주면서 그는 발목을 눈 속에 파묻으며 말없이 걸었다. 그는 여자에게 무슨 말을 해야 하겠다고 생각하면서도 끝내 그대로 집까지 오고 말았다. 대문을 들어서서야 그는 말했다.

"하나님께서는 사람의 행동을 내려다보고 계신가요?"

당돌한 물음에 그녀는 잠깐 사이를 두었다가, 대답했다.

"물론이지요."

준은 웃었다. 곧 덧붙였다.

"오해하지 마십시오. 저도 그런 하나님을 섬길 수 있다면 얼마나 좋을까 해서……"

"하나님은 괴로워하는 사람들의 벗입니다."

그녀는 준을 똑바로 쳐다보았다. 침착해 보이고 아름다운 눈이라고 생각했다.

자기 방인 이층으로 올라가는 계단 쪽으로 걸음을 옮기다 말고 준은 불쑥 말했다.

"저도 하나님 이야기를 듣고 싶은 때가 있습니다."

"제가 할 수 있는 일이면 언제든지 도와드리겠습니다."

그녀는 영숙이네 방으로 들어가고 준은 2층으로 올라왔다. 그는 난로 앞에 의자를 당겨놓고 앉아서 호주머니를 뒤졌다. 끄집어낸 담뱃갑은 비어 있었다. 그는 빈 갑을 손으로 뭉쳐서 윗목에 놓인 휴지통을 겨냥하고 던졌다. 담뱃갑은 모서리에 맞아서 방바닥에 떨어졌다. 그는 멍하니 바라본다. 일어선다. 걸어가서 그것을 집는다. 다시 자리로 돌아와서 두어 번 팔을 앞뒤로 움직여 겨냥해 본 다음에 던진다. 겨냥은 또 비껴갔다. 그는 멍하니 바라본다. 걸어가서 집는다. 돌아와서 또 한번 던진다. 역시 실패. 또 집는다. 몇 번을 끈기 있게 거듭한 끝에 동그란 종이뭉치는 휴지통 속으로 들어갔다. 그의 두 손은 갑자기 허전해졌다. 그는 일어서서 책상으로 걸어갔다. 서랍을 뒤진다. 담배꽁초는 좀체로 눈에 띄지 않았다. 그럴수록 그는 샅샅이 뒤진다. 겨우 새끼손가락의 반만 한 꽁초를 찾아냈다. 그런대로 팰맬이었다. 그는 담배에 불을 붙여서 한 모금 깊이 빨아들였다. 그 조그마한 꽁초를 손끝이 따갑도록 즐기고 나니 또 손이 허전했다.

허전한 것은 사실 그의 마음이었다. 그는 두리번거렸다.

오늘따라 방 안이 몹시도 을씨년스러워 보인다.

난로를 끼고 앉아서 독고준은 오랫동안 움직이지 않았다.

그의 머릿속에서는 생활에 대한 공포와 현호성에게서 받은 상처가 하나가 되어서 묻고 있었다. 어떻게 살 것인가. 어떻게 할 것인가. 아직도 그의 마음은 어떻게 할 것인가를 묻고 있었다.

사흘 뒤, 독고준은 같은 록펠러에서 같은 시간에 현호성을 기다리고 있었다. 지정한 시각에서 5분이 지나서 현호성이 나타났다. 그는 몇 해 전에 보았을 때보다 더 몸이 나 있었다. 허리를 굽히며 일어서는 준의 앞자리에 와 앉으면서 현은 찌푸린 얼굴을 감추지 않았다.

"안녕하셨어요?"

저편의 대답은 없었다.

준은 다음 말을 이을 기회를 놓치고 말았다.

"나는 바쁜 사람이야."

현의 목소리는 자못 퉁명스러웠다. 준은 현호성의 보기 좋을 만큼 군턱이 진 얼굴을 찬찬히 쳐다보았다.

"물론 알고 있습니다."

"알고 있으면 이러나. 편지에 용건을 쓰면 될 게 아닌가?"

"편지에 쓰기에는 거북한 이야기여서……"

"자네는 무언가 잘못 알고 있어. 나는 자네한테서 그런 협박을 받을 필요는 없어."

"협박이라뇨?"

"그럼 협박이 아니고 무언가? 이봐. 내가 자네를 도와줘야 할 무슨 도의적인 의무가 있는 건 아니야. 자네가 용돈이 필요하다면 줄 수도 있는 일이지만, 그렇다고 자네가 그걸 당연한 걸로 생각할 아무 이유는 없다는 얘기야. 부친께서도 그 점에 오해가 있었어. 도와드릴 수도 있는 일이었지만 그런 태도가……"

"부친 얘기는 그만두십시오!"

준은 매섭게 끊었다.

"저도 인정이나 도덕에 호소하고 싶진 않습니다. 저는 거래를 하고 싶습니다."

현호성은 무슨 수작이야 하는 눈으로 준을 노려보았다.

"당신이 노동당원이었다는 증거를 제가 가지고 있습니다."

현호성의 낯빛이 싹 변했다.

"더 쉽게 말씀드리지요. 당신의 노동당원증을 제가 가지고 있습니다. 이것을 사십시오."

현호성의 표정은 놀라움을 감추지 못하고 있었다. 그는 한 손으로 탁자를 짚으면서, 몸을 내밀었다.

"무슨 말인지 알 수 없지만…… 우리 좀더 조용한 데로 갈까?"

어이없도록 일변한 태도였다. 준은 움직이지 않았다.

"이만하면 조용한 편입니다. 저는 소리를 높여서 떠들 생각은 없으니까요."

현호성은 자리를 고쳐 앉으면서 의젓하려고 애썼다.

"좀더 자세히 말해줄 수 없나?"

"자세히랄 것까지도 없습니다. 제가 얼마 전에 월남할 때에 지니고 왔던 물건들을 뒤지다가 당신의 당증을 발견했습니다. 저는 지금 돈이 아쉽기 때문에 이것을 당신이 사주었으면 합니다. 1134657입니다. 제가 거짓말이 아닌 것은 확실하죠?"

"가지고 있나?"

"가지고 있지 않습니다. 사흘 전에 왔을 때는 가지고 왔었죠. 그러나 오늘은 두고 왔습니다."

"무엇 때문에?"

"위험한 물건이기 때문입니다. 그리고, 당신의 태도를 보아서 값을 부르기 위해서."

현호성은 의자에 깊숙이 기대고 지그시 눈을 감았다. 보기에는 태연하였으나 가끔 뺨의 힘살이 씰룩거렸다. 한참 만에 그는 말했다.

"우리 자리를 옮기기로 하지. 자네 말대로 거래라 하더라도 이런 데서 차분한 이야기를 할 수 없는 일이 아닌가."

그는 침착하게 일어서서 매섭게 도사리고 앉아 있는 청년에게 눈으로 재촉하였다. 그들은 거리에서 차를 잡아타고 번잡한 거리를 빠져나갔다. 현호성이 안내한 것은 고급 요정이었다. 그들은 간간이 드높은 웃음소리가 흘러나오는 방들을 지나서 치우친 한 방으로 안내되었다. 술상이 들어올 때까지 두 사람 사이엔 말이 없었다. 현은 음식을 날라온 여자가 물러가자 독고준의 잔에 술을 따랐다. 준은 그대로 내버려두었다.

현은 자기 잔에도 술을 따라놓고 그제야 입을 열었다.

"준이……"

독고준은 오싹 소름이 끼쳤다. 현의 말투는 아주 달라져 있었기 때문이었다.

"한잔 하지."

그래도 독고준은 움직이지 않았다. 현은 묵묵히 서너 잔을 연거푸 마셨다. 그는 나지막한 소리로 시작하였다.

"자네는 갑자기 이런 소리를 한다고 믿지 않을 테지만, 자네 누이는 나한테는 잊을 수 없는 사람이야."

어쩌면 이렇게 수가 낮은가. 준은 가까스로 속에서 치미는 분을 참았다.

"······사람이 산다는 건 참 어려운 일이더군. 나도 옛날에는 생각하기를, 사람은 애쓰는 만큼 값을 받으며 살아가는 것이라고 생각했어. 가만있게······ 그리고 나만은 누구보다도 행운을 즐기면서 살려니 했지. 물론 남 보기에는 내 처지가 부러워할 만한 것인지도 모르지. 그러나 어떤 사람이 행복한가 불행한가는 남으로서는 절대로 알 수 없는 일이야. 나의 처음 불행은 자네 누이를 잃어버렸다는 사실이야. 자네로서는 할 말이 있겠지만, 어쩔 수 없는 일이었어. 난 그걸 변명할 생각은 없어. 다만 사람은 약한 물건이더군. 그것을 이해해주었으면 좋겠어. 월남할 당시만 해도 내 생각은, 곧 데려올 생각이었어. 그때 38선이 그토록 오래갈 줄을 누가 짐작했나. 아까도 말했지만, 부친께서 나오셨을 때만 해도 나는 보잘것없는 생활이었어. 그리고, 부친으로서는 어떤 종류의 자격지심이 있었던 게 아닌가 싶어. 그렇게 된 다음에는 도와드리려야 드릴 수 없는, 그런, 묘한 경우가 사람 사이에는 있단 말이지.

나는 나대로, 누이에 대한 일을 생각나게 하는 일은 피하고 싶었어. 이것은 진실이야. 생각하면 괴로웠기 때문에. 인간이 한평생 가질 수 있는 진실은 그렇게 많지 못해. 그리고, 한 번 진실이었던 것은 다시 변하지는 않아. 잊고 사는 것이지. 그다음부터는, 진실이 아니라도 살 수 있더군. 전에는 미처 상상도 못 했던 일이야."

준은 아무 대꾸도 없이 앉아 있었다. 현의 말을 바람 소리나 물소리거니 여기기로 하고, 아예 그 뜻을 새겨가지 않겠다는 마음이었다. 그저 앉아 있어주는 것이다. 나쁜 놈. 바로 한 시간도 못 돼서 너는 그렇게 은근한 인생파가 되었단 말인가.

"……거듭 말하거니와 이건 자네 인심을 사자는 소리는 아니야. 가끔 자네 생각을 했어. 그러나 행방을 알 수 없었어. 그리고, 그때가 지나면 또 한동안 잊어버리고 하면서 끝내 무엇 하나 해준 것은 없었던 게 사실이야. 자네가 한 말은 자세한 얘기를 듣지 못해 무슨 영문인지 모르지만 섭섭하더군. 나로서는……"

준은 약간 웃었다.

"자세한 얘기라는 건 그 물건을 아직 보지 못하셨다는 뜻이겠지요. 물론 보여드리겠습니다. 물건도 보이지 않고 거래하자는 것은 아닙니다."

현호성은, 입 가까이까지 가져갔던 잔을 도로 내려놓고 지그시 입술을 깨물었다. 정말이라면 이런 놀라운 일은 또 없다. 그는 머릿속에서 이것저것 마땅한 생각을 찾아 궁리를 했다. 아이에게 발목을 잡히고 있는 모욕감을 참느라고 그는 무진 애를 썼다. 모욕이 문제되지 않을 만큼 끔찍한 일이다.

"그래 어떻게 그걸……"

"아까 이야기한 대롭니다. 가장 중요한 건, 내가 정말 그것을 가지고 있느냐를 확인하는 일이 아닙니까? 저는 일을 간단히 처리하고 싶습니다. 옛날 얘기를 듣는 것은, 피차에 괴로운 일입니다. 만일 어떤 진실이 있었다면, 진실이겠지요. 모양으로 나타나지 않은 진실은 그야말로 제삼자로서는 헤아릴 수도 없고, 또 그러고 싶지도 않습니다. 분명히 말씀드리지만 전 어떤 얘기에도 감동되지 않습니다. 내일 그 다방으로 나오십시오."

현호성의 관자놀이가 불끈했다. 그는 준의 머리 위로 허공을 노려보고 있었다. 옛날. 이제는 다 지나간 옛날 일이 지금 와서 새삼스럽게. 설마 거짓말은 아닐 것이다. 1134657. 틀림없는 숫자. 월남하면서 그는 여자에게 그것을 맡겼다. 무사히 월남했을 경우에는 없애버려달라고. 그것이 어떻게 이놈의 손에 있다는 말인가.

현호성은 전혀 꿈에도 생각지 않았던 이 재앙에 자꾸 분이 치밀었다. 그러나 분이 치미는 대로 움직여서 거두어질 일은 아니었다. 정말이라면 사지, 사는 수밖에 없다. 만일 이놈이 달리 그것을 사용했다면. 생각만 해도 아뜩한 일이다. 이러기도 다행이다.

현은 이번에도 자기가 먼저 자리에서 일어났다.

그들은 들어왔을 때처럼 말없이 그 집을 나섰다. 현은 몹시 주위를 꺼리는 듯했다.

준은 전찻길에서 현호성과 갈라졌다. 그는 빨리 현과 갈라지고 싶었다. 그는 오늘 일이 잘 되었다고 생각하였다. 이성은 늘 감정에 대하여 좋은 충고만을 준다고는 할 수 없다. 때로 그것은 모르는 체하고 방관의 입장을 취하는 수도 있다. 지금 독고준의 마음의 풍경이 그러했다. 그의 앞길에 펼쳐졌던 막막한 어둠 속에, 그는 길을 찾아냈다. 사람이 길을 찾는 것이지만 일단 찾아지면 길이 사람을 이끄는 수도 있다. 그 길이 어떤 것이든 독고준은 지금 어딘지 공허하면서도 어떤 마음의 균형을 느꼈다. 그는 이 빈자리를 메우는 어떤 것을 절실히 바랐다. 만일 공범자共犯者가 있다면. 이러한 일을 누구 때문에 한다는 구실이 아쉬웠다. 지금으로서는 자기 자신을 위해서였다. 어떤 다른 것. 그는 김순임을 생각하였다. 준은 차를 타지 않고 그냥 걸어가기로 했다. 지금 집에 빨리 가서 할 일이 아무것도 없었다.

불을 밝혀놓은 신문사 게시판 앞에서 그는 발을 멈추었다. 신문에서는 아직도 2·4파동이 한창이었다. 그는 아무 흥미도 느끼지 않았다. 현호성이 그 여당의 유력한 당원이라는 사실을 생각하였다. 흠. 그는 발길을 돌려 다시 걷기 시작했다. 여당은 부정한 수단으로 정권을 유지하고 있다. 그들은 말하자면 큼지막한 범죄를 매일같이 저지르고 있다. 자유당은 규모 큰 갱단 같은 것이다. 하도 규모가 크니까 잡을 사람이 없다는 것뿐이다. 현호성도 그 갱단의 한 사람이다. 그가 지조 없는 사람인 것은 분명하다. 그는 옛날 애인을 떠나는 길로 잊어버린 것처럼, 자기의 주의 주장에도 성실함이 없다. 지난날의 노동당원이 천하의 여당이라는 자유당의 유력 당원이고, 고액 헌금자다. 그는 애당초 주의도 주장도 없는 사람이다. 그는 편리한 대로 강한 편에 붙어서 몸을 지켜왔다. 그런데 나 같은 것은 어떤가. 고작 이만한 일에 이토록 불안해한다.

이것은 양심 때문일까. 도둑놈에게서 뺏어내는 것도 도둑질인가. 그러면…… 준의 생각은 자꾸 막혔다. 준은, 쓰디쓰게 웃었다. 이러지 말자. 간단하다. 악인이 되는 것이다. 아무도 모르게 악인이 된다는데 두려워할 것이 무엇인가? 하나님? 나는 하나님을 믿지 않는다. 양심? 쇠고기나 닭고기를 먹으면서 소나 닭에 대해서 양심의 가책을 느낄 것인가? 양심을 쓸 만한 값이 없는 대상에 대해서도 양심은 적용되는가? 그렇다면 누구 때문인가? 양심을 위한다면, 사실을 천하에 공포하는 것이 옳을 것이다. 그러나 실지로 그렇게 하기는 힘들다. 그것은 지금 하는 일보다 몇 배나 귀찮은 일이다. 그는 그러한 번거로움을 스스로 택할 수는 없다. 그뿐만이 아니고 독고준으로서는 어쩌면 일이 잘 돼서 자기의 양심도 과히 다치지 않고, 돈도 얻을 수 있는 결과를 희망했던 것이다. 그런데 일은 그렇게 되지 않았다. 민주주의의 적들을 곯려주는 양심. 그것은 뜻 없는 그야말로 표현을 위한 표현에 지나지 않는다.

몇 번이나 마주 걸어오는 사람들에게 부딪히면서 독고준은 악인이 되기 위한 망상妄想을 자꾸 불러일으키며 걸어갔다.

그는 우뚝 멈춰 섰다.

김순임이 그의 앞에 서 있었다. 오늘 이 시간에 그녀를 만난다는 우연에 가슴이 설렌다.

"바쁘십니까?"

"아니에요."

"방향이……"

"네……"

"그럼 저도 그쪽으로 해서 가겠습니다."

준은 그녀를 따라서, 오던 길을 돌아섰다. 준은 마음이 가벼워졌다. 여태껏 씨름하던 일은 일부러 잊기로 했다. 그는 어디서 음악이라도 듣는 것이 어떠냐고 제안했다. 그녀는 고개를 끄덕였다. 얼마 가지 않아서 마땅한 집이 나섰다. 준은 그녀와 나란히 계단을 올라가면서 이 여자를 애인으로 만들어볼까 하고 생각하였다. 확실히 그 공상은 즐거웠다. 그리고 반드시 안 될 일도 아닐 성싶었다.

이런 데가 어디나 그런 것처럼, 방 안은 조명이 어둡고 꽤 붐비는 편이었다.

"음악을 좋아하십니까?"

"네."

싫어하는 사람이 있을까요, 하고 야멸치게 뱉지 않는 것이 마음에 들었다.

"자주 뵙기는 해도 이렇게 만나는 것은 처음이군요.."

그녀는 유순하게 웃었다.

"신앙을 가지기는 오래되십니까?"

"아니에요, 한 1년 전부터……"

"전번에도 그런 말씀 드렸습니다만 평소에 퍽 흥미를 가지고 있었습니다."

거짓말이었다. 그는 아무 흥미도 가지고 있지 않았다.

"흥미란 말이 혹시 잘못됐는지는 몰라도……"

"아니에요. 누구나 처음에는 그렇게 시작하는 것이죠."

"저 같은 것도 어떻게 될 수 있을까요?"

"왜요?"

준은 대답하지 못했다.

"제가 전도하면서 느끼는 일인데, 대개의 분들이 다 그런 뜻의 얘기를 하시더군요. 종교를 가지는 데 무슨 자격이 필요한 것같이 말예요."

"학교에는?"

"고등학교만으로 그만뒀어요."

"아, 네……"

학교에 가지 못하는 갚음으로 교회에 나가고 있는 것일까, 그는 마음속에서 멋대로 생각하였다. 그리고 여자의 얼굴을 자세히 뜯어보았다. 그녀를 처음 보았던 밤에 느꼈던 인상은 이렇게 보면 자신이 없었다. 하기는 그 폭격이 있던 날의 여자의 얼굴부터가 이제는 어떻게 종잡을 수가 없었다. 그는 그 일 이후에 어느 여자든 그 여름날의 여자와 비교해보는 버릇이 생겼다. 독고준에 대하여 그녀는 원형이었다. 현실의 여자들은 그 원형에 대한 거리로 재어졌다. 방공호 속에서 독고준은 정신적인 동정을 잃은 셈이었다. 남녀간에, 성에 관계되는 맨 처음 사건은 흔히 결정적인 것이다. 맨 처음에 어떤 형태로 성性에 접근했는가, 하는 그 방식과 분위기가 그 사람의 태도를 결정한다. 그런 뜻에서 독고준의 경우는 자기의 취미에 맞았다. 그것은 항상 은은히 울리는 폭음과 숨 막히는 무더운 공기를 생생하게 되살려주었다. 그리고 그 사건이 우연히 이루어졌다는 점도 그를 만족시켰다. 잠깐 사이에 꿈결처럼 지나간 사건이라는 점이 독고준의 허영심을 만족시켰다. 그 여름날은, 그가 언제든지 돌아갈 수 있는 마음의 성지였다. 순례의 길에서 본 수많은 여자를 그 성지의 여신상女神像과 비교할 때, 그것들은 어림도 없었다. 어떤 사람이든 자기의 신을 가지고 있다. 그것이 등록이 된 신인가 아닌가에 차이는 있을망정, 그 사람의 얼을 가장 확실하게 움직이는 힘을 가지는 한에서 그것은 신이다.

지금 눈앞에 앉은 여자도, 그의 원형과 비슷하다는 착각에서 그는 온 하룻밤을 그 생각으로 새웠던 것이다. 조용한 피아노곡이 흐르고 있었다. 여자는 비스듬히 앉아서 깍지를 껴 무릎에 얹은 손을 내려다보고 있었다. 무심하고 꾸미지 않은 몸가짐이었다. 준은 마음 놓고 그의 공상을 즐겼다. 그는 아까 현호성과 만나고 오는 길에 그녀가 머리에 떠올랐던 일을 떠올렸다. 사람은 나쁜 짓을 할 때 누군가 곁에 있어주기를 바란다. 독고준은 지금 그런 사람이 아쉬웠다. 그리고 그럴 만한 사람이 그의 앞에 앉아 있었다. 그의 갈팡질팡하는 마음은 결국 가장 가까운 곳에서 쉴 곳을 찾아낸 셈이었다. 그 일은 쉽게 생각하자. 달리는 돈이 나올 길이 없다. 그는 미칠 것 같은 안타까움에 부지중 나지막하게 신음했다.

"어디 불편하신가요?"

여자는 몸을 내밀면서 독고준의 얼굴을 살폈다.

"아닙니다."

준은 억지로 웃어 보였다. 근심스럽게 찌푸린 그녀의 하얀 이맛전을 보면서, 준은 문득 욕망을 느꼈다.

"저한테 교리를 가르쳐주시겠습니까?"

독고준은 함부로 하는 말이었으나, 여자에게는 그렇게 들리지는 않았다.

"네, 제가 영숙이네한테 늘 가니까 언제든지 틈을 내세요."

"아마겟돈이란 건, 뭡니까?"

그는 영숙이 어머니한테 들어서 알면서도 그렇게 물었다.

"성경에 보면, 이 세상에는 종말이 있다고 되어 있어요. 말세라고 하잖아요. 말세에 나타날 징조에 대해서도 기록돼 있고요. 그래서, 그 말세가 되면, 이 땅 위에 있는 모든 악한 영을 멸망시키기 위한 큰 싸움이 있다는 것입니다. 그 싸움터의 이름이, 성경에는 아마겟돈이라고 되어 있어요."

준은 듣고 있으면서 처참한 기분이 되었다. 그녀의 태도가 진실할수록 더욱.

"그러니까, 그 말세가 지금입니까?"

"네. 말세에는 이런 징조들이 있으리라 한 것과 꼭 같은 일들이 벌어지고 있어요. 그러니까 우리는, 주께서 심판하실 그날이 오기 전에 뉘우치자는 것이죠. 사람들은 이 일이 남의 일인 것처럼 생각하고 있지만, 이보다 더 중대한 일이 어디 있겠어요. 영원히 사느냐, 죽느냐 하는 문제예요. 한 사람이라도 더 구원해서 주께로 인도하는 것이, 저희들 깨달은 사람들이 해야 할 봉사예요."

깨달은 사람. 말이 준을 취하게 했다. 이 삶들은 깨달았다 한다. 얼마나 아름다운 말인가.

"저도 깨닫게 해주십시오."

"도와드리지요. 성경에 보면, 하늘나라에 부富를 쌓으라고 했어요. 무엇보다도, 스스로가 깨닫겠다는 노력이 필요해요. 저는 아무것도 모르지만, 인생의 진리를 깨쳐야겠다는 열심뿐입니다."

"인생의 진리라고요……"

이 여자는 어딘지 김학이 놈과 비슷하다. 어마어마한 말을 순진스럽게 입 밖에 내는 점이 닮았다. 김순임. 이름도 좋아. 이 여자의 몸은 어떨까? 아마 몸도 아름다울 것이다. 그리고 처녀일는지도 모른다. 희한한 보물이 내 앞에 나타난 것이 아닌가. 준은 그녀의 가슴을 힐끔 내려다봤다. 스웨터는 부드럽게 부풀어올라 있었다. 좋은 몸이다. 이렇게 아름다운 소녀가 아마겟돈 때문에 괴로워해야 한단 말인가. 혹은 그녀의 다른 고민을 그녀가 그런 모양으로 나타내고 있는 것일까. 아무튼 그녀의 몸은 겉보기에도 훌륭했다. 그녀의 목덜미는, 욕망을 불러내기에 알맞게 보얗고 동그스름하다. 그녀는 아직도 여자로서의 욕망을 모를 것이다. 모를까?

남자가 속으로 자기를 발가벗겨서 뜯어보고 있는 줄은 물론 그녀는 알지 못했다. 반대로, 그녀는 독고준에게서 고민하는 젊은 남자의 모습을 보고 있었다. 영숙이네가 준을 칭찬하던 이말 저말이 머리에 떠오르기도 하는 것이었다. 그녀는 수심이 서린 듯한, 모양이 좋은 남자의 옆얼굴을 바라보면서, 만일 도움이 된다면 그의 마음을 구하기 위하여 자기가 할 수 있는 일을 해야만 된다고 생각하였다.

그들은 더 말이 없이 오래 앉아 있다가 통행금지가 가까워서야 자리에서 일어났다. 그들은 어슴푸레한 빛이 밝히고 있는 계단을 천천히 내려갔다. 독고준은 여자의 허리를 당기고 싶은 욕망을 간신히 눌렀다. 현호성에게서 큼지막하게 돈을 뺏어가지고, 이 여자와 같이 멀리 외국으로 도망갈 수 있다면…… 미친 머릿속에서 망상은 세균처럼 힘차게 들끓었다. 마침 전차가 와 닿았다. 그녀는 텅 빈 전차의 덩그런 창문에 붙어서서 길에 서 있는 독고준에게 머리를 숙여 보였다.

 꼭대기에서 파란 불꽃을 튀기며 전차가 떠난 다음에도, 그는 한참 동안 그 자리에 서 있었다.

8

風雪夜淸談 國破村翁在

  학은 방학이 끝날 무렵에 형이 말하던 그 사람을 만났다.
  그리고 그 일은 방학 동안의 가장 큰 사건이었다. 형은 부대로 돌아가서 아우에게 보낸 편지에서 그 사람을 꼭 만나보라고 했다. '…… 사람이란 참으로 이상한 존재라는 것, 세상에는 별난 사람도 있다는 것을 너는 알게 될 게다. 아무튼 만나보아라. 그런 다음에 나한테 편지해다오. 내가 편지로 소개할 테니……' 형은 그 사람 — 황 선생을 현자賢者라고 불렀다.

  황 선생의 집은 멀리 토함산이 왼쪽으로 바라보이는 시외에 자리 잡은 자그마한 기와집이었다. 학은 공연히 가슴이 울렁거렸다. 그는 외투를 벗어들고 조심스럽게 방문을 열었다.

온돌방 아랫목에 앉아서 무릎에 얹은 책을 들여다보고 있던 사람이 고개를 들었다.

학은 빠른 눈짓으로 황 선생을 관찰했다. 보통 키, 마른 몸매, 부드럽고 맑은 눈길, 형은 환갑이 작년이었다고 했으나 훨씬 젊어 보였다. 학은 첫눈에 이 사람에게 반해버렸다. 학에게는 묘한 버릇이 있다. 사람의 얼굴에 대한 어떤 도박 같은 것이다. 학이 독고준을 대할 때에도 그 얼굴의 분위기가 미치는 힘이 컸다. 독고준의 입에서 나오면 억지소리도 자연스러워 보였다. 이 세상에는 타락할 권리를 가진 사람이 따로 있는 것이 아닐까, 하고 학은 가끔 생각하는 것이었다. 황 선생의 경우는 바로 그 정반대였다. 고상해야 할 운명을 타고난 사람 — 학은 그렇게 느꼈다.

황 선생과 이야기하는 사이에 여태껏 어느 누구한테서도 느끼지 못한 깊은 기쁨 속으로 그는 빠져들어갔다.

"……일본에 대해서 나는 그렇게 생각하지는 않아……"

황 선생은 잠시 눈을 감았다가 말을 이었다.

"흔히 말하기를 일본이 서양 사람들의 침략을 받은 다른 동양 나라들과는 달리, 독립을 지키고 이른바 명치유신이라는 스스로의 혁명을 일으킨 것은, 일본은 서양 같은 봉건제도가 발전한 유일한 동양 국가이기 때문에 무사武士들과 상인商人들이 재빨리 서양식 자본주의로 전환할 수 있는 기초가 되어 있었다느니, 섬나라이기 때문에 국방상으로 유리했기 때문이라느니, 하는 이유를 들어 설명하는 사람들이 있어. 그러나 필리핀이나 인도네시아는 섬나라인데도 문화는 발전하지 않았고 식민지는 먼저 되었어. 또 일본 사람이 아무리 영리하고 비교적 방비가 튼튼했더라도, 만일 당시의 서양 열강이 마음먹고 달려들었더라면 과연 당할 수 있었을까. 지난 태평양전쟁도 결국 서양 사람의 과학 앞에 일본이 굴복한 것인데 에도江戶 정부 말엽에야 비교도 안 됐을 게 아닌가? 그런데 영국이나 러시아는 그것을 안 했어. 왜 안 했을까? 또 이유를 댈 수 있겠지. 당시 서양 열강은 중국 침략에 여념이 없었다든가, 국내 사정이 이러저러했다든가 하는 설명이 되겠지. 그렇다면 결국 일본이 나라를 보전한 것은 우연이라고 볼 수밖에 없어. 추상적으로 따지면 반드시 그렇게 됐어야 할 일이 사실은 그렇게 되지 않았다 할 때, 그것은 우연이라고 할 수밖에 없지 않은가? 나는 이걸 역사의 원우연原偶然이라고 부르고 싶어. 가령 칭기즈 칸은 역사상 최대의 정복자가 되었는데, 그렇다면 몽골 민족이 그만큼 우수하기 때문에 그렇다고 할 수 있을까? 만일 칭기즈 칸이라는 사람이 태어나지 않았다면 몽골 민족은 세계사에서 주연主演해보는 기회는 영원히 못 가졌을는지도 모르지. 몽골이 중국과 이웃해 있었다는 것, 그래서 광대한 중국 대륙을 병참 기지로 쓸 수 있었다는 조건을 든대도 마찬가지야. 그 위대한 강국이 왜, 변방 미개인한테, 정복당했는가? 송나라가 약해진 틈을 탄 것이라 할 테지. 장비張飛와 공명孔明의 나라가, 왜 그다지도 약해졌는가? 그것을 설명하자면 그에 관련된 사실을 모조리 들어야 하고 그것은 한이 없는 이야기가 될 거야. 인과적 설명이란 건 결국 순환논법에 지나지 않아. 그렇게 됐기 때문에 그렇게 된 것이다라는 말에 귀착한단 말일세. 달리도 될 수 있는데 그렇게 됐다 하는 건, 그렇기 때문에 그렇다는 말이 아닌가. 역사를 인과적으로 풀어보려고 할 때 근본적으로 막히고 마는 벽, 그것을 나는 역사의 근본 우연이라고 부르고 싶다는 말이야. 이런 입장에서 본다면 일본이 정복당하지 않았다는 것은 조금도 교만해질 이유가 없는 일이야. 서양 열강은 중국이라는 코끼리 떼한테 저마다 달려들어 살점을 떼내느라구 그 옆에 있는 토끼나 버쩍 마른 원숭이한테는 그닥 열을 내지 않았다는 것뿐이야. 역사란 슬픈 것이어서 어떤 쪽이 잘된다는 건 대개 어김없이 다른 한편의 희생 위에 서 있어. 가령 어느 한쪽에 죄가 없더라도 말이야. 이것은 일본을 깎자는 것이 아니라, 만일 겸손한 사람이면 물레바퀴 돌 듯하는 역사의 오묘한 우연을 인식하고, 더욱 겸손해야 할 일이지, 긴 역사를 통해 선량하기만 했던 이웃이었던 나라를 헐뜯고 괴롭힐 수는 없지 않겠느냔 말이지. 그보다두 더 생각할 일은, 우리 자신의 스스로를 괴롭히는 자학自虐이야. 우리들이 조선 말엽에 나라를 망친 것은 분명히 부끄러운 일이야. 당쟁黨爭 때문이다, 탐관오리의 가렴주구 때문이다, 하고 민족성을 비난하는 게 요새 유행이야. 그러나 여보게, 당쟁과 탐관오리가 없는 역사가 어디 있나. 같은 시기에 일본에도 피투성이의 당쟁과 농민 봉기가 있지 않았나. 영국 역사는 얼마나 끔찍한 당쟁의 피로 물들어 있나. 장미전쟁은 이름이 아름답다고 당쟁이 아닐 수는 없어. 서양적인 봉건제도 아래서 농노農奴란 이름으로 불린 백성이 받은 참혹한 대우는 어느 폭군 아래 있던 한국 백성보다 못하지는 않았을 거야. 프랑스혁명은 그런 폭정 때문에 터지지 않았나. 또 말하겠지. 그러나 그들은 스스로 그 부정을 타파하고 새 역사를 열었다구. 우리는 왜 안 했나? 동학혁명東學革命이 그것 아닌가. 사람이 곧 하늘〔人乃天〕이며 제폭구민除暴救民한다는 깃발 아래 일어선 농민 전쟁이 만약 승리했더라면, 과연 한국의 운명은 어떻게 되었을까. 설마 국회가 생기고 삼권 분립은 없었겠지만 동양 사람의 정치적 유토피아였던 왕도낙토王道樂土의 꿈에 불타는 지도자들 밑에서, 이 강토가 오랜 잠에서 소스라쳐 깨는 것은 가능한 일일 수도 있지 않겠는가? 이런 것이 유신維新이지 무언가. 그런데 그놈의 동학당이 왕당파와 일본군 때문에 압살을 당했어. 마치 모처럼 내려온 '구세주'를 외국 총독과 결탁해서 잡아 죽인 유대 사람들처럼. 우리식 표현으로 하자면 모처럼 백성을 구하고 하늘의 길을 열려고 내려온 '장수'를 우리는 외국 군대와 결탁해서 잡아 죽여 버렸단 말이야. 얼마나 유쾌한 일인가. 안 되는 집안은 이렇단 말이야. 김옥균 일파의 쿠데타만 해도 그래. 그게 그렇게 될 게 무언가. 요새하고도 달라서 그런 시대에는 지사志士들에 의한 그런 형태의 방법으로도 얼마든지 국운을 돌이킬 가능성이 있었어. 그런데 삼일천하로 그만이 되고 말았다. 굴러가는 박은 걷잡을 수 없이 달아나는 모양으로, 한말의 역사는 우리 눈에는 안타깝고 가슴 아픈 불운의 연속이었어. 망하기까지 손 싸매고 있었던 것도 아니요, 동학혁명이다, 대원군이다, 갑신정변이다, 이렇게 과녁에 비슷이 겨눈 화살은 쏘아졌는데 하나도 들어맞지 않았어. 왜 그랬었을까? 쏘는 솜씨가 부족해서, 몹쓸 바람이 때마침 불어서? 왜 솜씨가 부족했나? 왜 바람은 불었는가? 그것을 설명하자면 또 아까 모양으로 역사의 온갖 근육운동과 기후조건을 한없이 설명하는 수밖에 없어. 결국 안 맞았으니 안 맞은 것이요, 이 또한 역사의 원우연原偶然이랄 수밖에 없지 않은가. 여기에 한 개의 주사위가 있다고 생각하게. 이 주사위는 좀 이상해서 그 여섯 개의 면面이 각각 살아 있어서 쉴 새 없이 자유 운동을 한다고 가정하게. 그러니까 가만둬도 이리저리 면이 바뀐단 말이지. 그리고 여기에 어떤 거인巨人의 손이 있어서 이 움직이는 주사위를 집어서는 던지고 집어서는 던지면서, 어떤 놀음을 하고 있다고 상상하게. 이 면面들이 역사상의 민족이라 하고 거인의 손을 역사의 법칙이라 한다면 어느 면이 나오는가는 이 주사위 스스로 움직이는 미시적微視的 자유 운동과 거인의 손에 의한 거시적巨視的 자유 운동의 합이 만들어내는 우연이 아니겠는가. 인과의 율을 따지고 보면 그 깊은 심연 속에는 뜻밖에도 이 '우연'이 미소하고 있단 말이야. 불교에서는 이 이치를 공空이라고 말하고 있어. 공이기 때문에 노력할 필요가 없다고 할 수는 없어. 노력하는 것도 인연因緣이며, 인연은 공이라는 것이지. 불교 철학은 인과율의 막다른 골목, 그 아포리아에서 한 발 더 나가서 이 공을 본 것이야. 나는 우연·공·운명·신神—이것들은 다 한가지 뜻이라고 생각해.

  이렇게 생각하면 우리는 스스로를 자학하는 데도 겸손해야 한다고 믿어. 우리 민족은 어느 편인가 하면 아등바등 않는 사람들이어서 그것이 동양 사람의 역사에 대한 둔감이란 말로 표현되고 있지만, 일장일단이 있어. 서양 사람들이 하도 휘두르는 바람에 어리둥절해서 정신을 못 차리면서 오늘에 이르렀으나, 차차 그런 시기도 끝나가는 바에야, 좀더 역사를 긴 눈으로 보고 기다리는 덕과 노력하는 덕을 배워야 해. 한국 민족은 어느 민족보다 못하지 않아. 그리고 어느 민족보다 더 뛰어난 것도 아니야. 국악의 가락을 들어보게. 그 멋. 유화스러움. 그윽함. 이것은 처지고 짓밟히고 원한에 찬 사람들의 음악이 아니야. 비할 수 없이 아름다운 영혼의 노래야. 예를 음악에 들었지만 음악뿐이 아니잖아. 저기, 저 토함산에도 그 증거가 있지 않아?"

황 선생은 학을 그윽이 쳐다보았다.

학은 달뜬 표정으로 그 눈을 맞았다.

"그러니까 한국이 제일이라는 게 아니야. 그러니까 한국이 제일 못난 것은 아니란 이야기야. 못나고 잘나고는 그렇게 쉽사리 따져지는 게 아니라는 말일세. 요즈음 청년들은 너무 자기를 괴롭혀. 그리구 너무 초조해."

"그러나 선생님, 그럴 수밖에 없지 않습니까? 저희들은 사방이 막힌 우리 안에 갇힌 짐승 같습니다. 여기도 벽, 저기도 벽입니다. 갇혀 있는 게 우리 세대가 아닙니까?"

"그 감옥을 부수려고 왜 버둥거려보지 않나? 갇힌 것은 자네들만이 아니야. 자네들 앞 세대도 그랬고, 또 그 앞 세대, 도대체 갇히지 않은 세대가 어디 있었겠나. 그래서 그들은 동학혁명을 일으켰고, 갑신정변을 일으켰고, 삼일운동을 일으키고, 광주학생사건을 일으킨 게 아닌가? 난 요즈음 신문 읽기가 두려워. 학생 강도, 학생 깡패, 학생 무엇…… 하기야 개화 시절과 달라서 학생들더러 모조리 지사志士가 되랄 수야 없겠지만, 요즈음 학생들은 확실히 너무하더군. 이상理想도 찾지 않고 꿈도 없고…… 시대가 어느 땐

데 꿈이냐고 하겠지만…… 꿈이 없는 데서 꿈을 보는 게 젊은 사람들이 아니겠나? 사회를 탓하지 말고 왜 그걸 거꾸로 이용하지 못하나? 갇혔으면 왜 부수려고 못 할까?"

"선생님은 저희들더러 혁명을 일으키라는 말씀이신가요?"

황 선생은 갑자기 껄껄 웃어댔다.

그리고 어조가 탁 누그러졌다.

"그것 가장 어려운 질문인데, 혁명에는 들고일어난다는 것보다 더 중요한 것이 있어. 그것이 없이는 들고일어난 다음에도 수습할 길이 없어. 그게 무언가? 새 세력이야. 현 집권자들을 가령 몰아낸 다음에 정치를 맡을 수 있는 사람들 말이야. 어느 혁명이든 이런 새로운 전위대를 가지고 있었어. 크롬웰의 청교도라든지, 프랑스혁명의 계몽주의자들이라든지, 러시아혁명의 볼셰비키라든지, 일본 유신의 왕당파라든지, 하는 광범한 사회층을 기다려서 비로소 가능했어. 그리고 이 사람들은 당시의 낡은 질서를 반박할 수 있는 사상을 가지고 있었어. 즉 혁명은 사상과 엘리트와 대중의 삼중주라고 할 수 있어. 이 셋 가운데 어느 하나가 빠져도 혁명은 성공하기 어려워. 그러면 오늘날 한국에서 새로운 사상이란 무엇일까? 우리가 지금 눈앞에 보는 현실이 이 사회에서 공인公認된 사상의 악에서 나오는 걸까? 그건 아니야. 민주주의가 어디서 발생했건 이건 훌륭한 사상이야. 보편적인 설득력이 있어. 그러면 무엇이 나쁜가? 이 민주주의를 움직이고 있는 정치 세력이 나빠. 이 사람들은 입으로야 무어라 하건, 정치를 세도勢道로 감각하고 있는 사람들이야. 그것은 오늘날 한국의 정당이나, 정치인들에게 정치적인 전통이 없다는 데서 나온 결과야. 외적과 싸웠다는 가장 원시적인 싸움의 전통은 우선 어렴풋이 느낄는지 모르나, 자네도 알겠지만 서양 사람들이 치른 혁명이란 외적을 물리친 무용담이 아니야. 안에서의 싸움, 자기와의 싸움이었어. 우리들의 정치의식은 이걸 혼동하고 있어. 민족의 독립을 위해서 싸웠다는 것과, 인민의 자유를 위해서 싸웠다는 것은 전혀 다른 일이야. 독립된 다음에 왕정을 복고시킨대도 민족의 독립이라는 관점에서는 모순이 없지 않나? 그야 독립지사들이 그렇지는 않았지만 우선 독립이 목표였다는 건 사실이 아닌가? 그러니까 우리는 엄밀한 의미에서, 역사상 민주주의에 대한 의사 표시를 한 적이 없다고 할 수 있어. 어떤 사회를 지배하는 사상이, 그 사회가 역사적 결단(즉 혁명이지)에 의해서 채택한 것이 아니라면 그 얼마나 취약한 건가. 한국 민주주의의 취약성은 바로 여기 있어. 그러니까 정치를 담당하고 있는 세력이 민주주의에 대한 신념이라는 것도 지극히 관념적인 거야. 흔히 한국 사람이 외국에 가 오래 있으면 고추장, 된장이 먹고 싶어 죽겠다는데, 현재 한국의 민주주의는 그렇지가 않아. 그러니까 인민을 위한 정치가 나를 위한 정치가 돼버려. 민족을 위해 피는 흘렸을망정 민주주의를 위해 피를 흘린 적은 없어. 6·25는 뭐냐고 할 테지만, 그건 외국군의 침략이나 같은 성질이 아니었을까? 아무튼 대한민국 주권 밖에서 온 물리적 폭력에 대해 국가의 자위 본능이 방어한 것이지, 기념식사辭가 아닌 다음에야 민주 성전聖戰이라 말할 수야 없지 않나. 혁명은 남과 나, 타자他者와의 싸움이 아니고 내가 나와 싸우는 싸움이야. 그렇기 때문에 혁명에는 그렇게 음산한 피가 흐르면서도 아름다운 거야. 시詩가 될 수 있지. 어떤 혁명이 진짠가 가짠가를 쉽게 알자면 그 혁명을 놓고 시를 지어보면 단박이야. 그 시가 서먹서먹하고 어쩐지 개운찮으면, 그건 가짜야. 사랑이 젊은이를 시인으로 만드는 것처럼, 혁명도 사람을 시인으로 만들어. 그러니까 한국 정치인의 가슴은 민주주의에 대한 사랑으로 울렁거리고 찢어질 듯 아팠던 일이 없다는 거야. 그 사람들은 순정을 모르는 기생년들 같애. 돈이 나오는 주머니가 남녀 관계라는 생각이 뼈에 스몄어. 아니, 그보다도 못해. 황진이나 논개는 그 속에서도 순정에 살았지만, 이 사람들은 그것도 없어. 가려둬야 할 것은, 독립 운동자로 정계에 나선 사람은 민주주의 생리와는 어떻건 또 달리 친다 하더라도, 그 독립 운동자들이 해방시키려던 조국에서 외국 침략자들하고 어울려서 돈을 모으고, 벼슬을 하고, 농민을 울리던 사람들이 이 사회의 등뼈를 이루고 있으니, 이 사람들에게 생전 처음 들어보는 민주주의를 지키라 해서 될 수 있는 말인가? 마지막으로 사정이 이렇고 보니 민중이 정치를 감시한다는 건 어림도 없는 일이야. 우리 속담에 배지 않은 아이를 낳으라 한다고, 그들 스스로 들고일어나 얻은 것도 아닌 민주주의에 깊은 애정이 있을 리 없어. 또 어떻게 감시해야 하는지도 몰라. 민중을 대변하는 정당이 썩었으니, 이름이 좋지 국민은 하는 도리가 없어. 이게 우리 현실이야. 대의명분은 뚜렷하나, 지배층이 그걸 실천할 성의가 없고 민중은 힘과 앎이 모자란다는 거야. 그러면 지금 한국 사회에 구지배층을 대신할 어떤 계층이 있을까? 없어. 집 재목은 썩었는데 갈아댈 새 재목은 없다는 거야. 그러니까 자네들이 한국의 희망이야. 자네들은 애기손이야. 비록 스스로 민주주의를 혁명으로 택할 기회는 없었고, 앞으로도 없다 할지라도, 적어도 민주주의는 공기처럼 당연한 것이라는 교육을 받고 자랐고, 앞으로도 그럴 것이기 때문이지. 이게 귀중해. 자네들이 이 사회의 구석구석까지 퍼져서 나라를 움직이게 될 때, 그때야말로 한국이 참으로 크게 발을 떼놓을 거야. 그때까지는 시간이 필요해. 자네들이 지금 혁명을 일으킬 실력이 없지 않나. 그러니까 안 돼. 때를 기다려야 해. 그런데 때를 기다리면 다 될까? 자네들이 이 사회의 중견이 되었을 때 자네들이 다 깨끗한 민주주의자가 된다는 보장이 어디 있나? 없어. 윗물이 맑아야 아랫물이 맑다고, 비록 형식적으로 민주 체제 아래서 자라고, 그렇게 교육 받는다 치더라도, 자네들 마음속에 진리를 사랑하는 붉은 마음이 없다면 만사휴의. 또 그 놀음이 되풀이 안 된다는 보장이 어디 있나? 이게 큰일이야. 이게 정말 큰일이야. 정의를 지킨다는 태도는 이해타산만으로는 절대 우러날 수 없어. 그것을 위해서는 죽어도 좋다는 각오가 있어야 해. 이건 벌써 정치의 차원에서만은 해결이 안 되는 문제야. 이런 점에서도 서양은 부럽고 잘돼 있어. 그 사람들 사회에는 아직도 종교가 건재해 있어. 교회가 숨은 밑바닥에서 그들 사회를 떠받치고 있어. 민주주의에 대한 신념이 전적으로 기독교에서 온 것이라 볼 수는 없지. 그러나 남을 사랑하고 평등하게 사회를 움직여야겠다는 생각의 뿌리에는 기독교의 사랑과 봉사의 정신이 있어. 사람을 사랑하는 것이 하나님을 기쁘게 하는 길이라는 신념이 사회 지도자들의 신념의 기반이 되어 온 것은 틀림없는 일이 아닌가? 자본주의의 악이다, 제국주의다, 기계 문명이다, 하면서도 서양 사회가 무너지지 않은 건 이 기독교 때문이야. 만일 서양 민주주의가 프랑스혁명 당시처럼 기독교를 멸시하는 합리주의로만 나갔다면 벌써 망했을 거야. 다행히도 기독교는 근대 국가 속에서 살아남았어. 서양의 정치는 거기서 유형 무형의 도움을 받을 수 있었어. 필경 정치란 유한有限한 것이요, 불안정한 거야. 어떤 형태로든 그것이 무한한 것과의 연결을 가지지 않고는 그 자체가 유지될 수 없어. 사실상 역사상에 나타난 그 어느 국가든 그 배후에 신전神殿을 가지고 있었어. 이집트 왕조와 태양신의 가족. 그리스 국가들과 올림푸스의 신족神族. 유대 부족들과 여호와. 정치 있는 곳에 신神이 있었어. 아랍의 민족들과 알라. 인도 왕조와 브라만. 중국 왕조와 천天. 일본 왕조와 아마테라스 오미카미. 우리나라의 단군. 이 많은 신들. 이들은 모두 국가 혹은 부족의 수호신이었어. 정치는 거기서 권위를 빌려왔어. 이 많은 신들은 대부분 망해버리고 그중 기독교만이 번성해. 민주 사회에서는 종교과 정치가 분리돼 있지만, 그런 건 위껍데기에 지나지 않아. 옛날에는 정치가 직접 신神에게서 권위를 빌려왔지만, 현대 사회는 주권재민主權在民으로 국민으로부터 권위가 우러나온다고 돼 있어. 그러면 국민이 하라는 일이면 중우衆愚 정치라도 옳다는 모순이 생겨. 그렇지 않자면 민심 즉 천심民心卽天心이라는 논리로 천天의 힘을 안 빌릴 수가 없어. 그러니까 옛날에는 신이 직접 국가에 권위를 내려줬던 것을 현대에 와서는 개인(혹은 국민)을 거쳐서 국가에 수여한다는 식으로 하향식에서 상향식으로 방향이 바뀌었고 절차로 본다면 회로回路가 한 바퀴 늘었다는 거야. 이게 민주주의가 아니겠는가. 서양 사회에는 신의 상징인 이 교회가 건재해 있다는 거야. 그런데 우리에게는 그것이 없어. 우리도 이 고을이 번성해서 잘살았을 때는 불교라는 걸 가지고 있었어. 조선의 유교를 욕하지만, 조선 선비 가운데 뛰어난 사람들의 높은 지조는 유교의 덕이었어. 불교와 유교가 신라와 고려와 이씨조선을 받친 주춧돌이었어. 그 주춧돌이 썩고 바스러지니 그들도 망하지 않았던가? 신라의 불교가 쇠퇴하니 고려가 이어서 되살렸고 그것이 또 썩으니 조선의 유교가 물려받았고 그것이 또 기울어지니 동학東學이 받으려다 그만 눌려버리지 않았나. 그것을 무어라 부르건, 불교다, 유교다, 동학이다 불렀지만 결국 무한자無限者에 붙인 이름이야. 우리 민족도 그 성화聖火를 면면히 계승해오다가 동학에 이르러 그만 놓쳐버렸어. 그러자 나라는 망했어. 오늘까지 이 꼴이야. 우리는 지금 황량하기 그지없는, 신의 사막에서 기술 교과서만 뒤지고 있어. 이 사막을 가로질러 오아시스로 가기 위해서는, 신의 약속과 사랑을 믿는다는 일이 절대 필요해. 우리 현실이 사막처럼 막막하면 할수록 그래. 그런데 우리들의 신들은 저 석굴암에서 관광 손님 상대로 무료한 세월을 보내거나, 조상 제삿날에 가끔가끔 다녀가는 것뿐이야. 우리가 그렇게 만든 것이지. 우리들의 사막砂漠은 종교라는 물이 메말라 없어진 끝에 나타난 무서운 마음밭의 풍경이야. 이 일이 정말 두려운 일이야. 다른 건 여기 비하면 지엽 말단에 그쳐. 서양 역사를 가만히 보면, 이상한 일을 한 가지 발견할 수 있어. 로마 교회가 정치적인 힘을 잃어버리고 유럽의 각 민족들이 민족 국가를 만들어갈 때 나타난 그들의 정치적 운동이 흥미진진한 모습을 띠고 있다는 말이야. 원래 로마제국은, 보잘것없는 조잡한 잡신을 섬기고 군대와 법률의 힘만으로 그 영토를 지배하다가 기독교를 받아들이지 않았나. 그리고 이것을 게르만, 프랑크, 슬라브, 타타르, 색슨족에게 전했단 말이지. 로마제국이 동서로 갈리고, 더 내려와서 로마의 정치 권력은 사실상 없어진 다음에도, 서양 각국은 이상한 콤플렉스에 사로잡혀 있었어. 무슨 말이냐 하면, 이미 사라진 로마제국이 아직도 살아 있는 양 착각하고, 자기들은 그 제국의 지방민地方民이라는 야릇한 착각을 가지고 있었단 말이야. 이것은 아마 두 가지 이유야. 첫째는 로마의 법제法制가 민족 고유법과 병행해서 그 지방에 시행되었기 때문에 유럽은 하나다 하는 의식을 만들어낸 때문이고, 다음에는 물론 기독교 때문이야. 이교도異教徒에 맞설 때는 기독교인이라는 것이 공통점이었어. 민족 국가를 이루지 못했을 때의 유럽은 로마법과 가톨릭이라는 동일한 법률과 동일한 신앙을 가진 아주 느슨하게(제로에 가깝도록) 결합된 연방이었고, 그 국민들은 그 연방의 시민이었다고 말할 수 있어. 독일 황제가 관례적으로 신성로마제국 황제를 칭한 것이라든지, 대대로 러시아 황제가 동로마제국 황제라는 묘한 착각을 가진 것이라든지, 모두 이런 점에서 이해할 수 있어. 그런데 민족 국가가 형성될 때 처음, 애국주의, 내셔널리즘이라는 게 생겼어. 보편에 대한 특수의 사랑이야. 그런데 중요한 점은 이 내셔널리즘이 기독교나 그리스·로마와의 완전한 절연으로 생긴 것이 아니라, 전에는 로마를 통해 받아온 것을 이번에는 직접 가진다는 입장에서 나왔다는 거야. 종교개혁도 사실은 종교에 있어서의 민족 평등이야. 성경을 자기 말로 번역한다는 건 그런 뜻이야. 성경을 버린 게 아니야, 성경을 자기 말로 옮겨서는 왜 안 되는가, 기도는 라틴말이 아니고 각국 말로 하면 안 될 이치가 어디 있는가, 하고 항의했을 뿐이야. 자기 나라의 고유한 전설이나 신화를 발굴하고 연구하는 것이 유행했지만, 그렇다고 그것은 이들 민족이 기독교화되기 전에 가지고 있던 민족 신의 신앙으로 돌아가는 데까지는 이르지 못했어. 민족의 신들에 대한 기억은 너무 희미해지고 오래 격조했던 탓으로, 비록 시적詩的인 환상을 일으키는 데는 족해도, 그리스도와 바꿀 수는 없도록 기독교 자체가 그들의 몸에 스며 있었단 말야. 생각해보게. 일천수백 년이나 일요일마다 신의 피와 살을 나누어 먹어왔다면, 몸에 '스며 있다'는 표현이 단순한 비유에 그치지 않은 즉물적卽物的 진실이란 걸 짐작지 못하겠나. 그러니까, 그 종교개혁이란 건, 로마에만 머무는 것으로 되었던 그리스도를, 각국의 수도로 저마다 모셔왔다는 거야. 서양 내셔널리즘이 한창일 때 각국의 사람들은 저마다 하나님의 가호가 자기 나라에만 특별히 내리는 것으로 알았단 말이야. 보편적이던 그리스도를 민족의 수호신으로 알고, 신의 가호를 받는 국가를 그러므로 섬겨야 한다는 게 애국주의의 논리였지. 마치 유대 사람이 자기들이 '선민'이라고 생각한 것처럼, 이제는 다 '선민'이 돼버렸어. 게다가 나쁜 일로는 배타적인 '선민'이 — 배타적이 아닌 '선민'이란 것이 있을 수 없겠지만, 이렇게 보면 근세 이후의 유럽은 정신적으로는 중세기보다 타락한 그야말로 이쪽이

'암흑시대'야. 영혼이 캄캄해졌는데 전깃불이나 켜면 진보라 할 수 있나. 중세기의 십자군은 성지를 이교도로부터 지키겠다는 것이었지만, 산업혁명 이후에 서양 나라들이 대포와 상품과 성경을 싣고 동양에 들이닥쳤던 그 십자군은 무얼 지키자는 것이었나. 명분 없는 도둑질. 그러나 이건 어디까지나 국가가 교회 위에 서려고 하고, 현실로 더 큰 힘을 가지게 된 데서 온 것이지, 교회가 나빴다고는 할 수 없어. 오히려 민족의 이기심과 남을 돌보지 않는 횡포를 견제해왔다는 건 아까 말한 대로야. 서양 사회가 공통으로 가지고 있는 게 있다면, 아직도 그것은 기독교야. 소련조차도 그래. 공산주의는 절대 진리고, 이 진리를 믿지 않으면 멸망할 것이며, 소련은 먼저 공산주의를 이룬 나라니까 모든 국민은 소련을 도와야 한다. 이게 어떤 파의 광신적 기독교들의 민망스런 사명감하고 어디가 틀리는가? 공산주의는 말하자면 역逆의 기독교라 할 수 있어. 자유 진영과 공산 진영이라는 대립은, 서로마제국과 동로마제국의 대립, 플러스의 기독교와 마이너스의 기독교의 싸움이야. 그러니까 그들의 싸움은 밖에서 온 것과 싸우는 게 아니라 안에서의 싸움, 자기가 자기와 싸우는 싸움, 즉 부단히 계속되고 있는 혁명 상태야. 자유다, 공산이다, 하는 것은 이처럼 어디까지나 서양사적 명제며, 서양사가 아직도 풀지 못한 채 드러내놓고 있는 숙제야. 공산주의가 자본주의의 악을 비판하고 제국주의를 공격하면서 종교가 아편이라 할 때, 그것은 입으로 사랑을 뇌면서 이교도들에게 갖은 야만스럽고 악랄한 침략을 감행한 서구적 기독교 사회의 무력과 기만을 비판했다는 의미를 지닐 수 있어. 나는 공산주의를 또 하나의 종교개혁이었다고 생각해. 서양, 소위 민주 국가들이 동양에 와서 한 짓을 보면, 그것을 비판한 공산주의를 배격한다는 것은 적어도 피해자인 동양인으로서는 덜떨어진 멍텅구리 소리야. 문제는 공산주의의 다음 단계에 있었어. 우리가 공정하게 공산주의의 창시자들의 윤리적 동기를 평가할수록, 그 후의 사태 발전은 그런 순진한 양심을 실망시켜. 공산주의는 러시아라는 국민 국가와 결합했을 때, 처음에 지녔던 보편성과 순결성을 잃어버렸어. 한때 유수한 서구의 명사들이 공산주의에 대해서 동조했어. 왜 그랬을까. 공산주의 속에 기독교의 참다운 정신의 부활을 보았다고 착각한 탓이야. 그러나 그들은 가장 아픈 영혼의 실망을 맛보았어. 왜? 러시아 공산주의가 종교로서의 공산주의와 현실의 소비에트 국가를 이원적으로 구분하는 탄력성을 가지지 못하고, 마치 로마 법왕의 무류無謬의 주장처럼, 스탈린의 명령은 다 옳다는 노선을 지지했기 때문이야. 결과로 오늘날 우리는, 공산주의를 간판으로 인접 국가를 식민지화한 비할 수 없이 강대한 슬라브 제국을 눈앞에 보게 되었어. 이 사람들은 자기들이 비난하던 그 수법을 그대로 본받아서, 순정과 양심을 사기꾼처럼 이용해서, 오늘날 범슬라브적 제국을 만들어냈어. 벌써 진리를 위해서가 아니라, 러시아 국가를 위해서 있을 뿐이야. 우리가 공산주의를 반대하는 것은 이 때문이야. 그 사람들은 또 공산주의와 슬라브적 전제주의를 연결시켰어. 이건 종교와 정치를 일원화한 탓이야. 그래서 그 사회는 숨이 막힐 듯이 답답해. 어두워. 강제해야 하는 것은 진리가 아니야. 그래서 지금은 결과적으로 그네들이 비판했던 자본주의 사회보다 못하다는 현상이 되고 말았어. 자본주의 사회는 종교를 정치에서 떼어놓음으로써, 악에 대해서 책임을 벗을 수 있고, 부단히 현실의 국가를 비판할 수 있는 자리를 유지하게 만들었기 때문이야. 이처럼 서양사의 주제主題는 기독교 그것이라고 할 수 있어. 우리는 이 주역들이 짜놓은 각본에 나중에야 끼어든 에피소드 같은 존재에 지나지 않아. 적어도 그 주체성의 면에서 볼 때는 말이지. 일본이 서양 사람과 맞서서 대제국을 만들어보려고 했지. 기독교 일률一律이던 세계사에 새 주제를 내놓을 기회가 주어졌던 거야. 일본 제국의 역사적 가치는 그들이 이 주제를 어떻게 펼쳐나가느냐에 달려 있었어. 그런데 그들은 이 일을 엉망진창으로 해냈어. 그들의 제국을 받치는 종교로, 일본 사람에게밖에는 안 통하는 아마테라스 오미카미를 택한 데 우선 그 한계가 있었고, 정복한 땅을 다스리는 데는 공포로 하고, 더 땅을 넓히는 데는 서양식 민주주의자들의 가장 못된 방법인, 제국주의를 택했단 말이야. 보편성 없는 신神과, 정의가 아닌 정치로 타민족을 어떻게 다스릴 수 있었겠나. 그들은 선량한 이웃이요 문화적 중매자였던 나라를, '요보상'으로 만들고, 절대한 문화적 은인인 이웃을 '장꼬로'로 만들었을 뿐이야. 서양 여러 나라가 동양에 와서는 족치고 멍들게 했을망정, 같은 유럽의 다른 나라에 이렇게까지 해를 입힌 적은 없었어. 정치의 차원만 일단 떠나면, 그들은 똑같은 '기독교'인끼리였으니까. 일본 사람들은 같은 동양 나라들을 대하는 데 사용할 수 있는 이런 보편적 이념을 가지고 있지 못했어. 하다못해 그들이 불교를 내세웠더라도 한국, 일본, 중국, 동남아시아 그리고 인도에까지 침투할 수 있었을는지 몰라. 그러나 그들은 그렇게 하지 않았어. 아니 애당초 그건 바랄 수 없는 일이었어. 그들의 원리는 다른 국민을 자기들의 수단으로 생각하는 제국주의였으니까. 기껏 아마테라스 오미카미라는 여추장女酋長이었어. 그들은 모처럼 주어진 기회에 가장 졸렬한 답안答案을 써냈단 말이야. 기독교보다 못하고 불교보다도 못한 종족신種族神을 주제로, '요보상'을 북어처럼 두들겨패고, '장꼬로'를 돼지처럼 걷어차면서 못된 교향악을 울려댔단 말일세. 그래서 망했어. 문화적으로 보잘것없던 몽골인은 유럽에 씨나 남기고 왔지만, 일본은 동양 천지에 깨진 게다짝밖에 더 남긴 게 있나. 이렇게 해서 그 문화적 저열성 때문에 비서양적非西洋的 보편제국이 생길 뻔한 기회는 유산되고 말았을 뿐 아니라, 그 산후産後가 아주 나빴어. 중국이 공산화한 것은 일본 때문이겠고, 한국의 반이 또한 그렇지 않나. 이렇게 해서 우리는 다시 기독교 일색一色인 세계 — 현재에 살고 있어. 일본이 그나마 그만한 행패를 부린 것도, 그들의 여추장 때문이야. 종교의 힘은 그렇게 커. 그건 조금도 신비스러운 게 아니야. 사람의 집단을 묶어세울 수 있는 공통의 언어기 때문이지. 해방 후에는 교회당뿐이란 말이 있지 않나. 민중은 교활하고 눈치가 빨라. 이 세계를 쥐고 있는 것이 기독교라는 걸 눈치 챘기 때문에 기독교회는 성황을 이루었어. 기독교가 우리 사회에 끼친 공로를 잊어서는 안 돼. 그러나 그 공로의 내용이 문제야. 기독교가 우리한테 뜻하는 건, 우리가 야만인이 아니었던 바에야, 여태껏 짐작도 못 하던 영혼의 삶을 가르쳐주었다는 건 아닐 거야. 영혼의 구제를 위해서는 우리는 너무도 훌륭한 종교를 가지고 있었어. 불교야. 그러니까 기독교가 우리에게 뜻한 바는 개화라는 것이었어. 서양의 기술 문명과 기독교가 우리들에게는 늘 겹쳐 있었어. 제임스 와트를 그리스도의 모습이 겹쳐진 형태로 우리는 그걸 받았단 말이야. 한국에 기독교가 쉽사리 퍼진 건, 그런 종교 외적인 조건이 크게 거들었고, 그 쉽게 퍼졌다는 것도 이미 그런 정신생활에 반발을 느낄 까닭이 없을 만한 정신의 높이를 가지고 있었으니까 가능했던 게 아닌가? 기계문명의 압도적 모습은 우리를 얼빠지게 만들었고, 전통에 대한 열등감을 일으켰어. 정치에 지고 기술에 졌다는 것이 문화 모두에 대한 회의와 자신 상실을 일으켰다는 거야. 그래서 사람들은 이 위대한 기술을 만들어낸 사람들의 종교로 개종을 했어. '기독교인'이 됨으로써 '서양 사람'들 축에 끼려고 한 거야. 그런데 아까 말한 것처럼, 오늘날 서양 사회의 구조가 교회가 직접 정치하는 게 아닌 이상, '기독교인'이라는 것과 서양 사람으로서의 '시민'이라는 것과는 하나 될 수가 없지 않겠나. 현실의 국가는 여호와의 나라가 아니고 카이사르의 나라니까 말이야. 교회는 많지만 이 교회가 한국 사회의 정신적 향상을 위해서 과연 얼마나 힘을 미치고 있을까? 서양 나라들에 있어서 기독교가 미치는 그러한 귀중한 대 사회적 정화력을 한국 교회가 오늘날 가지고 있는가? 누구의 눈에나 아마 아니라고 보이는 게 정말이 아닌가? 끊임없는 내부 싸움. 혁명이 아닌 그저 파벌의 싸움. 심지어는 폭력. 이것이 한국 교회의 오늘의 모습이 아닌가? 토착 종교도 아닌, 이 땅에 뿌리박은 지 지극히 연천한 종교가 벌써 이 정도로 타락했다면,

미래의 전망은 대단히 비관적이라고 볼 수밖에 없어. 이 땅에 기독교의 씨가 뿌려지고부터, 이 국민의 마음밭에서 기독교는 만족할 만한 꽃을 피우지 못했다는 것을 말해주는 게 아닌가? 이런 정도로써는 이 막막한 사막을 옥토로 바꾸는 것을 도저히 바랄 수 없어. 기독교와 기술 문명은 전혀 다른 줄기에서 나온 것이기 때문에, 우리는 그것을 갈라서 배울 수 있다는 걸 안 바에는, 동양 사회에서 기독교가 불어나는 한계는 이제 찼다는 게 내 의견이야. 게다가 오늘날이라는 시대는, 시간이 가면 갈수록 기성 종교가 여러 가지 어려움에 부딪히게는 될망정, 포교상 더 쉬워진다는 건 바랄 수 없지 않겠나. 기독교가 아직 이만한 상태를 서양 사회에서 지키고 있는 것도, 실은 2,000년 동안 이 종교에 사랑을 투자投資해온 숱한 사람들의 이자利子를, 후손이 누리고 있는 것이야. 어떤 투자는 떼었더라도, 다른 투자가 살아서 이자를 내준단 말이지. 이건 예를 들어 신학설의 변천을 들어도 분명해. 만일, 아우구스티누스의 이론으로 모자란 것이 있으면 아퀴나스의 설로 보탤 수 있어. 한 가지를 붙들고 꾸준히 살면 좋다는 건 이런 까닭이야. 왜 이사만 다니는 살림에 남아나는 세간이 없다고 하지 않나. 동양 사람이 제 구실을 하는 길은, 이 서양사적 문제 제기를 물리치는 일이야. 이것이냐 저것이냐 하는 식으로 내밀어진 출제 방식 그 자체를 거부하는 일이지. 우리들의 도식圖式도 출제 방법으로 내세우는 것, 이것이 전통의 문제야. 전통이란 옛것이란 말이 아니고 예로부터 흘러와서 지금도 살아 있는 정신의 틀이라고 할 수 있겠지. 전통은 말에만 나타나는 것이 아니고 문화의 모든 면에 나타

나. 그러나 역시 가장 분명한 건 말로 나타내어진 것, 즉 사상일 거야. 그러나 그러한 표현이 모자라다고 해서 전통이 없다는 말은 되지 않아. 아까도 말한 것처럼 전통이란 정신의 틀이니까, 그것은 언어 아닌 다른 것도 얼마든지 매개로 삼을 수 있어. 음악도 그렇지 않겠나. 음악이야말로 가장 순수한 영혼의 틀이니 말일세. 그것은 오래된 집안에 그 집의 역사가 자취로서 남아 있는 것처럼 — 그 집의 기물器物에, 그 집 사람들의 행동거지에 — 그렇게 남아 있어. 그것은 불문不文의 헌법 같은 거야. 언어로 표현치 않더라도 즉물적으로 또는 이심전심以心傳心으로 전달이 될 수 있는 성질의 것이야. 그러나 언어화된 전통, 즉 사상이 중요하다는 것은, 어떤 이유로 전통이 끊어졌었다가 다시 일으켜야 할 때, 그 필요성이 절감돼. 불탄 집을 되살리려 할 때 설계도가 남아 있으면 쉽다는 것이지. 만일 그런 모든 증거가 다 사라진 때에도 전통의 구현물은 남아 있어. 그건 그 민족이야. 그 민족의 단 한 사람이라도 남아 있는 경우에는 그의 몸 자신이 전통의 증거가 될 수 있어. 먼저 그의 기억이 있을 게 아닌가. 만일 그가 벙어리인 경우에는 그의 눈매·동작·몸 생김새, 건강 상태가 전통을 밝혀줄 수 있어. 그러나 이건 비유일 뿐이지, 현실로서는 값이 없는 일이야. 우리가 서양에 대한 지식이 완전히 없고 여기에 알몸뚱이인 서양 남녀 한 쌍을 앞에 놓고 그 두 사람의 육체만을 소재素材로 그 뒤의 문화 — 그들의 법률과, 믿음과 철학을 미루어낼 수 있겠나. 현재로선 꿈에 불과하단 얘길세. 이럴 때 그들이 옷을 입고 있고, 교육받은 사람이고, 게다가 무슨 책을 한 권쯤 가지고 있다면, 일은 아주

쉬워지지. 짐승일 경우는 그의 몸과 전통이 완전히 일치해 있다고 볼 수 있지. 그것은 전통의 그야말로 육화(肉化, incarnation)라고 하겠지만, 사람은 그게 안 돼. 이런 말을 하는 것은 요컨대 전통이란 것은 그것이 만들어지기까지 시간이 걸리고, 시간이 걸리지 않는 전통이란 있을 수 없다는 얘기야."

황 선생은 말을 끊고 학을 향해 웃음을 띠었다. 학은 머뭇거리면서 말했다.

"그럼 선생님 말씀은?"

"불교밖에는 없지 않겠나? 2,000년 동안 줄곧 내려온 커다란 줄기야. 비록 지금 보기에는 약해 보일지 모르지만, 그렇지 않아. 돌파구만 생기면 언제든지 뿜어나올 수 있는 우리들의 저력底力이야. 불교가 보잘것없는 종교라면 덮어놓고 우길 수야 없겠지만, 비할 수 없이 높고 깊은 진리인 데야 결론은 확실하지 않아? 2,000년의 투자投資를 죽을 쑤는 수가 있나? 이보다 확실한 이치가 어디 있을까? 기독교가 비록 서양에서 시작하지 않았지만, 2,000년 동안에 그들의 것이 되었듯이, 불교도 우리 것이야. 아니, 우리야. 바로 우리야. 불교에 인연因緣이란 말이 있어. 나는 이 말을 사랑해. 우리가 한국 사람으로 태어나서 동포가 되었다는 것도 인연이고, 부모 형제간이 되었다는 것도 인연이야. 이 인연이란 사상은, 자기에게 가장 가까운 타자에게 왜 제일 친밀감을 느끼는가 하는 인간적인 정情을 잘 풀이해주고 있어. 기독교에는 이런 뉘앙스가 없어. 모든 사람이 하나님의 자녀인 바에는 내 부모, 내 형제, 내 동포라고 좀더 정이 간다는 것은 교리상으로는 용납할 틈이 없어. 그러니까 기독교에서의 개인個人은 완전히 수학적인 동질성同質性을 가지고 있어. 이것은 신神의 시점視點 위주이기 때문에 그래. 그러나 인연의 사상을 따른다면 이 세상 사람은 똑같은 사람이 하나도 없어. 이것은 그 개인의 시점에서 보기 때문이야. 이 세상에 수증기 알처럼 똑같은 남들이란 게 정말 있을까? 부모가 아니면 형제, 처자, 이웃, 친척, 한마을 사람, 한직장 사람, 동포의 한 사람——이렇게 인연에 의해서 착색이 된 개인이라는 게 구체적 진리가 아닌가? 물론 불교는, 인연의 사슬을 끊고 공空으로 화하는 데서, 즉 신의 입장에 서는 데서 타인에 대한 사랑이 나온다고 말하고 있어. 그러나, 공을 깨닫는다 하더라도, 현실의 인간이 서는 자리는 그래도 인간인 것이지 신은 아니야. 사람이 깨닫는다는 것은 비인非人이 되는 것이 아니라, 진인眞人이 되는 것이야. 마치 석가모니가 법을 알리기 위해서 이 세상에 현신現身한 것처럼, 깨달은 사람도 인간을 사랑하기 위해서는 인간 세상에 머무는 길밖에는 없어. 불경에 보면, 보살은 중생을 건지기 위해서 스스로의 성불을 미루었다고 했어. 보살도 인연에 매여 있는 거야. 사랑은 이렇게 구체적인 거야. 불교가 가르치는 사랑은 어느 때 어느 장소에서 가장 가까운 사람을 사랑하라는 것이지, 추상적인 남을 사랑하라는 말이 아니야. 이것은 사해동포의 이상에 조금치도 어긋나지 않아. 왜냐하면 사해동포를 사랑하기 위해서는 결국 바로 곁에 있는 사람부터 사랑해가는 길밖에는 없지 않나. 불교의 사랑은 이렇게 실천적이고 구체적이야. 서양의 어떤 소설가가, 자기는 인류는 사랑할 수 있으나 고약한 바로 이웃은 사랑할 수 없다는 뜻의 이야기를 쓴

걸 본 적이 있는데, 나는 그게 바로 기독교의 그와 같은 허虛, 추상성에서 나온 것이 아닌가 생각했어. 사랑해야 할 바로 곁에 있는 사람이 그런 고약한 사람인 것도 인연이 아니겠는가. 기독교의 경우에는 그도 하나님의 자녀니 너는 의무를 면할 수 없다고 하는 길밖에 없지. 그러나 만일 어떤 사람이 한 사람밖에 맡을 힘이 없는 경우에, 자기 집에 병자를 두고 옆집의 병자만 돌보고 있다면, 그 사람의 행동은 우습지 않은가. 이것을 추상적으로 생각한다면, 아무튼 한 사람어치의 사랑을 치렀으니 갑甲이면 어떻고 을乙이면 어떠냐고 할 테지만 이것이야말로 사람을 개성으로 보지 않고 단위單位로 보는 위험을 저지를 수 있는 일이 아닐까. 바로 우리 땅에, 우리 이웃에, 내 몸 안에, 살아 있는 진리를 두고 이제 또 무엇을 찾아야 할까. 불교가 바로 우리 손 닿는 데 있다는 것도 인연이야. 더구나 2,000년이나 얽히고설킨 인연이야. 이 인연의 마디를 풀 생각을 하는 것이 제일 자연스러운 일이 아닐까? 호환虎患보다 무섭다고 한 폭정이 날로 모질어가는데, 사람들이 바라볼 마음의 등불도 없고, 장차 어둠의 세상에 그 어떤 야차夜叉의 끔찍한 난무가 있을지. 참으로 두려워. 사람에게 업業이 있듯이, 민족에게도 업이 있다면, 이 백성이 짊어진 업은 왜 이다지도 어려운 것인가. 하루아침 처마 끝에 빗방울 듣는 소리를 듣고 문득 깨닫는 사람이 있는가 하면, 오계五界를 돌고 겁마다 거듭나면서도 끝내 어둠을 벗지 못하는 사람이 있듯이, 역사에 사는 민족이라는 것도 술술 잘되는 데는 일마다 바람 안은 돛밴데⋯⋯ 갈수록 심산유곡이라 밝은 천지를 언제 볼지⋯⋯ 이야기가 길어졌군."

황 선생은 문득 말을 맺고, 몸을 벽에 기대면서 지그시 눈을 감았다.

컹.

컹.

컹.

멀리서 개 짖는 소리가 뚜렷이 들려온다. 겨울밤이 깊은 것이다.

"하기는……"

황 선생은 훨씬 은근하고 부드러운 말씨가 되면서 덧붙였다.

"세상일은 뜻대로 안 돼. 나도, 젊었을 때는, 여러 가지 일을 해 보았어. 연해주로, 만주로, 중국으로, 방랑도 하고. 그렇지 않고는 배기지 못할 그런 무엇이 몸속에서 꿈틀거린 탓이지. 지금 생각에는, 그때 죽었더라면 제일 행복했을 것 같애. 지금은 이렇게……"

선생은 왼편 무릎을 쓸어 보이면서 쓸쓸하게 웃었다.

"몸도 부자유스럽고…… 마음은 솟구쳐도 그 시절처럼 내달리지는 못하게 됐어. 자네들도 괴롭겠지만, 그래도 좋은 세상 볼 앞날이 있어. 지금은 그저 젊은 사람들 붙잡고 넋두리하는 게 내 낙이야. 아무 쓸모없는 짓이야. 내가 낙으로 삼아 지껄이는 것뿐이지. 그래도, 이런 때 나는 제일 즐거워. 이 세상에는 아직 내 동무가 있다는 생각에서…… 내 말은 그런 정도로 들어주게. 알 수 없는 우주 속에서 사람이 할 수 있는 일은 한없이 노력하는 것뿐이야. 그 결과를 가지고 조급히 따지기에는 이 세계는 너무도 오묘해. 무엇을 해야 하나? 그건 자네들이 생각하게. 자기 인생은 자기가 사는 거야. 자네들 할 탓이야. 나로 말하면…… 달리 살았더면, 하는 생각은 없어. 만족해…… 재미있었어."

인생은 자기가 사는 거야. 재미있었어. 학은 손톱을 깨물면서 깊은 생각에 잠겼다.

컹.

컹.

컹.

황 선생은 손을 내밀어 학의 손목을 꼭 잡아주었다.

9

생활, 그것은 아무것도 아니다. 맘만 먹으면
— 맘먹는다는 게 좀 대단한 일이지만.

 일본을 왕래할 때마다 느끼는 일이지만, 하늘에서 내려다보는 눈에는 한국과의 다름이 뚜렷하다. 뭉게뭉게 솟은 푸른 산과 들이 아담하고 포근한 맛을 준다. 방금 지나온 땅에 비하면 한국 땅은 남루한 돌무지나 다름없다. 그러나 눈 아래 펼쳐지는 풍경에도 불구하고, 현호성의 마음은 한국 땅으로 들어오면서 점점 느긋해졌다.
 나는 운이 있는 것이다. 사람은 기를 쓴다고만 다 되는 건 아니야. 운이 있어야지. 이번 일만 해도 그렇다. 유력한 국내 재벌들이 혈안이 되어 맡으려고 한 일이 결국 그에게 떨어진 것은 운이었다. 물론 당黨의 P씨가 밀어준 것이 결정적인 힘이었지만. 6개월 만에 가본 일본. 아무튼 분주한 나라야. 그는 저쪽 사람들이 베풀어준 어젯밤의 쾌락快樂을 아직도 마음속으로 즐기는 듯이 지그시 입가에 웃음을 띠었다. 그의 가슴과 팔다리에 감겨오던 익숙하고 따뜻한 움직임. 그렇게 뜨겁게 허덕이자면 장삿속으로만 움직인 서비스라고는 말하기 어렵다. 자리에서 여자가 지르던 탄성을 생각하고 현호성의 입언저리 근육은 다시 한 번 남모르는 운동을 보였다. 어떤 평론가가 전후 일본의 부흥을 비꼬면서 '갈보 입국立國'이라고 했다지만, 그런 말을 듣지 않아도 현호성에게는 물론 처음 겪음인 것은 아니었다. 갈 때마다 그는 익숙하게 '재미'를 보았다. 그리고 더 좋은 일로는, 그의 일도 역시 그때마다 재미를 보았던 것이다.

이번도 그랬다. 그런 탓으로 그의 입언저리의 근육이 벌써 몇 번이나 움직인 것은 어쩔 수 없는 일이었다. 운이야, 운. 그의 머리에 퍼뜩 어떤 얼굴이 떠올랐다. 하얀 피부. 깎은 듯한 용모. 우울한, 도무지 만사에 무관심한 듯한 눈. 현호성은 자기 머리에 떠오른 그 당돌한 얼굴에 처음에는 당황하고 그러고는 불쾌해졌다. 그놈이. 과목果木 사이로 뛰어다니던 조그만 소년이, 엄청난 물건을 손에 쥐고 그의 앞에 나타났을 때, 사실 그는 아찔했었다. 현재는 현재, 과거는 과거라고 잘라버릴 수 없는 것이 그의 입장이었고 그의 사업이었다. '천하의 공당에 업힌 노동당원 — 등불 밑이 어두웠다, 운운,' 그리고 현호성은 그만이었을 것이다. 두 번 생각하기도 싫었다. 그러나…… 없었더니만 못할망정 아무튼 그 정도로 끝난 것만도 다행이다. 나는 놈을 잡아놓고 있으니까. 처음에 집에 와 있으라고 구슬렀을 때, 현호성은 자기 제의가 받아들여지리라고는 생각지 않았다. 앙칼지게 도사린 청년에게 말을 붙이는 한 가지 수단이었다고 하는 것이 옳았다. 그렇기 때문에 준이 그 제의에 응했을 때 현호성은 적이 놀랐었다. 그보다 더 놀란 것은, 준이 그 물건을 내놓겠다는 말을 하지 않은 사실이었다. 그러나 그 점에 대해서 현호성은 그리 염려하지 않았다. 아무튼 내 집에 잡아놓은 것이다. 시간이 가면 어떻게든 방법은 있다 하는 생각에서였다. 그러고 보면, 그 일도 잘된 일이었다. 현호성은 그렇게 생각했다. 누구나 자기 눈앞에 위험이 닥쳤을 때 되도록 그 일을 적게 셈하려는 심사가 있다. 현호성도 그런 심정이었다. 그가 속으로 독고준을 얼마나 미워하는가는, 사실은 현호성 자신도 의식하지 못하고 있었다. 반대로 그는 생각하기를, 사실은 내가 좀 너무 했는지도 모른다, 옛날을 생각해서라도 그 한 사람쯤 벌써 집으로 데려와서 뒤를 살펴주어야 했을 게 아닌가, 그런 데서 나온 반발일 테지, 이런 식으로 독고준의 태도를 간단한 심리학의 도식에 맞추어 생각하려고 했다. 그리고 집으로 온 다음의 준의 태도도 현을 마음 놓게 만든 게 사실이다. 현이 염려했던 것처럼 이렇다 할 내색도 하지 않았고 지극히 자연스럽게 굴었다. 현은 청년의 알 수 없는 성격에 한편 놀라면서도 결과로는 안심을 얻었다. 마누라도 별로 신경을 쓰지 않을 만큼 준의 연기는 좋았기 때문에. 그래서 지금 현의 머리에 불쑥 떠오른 준의 모습은 귀찮은 존재임에는 틀림없었으나, 절박한 것은 아니었고 게다가 어쩌면 그렇게까지 얄미운 존재도 아니었다. 옛날의 정일까. 현은 문득 그런 생각을 한 적도 있다.

"무슨 생각 하세요?"

그제야 그는 처제를 돌아다보았다.

"응 그저…… 기분이 어때?

"아무렇지도 않아요."

"그럴 수 있나…… 그러니까 몇 년 만인가?"

"4년."

"벌써……"

4년 만에 미국서 돌아오는 처제를 동경서 만나서 데려온다는 것도 그의 이번 여행의 일과 속에 들어 있었다. 몇 해 만에 만난 처제는 옷 모습이나 화장이 좀더 화려해졌다는 것 말고는 성미는 전보다 더 까다로워 보였다. 비행기를 탄 이후 그들은 거의 말이 없었던 것이다. 현호성은 아이섀도 때문에 유난히 패어 보이는 그녀의 눈언저리를 힐끔 쳐다보았다. 넌 아직도 나를 깔보는 모양이구나. 그 옛날처럼. 그러나 네가 4년 동안 미국에서 먹은 빵은 내 돈으로 샀다는 걸 왜 생각 못 해. 아무려나 이제 너하고 승강이할 나는 아니야.

비행기는 부드럽게 갠 이른 봄의 하늘에서 천천히 몸을 틀면서 높이를 낮추어간다. 기내機內가 갑자기 수선거리기 시작했다.

닻을 내린 배는 평화를 누린다. 배는 원래 바다에 있어야 할 것이다. 해도를 따라서 혹은 해도 없는 미지의 항로에서. 폭풍 속에서. 찌는 듯한 태양 아래서. 눈보라가 치는 북극에서. 배는 숨 쉬고 땀을 흘리고 헐떡이면서 일해야 한다. 고래를 상대로 아슬아슬한 싸움을. 먼 나라의 항구로 짐을 나르고. 여러 가지 꿈과 야심과 슬픔을 지닌 손님을 날라야 할 것이다. 그런 항로에서 그는 항구에 닻을 내릴 수 있다. 그러나 닻을 내리는 것은 그런 때만이 아니다. 왜냐하면 배에도 여러 종류가 있기 때문이다. 적을 기다리면서 해협에 정박한 함대艦隊는 숨을 죽이고 잔뜩 흥분해서. 상선을 기다리고 있는 해적선. 혹은 상처를 안고 기어든 배. 짐을 풀지 못해서 오래 발이 묶인 화물선. 파산한 회사에 속한 호화스런 상선. 이런 배들이 내린 닻은 다 뜻이 다르다.

이 집에 온 후로도 버리지 못한 일요일의 낮잠에서 깨어난 독고준은 눈이 뜨이자 누운 자세에서 자연스럽게 천장을 쳐다보았다. 무의식중에, 그는 거기 있어야 할 문의紋衣를 기대했다. 스멀스멀 기어가는 붉은 등껍질을 한 거미들. 가을 들판을 메운 메뚜기의 대군大郡. 아득히 몰려가는 양羊의 등허리. 등허리……는 물론 거기 있지 않았다. 그 대신 작은 구멍이 송송 뚫린 고급 천장 재료가 희부연 부드러운 공간을 펼쳐내고 있었다.

현호성의 집으로 옮겨 온 지 두 달. 이 집에서의 생활은 그가 처음 상상한 그러한 방향으로는 풀려가지 않았다. 서로 적의를 가진 두 인간이 한 지붕 밑에서 산다. 어두운 감정의 흐름. 미묘하게 얽혀 돌아가는 심리의 드라마. 집 전체를 싸고도는 이상한 분위기. 그러한 예상은 완전히 독고준의 상상이었을 뿐 하나도 현실이 되지 못했다.

이 집의 생활은 독고준의 등장으로 바뀐 것이라곤 무엇 하나 없었다. 우선 현호성 자신이 독고준에게 그런 틈을 주지 않았다. 그리고 독고준이 등장한 내력을 아는 것은 이 집에 두 사람밖에 없다. 현호성과 독고준. 그러니까 그들은 공범共犯으로 잘 처신한 것이 된다. 독고준 자신에 대해서 말한다면, 그는 이 집에 오고부터 어떤 투묘投錨의 감정을 느낀다. 그가 닻을 내린 곳이 어떤 곳이 어떤 곳이며 어떻게 해서 그렇게 되었는가에는 관계없다. 사회에서 발붙일 데가 없던 한 청년이, 생활의 수단과 부단히 반응하고 대결해야 할 '가족'을 한꺼번에 새로 얻은 것이다. 어떤 좌표에 자기를 얽어맸다는 안도감이다. 그러면서도 독고준은 자기가 소속한 이 좌표의 체계에 대해서 조금도 사랑은 가지지 않기로 작정한 것이다. 그는 그와 같은 인정사정없는 윤리를 지니기 위해서 '가족'의 이론을 그는 만들어냈었다. 한국의 경우에는, 신은 죽었다, 그러므로 자유다, 하는 생각은 근거 없는 유행가다. 서부 활극의 호남아들이 우리 눈에는 아무래도 서먹한 친구들인 것도 그 때문이다. 그래서 우리들의 근대 선언은, 가족은 흩어졌다(혹은 없다), 그러므로 자유다, 하는 이론을 만들어냈다. 이 명제를 십자가처럼 가슴에 품고 이 으리으리한 무대에서 싸늘한 연극을 살리라, 하는 게 그의 처음 생각이었다. 그러나 이 집에서 두 달을 보낸 지금 그의 행동을 조종하는 것은 그런 어깨에 힘준 철학 같은 것이 아니었다. 그러나 스스로도 놀랄 만큼 아무 저항도 없이 나날을 지낼 수 있는 데 놀랐다. 게으름. 윤리적 비판조차도 의식하기 귀찮아하는 게으름이 그로 하여금 그렇게 생활할 수 있게 만들었던 것이다. 게으름. 그의 몸속에 자라온 그 부스럼 위에 그는 닻을 내렸던 것이다. 그는 어떤 기쁨과 평화를 느꼈다. 인제 밥걱정은 안 해도 된다. 등록금 걱정도 안 해도 된다. 나의 모든 시간이 일요일의 시간이 된다. 나는 시간을 번 것이다. 긴장하지도 않고, 기한도 없으며, 한없이 게으를 수 있는 시간, 즉 자유를. 결론을 서두를 필요 없는 공상으로 보낸다. 그리고 소설을 쓴다. 위대한 소설을. 위대한? 아니 위대하지 않아도 좋다. 그저 쓴다. 심심할 때면. 소설은 나에게 또 하나의 자유를 줄 것이다. 소설을 쓰고 있는 동안 나는 신이니까. 그렇게 해서 나는 신이 된다. 가만있자. 좀 지저분한 신이 아닌가. 기껏 악덕 자본가의 빵에 얹힌 신이라면. 괜찮다. 요새는 그렇게밖에는 신이 될 수 없다. 김학이처럼 신이 되는 길도 있으리라. 그러나 나는 그런 건 취미 없다. 그건 좋은 사람이 하면 그만이 아니겠는가……

그는 침대에서 담배를 한 대 피우고 난 다음 방바닥에 내려섰다.

바지를 입고 셔츠를 걸친 다음 방을 나섰다. 그는 곧장 걸어서 복도 끝에 있는 방 앞으로 가서 노크를 했다.

두번째 만에 응답이 있었다. 그는 문을 열었다. 페인트 냄새. 방 안의 주인공은 이쪽으로 돌렸던 얼굴을 다시 캔버스로 향했다.

독고준은 의자에 가서 앉으면서 그림을 바라보았다. 꽤 큰 화폭에는 용암이 흘러 번지는 것처럼 짙은 푸른색과 회색이 칠해져 있고, 간간이 붉은색이 뚝뚝 엉겨 있다.

작업복을 입은 여자는 손님을 전혀 의식하지 않는 사람처럼 여전히 일을 해나갔다.

이 집에서도 빛받이가 제일 좋은 방이다. 포장을 한 캔버스가 몇 개 벽에 기대 있다. 어떤 것은 벽에다 걸어놓은 것도 있다.
　한참 만에 이 방의 주인 이유정李裕貞은 붓을 놓고 돌아섰다.
　"실례했습니다."
　"아니…… 괜찮아요. 계속하세요."
　"끝났어요."
　그녀는 자기도 의자에 앉으면서, 주머니에서 '켄트'를 꺼내서 자기가 한 개비를 물고 준에게 갑을 내밀었다. 준은 자기도 한 개비를 뽑은 다음, 그녀의 담배에 라이터를 켜 대주었다.
　유정은 물감이 묻은 손가락이 입술에 닿지 않게 조심하면서 연기를 즐겼다.
　"얼마 남지 않았군요."
　그녀의 개인 전람회가 월말에 있다.
　그녀는 담배를 빨면서 고개를 끄덕였다.
　"미국은 어때요?"
　그녀는 물은 뜻이 무언지 얼핏 알아차리지 못하고 준을 쳐다보았다. 준은 그녀의 그림을 턱으로 가리켰다.
　"말하자면 모두들 저런 식인가요?"
　이유정은 그제야, 알아들었다.
　"그렇지 않아요. 크게 나눈다면 컨벤셔널한 파와 전위파가 반반씩이라고 할 수 있겠죠."
　"여기 사정이나 별 다름이 없군요. 그런데 거기서도 역시 전위前衛는 만년 야당인가요?"
　"야당이라면?"

"그러니까 화단의 주류는 못 되는가 하는 말이지요."

"글쎄, 주류, 비주류를 무얼 가지고 가려야 할지…… 미술 활동이 어떤 뚜렷한 핵심을 가지고 움직이는 게 아니라, 전람회의 수효도 많고 그룹마다 제각각의 특징들이 있으니까 그렇게 잘라 말하기는 어려워요."

그녀는 말을 끊었다가, 이렇게 물었다.

"준 씨는 미국 가실 생각 없으세요?"

"미국에 가서 한국 문학을 연구한다, 좀 너무하지 않을까?"

"네?"

"전 국문괍니다."

"어머!"

그녀는 한쪽 눈을 찡긋해 보였다.

"물론 국문학도라고 유학하지 말라는 법은 없겠지요. 언어학이든지 비교문학을 배우러 갈 수는 있을 테니까요……"

"그렇군요."

"동정하실 필요는 없어요. 그리구, 남들이 다 가는 미국 유학이라는 뜻에서라면, 전 별로 흥미가 없으니까요."

"왜요?"

"외국 유학이란 게 선진국의 학술과 생활을 배우러 가는 것이라면, 이제 말한 것처럼 학문 쪽은 우리 같은 과에서는 유학이 무의미하고, 다른 한 가지, 즉 생활을 견문한다는 의미에서라면 더욱 필요 없는 일이지요. 우린 지금 민족 전체가 유학하고 있는 셈이니까요. 보는 것, 듣는 것, 행동하는 것, 모두가 미국 문화 아니에요? 앉아서 경험하는데 뭣 하러 돈 쓰러 갑니까?"

"내셔널리스트."

"아니, 그게 문제입니다. 난 내셔널리스트가 아닙니다."

"그럼?"

"아무것도 아닙니다."

"그럼 자기가 전공하는 학문에도 애착을 갖지 않는다는 건가요?"

"그런 것도 아닙니다. 국문학이라는 과가 내셔널리스트 되기에는 나쁘지 않은 분얀데 그렇게 안 돼요."

"왜 그래요?"

"자신이 없어서 그렇죠."

"자신?"

"보세요. 저는 지금 『로미오와 줄리엣』이 아니고 『춘향전』을 택했다는 겁니다. 그렇다면 『춘향전』이 『로미오와 줄리엣』을 대신해서 모든 세계 사람들의 사랑의 심벌이 되는 시대가 올 것인가? 안 올 겁니다. 유치한 얘기라고 할 테지만, 그건 유치한 얘기를 안 할 수 있는 처지에 서 있는 사람이 가질 수 있는 여유고, 그 반대편에 선 사람으로서는 여간 고통스러운 일이 아니죠. 우리처럼 정치적으로 계속해서 지는 편에 서온 사람들에게는, 예술이나 문화라는 것도 천진난만하게 예술을 위한 예술이라는 행복한 길을 따르지 못하고, 자꾸 예술 외적인 것과 관련을 지어서 생각하게 돼요. 그래서 옛날의 한국의 수재들은 모조리 법률학을 배웠지요. 해방 후에는 이공理工계가 그를 대신하지 않았습니까? 그런 점으로 보면 우리는 시세에 떨어진 족속이지요. 그러니까 어느 사회에서나 예술가란 실속이 없는 허울을 택한 종자들이지만, 그들에게 그런 고통을 지탱시키자면, 자존심이 있어야 할 거예요. 세상과 바꿔도 좋다고 여겨질 만한 영혼의 기쁨, 정신의 비밀 말예요. 저는 그걸 느끼지 못해요. 서양 예술가들의 전기를 보면 그게 있더군요. 그래서 미치더군요. 그러다 그야말로 명작, 걸작을 내면 정신적인 만족도 얻고 돈도 명예도 벌고. 상류 사회에 초대되고. 유정 씨도 몇 해쯤 미국 계셨다고 미국 사람 된 게 아니니까 잘 아실 테지만, 한국의 예술계란 건 비참하지 않아요. 저는 요사이 자꾸만 정치와 예술을 맞춰보는 버릇이 생겨서 어떤 친구들한테서 정치 감각이 있다는 이유로 입당 교섭을 받은 적이 있지만, 우리 형편은 말이 아니지요. 가령 여기 국내 문단의 모더니즘이 있습니다. 무책임한 에피고넨들. 문화적 문맥이 어떻게 되었는지도 모르고 덮어놓고 베껴낸단 말씀예요. 자기들도 모르는 헛소리를. 전위라고 하지요. 무엇을 위한 전위입니까? 누구에 대한 레지스탕습니까? 정립定立이 없는 반정립反定立. 우리 예술 풍토가 그래요. 이건 이국취미치고도 가장 나쁜 것이죠. 이국취미는 그 땅에 대한 그리움을 불러일으키지 않아요. 그 땅에 가보고 싶다는 것. 그 예술을 생산한 풍토와 인간에 대한 노스탤지어. 그래서 미국이나 프랑스에 갔다 온 사람들이 어떻게 했나요. 한국 사람으로서 자기 주체主體를 반성한 사람보다도, 그쪽의 시민권을 얻은 데 만족한 사람이 더 많은 게 사실 아닙니까? 외국서 돌아온 예술가들은 미국 문학의, 프랑스 문학의 선전원 자격으로 돌아온 것이지 한국 문학에 대한 사랑과 봉사를 마음먹고 돌아온 건 아니죠. 그러니까 이 꼴이 아닙니까? 그게 당연했을 겁니다. 그 압도적인 에너지. 그 방대한 전통의 압력. 샅샅이 그물을 친 전통의 체계. 그 속에서 백의민족이 되라는 게 무리니까요. 마치 오늘날 한국 정치가 외국의 영향을 배제하고 자주 독립하라는 게 무리고, 민주주의의 아름다운 꽃밭이 되라는 게 무리인 거나 마찬가지죠. 그래서 전 정치와 예술을 맞춰보는 겁니다. 어쩌면 그리도 같은가. 어쩌면 그리도 한판인가. 어쩌면 한국 정치의 문제가 그리도 한국 문화의 문제와 같은 게슈탈트를 보여주는가. 꼭 같애요. 우리와 그리스도가 무슨 상관입니까? 그런데 그리스도는 도스토예프스키를 통해서, 톨스토이를 통해서, 카프카를 통해서, 바흐를 통해서, 라파엘을 통해서, 우리들의 인생의 심벌로 착각되고 있지 않아요? 우리는 다른 사람들의 규칙을 따라서 경기하는 운동선수 같은 거죠. 본바탕 같은 멋, 본고장 같은 진지함을 나타낼 수 있겠어요? 우린 가려운 제 다리는 놓아두고 남의 다리만 긁고 있는 희극 배우 같은 거죠. 그러나 바로 긁기나 하겠어요? 관중은 웃고 자기도 겸연쩍어서 히이 웃지요. 한국 문학에서 휴머니즘이 몸에 배지 않는 것이라든지, 한국 현대 영화의 인물들의 액션이 차마 눈 뜨고 못 볼 처절한 것이라든지, 다 그런 까닭이 아니겠어요? 우린 그걸 보고 웃지요. 그러나 그게 자신의 얼굴이라는 걸 깨닫는다면 그의 웃음은 순간에 굳어지겠지요. 그나마 역사극에 나오는 인물들의 연기가 얼마나 자연스러워요. 혹은 자연스럽게 보여요. 자기 룰에 따라 움직이는 때문이죠. 한국에는 휴머니즘이 불가능하다는 게 아니죠. 토착의 심벌, 전통의 목소리, 발성법을 통하지 않고 외국 옷을 입고 있으니까 번역극처럼 어색해진다는 거죠. 그에 대한 레지스탕스도 마찬가지예요. 반항이라면 전통의 무기를 거꾸로 쓰는 걸 말하는 것이지, 신무기를 쓰는 게 아니잖아요? 그러면 그건 끊어지는 거지, 반정립은 아니니까요. 그렇다면 춘향이가 이길 수 있는 가능성이 있는가? 한국 문화가 서양 문화를 몰아세울 앞날이 있는가? 난 없다고 봅니다. 춘향이는 어차피 파마를 할 것이고, 자동차를 타고, 끝내는 재즈에 춤추고, 급기야 이몽룡과의 사랑에도 권태에서 오는 저 무서운 사랑의 파국을 겪게 되지 않겠습니까? 이것이 흐름입니다. 발상의 고삐야 누가 가졌든 게임의 승패는 분명해요. 이런 경우 사람은 두 가지 태도를 취할 수 있지 않겠어요? 방관하는 것과 돈키호테가 되는 것."

"당신은?"

"방관."

"뭐가 그리 비겁해요."

준은 웃었다.

"비겁하지 않으면? 그건 개인의 문젭니다. 내가 대세를 돌이키도록 부름을 받았다는 믿음이 있다면 모르지요. 난 그런 게 없어요. 신 안 나는 경기에서 손을 뗀다는 것뿐예요. 자존심의 최소한의 만족을 위해서."

"자기 인생에서 손을 뗀다는 그런 말이 어딨어요? 그리구 난 납득이 안 돼요. 현대의 문화적 패턴이……"

"문화뿐이 아니래두요……"

"글쎄, 문화까지 포함한 생활의 패턴이 유럽의 것이라 하더래두, 그 때문에 생활을 포기한다는 건, 어리석은 고집 아녜요?"

"자존심을 뺀다면……"

"자존심이 뭐예요? 그건 열등 콤플렉스예요. 미국에서 경험으로 보더라두, 그쪽의 문명은 그런 사정을 무시할 수 있는 건강한 면이 있어요. 능력이 있으면 외국인이라고 특별한 핸디캡은 없어요. 비즈니스가 되면 누구하고도 계약하는 것. 예술 분야에서도 마찬가지예요. 화단만 해도 유럽에서 온 사람이 많아요."

"딴 얘기를 하시는군. 유럽에서 미국으로 갔대서 무슨 달라진 게 있겠어요. 미국은 유럽을 그대로 떠다가 옮겨놓은 것 아니겠어요? 그러니까 유럽 사람이 미국에서 외국을 느끼지 않는다는 건 우리하곤 상관없는 얘기지요. 그리고 지금 하신 말씀이 실업가로 하신 것이라면 이해할 수 있어요. 예술가의 그것으로서는 어떨까요? 예술이란 원래 신의 뜻을 지니는 무당이 아니겠어요. 자기가 업고 있던 신이 죽었는데, 남의 신을 모신다는 건 한풀 꺾이는 일이죠?"

"자기 신이라뇨?"

"우리 신 말이죠. 터줏대감. 부엌대감. 산신령……"

그녀는 깔깔 웃었다.

"재밌어요."

"그래요? 그것도 다 귀국하신 덕이죠. 꽃피고 새 우는 내 집뿐이리, 하잖아요?"

"돌아와보니 좋은 친구가 집에 있어서 정말 기뻐요. 사이좋게 지내요."

"될 수 있는 대로……"

"저런……"

그녀는 준을 노려보았다.

"준 씨는 그럼 취미가 뭐예요?"

준은 한참 생각하다가,

"글쎄요. 없어요. 생각해봐야 하는 취미는 취미가 아닐 테니까요. 정 말하라면?"

"뭔데요?"

"꼭 알고 싶으신가요?"

"그만두세요. 무슨 또 나쁜 말을 하려구……"

"맞았습니다."

준은 일어서서 방을 나왔다.

"저녁에 볼일이 있으세요?"

이유정은 문을 빠져나가는 준에게 뒤쫓아 물었다.

"저는 늘 볼일이 없습니다."

그녀는 쿡 웃더니,

"제가 저녁을 살게요."

그녀는 캔버스 쪽으로 돌아서고 준은 문을 닫았다.

준은 자기 방 앞을 지나 계단을 내려가서 당구실로 들어갔다. 거의 그렇지만 방은 비어 있다. 그는 큐를 집어들고 백구를 써서 저쪽 모서리에 있는 공을 때렸다. 큐가 공에 부딪히는 소리가 유난히 날카롭게 울렸다. 이렇게 가서 저렇게…… 이 당구라는 놀음은 인간의 행동을 닮았다. 정작 때리고 싶은 것은 눈앞에 있는데, 이렇게 저렇게 굴절을 한 다음에 목표를 맞힌다. 정글 속에서 먹이를 만나면 사자는 서슴없이 직선거리를 택해서 목적을 이룬다. 사람은 다르다. 빙빙 돌아서 한눈을 팔고 방관하는 체하다가 슬쩍 목표를 쥐는 것이다. 그는 모서리에 바싹 붙은 공을 끌어서 꽤 무리한 공을 때렸다. 맞지 않았다. 그는 돌아가서 다시 겨냥해서 때렸다. 딱. 그녀의 말마따나 좋은 말동무가 생겼다. 그리고 화가라 좋다. 문학이나 그런 것을 하면 여자는 바보가 되든지, 그렇지 않으면 아주 남자가 돼버린다. 여자에게는 본능에 가까운 예술일수록 좋다. 그림이라든지 음악이라든지 무용이라든지. 그는 김순임을 생각했다. 영숙이네 집을 나온 다음에는 한 번도 못 만났다. 마지막 만났을 때. 그날 밤…… 그는 머리를 흔들어 어떤 생각을 떨어버렸다. 사람이 만나기 위해서 거치는 우로迂路. 딱. 그는 당구대 위에 걸터앉으면서 멀리 공을 보냈다. 그는 거리에서 당구를 할 생각은 나지 않았다. 이 집에 와서 처음 배웠다. 매끈하고 차가운 공이 부드러운 평면을 굴러가는 것을 쫓으면서 공상에 잠기는 것이 좋았다. 큐를 잡고 모서리를 도는 것은, 사실은 마음속에 벌여놓은 공을 쫓고 있는 것이었다. 그 방법은 최소한 혼동을 피하게 해주었다. 무수한 에고의 분열을 그대로 흩어지게 하지 않고 하나를 잡아서 다른 하나를 때리게 하는 것. 물론 거기에는 해결은 없다. 같은 면에서 옮겨다닐 뿐이다. 그러나 아무튼 운동이 있다. 빈 시간을 메우는 움직임과, 그리고 모양이 있다. 너무 끌었구나. 약간 이쪽으로 틀었어야 하는데. 아무튼 구제해주겠다는 말은 무섭다. 그다음에는. 그다음에는 어떻게 되는가. 구원받은 다음의 권태는. 맙소사. 구원받지 않은 것이 좋은 것이다. 자유를? 아무 할 일도 없는 자유를. 책임이 없는 시간을. 윤리가 째지지 않는 게 으름을. 그것만이다. 나는 그걸 얻었다. 나의 유년 시절의 저 과수원에서 즐기던 공상의 시간을. 그 여름날의 환상에만 젖을 수 있는 시간을. 휴전선의 구름이 가르쳐준 무위無爲를. 언제까진가? 그때까지다. 가는 데까지다. 그다음의 장章이다. 이유정李裕貞. 명색이 예술가니까 따분하게 굴지는 않을 테지. 좋은 인물이 등장했다. 지루하던 무대에. 조만간 나는 그녀를 향해서 때릴 테지. '나'를. 그녀도 움직이니까 좀 복잡한 게 되었다. 아무튼 당구보다 더 명중률이 높은 게 인간의 게임이다. 이 공들은 서로 잡아당기니까. 물고늘어지니까. 물고늘어진다? 더티 플레이를 해서는 안 돼. 이 공들처럼 깔끔하게. 무기無機라는 것과 담백淡白이라는 건 다른가. 자동 기계와 선사禪師의 용변 사이에 있는 차이는. 행위 위에서 파토스를 빼버린 것. 그래서, 그러면 우리가 결국 앞섰구나. 우리는 천 년 전에 벌써 그 경지를 생산했으니까. 반드시 그것을 번들거리는 기계로 표현해야 된다는 법은 없다. 쭈그러진 피부와 축 늘어진 불알로 육화肉化된 진리. 아무 감격 없이 진리에 사는 것. 진리의 바람에 풍화風化되는 것. 그러나 그것은 서양 사람들이 만들어낸 한없는 '움직임'과는 맞지 않는다. 비트들이 선禪을 좋아한다지. 오토바이에 올라앉은 달마達磨들. 재즈를 추는 선사禪師들. 재밌는 놈들이야. 그러나 녀석들과 어울릴 수는 없어. 그건 주착일 테니까. 고집은 좋아도 주착은 안 된다. 우리는 승리를 위해서 반항하지는 않는다. 우리에게는 승리는 없을 테니까. 시시포스의 신화. 굴러내리면 또 밀어올린다. 웃기지 말라. 왜 굄돌을 쓰지 않는가 말이다. 그렇게 해서 바위를 못박아놓고 난 다음에, 그 옆에 누워서 인생의 의미를 생각해보았다면 그는 무엇인가 깨달을 것이 아닌가? 그다음의 작업은 어떻게 해야 할 것인가를 가늠할 수 있었을 것이다. 우리는 서양 친구들이 밀어놓은 바윗돌을 밀어 올리는 작업에 동원된 일꾼 같은 것이다. 우리에게는 그나마 바위에 손대는 것도 허용되지 않고, 시시포스의 엉덩이를 밀고 있을 뿐이다. 어떤 친구들은 이걸 착각하고 있다. 그래서 바위가 왜 이리 구리냐, 하고, 물컥하냐, 하고 고민한다. 이것도 착각으로 받아들인 신화. 서양 사람들은 시시포스일지 모른다. 그러나 우리는 시시포스가 아니다. 우리는 '시시포스의 엉덩이 밀기꾼'쯤이다. 그래서 우리들의 괴로움은 시시포스의 고결한 고통과 수난의 얼굴을 닮지 않고, 늘 어리둥절하고, 환장할 것 같고, 겸연쩍고, 쑥스럽고, 데데하고, 엉거주춤한 것이다. 틈만 있으면 엉덩이에서 손을 떼고 달아날까 해서. 그것이 우리들의 모습이다. 이걸 자꾸 헛갈리는 데서 선의의 흥분이 생긴다. 남의 다리 긁는 것. 시시포스의 엉덩이 밀기. 동포여. 사랑하는 겨레여. 우리는 '영웅'이 아닌 것이다. 우리는 시시포스가 아니다. 그런데 어떤 아저씨들은 우리더러 자꾸 시시포스라 한다. 그래서 동포를 더욱 괴롭힌다. 어떤 과욕한 학부형처럼. 자기가 낙제했던 일을 까맣게 잊은 어떤 학부형처럼. 이런 구린 엉덩이는 싫다. 그래서 방관이다. 우리들의 바위. 그런 것은 없다. 그런 것은 우리들의 착각일 뿐이다. 우리가 우리들에게 맡겨진 바위라고 생각하는 건 기실 시시포스의 엉덩이였을 뿐이다. 물론 그 엉덩이는 우리들의 운명이다. (아하!) 그 엉덩이가 주저앉을 때 우리도 볼장을 다 볼 것이다. 그러나 우리가 손을 댄다고 해서, 또는 안 댄다고 해서 사태는 조금도 달라지지 않는다. 시시포스는 우리를 믿고 운명을 맡은 게 아니니까. 괜히 잘못 손을 대면 그는 간지럽다고 뒷발로 걷어찰지도 모른다. 엉덩이를 밀다가 걷어차이는 그림. 닭 쫓던 개 울타리 쳐다보는 그림에는 웃음이라도 있지만 이런 경우는…… 그러면 우리가 할 일은? 할 일? 그런 건 없다. 없는 것이다. 직업적인 연설가들의 연설문에만 있을까 정말은 없다. 없으니까 이 모양 아닌가. 그렇다면? 그렇다면이라? 망하는 것이다. 빨리 망하는 것이다. 빠를수록 좋다. 그런 다음에 이 세상의 역사에 정말 '선의'라는 터줏대감이 있다면 무슨 기적을 선사할 테지. 그다음부터 새롭게 제1장 제1과다. 시시포스의 엉덩이를 미는 것도 이웃을 위한 치욕이다. 그러므로 나는 선택한다, 하면 그만이다. 그건 그 삶의 신경이 건강하다는 걸 증명하는 것뿐이니까. 그렇지 않은 사람은 지켜보는 것뿐이다. 망하는 것. 흉하게 뒤채고 버르적대지 말고 망하는 것. 그것이 우리 세대에게 가능한 최고의 미덕이다. 그것이 우리의 가락이다. 우리의 노래는 승리의 노래가 아니고 멸망의 상두노래다. 이것을 자꾸 오해하는 답답한 사람들이 있다. 몇 푼 안 되는 고료나 강연료 때문에 알면서 속이는 사람도 있다. 시시포스란 — 프랑수아 시시포스가 아니면 조지 시시포스거나, 이반 시시포스일 것이다. 인간의 운명의 상징. 거짓말 마라. 로랑 여사의 말마따나

"인간人間이여, 그대의 이름으로 얼마나 많은 사기가 행해졌던가"다. 그래서 '성실'이여 안녕. 그만두자. 이런 변명은 이미 끝내기로 한 것이 아닌가. 아무래도 좋다. 나는 자유를 샀다. 이 황홀한 게으름을 냉정한 계획과 싸늘한 심장으로 게으름을, 아니면…… 게으름을. 이렇게 당겨서…… 가만있자. 어려운 공이구나. 때린다. 하나 둘 셋, 맞았다.

"네, 그러시군요. 그러니까, 개학이 된 다음에는 한 번도 만나지 못했습니다."

"저도, 이사하실 때도 뵙지 못했어요."

"주인집에서도 이사 간 데를 모른단 말씀이죠?"

"그렇대요."

"원……"

자식이 소리는 도로 거두어들였다. 학은 준의 하숙으로 찾아왔다가 집에서 나오는 김순임을 만나서 같이 나오는 길이다. 그야말로 바람처럼 없어진 셈이다. 그런데 이 여자는 어떻게 된 여잘까?

"그러니까…… 댁에서는……"

적당한 말을 고르느라고 학은 머뭇거렸다.

"네. 저 집 분들하고 교우敎友예요."

"아, 네, 전에 얘기 들은 것 같군요."

김순임은 수줍은 듯이 웃었다. 무슨 얘기를 했을까 하고 퍼뜩 생각한 것이다. 그들은 어느새 큰길까지 나와 있었다.

학은 어디서 헤어질까 망설이는데 여자가 물었다.

"바쁘시지 않으면…… 어디 차라두."

"그럭허십시요."

찾아온 사람은 만나지 못한 허전함은 김학도 마찬가지였다. 조금 걸어가다가 그들은 길가의 찻집으로 들어갔다. 자리에 마주 앉자 그들은 처음으로 인사했다.

"김학입니다."

"김순임예요."

김학은 준이 말하던 전도사가 이 여자구나 하면서, 파란 형광등 아래 약간 수척해 보이는 그녀의 얼굴을 찬찬히 쳐다보았다. '미인이야' 하던 독고준의 말을 생각하면서.

레지가 차를 가져왔다. 김순임은 차를 한 모금 마시고 한참 생각하는 듯하다가,

"같은 학교가 아니신가요?"

하고, 물었다.

"아닙니다"

하고, 대답하면서 학은 이 아가씨는 준의 일이 궁금해서 나를 붙잡은 것이구나, 하고 생각했다.

"조만간 만나게 될 테니, 그때 소식을 전해드리지요."

그 말에 김순임은 고개만 숙여 보였다. 여자의 유순한 그런 표정을 보면서 학의 머릿속에 어떤 생각이 스쳐갔다. 글쎄…… 그 녀석이니까…… 그는 여자가 오해할까 봐 얼른 표정을 가다듬으면서,

"준의 얘기로는, 김 선생님은 퍽 열성 있는 신자라고" 하고, 말

을 이었다. 그 말에도 김순임은 웃기만 한다. 순한 여자구나. 학은 속으로 그렇게 생각했다. 그래서 이번에는 학이 물었다.

"어때요, 시간 있으시면 영화나 보실까요?"

학은 말해놓고서 너무 당돌하지 않았나 싶어서 조금 얼굴이 붉어졌다. 그러나 김순임은 곧 대꾸했다.

"네."

그러곤 먼저 자리에서 일어난다. 그녀의 홀가분한 응대는 준을 사이에 둔 데서 오는 안심일 거라고 짐작하면서, 녀석은 별난 역할을 다 시킨다고 학은 불충실한 친구를 다시 한 번 생각했다. 그들은 레지에게서 신문을 가져다가 살펴보았다. 근처의 영화관에서는 볼만한 것이 없었다. 그래서 좀 멀지만 시내에 들어가기로 합의를 보았다.

버스를 타고 가면서 학은 기분이 좀 묘했다. 여자와 영화 보러가는 것은 처음 일이었다. '친구의 여자'라는 이유가 어색한 것을 덜어주었다. 그 사정은 여자 편에서도 같을 것이라고 학은 생각하였다.

퇴근 시간 무렵이라 차 안은 붐볐다. 학은 합승이라도 탈 것을, 하고 뉘우쳤다. 자기 곁에 바싹 붙어선 김순임의 수수하게 비끄러맨 머리를 내려다보면서.

극장에 닿았을 때는 전 회가 아직도 남아 있었다. 그들은 표를 사가지고 영사실 밖에서 기다렸다. 높은 천장과 번들거리는 마루. 이런 데 내놓고 봐도 그녀는 아름답게 보였다. 복도 많은 놈이야. 그런데 어떻게 된 일일까. 그녀와 나란히 앉아서 사람들이 나오기를 기다리면서 학은 친구의 돌연한 이사를 궁금해했다. 직장을 옮긴 것인가. 집을 옮긴 것으로 봐서는 새 가정교사 자린 것 같았다. 그전에 있던 집을 나오게 됐다는 말을 들은 적이 없다. 그렇더라도 원 그렇게…… 학은 오늘, 준을 만나서 황 선생의 얘기를 하고 싶었던 것이다. 아무리 원망해봐야 마찬가지였으나 너무하다고 생각하는 것이었다. 친구도 여러 가지다. 한쪽이 끌고 다른 편이 끌리는 그런 사이도 있고, 두 사람 다 덤덤한 그런 친구도 있다. 얼핏 보아도 독고준과 현의 그것은, 성의 없는 여자에게 매달리는 남자의 그것을 닮은 데가 있었으나, 학이 그런 미묘한 데는 신경을 안 쓰는 편이고 준이 또한 그런 식이어서 그들의 사귐은 잘 맞는 편이었다. 사람과 사람의 관계는 겉으로 보아서는 잘 모르는 그런 묘한 데가 있다.

　김순임은 준을 마지막 만나던 날 밤을 생각하고 있었다. 거리에서 만나서 같이 음악 들으러 간 다음이었다. 김순임은 그날 밤의 일을 생각하자, 머리가 어지러웠다. 그리고 가슴이 두근거렸다. 그분은…… 그분은…… 김순임은 독고준이라는 사람이 어떤 사람인지 아직도 종잡을 수 있는 인상을 만들어내지 못하고 있었다. 앞에서 사라지면 좀체로 얼굴을 눈앞에 그리기 어려운 그런 인상이다. 그에 비하면 김학은 훨씬 명확하게 인상을 주었다. 좋은 사람이다. 그의 푸슬한 머리카락이 이마에 걸린 얼굴과, 수줍은 몸가짐이 김순임을 안심시켰다. 그리고 이런 좋은 친구를 가졌다는 것을 독고준에게 유리하게 풀이하고 있는 자기 마음까지도 캐어보지 않았다. 초면에 좀 쑥스러울 만큼 그의 앞에서 준의 소식을 격정한 것도 학을 믿을 수 있는 사람이라고 생각한 때문이었다.

벨이 울렸다. 사람들이 쏟아져나왔다. 그들은 일어서서 자리로 찾아들어갔다.

"서양 사람들은 재혼에 대해서는 완전히 콤플렉스를 없앤 모양이군요."

방금 보고 나오는 영화에 대해서 준은 이유정의 의견을 물었다.

"그런 것 같았어요. 사랑하면 그만이 아니냔 생각이 철저한 것 같애요."

"여자들이 살 만한 곳이군요."

"배 아프세요?"

준은 깔깔 웃어댔다.

"천만에요. 대찬성입니다. 그런 문제는 취미에 드는 것이니까, 이래야 한다 저래야 한달 순 없잖아요."

그들은 차도를 건너서 어느 호텔의 그릴로 들어갔다.

"준 씨의 취미는 어느 쪽이에요?"

"저요?"

그는 나이프로 고기를 썰면서,

"제 취미를 말씀드리면…… 꼭 듣고 싶으십니까?"

"또 무슨 말이 그리 어려워요. 한국 남자는 이래서 싫어. 시원하지 못해. 구질구질하구……"

"핫핫. 제가 한국 남자의 대표는 아니니까, 그렇게 실망하지는 마세요. 제 취미는 이래요. 여자는 열녀주의로, 남자는 자유주의로."

"악취미군요."

"맞았어요."

"그건 취미가 아니라 여태껏 우리 사회에선 그래온 게 아녜요? 그러니까 전통적 입장 그대로라는 게 옳군요."

"좀 다릅니다."

"뭐가 달라요."

그녀는 톡 쏘아붙였다.

"다르다는 건……"

그는 고기를 넘기고,

"다르다는 건 이렇습니다. 그동안 한국 사회에서도 낡은 윤리는 허물어진 지 오랩니다. 새 타입의 여자들이 등장했어요. 그런데, 전 그것으로 실험은 그치고 춘향전으로 돌아갔으면 하는 겁니다."

"그리고 남자는?"

"언제나처럼 자유……"

"야만."

"그러길래 제가 무어랬어요. 꼭 들으시겠다기에……"

"아니 정말 그런 의견이세요?"

"거짓말입니다. 손해니까요."

"손해?"

"생각해보세요. 세상 여자가 다 열녀면 잡놈이 발붙일 데가 있나요. 제 눈 찌르는 거죠."

"굉장한 잡놈인 체하는데…… 여드름 자죽이 가시지 않았으면서……"

그녀는 청년의 단정한 얼굴을 부신 듯이 바라보았다. 물론 여드름 자국 같은 것은 없었다.

"그럴는지도 모르죠. 그러나 처음 무는 개가 더 세게 물는지도 모르죠."

"어머, 그런데 어쨌다는 거예요?"

"실례했습니다. 이야기가 잘못되었습니다."

준은 여자의 표정에서 그러나 불쾌한 표정은 찾아내지 못했다. 사람만이 섹스를 놀이에까지 높였다. 동물들은 생리적 운동으로 그치는 것을. 이유정 씨. 물론. 물론 솔직히 말씀드리면……

"제가 한 가지 물을까요?"

"물으세요."

"……그만두겠습니다."

준은 고개를 떨구고 포크로 고기를 꾹 찔렀다. 이유정은 상글거리면서 청년을 바라보았다. 귀여운 아이. 형부가 좋은 장난감을 마련해두었구나. 그녀는 형부가 월남 후 자기네 집에 와 있을 때의 일을 떠올렸다. 현호성은 그때는 젊고 매력도 있는 편이었지만, 이 청년처럼 오만하지는 못했다. 아버지와 언니 그리고 미래의 처제에게 알맞게는 아첨했던 것이다. 물론 이 청년은 사정이 좀 다르다. 현호성이가 고향에서 신세를 진 터이라니까. 그렇지 않으면 심심할 뻔한 집 안에서 준은 발견했을 때 이유정은 정말 즐거웠던 것이다. 그녀는 준을 손아래 사람으로, 나이 어린 남성이라고 생각하는 데서 부담을 느끼지 않는다고 믿었다. 사람은 저마다의 행동을 설명하기 위하여 이유를 찾아내거나 혹은 만들어낸다. 그녀는 묵묵히 고기를 입으로 나르고 있는 남자를 바라보면서 몇 달 전 보스턴의 어느 날 저녁을 생각하였다. 그 생각은 그녀의 기분을 무겁게 했다. 그녀는 창밖으로 눈을 돌렸다.

여자 쪽에서도 말이 없자, 독고준은 고개를 들었다. 이 여자는? 창을 향해서 돌린 이유정의 얼굴은 몹시 쓸쓸해 보였다.

10

나는 한가하다 그러므로 나는 존재한다

 나뭇잎 사이로 빠져나와서 잔디에 부딪히는 햇빛도 벌써 달랐다. 봄의 그것처럼 가냘프고 엷지 않고 한결 푸짐하게 쏟아붓는 것 같았다.
 5월이다.
 독고준은 뒤뜰 벚나무 아래에 의자를 내다놓고, 눈부신 첫여름의 오후를 즐기고 있었다. 올려다 보이는 곳에 그의 방 창문과 유정의 아틀리에의 내민 커다란 유리창이, 기름을 발라서 세워놓은 방패처럼 번들거리고 있다. 가끔 바람이 불어올 때마다, 말할 수 없이 신선한 신록의 냄새가 그의 코를 통해서 허파 속으로 그리고 온몸의 구석구석으로 번져갔다.
 시방 정원 뜰은 한창 물이 오르는 중이었다. 그 냄새 속에는 몇 그루 벚나무와 전나무, 그리고 저쪽에 보이는 장미를 비롯한 다년생 초본들의 달고 싱싱한 냄새가 한데 얽혀 있을 것이다.
평화.
준은 지금 이 시간의 더없이 개운한 느낌이 너무나 만족스러워서 어린아이들이 좋은 일이 생겼을 때 하는 것처럼 공연히 버르적거리면서 한숨을 쉬었다. 넓은 정원 속에 파묻혀 있으면 여기가 도시의 한복판인 것을 잊게 한다. 올려다보는 하늘에는 구름도 없다. 눈이 닿는 데까지 새파란 첫여름의 하늘이 햇빛을 흠씬 머금고 번쩍이고 있었다. 나뭇가지 사이에서 새들이 울고 있다. 준은 눈을 감고 그 지저귐에 귀를 기울였다. 얼마나 많은 종류의 울음소린지 분간할 수는 없었다. 다만 고무로 만든 꽈리를 씹는 것처럼 탄력 있는 한없는 지절댐. 같은 높이의 한없는 요설. 쨱쨱 까르르 까르르 까르르…… 휴전선의 OP 이래 이처럼 즐거운 공기와 햇빛을 즐기기는 처음이었다. OP에서는 그러고 보면 새라면 산꿩이나 까마귀가 더 기억에 남아 있고, 조무래기 새들의 지저귐은 들어본 것 같지 않다. 물론 OP에서의 자연이 더 자연이었다. 그러나 이상한 일이었다. 이 벽돌 건물 옆에 퍼진 500평 남짓한 초목의 구성은 준에게 더 풍성한 자연을 느끼게 했다. 그는 손으로 벚나무의 줄기를 만져보았다. 손바닥에 닿는 시원한 힘. 가득히 달린 잎새들은 사이사이를 비집고 흘러드는 햇빛을 서로 되비치면서 바람이 불면 호들갑스레 몸을 흔들었다.
잔디 너머에 드러난 오솔길 위로 개미 떼가 지나간다. 잘록한 허리를 이끌고 그 작은 점들은 분주히 오가고 있었다. 그것은 까많게 빤짝이는 점들임이 분명했다. 개미마다 아무 짐도 가진 것이 없었다. 그러면서 그들은 아주 바쁘게 오가고 있었다. 개미들이 걷기 경기를 하는 것인가. 그런 얘기는 아무 데서도 들어본 적이 없다. 그는 웃었다. 그들은 성자들이다. 그들은 그 씨가 생긴 이후로 티끌만 한 의심 없이 저 일을 해오고 있다.

 이 집에 온 이래 그는 가끔 이런 생각을 한다. 옛날에는 권문세가權門勢家에서 가난한 예술가를 먹여주었다. 허술한 방 한 칸을 내주어, 있고 싶을 때까지 있게 해주고, 가끔 정사政事에 바쁜 주인이 어쩌다 틈이 있어 풍류의 마음이 일면 사랑에 불러들여 좋은 술과 안주에 인생과 자연을 담론하였을 것이다. 비록 의식衣食은 주인만 못할망정, 그 정신의 높이에는 아무 높고 낮음이 없고 주인인들 그렇게는 여기지 않을 것이다. 벼슬길에 오르지 못했을 뿐 스스로 높이는 데는 식객도 다르지 않았을 테고, 벼슬을 엿보느라고 세도 있는 집에 아첨하는 게 아니고 그대로 '길'을 터득한 사람이어서, 동가식서가숙東家食西家宿으로 보내는 사람인 경우는 더구나 그러했으리라. 봉건시대의 저 표표한 보헤미안들. 영혼의 방랑자들. 벼슬에서 밀려나서 앙앙불락하는 수많은 선비들과는 구별해야 하는 그런 타입의 중세인들이 있었다. 벼슬과 쾌락을 뜬구름으로 보고, 오묘한 삶의 한복판에서 마음 쏟을 곳 없이 조용히 살다 간 회의의 사람들, 그들이야말로 예술가였으리라. 그들은 한 줄의 글도 어쩌면 남기지 않았는지도 모른다. 우리 옛사람들은 있는 것보다 없는 것을, 많은 것보다 적은 것을 사랑했으니까 그들의 안목으로 본다면 그들의 패배라고는 하기 어렵다. 준은 이런 사람들에게 자기를 비겨보는 것이었다. 서양에서도 사정은 마찬가지였던 모양이다. 중세의 학자·문인은 검은 승복의 사나이들이 많았고, 떠돌이 시인들이 한 끼니 식사와 잠자리를 얻는 것은 뾰족탑이 솟은 영주領主들의 성관城館에서였다. 게다가 이 친구들은 좀더 뱃심들이 고약해서, 신세 끼친 어른의 마누라를 가끔 슬쩍하는 버릇이 있었다. 옛날의 예술은 그런 것이었다. 중들이 탁발하는 것을 창피스럽게 여기지 않았던 것처럼, 예술가들도 먹이를 위해서 괴로워하지는 않았다. 비록 신분의 구별 아래서 눌리기는 했을망정 그들에게는 땅에 속한 사람이 아니라는 자랑이 아니면 장인匠人 기질氣質이라는 고집이 있었다. 그렇게 해서 생산한 작품을 그들을 길러준 귀족들에게 바쳤다. 옛날 시대에 예술을 즐길 힘이 있는 계급은 그들뿐이었으니까. 그러나 근세에 들어서면서 이 사정이 많이 바뀌었다. 그 중에서도 인쇄술과 영화 그리고 레코드일 것이다. 오늘날 매스미디어라고 부르는 전달 방법의 혁명이 사정을 근본적으로 바꿔놓았다. 결과로 옛적에는 아주 제한된 사람만이 즐기던 예술이 대중의 손으로 넘어간 것이다. 만일 모든 가정에서 양은 냄비 대신에 고려청자나 이조백자를 쓰게 된다면, 그것은 참으로 희한한 상상이다. 모든 사람이 고전을 읽을 수 있고, 앉아서 명장의 연주를 들을 수 있고, 하찮은 돈으로 명배우의 연기를 구경할 수 있는 시대, 현대에서 모든 사람이 귀족이 된 것이다. 이렇게 해서 예술가의 고객도 확대되었다. 인제 그는 어느 한 사람을 위해서 생산하지 않으며, 따라서 옛날 같은 어리광을 부릴 수도 없게 되었다. 그는 빵과 자유를 스스로 해결하지 않으면 안 된다.

준은 이런 상태에서 스스로를 보호한 것이라고 생각해보는 것이었다. 자기가 현재 처한 위치에 대해서 변명하기에 그토록 많은 이야기를 만들어내야 한다는 것은 그 자리가 정상正常이 아니라는 증거다. 물론 독고준에게는 전혀 구실이 없는 것도 아니었다. 그는 지금 소설을 쓰고 있다. 그러나 지금까지 그는 몇 번이나 처음에서부터 다시 시작하곤 했다. 쓰기 시작할 때는 굉장한 정열로 들러붙었으나 써가는 사이에 생각이 달라지고 마음에 들지 않고 했기 때문이다.

옛날과 달라서 지금은 모든 사람이 정치에 힘을 미칠 권리가 있다는 허울이 주어져 있다. 이 시대에 사람이 행동한다는 일은, 필경 정치에까지 얽히지 않을 수 없다. 적어도 머릿속에서는. 그러나 여기는 언제나 위험이 따른다. 정치처럼 역설적인 것은 없다. 그것은 가장 근본적인 것이면서도 가장 피상적인 것이다. 정치에 건다는 일은 최고의 행위면서 한 발 잘못하면 그것은 최하의 행위로 떨어질 수도 있기 때문이다. 정치가 가장 아름답고 뜨거운 순간 — 혁명은 그러므로 예술가의 마음을 잡아끈다. 밀턴, 하이네, 바이런, 위고, 고리키, 아라공, 사르트르 — 이들의 마음의 비밀은 여기에 있다. 그러나 지금 하이네의 시사 풍자시 같은 것을 읽어보면 우리는 무어라 할까, 어떤 서글픔을 누를 수 없다. 그가 정열을 다해서 비꼬고 희극화하고 있는 정적政敵이라든가 혹은 애써 주장하는 어떤 일들은 그 얼마나 공허한 것인가. 그 시가 씌어진 시대의 독자들에게는 그 시구들은 틀림없이 강한 점화력을 가지고 있었으리라. 그러나 시간이 흐른 자리에서는 그러한 점화력은 비바람에 바랜 다이너마이트처럼 무력하기만 하다. 이런 다이너마이트는 그 시대의 날짜가 찍힌 신문지에 맺어져 있다. 철 늦은 뉴스는 뉴스가 아니다. 역사에 발을 들여놓는 순간에 예술가는 분명히 무엇인가를 잃는다. 그것은 그들의 마음이 이웃의 불행에 무관심하지 않을 수 없다는 착한 동기에서일 때 더욱 애처로운 일이다. 기록으로서의 값은 적어도 남지 않겠느냐고 할 수도 있다. 그러나 그것도 옛말이다. 그 시대를 기록하는 수단이 문학작품과 토지 문서밖에 없는 시대라면 모르거니와, 우리 후세의 사람들이 지난 시대의 모습을 떠올리기 위해서 소설에 의존하는 정도는 보잘것이 없을 것이다. 발자크의 소설을 우리가 이해할 때 우리는 그 소설만으로 읽는 것은 아니다. 문학 밖의 모든 지식, 프랑스의 역사·경제·기질·종교의 모든 지식이 비로소 발자크 소설의 감상을 가능케 한다. 소설의 글줄 사이에 줄여져 있는 문학 바깥의 그 많은 예비지식 쪽이 자료로서는 더 긴요한 것이다. 소설을 감상한다는 것은 그런 약속(동시대인에게는 설명의 필요가 없다는) 밑에서 이루어지는 야합野合인 것이다. 세상은 얼마나 빨리 흐르는가. 문제는 얼마나 자주 바뀌는가. 작가가 신문지와 겨룬다면 승패는 처음부터 확실한 것이다. 그렇다면 역사를 외면할 것인가. 혁명의 폭풍 속에서 그렇게도 태연했다는 괴테의 처신은 징그럽고도 구역질이 난다. 정치, 그것이 얼마나 장미꽃과 바람과 구름과 애인의 가슴을 바꾸는가를 우리는 알기 때문에 우리는 외면할 수도 없다. 정치는 가까운 데, 제일 가까운 데, 에고의 한복판에 있다. 어떤 행복한 사람들처럼, '행동'하기 위해서 알제리를 헤매거나, 수고스럽게도 베트남의 정글까지 여행할 필요는 없는 게 우리의 형편이다. 이 세기 초에서 오늘까지의 서양 문학사는 참으로 기묘한 모습을 보이고 있다. 그들은 자기들의 악惡을 집에다 두고, 아프리카로, 베트남으로, 스페인으로, 쿠바로, 이국 취미만 찾아다녔다. 자기의 악이 자기 속에 있다고는 차마 믿으려 들지 않고, 덕분에 녹은 것은 무고한 토착인과 킬리만자로의 눈과 소들과 상어들이었다. 괜히 으스대면서 심각한 얼굴로 어슬렁거리는 이들 팔자 좋은 건달들에게서 취할 점이 있다면, 무언가 잘못되고 있지 않나 '의심'했다는 일일 것이다. 그들의 문제가 무엇이었다는 것을 우리는 안다. 그러나 지금에서 100년이 지난 다음 어떤 프랑스 사람이 무엇 때문에 베트남의 고적을 감상하는 데 그토록 신파조의 비장감을 가지고 하지 않으면 안 되는가를 알아보게 하는 일은 아주 힘들 것이다. 그나마 우리들의 눈앞에 벌어지는 정치는 우리들의 것이 아니다. 그것은 우리들의 발상이 아니다. 그럴 때 정치는 예술가를 유혹하지 않는다. 그것은 마네킹처럼 낯설다.

  아니면 이 소란스러운 시대에 영원에 봉사할 것인가. 신문지와의 경쟁을 버리고 어느 밀실에 틀어박혀서, 모든 문학 외적인 잡것을 솎아버리고, 인간의 영혼을 구성하는 엘리먼트를 시험관 속에 노려보면서 더 큰 폭발을 위한 연구를 할 것인가. 당장 한 사람의 적병을 죽이지는 못할망정, 더 위대한 무기를 위하여 병역을 면제받을 수 있지 않겠는가. 그러나 신무기가 되기 전에 조국이 패전한다면? 패전? 그러나 조국은 패전해도 인간은 남을 것이다. 더욱이 우리들에게 있어서 역사의 이쪽 수백 년은 조국이라고 이름 붙은 것치고 별로 신통한 게 없었으니까 대단한 일이 못 된다. 역사에의 참여를 버린다면 이 길밖에는 없다. 독고준도 이쪽으로 많이 기울어지는 것이다. 여기도 어려움은 있었다. 그것은 다름 아닌 언어의 문제였다. 문학의 미디어로서의 언어는 순수 물질이 아니다. 그것은 역사와 풍토의 토양에서 자란 동물이다. 이것을 가지고 실험을 한다는 것. 언어를 실험용의 모르모트로 생각하고 그 각을 뜨고 내장을 들어내고 뼈마디를 분해하고 살을 훑어내는 작업, 자연과학자가 아무리 눈에 핏발을 세워도 '생명' 그것은 한 발씩 물러난다는 사실이 있다. 문학에서의 순수란 한계가 있다. 좀더 선이 굵은 방식을 사용할 수도 있다. 그 점에서 준의 마음을 끄는 것은 카프카였다. 대상을 완전히 분해하지는 않으면서 거기서 '뜻'을 탈색해버리는 방법. 그러는 경우에는 리얼리즘의 모든 규칙을 지키면서 일상성과는 완전히 거꾸로 된 세계를 만들어낼 수 있는 것이다. 카프카의 세계는 전통과 질서에 대한 질문이다. 그가 처음 카프카를 읽었을 때의 놀라움. 문학이 이런 세계를 불러내는 것도 가능하구나, 하는 생각이었다. 신神을 잃은 세계에서의 인간의 고독. 권위를 잃은 세계의 뜻 없음. 꿈의 세계. 분해 과정에 있는 부르주아 정신의 말기 증상. 그것은 얼마든지 번역이 가능한 것이었다. 문학으로서 가능한 상징의 끝은 카프카일 것이다. 그 이상 더 밀고 나가면 그러한 극단을 가누기에는 언어가 견디지 못한다. 돌을 돌이라 하고 꽃을 꽃이라 하면서 돌이 아니게 하고 꽃이 아니게 하는 것이 카프카의 소설이다. 초현실주의라 하더라도 카프카의 그것은 이미지 서로 간에 혼용과 교체를 허용하는 비고체적非固體的인 경향과는 다르다. 카프카의 세계에서 의자는 의자다. 그러나 그 경우의 의자는 스핑크스처럼 알 수 없는 수수께끼다. 그의 소설을 이루는 낱낱의 장면에는 아무 비약이 없다. 그러나 그 결합에, 그리고 소설 전체가 한마디 수수께끼인 것이다. 이것은 놀랍고 비상한 '물음'의 방법이다. 정통적인 소설도 기실에 있어서는 수수께끼다. 가령 우리가 발자크의 그 세밀화처럼 분명한 소설에서 과연 어떤 '절대'를 알았다는 것일까. 그렇게 자상스럽게 설명되어 있음에도 불구하고, 사실은 아무것도 말하지 않은 것이다. 그려진 한에 있어서의 소설의 내용은 언어의 저쪽에 있는 어떤 것, 가령 그것을 '삶'이라 한다면 그 삶을 가리키고 있는 인덱스에 지나지 않는다. 언어의 이 같은 상징성 때문에 번역이 가능할뿐더러 다른 예술의 장르와의 공명 현상이 가능한 것이 아닌가. 그러나 정통적인 소설의 경우는, 이렇게 방법적으로 독자 자신이 '물음'의 소재로 쓴다면 충분한 스핑크스의 얼굴이 되지만, 그것이 쓰여졌을 때 작가 자신의 자각적인 '물음'의 자리에서 쓰여진 것은 아니다. 전통 예술과 전위의 차는 근본적으로는 그 생산자의 자세로 결정되는 것이지 표면적인 수법, 소재에서 구별되는 것은 아니다. 하늘 아래 새것은 없다. 다만 새 시점視點이 있을 뿐이다. 아무튼 독고준에게 카프카는 그처럼 위대한 선배였다. 그러나 막상 그의 방법을 따르려고 할 때 그는 다시 한 번 놀랐다. 왜? 카프카는 한 사람으로 족하다는 것을 깨달았던 것이다. 카프카와 같은 세계는 엄격한 선취득권先取得權이 인정돼야 할 세계였다. 설령 카프카보다 더 카프카적인 소설을 쓴다 할지라도 그것은 사족蛇足이다. 그런 뜻에서 모든 천재는 기독교 신학에서의 예수 그리스도의 자리와 같다. 그것은 한 번만 있는 일. 역사에 절대絶對가 끼어든 '한 번만의' 사건이다. 그리스도는 한 번만 온 것이다. 그로써 일은 끝났다. 신약 성경의 주인공의 이름은 정해졌다. 만일 예수 그리스도와 똑같은 일을 하려는 사람이 있다면, 그는 신도信徒의 이름을 얻을 뿐 주主는 될 수 없다. 되풀이가 무의미한 사건. 역사는 이런 행운아들의 이름을 기록하지만, 숱한 에피고넨들의 이름은 생략해버린다.

  독고준은 이유정의 아틀리에를 무시로 드나들었다. 그녀의 그림과 화집을 뒤적이고 미술사를 읽으면서 그는 그림이 걸어온 길과 문학이 걸어온 길이 놀랍도록 닮은 것을 알 수 있었다. 이유정의 그림은 대개 두 가지 종류로 크게 나눌 수 있었다. 몬드리안을 닮은 디자인식의 것이 하나고, 키리코나 달리와 같은, 이야기가 아직도 남아 있는 형태가 다른 하나였다. 그녀는 그 두 가지 사이에서 왔다 갔다 하는 모양이었다. 독고준은 화가인 그녀를 부러워했다. 독고준의 그것과 꼭 같은 문제를 그녀는 확실히 눈으로 보면서 실험하고 있었다. 디자인을 그리다가 문득 생각이 나면 스토리가 있는 키리코의 세계로 돌아와보기도 하고, 그 반대로 옮아가기도 하곤 했다. 그에 비하면 독고준의 경우는 원고지 위에 적히는 습작보다 머릿속에서 지워지는 습작이 더 많았다. 흑판에서 데생을 연습하는 학생처럼. 그는 그림으로 하면 몬드리안을 키리코보다 더 좋아하였다. 더 순수하기 때문에. 손때 묻은 선입관을 너덜너덜 달고 나타나는 키리코나 달리의 그림보다 완전한 형식의 노름(도박)을 하는 몬드리안의 화면에 더 끌렸던 것이다. 그러나 몬드리안의 세계는 문학으로서는 만들어내기 불가능한 것이었다. 기하학과 같은 무조건의 보편성은 더욱이 산문의 경우에는 불가능한 일이다.

　이처럼 독고준의 소설은 언제나 첫머리에서 무너지기가 일쑤였다. 그것은, 구체적인 조명과 옷과 무대 위에서, 자연스러운 시간을 따라 일어나는 드라마가 아니고, 언뜻 머리에 스치는 어떤 그림에서 시작하기 때문이었다. 그는 소설가이면서(이려고 하면서) 화가처럼 생각하고 있었던 것이다. 이 화면들을 연결하는 것이 필요했다. 현대미술은 그것 자체로는 무의미하다. 그것은 미술사에 철綴했을 때 비로소 움직이는 것이다. 그렇게 해서 미술에도 시간時間이 개입한다. 시간만의 예술, 공간만의 예술이라는 것은 없다. 어느 것이건 공간과 시간의 통일이 빚어내는 그 어떤 것, 그것이 예술이라면, 독고준의 소설은 통 움직이지를 않는 영사 기계같이, 한 가지 화면만 편히 박아놓고는 그만이곤 하는 것이었다. 물론 움직이게 할 수는 있었다. 그러나 춘향전을 읽는 사람들이 번연히 다음에 나오는 장면을 외고 있는 것처럼 환한 정석定石에 따를 염치가 없었다. 염치가 없거나, 천재가 있거나, 어느 쪽이어야 했으나 그는 그 어느 편도 못 되었다. 그것이 그를 초조하게 했다. 그의 의식의 밑바닥에서 늘 그를 노리고 있는 생각. 그는 비열한 인간이며, 남의 빵을 훔치고 있다는 도덕의 비난에 맞서기 위해서는, 그는 천재일 필요가 있었다. 어디까지가 순수한 창조의 욕망이고 어디까지가 그런 실용을 위한 초조감인지는 물론 확실하지 않았다. 그 두 가지가 모두 진실이라고 하는 편이 무난한 설명은 된다.

며칠 전 김학을 만났을 때 『갇힌 세대』의 봄호가 나온다는 이야기와, 이번 여름에 고향에 내려가서 사회 조사를 하기로 했다는 이야기를 들었을 때도 준은 그저 덤덤히 들었다. 그는 학을 만나면 오히려 마음이 외곬으로 가다듬어지는 것을 느낀다. 이것이냐 저것이냐 혼자서는 망설이다가도, 정작 김학과 마주치면 그의 마음은 딱 작정이 된다. 즉 김학과 정반대의 입장에 서는 자기를 발견했다.

학은 김순임의 이야기도 했다. 듣기도 싫은 얘기였다. 그날, 그 겨울밤에 그녀를 보고 느낀 충격은 그러면 무엇이었을까. 음악을 듣던 밤의 욕망은, 그리고 마지막 만난 밤의 일은. 아마 성욕이었을 거다. 아니, 아마가 아니다. 성욕이었다. 그것도 촉박하고 갈팡질팡하던 그때, 내 환경에서 불쑥 치민 무책임한 성욕이었다. 지금 그녀를 생각할 때, 그의 가슴속에는 이름 모를 혐오만이 남아 있었다. 그 감정은 이야기를 전하는 김학에게도 옮아가리만큼 심했다. 김학은 말하기를, 이번 조사는 내년의 대통령 선거와 관련시켜서 향토의 정치의식을 파악하는 것이 목적이라고도 했다. 그 말을 들으면서 준은 순하디순해 보이는 학의 입언저리를 쳐다보면서 생각했었다. 이 자식은 틀림없이 어디 한 귀퉁이가 막혔어. 바보도 아니고, 그렇다고 흔히 있는 쫄렁대는 축도 아니면서, 한국의 운명이 자기 어깨에 맡겨진 것처럼 그것도 진짜로 생각하다니. 그는 김학이 말하던 '황 선생'이란 사람을 퍼뜩 생각해냈다. 김학은 침이 마르게 칭찬했던 것이다. 김학도 늙으면 그렇게 될 테지.

부드러운 손이 뒤에서 눈을 가린다.

"보나 마나 아닙니까?"

준은 움직이지 않은 채 말했다.

그래도 그의 눈을 가리고 있는 손은 비켜나지 않았다. 준은 그 순간 욕망을 느꼈다. 뒤에 선 사람의 몸 어떤 부분을 무릎 위에서 불쑥 만져보고 싶은 충동이었다. 그는 손을 옴지락거렸다. 수상스러웠던 모양인지 이유정은 물러서면서 앞으로 돌아왔다.

그녀는 그림 그릴 때 걸치는 윗옷을 벗고 있었다. 엷은 물빛 블라우스가 밝은 햇빛 속에서 몹시 깨끗해 보였다. 그녀는 조금 떨어져서 잔디 위에 앉았다.

"신이 나시는 모양입니다."

그녀의 지난달 개인 전람회는 좋은 평을 받았었다. 그것을 말한 것이다.

"까불지 말아요."

"축하하는데도 그러시긴가요?"

"독고준 씨께서는 누굴 칭찬할 수 있는 사람이 아니니까."

"그건 또 무슨 소립니까?"

"나쁜 사람이니까."

준은 손바닥으로 자기 이마를 치면서 잠깐 고개를 숙였다.

"그것은 칭찬이라고 들어두지요."

"그러니까 나쁜 사람이지."

준은 웃으면서 끄덕였다.

"기왕 그렇게 말해주시는 바에 한 걸음 더 나가주셨으면……"
"?"
"나빠지지도 못한다고…… 말예요."
"그쯤 되면 설명이 필요하군, 자."
"핫핫. 하지요. 어떤 개인이 악인이 되기 위해서는 시대가 너무 나빠요. 무서운 시대. 사람이 자기의 선善을 행하기 위해서만이 아니라 악惡을 행하려 해도 불가능한 시대. 어떤 시대건 악을 저지른 사람들은 깊은 밤에 조용히 불러보는 이름이 있었지요. 자기들의 어두운 작업을 도와주는 것으로 되어 있는 그 데몬들의 이름들. 우리들이 살아야 하는 이 나쁜 시대에는 계약해야 할 악마조차도 없습니다. 민족 반역자. 공산당. 그런 것들이 과연 데몬일까? 아닙니다. 그들은 데몬이 아닙니다. 그들이 비록 우리를 죽일 수 있다 합시다. 그래도 그들은 데몬이 아닙니다. 우리는 그들에게 죽음을 당하면서도 말할 수 있지요. '나는 너에게 살해당한다, 그러나 네가 무섭지는 않아' 하고 말입니다. 우리를 떨게 하는 것은 더 깊은 데서 울려오는 으스스한 목소리여야 해요. '정통의 악마'도 없어진 시대. 이런 시대에서 우리는 악惡조차도 해볼 수 없어요. 설명입니다."

"설명이 더 어렵군요."

준은 끄덕였다.

"사실입니다. 그러지 않아도 요샌 가끔 뉘우칩니다."

"왜?"

"나도 화가가 됐더면 하고."

"어머, 아까운 천재 화가가 그만……"
"누가 아니랍니까."
"배워봐요."
"설마."
"미국에는 쉰 살이 넘어 그림을 시작해서 유명해진 할머니가 있어요."
"그럼 난 아직도 멀었군요."
"청개구리야."

준은 깔깔 웃었다. 그러고 속으로 생각했다. 손아래 다루듯 하는 저 버릇을 어떻게 고쳐놓는다? 그러나 입으로는 딴소리를 했다.

"난 유정 씨를 늘 고맙게 생각하고 있어요."

이유정은, 이번에는 또 무슨 재롱인고 하는 얼굴로 상글거리며 준을 쳐다보기만 한다.

"유정 씨를 상대로 지껄일 수 있다는 게 제 생활의 보람 중의 하나라는 사실 말입니다. 우리들의 살롱."
"두 사람만의?"
"두 사람의, 라고 하니 기분이 좀 이상해."
"못써요, 누님한테 그러면."
"누님이라……"
"나이만 생각해요."
"안 되겠는걸."
"왜?"

"미국에서는 그렇지 않았을 텐데……"
"뭐가 안 그래요?"
이유정의 표정이 조금 굳어졌다.
"나이가 문제가 아니란 걸……"
"그만."
이유정은 자연스럽게 일어서면서 다른 말을 꺼냈다.
"이번 여름에는 바다로 갈까 하는데, 다른 계획 없으면 가요."
"바다로?"
"여름 한철은 어디든 가야 하잖겠어요?"
준은 김학이 자기 고향으로 같이 가자던 말을 생각했다.
"글쎄, 그때 가서 정하지요. 가서도 그리는 겁니까?"
"준비는 해가지고 가겠지만, 왜, 그리면 안 돼요?"
"그런 게 아니라 이유정 씨 그림은 스케치하면서 할 필요 없잖아요?"
"그건 좀 모르는 말이에요. 완성된 것만 보니까 그런 말이 나오는군요. 필요해요. 가령 내가 바다를 푸른 삼각형으로 나타낸다면 그렇게 되기까지는 눈에 보이는 대로의 바다를 지우고 다시 만들고 하는 과정이 앞서 있는 거니까."
"그럴듯하군."
"건방져."
그녀는 준의 머리를 때리는 시늉을 하고서 안채 쪽으로 걸어갔다. 그는 혼자 남자 크게 기지개를 켰다. 그러고는 다시 생각에 잠겼다. 이유정에게 말한 것처럼 그는 화가의 행복을 부러워한다.

만일 재능이 허락하고 다시 한 번 선택할 수 있다면 그는 화가를 택하리라고 생각한다. 현상의 다양성을 색채와 형태라는 요소에 환원해서 존재의 도식을 만드는 것. 그것은 역시 체계體系에의 욕망이었다. 그는 이것저것을 읽고는 버리고 했다. 완전한 무엇을 쥐었다고 생각하고 한밤을 들뜨면서 새운 지 얼마 못 가서, 그는 다시금 제자리걸음을 하고 있는 자기를 보게 된다. 그는 언젠가 역易 입문서를 사다가 읽은 적이 있다. 그것을 만든 사람의 집념執念도 아마 같은 것이었으리라. 현상의 다양을 정리하는 최저한의 공식을 만들고 싶다는 것. 그것이었으리라. 그러나 한 번 도식圖式을 만들어놓으면 사람은 그 값으로 에고를 잃는다. 에고는 보편의 바다에 빠져서 없어진다. 그것은 해결이 아니다. 그것은 퇴화다. 보편과 에고의 황홀한 일치. 그것만이 구원이다. 어떠한 이름 아래서도 에고의 포기를 거부하는 것. 현대 사회에서 해체되어가는 에고를 구하는 것, 그것이 오늘을 사는 작가의 임무일 것이다. 이광수처럼 '살여울'에 가야만 하는가. 허숭은 물론 가도 좋을 것이다. 그러나 예술가는 아니다. 그들은 흙 대신에 종이를 선택한 사람이기 때문에, 그들은 노동하지 않는 대신에 에고의 난파를 막을 책임이 있다. 그리고 그 책임을 다하는 방법이 한 가지일 필요는 없다. 아니, 그렇게 속여서는 안 된다. 나는 과연 누구를 무엇에서 구원한다는 사랑을 가지고 있는 것일까. 그런 것이 없다. 내가 소설을 쓴다는 일은 그저, 쓰는 것이다. 예술을 위해서, 아니 사람을 사랑할 수 없는데 예술 같은 건 아무래도 좋다. 사랑하는 길을 열기 위해서?

그는 첫여름 햇빛이 한참 성해지는 오후의 뜰에 혼자서 오래 앉아서 골똘히 생각에 잠겼다. 그는 여자의 얼굴을 바라보았다. 그녀는 수줍은 듯이 웃었다. 그는 아름다운 웃음이라고 생각했다. 그는 자연스럽게 그녀 쪽으로 다가섰다. 그녀는 손에 든 성경을 만지작거리면서 그의 눈길을 피했다. 그는 여자의 어깨를 붙들었다. 그녀는 소스라치면서 물러섰다. 여자의 얼굴은 겁에 질려 있었다. 그러나 그는 개의치 않고 다가서면서 다시 그녀를 만지려 했다. 그는 여자를 끌어안았다. 그녀는 남자의 팔 안에서 몸을 비틀었다. 그 바람에 여자의 팔굽이 그의 입술을 쳤다. 아뜩하도록 아팠다. 그는 두 손으로 입술을 덮었다. 그 일격은 부풀었던 욕망을 뚝 꺾어놓았다. 그는 입술에 손을 댄 채 고개를 들지 않았다. 아파서가 아니었다. 그의 목에 천 근이나 무거운 돌멩이를 달아놓은 것처럼 고개가 들어지지 않았던 것이다. 그는 여전히 여자를 보지 않은 채 말했다.

"미안합니다. 가보세요."

그동안 여자의 낯빛이 어떠했는지는 알 수 없다. 이윽고 김순임은 조용히 문을 열고 방을 나갔다. 그녀가 나간 후 그는 방바닥에 쭈그리고 앉아서 울었다. 입술이 아파서일 수는 없었다. 그저 자꾸 울어졌다. 그런 지 며칠 만에 현호성이 자기 집에 와 있으라는 제의를 했다. 그날 밤, 하숙에 돌아와서 밤새도록 생각한 끝에 그는 그 제의를 받아들이기로 했다. 그리고 그 밤 내 웬일인지 그는 전날 밤 입술의 아픔을 자꾸 의식하고 있었다. 김학이 그녀의 소식을 전했을 때 준은 혐오만을 느꼈다. 그녀를 탓하는 것은 물론 아니었고 그렇다고 자신에 대한 혐오라는 감정도 아니었다. 누구를 대상으로 한 것도 아닌 그날 밤, 그 방에서의 승강이가 생각하기조차 싫었던 것이다. 그 일을 생각할 때마다 그는 입술 위에 생생한 아픔을 느꼈다. 그녀의 하자고 한 것도 아닐 그 동작. 버스나 전차 속에서 발등을 밟은 것이나 다름없을 그 행동은, 그녀의 거부를 나타낸 것도 물론 아니리라. 그 팔굽이 입술에 닿지만 않았던들 그는 그녀의 저항쯤 고깝게 여기지는 않았으리라. 그럴 때 그런 것이니까. 그것을 준은 안다. 그런데도 그 사건으로 입은 상처는 가시지 않았다. 그리고 그녀에게 투영되었던 그 많은 이미지들이 소리 없이 사그라져내렸다. 그녀의 얼굴에 겹쳤던 방공호 속의 여자의 얼굴. 폭음. 살냄새. 여름날의 햇빛. 밤나무숲에서 멀리 도시를 바라보던 소년의 설렘. 그 이후 그 여름날을 핵核으로 싸이고 덮였던 찬란한 조개껍질들이 사그라져내렸다. 그녀를 다시 만나기가 싫어서 현호성의 제의를 받아들였는지도 몰라. 한때 그는 당치 않은 그런 혼잣소리를 뇌까린 기억이 있다. 시일이 지나면서 그 일을 생각할 때마다 되살아나는 아픔 속에는 웃음이 섞였다. 지금도 그의 기억은 그녀가 미인이라는 점에 대해서는 인색하지 않았다. 좋은 애인이 되었을는지 몰라. 게다가 나를 구원했을지도. 그녀는 하나님을 가지고 있었으니까. 그녀는 나에게 보내진 천사였는지도 몰라. 천사가 실수해서 팔굽으로 쳤기로서니 화를 내서 거부한대서야. 그런 생각이 우스웠던 것이다. 초조하던 시절에 무책임하게 치민 성욕이 부끄러웠을 거야. 겸연쩍고 아프고 저려서 화가 나고, 핫핫. 그러면서 입술은 아직도 아픈 것이다. 그리고 그 감정을 더 따라가면 거기는 바람이 있었다. 더 이상 캐어볼 수 없는 바람이. 그는 어둠 속을 더듬어 머리맡의 스탠드를 켰다. 그리고 한참 침대 위에 앉아 있었다. 갓을 씌운 스탠드의 불빛은 그것을 올려놓은 탁자를 중심으로 연푸른빛의 공간을 만들고 있었다.

한참 만에 그는 일어나서 테이블로 걸어갔다. 책상에 마주앉아 느린 손짓으로 이것저것 뒤적거린다. 서랍을 연다. 그 속에 든 종이뭉치며 노트를 끄집어내서 읽어본다. 이렇게 씌어져 있다. 상해의 뒷골목. 하얼빈의 겨울. 창. 러시아 발레 연구소(굴뚝 및 X). 겨울과 스토브. 산맥에서. 수인. 탈주. 베이징의 겨울. 대학 기숙사. (몇 드럼의 스펠마) 해바라기. 중국의 인텔리. 고문拷問. 꽃. 아편. 앵속. 국경. 도시의 사람들. 세월은 흘러가는 흰 구름 속에. 피. 휘어하우스. 살. 동경의 지붕 밑. 식민지의 백성. 두 개의 길. 좌와 우. 다락방의 욕망. 식민지의 백성. 두 개의 길. 좌와 우. 다락방의 욕망. 식민지하 조선 인텔리겐차의 절망. 땅의 온기. Sex. 행동과 운동. 기계의 피부. 정치의 얼굴. 새로운 인간. 새로운 종교. U.S.A. 점묘법. 추상. 카프카의 불알. 최소한의 인간. 영화의 괴기성. 식과 Sex. 춘추. 왈츠. 대하. 바닷새들의 고향. 종족의 의미. 우민의 Glory. 천재의 밀실. 결핵 병원. 돈판. 동경. 하얼빈. A시. 겨울. 교외. 서양으로부터의 출애굽. 스파이. 한국. 구락부. 죄. 누구에 대한? 편력이라는 패턴. 서자와 적자. 싸움의 삶과 체념의 삶. 살았다는 행위에서 본전 뽑기. 샤일록. 혁명. 거짓말쟁이들의 순정. 불타는 격정. 영웅의 상. 믿음. 강간. 악과

선. 철학의 성기. 쇼펜하우어와 니체. 모나드. 모나드. 모나드. monadology. 모나드. 폭파. 꽃. 세계인의 비열에서의 탈출. 살고 싶어 하는 자는 산다. (거짓말. 가장 선량한 사람 죽고 악인 생) 세 개의 타입. 신과 인간과 자연. 전쟁과 평화. 로맨스의 핵. 한 사람의 우를 둘러 ◈군을 묘사할 것. 서양의 악덕. 눈보라. 꿈. 성급한 유토피아에의 욕망. 에고의 문제와 집단의 문제. 목마름. 겨울의 분위기. 인물 소개편. 청년 A. 갈보 D. 스칼렛 오하라. 무로 들어가는 등신대의 문으로서의 에고. 들어간 후의 무장 해제 불가. 우리의 손이 이름 없는 방문자를 위하여 문고리를 벗기지 않게 하시고 우리의 입술이 이름 없는 자를 부르지 말게 하소서.

그는 분명히 자기 손으로 적었을 그 비망록을 읽어가면서 가벼운 흥분을 느낀다. 쓴 지가 오래 된 탓이기도 하지만, 그 생각의 토막들은 이제 보면 본인인 그로서도 풀어보아야 할 암호에 지나지 않았다. 어떤 것은 전혀 종잡을 수 없었다. 그의 사고思考의 페니스가 쏟아낸 무수한 스펠마들. 가난하고 비참한 마음이 많은 밤에 치렀던 마스터베이션의 찌꺼기들. 그는 방 안을 둘러보았다. 영숙이네 2층과 비하지 않더라도 좋은 방이었다. 스탠드의 엷은 불빛에 이불깃은 더 깨끗해 보였다. 발밑에 깔린 질이 좋은 융단. 제대로 돈을 먹은 가구들. 그러나 이렇게 바뀐 환경 속에서 그는 조금도 덜 비참하지는 않았다. 그의 속에서 자라는 부스럼은 쉬지 않고 자라고 있었다. 남의 빵을 훔쳤다는 사실을 마음의 밑바닥으로 가라앉히기 위하여 독고준의 마음은 평화를 꾸민 것일까? 아니

유리의 바늘이 찔러도 아프지 않게 그의 신경을 썩히고 있다는 것이 그 부스럼의 뜻이었다. 그는 이제 현호성을 미워하지도 않았다. 처음 생각에 그런 이상한 관계로 한집에서 살게 되면 그가 겪어야 할 긴장을 생각하고, 그는 어떤 기쁨까지 느꼈다. 일은 그렇게 되어가지 않았다. 고향에서 신세 진 선배의 아들이라는 소개로 준을 집에 데려온 이후, 현호성은 정말 그렇게 행동했던 것이다. 마치 자기 거짓말에 정말 속은 사람처럼. 적어도 준에게는 그렇게 보였다. 그는 자기의 긴장이 뜻 없음을 느꼈다. 현호성은 늘 바빴다. 차갑게 빈틈없이 사업에 몰두하고, 집에서 준을 대할 때는 대범스럽고 추근추근하지 않은 짤막한 관심을 나타내 보이기를 잊지 않았다. 이것이 처음에 준의 눈앞에서 그토록 당황하던 그 사람인가 싶게 훌륭한 연기였다. 그렇게 해서 독고준이 구상한 각본은 무너졌다. 평화. 썩은 평화. 그러면서도 아무 부끄러움도 없는 마음. 설사 김순임과의 사이에 그런 사건이 없었더라도 아마 그녀를 더 만나지는 않았을 것이다. 그녀가 어느쯤 되는 신자인가를 준은 알지 못한다. 그러나 그녀의 믿음—그녀의 가장 큰 재산일 그 믿음이 두 사람 사이에 막아설 것이다. 그는 그녀에게 자기 같은 사람이 되라고 권할 생각은 조금도 없었다. 게다가 그녀 자신이 그를 구원해주겠다고 나선다면? 그것은 있을 법한 일이었다. '진리를 깨쳐'주기를 원한다면? 그 진리를 원하지 않는다는 사정을 무슨 재주로 알려줄 것인가? 김순임 같은 여자는 김학과 같은 종류다. 어느 한 군데가 막힌 사람을 타이르느니 그대로 두는 편이 낫다. 그들은 특별한 은혜를 받은 사람들이다. 이 세상에 아름다움과 착함을 남겨놓기 위해 생긴 그런 사람들이다. 만일 김순임에게 믿음이 없다면? 그것이야말로 바람직한 일이다. 그러나 어린애 손에서 사과를 뺏을 수는 없다. 그는 김학과 그녀가 맺어지는 경우를 생각했다. 어울릴 것이다. 준은 자기 생각이 신통해서 웃음이 떠올랐다. 그렇게 될지도 몰라. 그는 책상 앞에서 일어나 창가로 갔다. 커튼을 옆으로 젖힌다. 낮의 풍부한 빛의 풍경과 자리를 바꾼, 차고 숨죽인 뜰이 내려다보였다. 아까 준이 그 밑에 앉아 있던 벚나무는 별빛 속에서 그 무성한 잎새가 가끔씩 번쩍거렸다. 그 나무들의 위로 저쪽에 시가市街의 불빛이 듬성하게 보인다. 왜 이런가. 이것은 무엇인가. 이렇게 눈을 뻔히 뜨고 썩어 넘어져야 한다는 것. 이 사치스런 욕망을 버린다면. 아니. 버리지도 못한다. 누구의 이름을 불러본다? 이 포근하고 청신한 5월의 밤. 그는 유리창에 이마를 대보았다. 살의 그 군데에 창문이 열린 것처럼 시원했다. 또 내일. 모레. 또 다음 날이. 많은 나의 시간. 내일이면, 모레면, 먼 후일이면 내 생활에 기쁨이 찾아올 것인가. 그는 머리를 가로 흔들었다. 그는 고향의 어머니, 형님, 누님과 꼬마들을 생각해보았다. 지금도 그들은 그 집에서 살고 있을까? 그는 그들과 다시 만나는 날을 그려볼 수 없었다. 10년 20년 안에 그들을 만나는 일은 일어나지 않을 것이다. 그날 W시에서 배를 탈 때, 우리는 곧 돌아오려니만 생각했다. 전세가 불리해서 물러가는 군대를 따라갔다가, 곧 다시 오는 것으로 어느 사람이나 믿고 있었다. 피난의 초기에도 그는 그렇게 알았었다. 김학은 이번 여름에 자기 고향으로 가자고 했었다. 귀성歸省. 얼마나 고전적이고 향수 짙은 말일까. 빵을 위해서 땀 흘리다가 가장 기쁜 날에는 어딘가로 돌아간다는 것. 그것은 가장 이치에 맞는 삶이다. 정거장에는 시골 소학교에 다니는 동생 녀석이 아마 마중 나올 것이다. 기차에서 한 발 내려서자 그는 대번에 고향의 사람이 된다. 아무렴 그 많은 눈과 바람과 비와 그리고 천둥소리를 들으면서 지낸 곳이다. 어디 다녀왔다고 까맣게 잊어버릴 수가 있겠는가 말이다. 지나는 사람 중에 인사가 오가는 사람이 푸슬하다. 언제 왔는가. 지금 막 내리는 길입니다. 아, 그래, 그는 평화를 느낀다. 그는 고향에 온 것이다…… 이런 일들. 김학은 그것을 가지고 있다. 귀성. 고향으로 돌아간다. 삶의 기본적 게슈탈트. 이향離鄕. 나그네살이. 그리고 오랜 풍상 끝에 귀향歸鄕. 객지에서 나그네 죽음을 하는 사람도 마지막 깜박거리는 임종의 순간에 그의 눈알에는 어머니가 비칠 것이다. 그리고 그 어머니는 고향집 감나무 밑이 아니고 어디에 서 있겠는가. 그러한 고향을 김학은 가지고 있다. 그러나 나는 없다. 아마 오랜 세월을 그곳에 못 갈 것이다. 그러나 과연 나는 고향에만 가면 행복할 것인가. 그 과목밭에서 나의 꿈과 평화를 (오, 그 5월의 사과꽃 같은 다디단 꿈) 찾을 수 있을까. 나를 그토록 즐겁게 해주던 공장의 흰 굴뚝에서, 나는 장승을 불러낼 수 있을까. 땅에 떨어진 사과 열매는 그 옛날처럼 달까. 천주교당의 그 높은 탑은 그때 가서도 나에게 놀라움일까. 그렇지 않을 것이다. 그 과목밭이 친일파와 소부르주아에 어떤 경제적 기초를 주었는가를 끊임없이 역설하던 공산당의 기억이 거기 묻혀 있다. 5월의 사과꽃 아래서 얼굴이 까맣게 탄 채 말없이 일에 묻히던 한 젊은 여자의 슬픔을 나는 알아버렸다. 공장의 굴뚝은 그때 벌써 꺾였고, 그 후 나는 그 굴뚝이 결코 장승 같은 것이 아닐뿐더러 얼마나 더럽고 무서운 일들과 연결되어 있는가를 알지 않았는가. 천주교당의 뾰족탑 끝에 붙은 그 十자는 그 옛날 먼 나라의 한 어여쁜 마음 가진 사람이 스스로 택한 형틀이라는 것과, 이후로 그 사람은 그 위에서 2,000여 년을 울어왔다는 것을 알아버린 다음에 그것들이 옛날의 그것일 수가 있을 것인가. 그의 영혼 속에서 이미 고향은 죽어 있었다. 그는 이 도시의 변두리에 묻힌 한 사람을 생각한다. 아버지. 배가 고프면 추위에 더 못 견딘다는 어린 아들의 발견을 묵묵히 들어야 했던 아버지. 그분과 같이 고향은 땅에 묻혔다. 그는 혼자였다. 고향도 없고 믿지도 못하게 어긋나버린 한낱의 짐승일 뿐이었다. 나의 고향은 나의 속에 있다고 믿게 된 인간. 그리고 그 '속'에서 소리도 없는 바람만을 느끼는 인간. 이것은 고향을 잃은 자의 대상代償 본능이 시킨 속임수일까. 아니. 그렇지 않다. 그것은 현호성에게서 빵을 뺏기 위해서 내가 발명한 거짓말이었다. 나는 누이의 복수를 대신한 것도 아니며 그의 악을 미워한 것도 아니다. 나의 지친 몸을, 썩은 영혼을, 기왕이면 위생적인 공간에 놓고 보자는? 간계였을 뿐이다. 그래서는 그래서는 어쩌자는? 그 부스럼이 피어난 토양, 그 허허한 바람의 토양을 들여다보는 일은 아직도 내게는 버릴 수 없는 보람이었으므로. 조국도 이웃도 다 멸망하는 날까지도. 꼼짝없이 나의 에고를 속속들이 해부해보는 것에 걸었기[賭] 때문에. 아니. 걸렸기[緣] 때문에. 아무렴 조국과 이웃은 내가 만든 것이 아니다. 그들의 문제는 김학이 같은 사람들이 잘해가지 않겠는가. 김학이네가 정권을 잡았을 때 나를 붙들어다 재판하지는 않을 것이다. 그는 내 친구니까. 나는 적어도 가난한 과부의 돈을 빼앗지는 않았다. 그것이 나의 최소한의 변명이다. 그는 창가에서 조금 비켜섰다. 유리에 얼굴이 비쳐 있었다. 그는 찬찬히 들여다보았다. 유리 속의 남자의 눈도 그를 지켜보고 있었다. 그 남자는 그에게 묻고 있었다. 나는 누구냐 너는 그것을 나에게 말해주어야 한다. 나는 모른다 그런 말은 통하지 않는다 나는 너에게서 대답을 들을 때까지 너의 곁에서 떠나지 않는다 무엇 때문에 너를 사랑하기 때문에 사랑하면 이러긴가 나는 그런 사랑을 원치 않는다 네가 원하지 않아도 할 수 없다 네가 가는 곳이 어디든지 그곳에 나는 있다 나를 잊어버리면 안 된다 네가 가장 열중한 순간에도 너의 등 뒤에는 내가 있다 너는 없다 너는 나의 그림자다 그렇지 않은 줄 번연히 알면서 앙탈하지 말라 모든 것이 사랑 때문이다 그것만이 사실이다 당장 대답하라는 것도 아니지 시간은 있다 다만 그 시간들을 허비하면 안 돼 우리는 타협할 수도 있지 않은가 우리만 입을 다물면 아무도 모른다 그렇지 않은가 나도 그 말은 이해할 수 있다 그러나 전례가 있지 않은가 그건 번번이 실패하지 않았는가.

　독고준은 돌아섰다. 유리 속의 남자도 돌아섰다. 이런 대화에 준은 익숙해 있었다. 그러나 그는 언젠가 자기가 미쳐버리리라고 생각해본 적은 없었다. 어떤 다른 힘이 끼어들지 않는 한 그는 이 승부에서 거꾸러지리라고는 믿지 않았다. 고통스럽고 두려울망정 미치지는 않을 것이다. 나의 감시자가 지켜보는 가운데 나는 나의 일을 한다. 이 대결을 풀어버린다는 것이 불가능하다면 이 길을 끝까지 가는 길뿐이다.
  그가 다시 돌아섰을 때 유리 속의 남자는 웃고 있었다. 그것은 남자끼리의 우정이 스민 웃음이었다.

11

정신사를 앓지 말게 해골이 못 당하느니

어느 날 저녁녘에 독고준은 자기 방에서 달이 지난 미국 잡지 『애틀랜틱』을 읽고 있었다. 아프리카 특집인 그 호를 읽으면서 준은 여러 가지 생각을 했다. 거기에는 아프리카 사회의 여러 문제를 다루면서 아프리카의 조각도 소개하고 있었다. 그리고 그곳 작가의 단편도 실려 있었다. 그중에서도 아프리카 명물인 정글의 짐승들이 점점 수가 줄어간다는 기사는 아주 착잡한 감정을 자아냈다. 다른 글과 모두어서 읽어볼 때, 거기에는 '새 아프리카'가 있었다. 준의 머릿속에 있는 아프리카에서는 대체로 사자와 코끼리가 걸어다니고 흰 수렵 모자를 쓴 백인 탐험가가 총을 들고 걸어가는 앞뒤로 활과 창을 가진 토인들이 따르고 있었다. 그러나 잡지에 따르면 백인들은 사냥만 한 것도 아니고 토인들도 맨발 벗고 사냥 안내만 하고 있는 것도 아니었다. 그것은 스탠리와 리빙스턴 그리고 슈바이처와 헤밍웨이의 아프리카가 아니고 아프리카인의 아프리카였다. 서구의 문명과 침공을 받고 괴로워하면서, 자기 조종을 하고 있는, 역사 있는 전통 사회의 모습이었다. 낡은 것과 새 것. 애착과 결의. 해체되어가는 가족 제도와 도시인의 고독. 전통 종교와 기독교의 사이에서 방황하는 사람들의 사회가 있었다. 준은 어떤 부끄러움을 느꼈다. 그의 머릿속에 있는 아프리카상은, 서양 사람들의 눈에 비친 것이었다. 영화와 소설과 신문이 제공한 그 이미지들은 그렇게 이해성이 없고 무책임한 것이었다. 그러나 아프리카 작가의 손으로 된 짤막한 단편소설에는 사랑이 있었다. 여행자로서는 결코 지닐 수 없는 그 공간에 발붙인 사랑이 있었다. 그 주인공은 다름 아닌 그, 독고준이었다. 거기에는 대륙과 대륙을 넘어선 공감이 있었다. 아프리카를 다룬 어느 서양 사람의 소설에서도 느끼지 못한 동시대성同時代性을 느끼는 것이었다. 여덟 페이지에 실린 아프리카 조각의 사진 곁에는, 피카소의 '댄서'라는 작품을 실어놓고 놀라운 유사성을 보라고 주註를 달고 있다. 피카소가 이 조각을 보았을까? 혹은 우연의 일치일까. 페이지마다 넘기면서 본 그것은 20세기 서양 미술의 원형原型에 틀림없었다. 그는 요 먼저 미술사를 읽을 때 그런 대목을 읽은 것 같았다. 준의 머리는 헷갈려졌다. 아프리카의 경우 이것은 정통이다. 서양에서는 같은 내용이 전위가 된다. 그는 본문을 읽어보았다. 거기에 필자는 쓰고 있었다. 피카소, 브라크, 블라맹크, 마티스가 니그로 예술에서 색채와 구성과 환상을 얻었다. 그렇다면 아프리카의 현대 화가는 어떤 그림을 그릴까. 반대로 그들은 다 빈치와 루벤스에게서 색채와 원근법과 환상을 받고 있을까. 희극이다. 그러나 약간은 슬픈 희극이다. 그러나 독고준이 더 씁쓸하게 생각한 것은, 한국 사람인 자기가 서양 미술사의 시점에서 이 이방의 미술품에 놀라야 한다는 사실이었다. 마치 서양 사람처럼. 이러한 기묘한 인식의 우회迂廻. 그것은 물론 나의 책임이 아니다. 몇 세기 전에 서양 사람들이 무슨 발광이 나서 아프리카에 갔던 김에 그곳의 미술품을 갖다가 박물관에 벌여놓고 그것을 피카소나 누구가 보았다는 것은 내 죄가 아니기 때문이다. 그리고 필자에 의하면, 이처럼 귀중한 아프리카의 민족 예술이 근래에 와서는 씨가 마르게 되어 있다고 한다. 오늘날 이 예술은 구미 각국에서 오는 관객들을 위해 만들어지는데, 한결같이 거친 솜씨여서, 살아 있는 아름다움을 볼 수가 없다. 이 조각은 무덤에 놓는 것과 종교 의식에 쓰이는 탈 같은 것으로서, 원래 순수한 감상을 위해 제작된 것은 아니라 한다. 유럽의 문명이 들어온 이후로 토착 종교와 옛날 관습이 점점 사라져가는 데 따라서 이들 조각의 원래의 쓸 데는 줄어가기 때문에, 공장工匠들은 스베니르 숍을 위해 제작하지만 그런 작품은 거의 날림이어서 보잘것이 없다. 유럽식인 유화油畵를 하는 아프리카인에게 전통의 계승을 권고하면, 그들은 모욕을 느낀다. 자연히 기왕에 생산된 작품을 보존하는 것이 급한 일인데, 사방에 흩어져 있고 정작 신생 아프리카가 미술관을 차리자면 외국에서 향토의 작품을 사들여야 하는 입장에 놓여 있다. 운운.

 사라져가는 들짐승에 관한 글도 재미있었다.

……유럽 사람들이 오기 전에는 아프리카는 들짐승이 살기에 좋은 곳이었다. 우선 인구가 지금보다 많지 않고, 또 교통이 국소적이어서, 작은 집단으로 몰려서 살았기 때문에 방대한 지역이 짐승들에게 맡겨져 있었으며, 잡는 수도 번식에 지장을 줄 만큼은 아니었다. 유럽 사람들이 온 다음부터는 사정이 달라졌다. 우선 인구가 불어나면서 사람이 차지하는 바닥이 넓어졌다. 고기와 가죽, 상아 같은 것에 대한 유럽에서의 요구가 많아서, 밀렵자들이 닥치는 대로 대량 살육을 했다. 또 병을 옮기는 파리를 없애기 위해서 정글과 동물을 없애버렸다. 이런 짝으로 나간다면 멀지 않아서 인류는 귀중한 역사적 유산을 잃고 말 것이다. 아프리카에 사는 들짐승들은 아프리카의 재산에 그치는 것이 아니고 인류의 재산이다. 이것을 보존하는 것은 모든 사람의 의무이다. 국립공원과 보호구역도 설치돼 있긴 하나, 바로 그곳에도 밀렵자(현지인)들은 사양 없이 침입해서 동물들을 잡고 있다. 딱한 일로는 아프리카 사람들에게 이 자연의 유산을 보호해야 할 필요를 설명하는 것이 어렵다는 일이다. 그들은 들짐승을 서양 수렵가나 관광 손님의 구경거리로밖에는 생각지 않으며, 동물들을 위해서 따로 자리를 내준다는 일(국립공원)을 식민주의자들의 묘한 제도쯤으로 생각하고 있다. 그리고 그들에게서는 국가 자원을 아낀다는 국민적 태도를 바랄 수 없다. 인구의 열의 여덟은 아직 숲 속에서 소박한 전통적 생활을 하고 있다. 결국 정치 지도자들, 추장들 그리고 학생들에게 그 중요성을 인식시키지 못한다면 전망은 자못 우울한 바 있다. 킬리만자로의 산기슭 저 웅장한 아카시아 들판에 뛰노는 기린과

맹수와 얼룩말과 산양 들이 자취를 감추는 날, 옛 아프리카의 매력은 영원히 사라지고 말 것이다……

독고준은 책을 무릎에 얹고 열린 창으로 정원을 내다보았다. 그리고 이 협소한 도시에서는 제법 사치한 '자연'임에 틀림없을 그 식물과 땅덩이를 그의 상상 속에서 강냉이 튀기는 기계에 집어넣어 튀겨내었다. 아프리카에는 아카시아가 많은 모양이구나. 그러면 아카시아다. 키 높은 아카시아가 적도의 태양 밑에서 번들거리는 사이를, 사닥다리 같은 목을 흔들며 뛰어가는 기린의 무리. 위장僞裝의 천재 ― 얼룩말의 질주. 모습은 보이지 않으나 어디선가 들리는 분명 밀림의 왕자의 포효咆哮. 과연 아까운 절경이구나. 필자가 안타까워하는 것도 무리가 아니다. 이 추억의 앨범이 없어진다는 것은. 필자의 뜻하는 바는 짐작이 가고도 남는다. 결국 문제는 각기의 입장에 달렸다. 기린은 분명한 기린이다. 그러나 그 기린을 대하는 사람의 입장은 저마다 다르다. 필자와 아프리카의 정치 지도자에게는 자연의 유산인 기린보다도, 같은 자연의 유산인 동포 아프리카인을 보존하기에 벅찰 것이다. 기린도 식후경일 테니까. 배고픈 아프리카인에게 문화재에 대한 국민의 의무를 뇐들 소용이 없을 것이다. 아니. 서양 사람들은 역시 문화를 사랑하고 자연의 아름다움을 보존할 줄 아는 사람들이다. 그 사람들이 아프리카 노예무역을 그만둔 것도 이런 자연 유산을 애호하는 정신에서 나왔을 것이다. 즉 휴머니즘이다. 그리고 요즘 아프리카를 해방한 것은 광대한 풍치구역風致區域 마련에 맞먹겠구나. 훌륭한 신사들이다. 약 주고 병 주기. 때리고 만지기. 즉 드라마다. 그 모순에는 극적 갈등이 있다. 나쁜 일을 해야만 좋은 일을 할 수 있다는 것을 그들은 알고 있다. 그리고 피카소가 아프리카의 조각을 표절한 것은 얼마나 역설적인가. 피카소는 전통을 부쉈고 그러므로 독창적이니까. 그러니까. 역시 몬드리안이 정직하다. 아프리카인이 기하학을 만들었다는 증거는 없으니까. 아프리카 예술의 멸망을 슬퍼하는 것과 맹수들의 멸망을 슬퍼하는 것. 그것은 같은 가락이다. Old Africa에 대한 향수. 헤밍웨이가 이 사정을 안다면 아마 기부깨나 톡톡히 할 것이다.

그리고 아프리카인이라는 것과 한국인이라는 데는 무슨 차이가 없다. 다를 것 없는 원주민이다. 옐로 니그로. 그것이 우리들의 초상이다. 우리들더러 민속예술이자 인류의 문화유산인 배뱅이굿이나 무당 푸닥거리를, 그리고 역사 철학으로서의 정감록과 개인 철학인 토정비결을 문리과 대학의 정규 과목으로 채택하라고 권하는 서양 사람이 곧 나설 것이다. 옐로 니그로 문화를 계승 발전시키는 것이 우리들이 사실은 해야 할 일이니까. 사실 여호와가 역사의 터줏대감이라는 것과, 정도령이 역사의 터줏대감이라는 데는 별반 차이가 있을 리 없다. 다만 우리 것은 예대로 변증법적이 아니고 잡담 제하고 아닌 밤중에 홍두깨식이다. 즉 '멋'있다. 아니 원래 계시란 아닌 밤중에 홍두깨식이게 마련이 아닌가. 다를 바 없는 것이다.

다만 우리는 희한한 진리를 배에 싣고 다른 나라에 몰려가서 시비를 걸고 약장사 노릇을 안 했다는 것뿐이다. 들켰다는 것. 사냥꾼과 맹수의 차이는 거기 있다. 들킨 사냥꾼은 벌써 사냥꾼이 아닌 것이다. 우리가 서양 사람들에 대한 집단 열등 콤플렉스를 넘어서자면 이번에는 우리가 그들을 발견하는 수밖에 없다. 아마 시간이 걸릴 것이다. 그러니까 이 시대를 사는 세대는 앙앙불락할 수밖에 없다. 그렇지 않은 사람이 있다면 그 사람은 — 좋은 분이다. 그렇다고 자기 생활을 내던진다는 법이 있어요, 라고 유정 씨가 말했것다. 물론. 자살하지 않는다는 일만으로도 인생에 한해서는 훌륭한 생활이니까. 새로운 태양이 뜰 때까지 잠만 자겠다? 아니. 태양은 멋대로 뜨는 것이니까 인간사에 비겨서는 안 되겠군. 그러니까 가만있자. 그렇지. 서기 위해서는 앉아야 할 게 아닌가. 앉기 위해서는 아무렴 누워야 할 게 아닌가. 아무렴. 그는 의자에 책을 내려놓고 침대로 올라가 드러누웠다. 원주민이기를 거부하자면. 기린이 되지 말자면. 보호구역의 주민이 되지 않으려면. 어떻게 하면 좋은가. 『춘향전』이 승리할 가망은 없다. 그렇다고 남의 다리를 긁을 것인가. 아니. 훌륭한 서양 사람은 남의 나라의 자연 자원까지 사랑하고 있지 않은가. 그것이야말로 미래의 인간. 세계 시민의 본보기다. 그러나. 그것은 정복자가 가지는 여유다. 이치는 그러하나 마음이 따르지 못하는 일이다. 그렇다면. 혁명. 상황을 바꾸는 일. 혁명. 혁명을 하면 이 괴로움은 가실까? 혁명한 다음에, 우리나라가 동양의 스위스가 된 다음에, 만일 내가 실연失戀한다면? 동양의 무릉도원이 내게 무슨 소용인가. 그렇다. 내 문제는 그런 것이 아니다. 한국이야 어찌되었든 사실은 내 본심은 아랑곳없는 것이다. 우리가 살고 있는 이 시대. 고전적 생활의 질서가 아직 잡히지 않는 이 시대가 우리에게 착각을 주는 것이다. 그래서 시인을 혁명가로 만드는 것이다. 혁명가가 만일 실연한다면? 그의 정부가 그에게 무슨 소용인가. 영혼을 구하지 못하면 천하를 얻은들 무슨 소용이랴? 이 시대는 천하를 구해야 영혼도 구할 수 있느니라? 이 말 속에는 어딘지 수상한 데가 있다. 천하를 구한다는 건, 우리도 빨리 서양 사람이 되는 게 구원이다? 그리고 우리는 서양 사람도 될 수 없다. 우리가 서양이 됐을 때는 서양은 다른 것이 돼 있으리라. 또 그 꼴이다. 그런 속임수에 자꾸 따라갈 게 아니라 주저앉자. 나만이라도. 그리고 전혀 다른 해결을 생각해보자. 한없이 계속될 이 아킬레스와 거북이의 경주를 단번에 역전시킬 궁리를 하자. 그러니까 거북이는 기를 쓰고 따라갈 것이 아니라 먼저 주저앉아라. 어떤 거북이는 따라가게 버려두자. 김학이네처럼. 어떤 거북이는 주저앉아서 궁리를 하게 하라. 나처럼. 그러니까 시끄럽게 왜 뛰지 않느냐고 흘기지 말라. 장사는 긴 목이다. 누가 앞설지 뉘라서 알리오. 앞서지 않아도 좋다. 내가 안 하면 그만이니까. 그러니까 나는 누워 있다. 나는 뛰지 않는다. 나는 농촌계몽도 안 하고 사회 조사도 안 한다. 살여울이 망하는 것보다 내가 망하는 것이 더 아프니까. 살여울이 망하는 것은 너도 망하는 것이다? 그렇지 않다. 나는 망할망정 살여울의 주민은 망하지 않는다. 적어도 앞으로 올 세계에서는. 그리고 살여울은 망하지도 않을 것이다. 김학이 같은 사람들이 한사코 지킬 테니까. 나의 무대는 그 다음이다. 나는 회피하는 것인가. 그렇다. 회피하는 것이다. 정치의 악을 '에고의 사랑'으로 해결해보겠다는 생각을 나는 거부한다. 그것은 '시간'만이 해결할 수 있다. 시간은 '역사의 사랑'이기 때문에. 에고의 사랑은 다만 에고에게 바쳐라. 자기의 에고이든 남의 에고이든. 국가나 부족이나 정치나 역사에게 에고의 사랑을 바칠 수 있다는 거짓말을 나는 믿지 않는다. 하나의 에고는 다만 하나의 에고만을 사랑할 수 있다. 이탈리아는 나의 애인이라고 말한 변태 성욕자에게 동티 있을진저. 가면을 쓴 일부다처주의자에게 화 있도다. 인간은 한 사람의 인간밖에 사랑할 수 없다. 한 사람 이상의 인간을 사랑할 수 있는 자—그것은 신뿐이다. 그런데 신은 죽었다. 한 사람 이상의 사람을 사랑할 수 있는 상황—그것은 가족뿐이다. 그런데 내게는 가족은 없다. 그러니까 나는 자유다. 제기랄. 결국 제자리로 돌아왔구나. 그는 몸을 뒤채서 배를 깔고 누우며 머리를 움켜잡았다. 어떤 시대의 청년들은 한 사람의 위대한 인간을 위해서 그의 말굽 아래 피를 흘려주는 것으로 넉넉히 행복할 수 있다. 어떤 시대에는 어떤 외국의 뒷골목 어두운 방 안에서 적국의 요인要人을 쏘아 죽이는 계획을 하면서 보람을 느꼈다. 어떤 행복한 사람들은 관광 여행을 겸한 외국의 밀림 속에서, 어떤 표범의 산보를 회의해보면서 거기서 인생의 심벌을 알아내볼 수도 있었다. 그들은 행복했다. 그들에게는 목적이 있었다. 그러나 우리는 도대체 무어란 말인가? 원주민, 들켜버린 허약한 짐승들. 조지와 이반의 편싸움에 징발된 똘마니들. 싸움도 싸움 나름이다. 정말 약이 오르고 울화통이 터져서 나 죽든 너 죽든 않을 수 없는 것이면 몰라도 기껏 주인들의 가랑이 사이에서 정강이 꼬집기나 한대서야 무슨 사람 구실인가. 거짓말. 거짓말. 그리고 또 거짓말의 이 답답한 지층地層. 사회를 개량한다는 일을 기껏 절망할 바에야 위생적인 환경에서 하고 싶다는 뜻으로밖에 받아들이지 못하는 인간. 그리고 서양 사람들은 우리를 누런 니그로쯤으로밖에 여기지 않으리라는 생각. 이 모든 것. 자기와 남의 시선에 얽히고 매인 채 손가락 하나 움직이는 데도 얼굴을 붉혀야 하는 시대. 공맹孔孟의 철학 대신에 민주주의를 간판으로 달고 장사를 하는 불알 깐 돼지들. 그 돼지들에게 투표하는 불쌍한 주권자들. 자기들의 벗을 물리치고 원수를 국회에 보내는 데 늘 정확한 사람들. 막걸리 한 잔과 고무신 한 켤레를 영혼과 바꾸는 사람들. 거기에는 변명이 있을 수 없다. 그런데도 거짓 선지자들은 인민을 추어올린다. 사실 모든 것은 그들의 추악한 영혼에서 나왔는데도. 거짓 선지자들은 그런데도 인민을 추어올린다. 그들의 푼돈을 뺏어내기 위하여. 이스라엘의 선지자들이 민중을 향해 노엽게 소리지를 때 그것은 얼마나 깊은 절망에서 나온 목소리일까. 우리한테도 그런 사람들이 있었는가. 인민을 사랑한다고 눈물을 흘린 사람들이 많았어도 인민을 증오한다고 이를 간 사람은 없었다. 아프고에는 약을 발라주는 대신에, 서로의 상처에 화장품만 발라주면서, 썩은 늪 속에서 허우적거리는 사람들. 그런 속에서 눈을 뜬다는 것은 무슨 불행인가. 나 한 사람, 너 한 사람의 힘으로 어찌할 수 없는 이 진흙탕. 그러니까 아등바등 말고 한 움큼의 진흙을 잡아라. 얼굴에 문질러라. 목에 비벼라. 그리고 뒹굴어라. 그렇게 해서 모두 닮아라. 그것이 사랑이다. 건지지 못할 바엔 같이 망해주는 것이 사랑이 아니겠는가. 깨어나 보니 우리는 원주민이었다. 옛날에 서양 사람들이 아프리카를 발견했을 때 그들은 코끼리를 잡아서 상아를 뽑고 원주민은 고랑을 채워서 아메리카로 데려가서 노예로 썼다. 우리는 지금 현지에서 사냥에 내몰린 니그로들이다. 곰을 잡기 위해서. 내가 북한에서 본 것도 마찬가지였다. 자존심의 한 조각도 없는 사대주의. 사람은 정치 속에서 살고 그 정치가 남북을 통틀어 남의 다리 긁는 희극일진대, 그 속에 사는 개인은 어떻게 손발을 놀려야 하는가. 여기서 국가네 민족이네를 생각한다는 것은 나무 위에 올라가서 고기를 잡자는 것이나 마찬가지라면. 아니. 실수할 뻔했구나. 마치 애국자가 되고 싶은데 시세 탓으로 못 된다는 식으로 변명하는 것처럼. 아니다. 애국자는 싫다. 무슨 수를 쓰든지 애국자가 되는 길만은 피해야 한다. 최소한 애국자는 되지 말아야 한다. 애국자가 된다는 건 사냥의 몰이꾼이 되는 일이니까. 사냥꾼이 못 돼서? 아니. 사냥, 그것을 별로 탐탁해하지 않으니까.

그는 침대에서 일어났다. 마루에 내려섰을 때 약간 비틀거렸다. 모든 인연에서 자유로워지려는 게 내 결심이었다. 내게는 가족이 없으니까 그럴 수 있다고 믿었다. 현호성의 제의를 받아들여서 이 집으로 온 것도 그것을 실험하기 위해서였다. 기대했던 드라마는 일어나지 않았다. 그에게 매수당했다는 결과밖에는 분명한 것이 없다. 싸늘한 심장으로 이 악덕을 참기로 했었다. 물론 뉘우치고 있지는 않다. 그러나 기회 있을 때마다 이 결심을 변명하도록 만드는 내 밖의 세계까지를 지배할 수는 없다. 그런데도 나는 그것들을 완전히 무시하지 못한다. 마치 속세의 미련을 버리지 못하는 수도승처럼. 그리고 거기서 들려오는 소음에 귀를 기울이고, 무슨 소린가를 알아내려 하고 있다. 아프리카가 내게 무슨 상관인가. 나에게 가장 귀중한 사람들조차 사실은 이방의 사람들이라는 것을 나는 안다. 이런 처지에서 아직도 관심을 가져야 할 무엇이 있단 말인가. 아무 책도 읽지 말아볼까. 책을 읽는다는 건 혼란이므로. 예수 그리스도가 책을 읽는 대목이 성경에는 없다. 신은 책을 읽지 않는다. 그리고 성자들도. 그리고 학교에도 나가지 말까 보다. 그렇게 해서 나를 빈틈없이 가둔다. 그렇게 하면 이 방 속에서 나는 자유일 것이다. 자유. 나는 신이 된다. 지금의 내 생활만 해도 충분한 감금이 아닌가. 그런데도 나는 자꾸 바깥을 기웃거린다. 아무것도 없는 것이 분명한 밖을. 생활이라는 이름의 풍문風聞의 장터에서 흘러오는 웅성임에 귀를 기울인다. 창틀에 팔굽을 기대고 정원을 건너 저쪽 안채를 바라보았다. 그 건물에는 생활하는 사람들이 살고 있었다. 생활. 이 낱말이 왜 이토록 생소한가. 어떻게 하면 생활할 수 있는가. 아무튼 학교에 나가고, 하루 세 끼니 밥을 먹고, 그 밥도 좀 어마어마한 연극의 덕택으로 먹고 있다면 이만하면 생활이라 할 수 있지 않을까. 그럴지도 모른다. 아마 너무 욕심을 부리는 것이 잘못일지도 모른다. 이 세계의 문제를 혼자서 짊어지고 있는 듯이 느끼는 데서 오는 것일까. 그렇게 생각은 안 하는데도 왜 이렇게 답답한가. 가끔 현호성이 바쁜 걸음으로 현관으로 나가는 것을 만날 때가 있다. 그럴 때 어떤 존경하는 마음을 느낀다. 저 사람은 지금 생활하고 있는 것이다라고 생각하기 때문이다. 무슨 일이든 열심히 움직이는 사람에게는 위엄이 있어 보인다. '생활'의 겨드랑이 냄새일 것이다. 움직이는 것에 대한 원시적 동경일까. 그 원시의 데생을 가장 완전하게 보존한 행위는 무엇일까. 몬드리안의 그림처럼 완벽한 행동이 아니면 하기 싫다. 속지 않기 위해서.

그러한 순간이 물론 있었다. 하찮은 대상이 문득 새삼스러워지는 순간. 어느 길모퉁이를 돌아가다가 까닭 없는 기쁨이 가슴을 치받칠 때. 어떤 날 저녁 배달부에게서 편지를 받을 때. '콩나물'이라고 써놓은 가게 안에 수염이 하얀 노인이 단정히 앉아 있는 것을 볼 때. 이런 때 기쁨을 느낀다. 그리고 살아 있다는, 금방 은행에서 받은 때 묻지 않은 지폐처럼 풋풋한 믿음을 가진다. 그러나 그것은 순간이다. 그 화폐를 언제까지나 가지고 있을 수는 없다. 그 화폐를 가지고 시간을 사야 한다. 그 순수한 순간을 주고 시간이라는 이름의 거스름 푼돈을 받는다. 금화金貨와 동전銅錢을 바꾸는 것이다. 그것이 생활이다. 이 교환이 아무래도 납득이 가지 않는 나는 그래서 슬프다. 유통 화폐를 거부하는 나는 사전私錢을 만들어야 하는가.

그는 우뚝 멈춰 섰다. 머리를 움켜잡았다. 머릿속에서 스르릉 톱니바퀴 소리가 난다. 옛날옛날 화가들은 특별한 사람과 특별한 경치만 그렸다. 인물화인 경우에는 반드시 신선神仙이요 부처님과 그 제자들이었다. 서양으로 말하면 그리스의 신이 아니면 영웅들 그리고 예수와 그 제자들을 그렸다. 예술가가 그리는 제목은 정해 있었다. 예술이란 말은 정해진 제목을 그린다는 말이었다. 모든 에고 가운데서 유독 뛰어났다고 인정된 에고를 그리는 것이 예술이었다. 풍경화도 마찬가지였다. 아무도 자기 집 뒷동산을 그리지는 않았고, 마늘이나 파, 조기나 갈치를 그리지는 않았다. 특별한 에고를 가진 풍경만이 예술이었던 것이다. 그래서 풍경화는 항상 나쁜 뱀이 기어가는 에덴동산이었으며, 무릉도원이었고, 선경仙境이어야 했으며, 사군자여야만 했다. 어느 날 어떤 화가가 책상에 놓인 한 알의 사과를 그렸을 때 새로운 시대가 시작되었다. 어느 날 어떤 이탈리아 사람이, 여신女神이 아니고 그저 여자들이 모여서 잡담하는 얘기를 시작했을 때 새 시대가 시작되었다. 그 이후로 예술가들은 자유를 얻었다. 그들은 거지를, 옆집 아낙네를, 식모를, 장사꾼을, 병정을(장군이 아니고), 나무꾼을, 어부를, 운전수를, 갈보를(비너스가 아니고), 건달을 그리는 자유를 얻었다. 사과를(에덴의 사과가 아니고 청과점에서 사온), 고래를(욥의 고래가 아니고 포경선이 쫓아가는 그저), 돼지를 그리는 자유를 얻었다. 특별한 에고란 것은 없어져버렸다. 신과 영웅, 여신과 왕녀들의 시대는 갔다. 우리는 지금 저마다 신인 시대에 살고 있다. 나는 신이고 당신은 여신이다. 나는 아폴로이고 당신은 비너스이다. 저 잘난 멋에 사는 시대. 모든 사람이 왕위王位 계승권繼承權을 가지고 있다. 물론 에고들 사이에 차이는 있다. 그러나 그것은 질이 아니라 양의 차이다. 혈통과 신분의 차이가 아니라 주소와 직업의 차이다. 그래서 에고의 평등은 그림의 떡이 되었다. 몸종 없는 공주는 공주가 아니기 때문에. 그래서 현대의 에고는 아메바처럼 자기 분열을 한다. 그래서 하나는 공주가 되고 하나는 몸종이 된다. 우리가 사는 시대는 오나니의 시대. 외롭고 미친 에고가 깊은 밤 은밀한 밀실에서 자기만이 목격하는 자기의 대관식戴冠式을 올리는 시대. 그리고 이튿날 아침에는 가방 속에 점심을 싸들고 회사로 출근하는 환상의 시대지. 그래서 작가들도 족보 없는 왕자를 만들어내는 데 속을 썩인다. 그러나 그것이 어떻게 가능하겠는가. 하찮은 걱정과 쑤시고 부글거리는 성욕으로 어지러운 도시의 시민에게, 율리시즈의 환상을 도금鍍金하는 일이 가능하겠는가. 그러나 그러는 수밖에 없다. 성관城館은 무너졌으므로. 신은 죽었으므로 이제는 부를 이름은 없다. 네가 부를 수 있는 이름. 그것은 너의 이름뿐이다. 성호를 그어도 소용없다. 신은 죽었으므로. 두드려라. 열리지 않을 것이다. 신은 그 속에서 이미 운명하였으므로. 그러나 이렇게 조리 있게 설명할 수 있는 것도 서양 사람들의 경우다. 우리들 원주민의 사정인즉 한 번 더 복잡하다. 우리들에게는 에덴의 사과 아닌 그 '그저 사과'가 '신화'다. 신화의 좌표에서 해방시킨 사과를 우리는 신화로 받아들여야 했다. 유행에 떨어진 선교사 부인의 옷을 흉내 낸 토인 추장酋長의 아내처럼. 선교사는 말한다. '예수 그리스도는 서양 사람이 아니라 동양 사람이오.' 아하. 그것이 어쨌단 말인가. 남의 애인을 데리고 가서 아이를 열두 배나 낳게 한 다음에 데리고 와서 '이게 원래는 당신 애인 아니었느냐?'고 하는 잔인한 사람처럼. 유행에 신경을 쓰지 않는 검소한 사람들을 닮지도 못하고, 열두 번 태를 끊은 옛 애인을 정답게 바라볼 너그러운 사랑도 못 가진 자는 아프고 나야 문화사文化史를 앓아야 하는 팔자의 기박함이여.

　문소리가 났다.
　그는 걸어가서 문을 열었다.

이유정이 나들이 채비를 하고 서 있었다. 그제야 그는 생각이 났다.

"아 참……"

"아 참이 뭐예요? 안 가는 겁니까?"

그녀는 방 안을 기웃하고는,

"기다릴 테니까 빨리 내려와요."

"곧 내려갈 테니……"

준은 옷이 걸려 있는 침대 쪽으로 걸어가면서 말했다.

그들이 공연 장소인 그 대학에 닿은 것은 시작 시간이 거의 다 돼서였다. 그들은 교문에서 차를 내려, 어둠 속에서 불 밝힌 창문들이 화려해 보이는 강당을 향해 약간 비탈진 자갈길을 급히 올라갔다.

넓은 강당에는 이미 사람들이 들어차 있었다.

강당 한가운데 1미터쯤 될 높이의 무대가 준비되어 있었다. 무대장치는 실내를 나타낸 것이었으나, 그저 형국만 나타낸 추상적인 것이었다. 그리고 그 무대의 사면으로 계단이 있어서 인물이 그곳으로 오르내리게 되어 있었다. 이 대학의 연극 서클이 제공하는 원형무대圓形舞臺의 공연이었다.

이윽고 극이 시작되었다.

그리스 신화에서 따온 비극인데, 독고준은 연극의 내용보다도 처음 보는 무대 형식에 더 흥미가 당겼다. 원형무대에 대해서는 들은 적이 있었으나, 보는 것은 이번이 처음이었다.

등장인물들은 관중 속에 기다리고 있다가 관중을 헤치고 나와 무대로 올라가고, 역할이 끝나면 내려와서 관중 속으로 퇴장했다. 그럴 때마다 관중들은 술렁대고 극적인 긴장은 분명히 산만해지고 있었다. 어떤 때는 가벼운 웃음소리마저 일어났다.

조명은 일부러 그런 것인지 처음서 끝까지 같은 조명 속에서였다. 캄캄한 객석에 앉아서 한쪽을 뜯어낸 성냥갑 같은 무대에만 익어온 눈에는, 확실히 이 분위기는 서먹한 것이었다.

그것은 독고준만 그런 것이 아니고 관중이 모두 그런 것을 느끼고 있는 것 같았다. 막후幕後라는 것이 없는 연극. 준은 무대 위에서 펼쳐지는 먼 옛날 먼 나라의 슬픈 운명의 이야기를 뒤따라가면서 여러 가지 생각에 잠겼다. 말하자면 연극의 가장 소박한 형식으로 돌아가서 무대와 객석과의 보다 깊은 공감의 마당을 만들어보자는 것인데, 과연 바라는 대로의 성과가 있을지는 의문이었다. 관중들 틈에서 고대의 옷차림을 한 외국인이 불쑥 나타나서 무대에 올라가고 찬란한 공주가 계단을 내려와서는 관중 속으로 들어오고 할 때마다, 무언가 근질근질한 것을 느끼는 것이었다. 이것은 부르주아 취미일까. 고귀한 공주가 비극의 눈물을 흘리고 난 그 순간에 천한 소시민의 곁으로 와 앉는 데 대한 부르주아적 무지에서 오는 것일까. 인간의 슬픔에도 신분에 따라서 차이가 있다고 생각하는 상놈의 열등 콤플렉스일까. 왕녀가 슬퍼할 때는 마땅히 대리석과 다이아몬드 속에서 해야 하며, 그런 다음에 쓰러질 듯 주저앉는 곳은 반드시 황금으로 만든 소파여야 한다는 생각이야말로 비연극적인 태도가 아닌가. 연극이란 왕자의 슬픔을 거지가 울고 거지의 슬픔을 왕자가 동정하는 데 그 값이 있는 게 아닌가. 아니 그렇게만 생각할 수도 없다. 우선 레퍼토리의 선택이 좋지 않다. 이처럼 친근하지 못한 양식을 실험하는 터에 내용까지도 번역물이니까 이렇게 관객과 무대의 장단이 맞지 않는 것이다. 하다못해 국내 작가의 창작을 택했더라도 좀 나았을 텐데. 내용부터 생활과 동떨어졌는데 형식까지 이러니 더욱 장난 같은 기분이 드는 것이다. 예술이 정말은 장난이라 할지라도, 그것을 즐기고 있는 순간만은 깜빡 취하게 만들어주어야지. 그렇지. 전위예술의 핵심은 아마 이 언저리에 있다. 원형무대는 물론 고대 연극 발생시의 형식이라니까 그것은 시간적인 선후 관계에서 말하는 전위는 아니다. 그러나 니그로의 원시예술이 전위가 된 것처럼 원형무대도 전통에로의 복귀라는 관점에서 대할 게 아니라, 오히려 전위적인 자세로 다루어야 할 게다. 흙 속에서 파낸 유물遺物이 우리에게는 어느 것보다 새롭다는 의미를 생각해야지. 그때에라야 우리는 조상을 디디고 넘어설 수 있다. 그러니까 원형무대는 고대 양식의 부활이라고 생각할 게 아니라 새로운 실험이라는 자각 밑에 이루어져야 한다. 모든 배경을 잃은 인간, 퇴장할 화장실을 가지지 못한 인간, 그것이 현대인의 모습이 아닌가. 운명의 신을 부르고 시를 인용해서 슬픔을 나타내는 것이 불가능한 인간이, 현대인이 아닌가. 그런데 저 무대의 인물은 그렇게 하고 있다. 그는 절망하지 않고 있는 것이다. 가슴을 쥐어뜯으면서도 운명의 신을 부르고 대사의 리듬을 주려고 하는 자. 그는 운명의 질서를 믿고, 시詩의 효용을 믿고 있다. 그러므로 그의 말은 가짜인 것이다. 그러니 관중도 웃는 것이다. 사방이 터진 저 무대에 맞는 분위기. 그러면서도 여기 모인 현대의 생활인을 움직일 수 있자면 방향을 바꿔야 할 것이다. 내용부터 영웅과 신들의 세계를 버리고 시민의 세계를 택했어야 옳았다. 깊은 밤중에 왕의 의식儀式을 은밀히 지낸 후, 이튿날 아침에는 토목 회사에 출근해야 하는 이즈음 사람의 비극을 택했어야 옳았을 것이다. 비극의 주인공답지 않은 사람들이 그럼에도 불구하고 그 몫을 맡아야 한다는 비극이 우리들의 비극이니까. 그래야만 주인공이 관중 속으로 걸어들어올 때 따뜻이 맞아줄 수 있다. 높은 양반들의 마음을 우리네가 알 수 있겠습니까 하고 토라지는 틈을 주지 마는 것. 그렇게 하면 이 연극 형식은 살 것이다. 이제는 치레를 하고 가리려야 가릴 것도 없지만, 그래도 연극 같은 인생은 계속해야 할 현대인의 허한 마음의 풍경을 그리는 양식으로 사용할 수 있을 게다.

무대에서 공주는 울고 있었다.

저 울음이 우리 가슴을 메게 하자면 그녀는 우선 신분을 버려야 한다. 그리고 그 가락이 섞인 조리 정연한 대사를 버리고, 앞뒤가 헝클어진 뒤죽박죽의 막다른 대사로 바꾸어야 할 것이다. 우리는 남의 눈물을 무턱대고 믿을 수가 없다. 사실은 노래를 하고 있는지도 모르니까. 연극만 해도 적어도 리얼리티의 환상을 줄 수 있다. 사실은 노래를 하고 있는지도 모르니까. 연극만 해도 최소한 리얼리티의 환상을 줄 수 있다. 실물이 등장하니까. 그런 뜻에서는 연극이란 가장 저능한 예술이다. 한 발 잘못 디디면 그건 예술이 아니라 정말이 되니까. 그러나 소설은 그럴 수 없다. 소설은 실물이 아니라 그림자— 말을 써야 한다. 실물이 분열할 때 언어는 그것을 수습해야 하지만 그것은 어렵고 괴로운 일이다. 정직하려고 할수록 그렇다. 현실 자체가 너무나 소란스럽고 갈피 잡을 수 없이 흔들릴 때 언어는 힘을 못 낸다. 그리고 가락을 없애버린 우리 시대의 말은 거짓말을 할 수도 없다. 온 나라가 번역극을 연출하는 것 같은 인생을 사는 나라. 그러니까 어느 사람도 어울리지 않는다. 왕은 장사꾼 같고 공주는 갈보 같으며 왕자는 똘마니 같고 장사꾼이 시인처럼 말하며 갈보가 고결한 정절을 지키고 똘마니가 철학을 한다. 그러면서 서로 연기가 나쁘다고 흉을 보는 나라. 이런 데서 어떻게 시나리오를 쓸 수 있는가.

공주는 얼굴을 가리며 퇴장하고 있었다.

어디로 가는가. 신념이 그 넓은 어깨처럼 믿음직한 왕자는 이미 없다. 당신은 그 슬픔을 어느 사람의 품 안에서 풀려고 하는가. 조용하고 침착한 얼굴을 지닌 인물을 조심하라. 그는 아마 자살을 생각하고 있을 테니까. 세상에는 저마다 상처를 안은 짐승들이 있을 뿐이다. 그 상처에 바를 약초도 이미 씨가 말랐다. 다만 우리들의 혀만이 남았다. 우리는 저마다 다락방 속에서 피나는 상처를 핥으면서 내일을 위하여 풋잠을 청한다. 예언자들은 목숨을 보존하기 위하여 마지막 말은 늘 보류하고 자기 강연회에 동원된 청중의 숫자에 신경을 쓴다.

어디를 가도 해결은 없다.

왕자가 무대에서 칼을 뽑는다.

쓸데없을 것이다. 당신의 칼은 고양이의 모가지도 찌르지 못할 것이다. 고귀한 그리스의 왕자여. 당신은 한국의 고양이들이 어떻게 우는지나 아시는가. 그 오해의 칼을 거두시기를. 아무도 그런 것을 두려워하는 사람은 없다. 그보다도 한 뭉치의 지폐를 꺼내서 높이 쳐들어보시오. 가물었던 하늘에서 비가 내리고 춘향이가 치마를 벗으리라. 그 칼이 저 하늘에서 발칸의 수제자가 석삼년을 걸려 만든 것인들 소용이 없습니다. 진주댁이 외아들 장가 보낼 때 쓰려고 기른 암퇘지 멱을 따는 데는 그 칼은 너무 예술적이니까. 혹시 당신이 부엌에서 식칼을 차고 나왔다면 좀 감동할 것입니다만. 그리고 더 딱한 사람도 있기는 하다. 식칼을 발칸의 신검神劍인 줄 아는 사람들. 저 완강한 리얼리즘의 수문장守門將들. 서양의 삼지창을 겨드랑이에 끼고 비루먹은 당나귀 잔등에 높이 올라앉아 예술을 호령하는 추장酋長들. 그런 사람보다는 왕자여, 그대는 고귀합니다. 그대의 칼은 틀림없이 족보가 있고, 그대는 저 깊은 궁궐 속 벨벳 침대 위에서 발사된 스펠마의 은하수 속에서 탄생한 족보 확실한 분이니까. 그러나 그대는 어쩌자고 이 대학의 강당에 나타났는가. 그대는 이 대학의 설립자가 누구인지 아는가. 이 대학의 재단 이사들이 지금 얼마나 괴로워하는지를 아는가. 금년도 커트라인이 현저히 올라갔다는 사실을 아는가. 아마 모르실 것입니다. 그런데 어쩌자고 여기에 와서 우리를 슬프게 하는가. 그대가 그리스에서 여기까지 오는 비행기 속에서 단 한 번이라도 코리아의 이름을 외워본 적이 있는가. 아마 그대는 스튜어디스의 엉덩이가 그대의 누이의 그것과 비해서 별 모자람이 없다는 사실에 대해서 줄곧 불쾌히 여겼을 것이다. 아무렴. 그리고 당신은 당신의 땅에서도 놀 수 있는데도 무엇 하러 이곳까지 왔는가. 그것이 딱하다. 부왕父王은 간통한 왕비에게 달려들면서 칼을 잡았다. 왕비의 흰 목덜미. 그러나. 잠깐만. 인간이 단 하나의 에고만 사랑한다는 것은 과연 가능한 일인가. 당신이 후궁들의 방에서도 행복한 에고의 편력을 하고 있을 때 그녀는 어떻게 해야만 했을까를 생각하시기를. 그녀의 부정不貞은 그녀의 사랑이라는 것을, 그녀는 당신을 사랑했기 때문에 천한 노예를 사타구니 사이에 죄었다는 것을. 그러므로 그녀의 부정은 당신의 영광이 아니겠는가. 사랑은 불사조처럼 되풀이된다는 것을. 마을마다 새로운 풍취와 인정에 끌려서 또 한 번 객줏집을 나서는 나그네의 집착執著을 당신은 아실 터인데. 사랑이란 그런 것 아니겠는가. 그러므로 그녀의 정직한 Vagina를 오히려 찬미하라. 그 어두운 동굴의 화려한 생리를 다시 한 번 생각하라. 그대의 모친도 간통했다는 이야기를 부끄럽게 생각 말라. 그대의 어머니야말로 사랑을 알았다. 사랑하라. 후회하라. 그리고 다시 사랑하라.

　연극은 마지막 파국을 향해 산만하게 진행되고 있었다. 간통한 왕비는 아들의 죽음을 슬퍼하고 있었다.

　그 슬픔을 누가 마다겠는가. 그러나 당신의 이야기에서 한 가지만 민망한 대목이 있다. '……천千의 목숨과도 바꾸지 못할……' 당신에게는 그것이 진리다. 그러나 지금 이 시대에는 그렇게 말하면 잡혀간다. 기껏 '내 목숨보다 귀한……' 정도라면 몰라도. 역시 당신은 노예가 있는 왕국의 여인이구료. 그러나 당신은 정말 솔직하다. 그리고 솔직한 것은 벌써 자랑이 아닌데도 당신은 무엇인가를 오해하고 있지는 않은지 당신의 아들이 죽었을 때 입가에 비친 그 은밀한 미소. 그것을 본 사람이 있다면. 역시. 역시 당신은 여자다. 뱀처럼 슬기롭다. 죽음. 당신은 죽음의 세계에서 그대의 아들과 만날 것을 생각하고 있었구나.

무대에서는 왕비가 독을 마시고 있었다. 그녀의 하얀 목줄기. 연극은 끝났다. 그리고 관중들은 저마다 화려한 옷을 입은 이방의 왕족들과 악수를 나누고 있었다.

준과 이유정은 사람들 틈에 섞여서 교문을 빠져나왔다.

"어때요? 열심히 보던데……"

이유정은 준의 팔을 잡으면서 말했다.

"나도 연극하느라구……"

"연극을 해요? 이번엔 극작가로 방향 전환?"

준은 그녀가 잘못 알아들은 것이 우스워서 쿡쿡 웃었다.

"제 생각으론 레퍼토리를 번역물이 아니고 창작으로 했으면 하는 게 우선 첫째 의견입니다."

"학생들이니까 고르기가 힘들었겠죠."

"그런 것도 있을 테죠. 아무튼 재미있었어요. 미국에 저런 무대가 많은가요?"

"네, 가끔 봤어요."

"잘못하면 스트립쇼 무대 같애서. 물론 실험으로 한 것이지만 워낙 연극 관중이 없는 데다 무대까지 생소하니 너무 비약한 거 같잖아요?"

"내가 아는 사람이 미술을 담당해서 표를 보내준 건데요. 무대장치는 어때요? 제법 대담하죠?"

"글쎄요. 대담한 건 좋은데 덮어놓고 찬성할 수도 없어요. 무대를 추상적으로 꾸몄으면 연출도 그런 방향을 따랐어야 — 아니 이야기가 거꾸로 됐습니다만 — 통일이 됐어야 하지 않았을까요. 갓 쓰고 자전거 타는 식이어서는 안 되죠."

"신랄하군요."

"신랄이 아니라 사실이지요. 한국 사람들은 묘해서 서양 것이면 고전이라도 모던하게 느끼고 한국 것이면 현대물이라도 고전 — 아니 구식으로 느끼는 형편이니까, 될수록 국내의 창작을 쓰는 게 좋지요."

"희곡 쓸 생각 없어요?"

"건 또 왜요?"

"적당하면 내가 팔아드리지."

"뭐 남의 장사까지 밀구 들어갈 것 있어요?"

"아주 겸손하신데?"

"핫핫. 그것과는 딴 얘깁니다만, 가끔 신문 같은 데서 연극에 대한 기사 같은 것 날 때 있잖아요. 연극의 날 같은 때 말예요. 한결같이 한국 연극의 부진을 탄식하고, 무슨 조처가 취해져야 한다고 사무치는 호소를 읽을 때마다 좀 이상한 감이 들어요. 그런 문장들이 예외 없이 풍기는 느낌은 전도사들이 도덕 부흥회 같은 데서 세상을 통탄하는 호흡과 같더군요. 연극이 망하면 나라가 망할 것처럼 말예요. 그럴 건 없잖아요. 연극이 시설을 필요로 하는 예술이라서 사회적인 협조나 보호가 요청되는 건 이해할 수 있지만, 그렇다고 무슨 특권이 있는 건 아니잖겠어요. 서양에서도 연극은 시대의 대표 예술의 자리를 물러난 건 옛날인데, 하물며 연극의 전통이 성하지도 못했던 나라에서 국가더러 돈만 내라고 한대서 연극의 황금시대가 올 건 아니잖아요. 문제는 다른 데 있죠. 셰익스피어의 관객이던 사람들이 지금은 영화관에 가 앉아 있는 게 원인인 바에야. 할 수 없죠. 우리는 만사에 지각하니까. 2~3백 년 전에 연극이 국민 예술이라 한 사람이 있으면 지금도 그런 걸로 치고⋯⋯ 이것 그만둡시다. 뭐 연극에 유감이 있는 건 아니니까."

"아무튼 독고준 선생께서는 못마땅하지 않은 게 하나도 없으셔. 혁명가가 안 된 게 다행이야."

"핫 참, 사람 잡을 말씀 마세요. 누굴 귀신도 모르게 없애고 싶어서."

"남자가 비겁하게."

"아니 미국서 사신 분도 그러깁니까? 비겁하면 비겁했지 남자가 비겁한 건 또 뭡니까? 남자는 무슨 바윗덩어리를 쇠심줄로 얽어놓은 건 줄 아세요? 그런 인간상人間像밖엔 그리지 못하니까 연극이 안 되는 거예요."

"어머, 누구한테 화풀이야."

"실례했습니다. 그만 흥분해서. 그 대신 뭐 한턱내세요."

"그 대신은 또 뭐야?"

그러나 그녀는 기분이 좋은 모양이었다. 그들은 마침 길목에 파란 간판을 내건 호텔의 바로 들어가서 양주를 마셨다. 이유정도 준을 따라서 곧잘 잔을 비웠다.

조명이 어두운 실내에는 담배 연기가 자욱하고 카운터에 진열된

살진 술병들이 어지럽게 취해 있었다. 보이의 하얀 칼라. 여급의 짙은 화장. 주장(酒場)의 늦은 밤중의 분위기가 그를 취하게 했다.

"그만할까?"

"돈 없어요?"

"꼭 저래."

그녀는 정말 얄밉다는 듯이 준을 째리면서 카운터에 손짓하여 새 잔을 주문했다.

준은 단숨에 죽 들이켰다.

"어쩔려고?"

이유정은 눈을 휘둥그렇게 떴다.

"조금만 더. 석 잔만 더 마시고 갑시다."

"괜찮겠어요?"

"돈 없어요?"

그녀는 혓바닥을 딸깍 울렸다.

그들이 집에 닿는 것과 거의 동시에 마지막 사이렌이 울렸다. 그들은 차에서 내려 옆문으로 들어섰다.

준과 이유정이 사는 채는 본관에서 떨어진 뒤채다. 그때 어둠 속에서 시커먼 물건이 그들의 발 언저리로 접근해왔다.

"쉿, 베스, 쉿."

이유정은 개를 쫓으면서 준의 팔을 낀 채 뒤뜰로 돌아간다. 준은 비틀거리는 체하면서 여자에게 기대봤다. 그녀는,

"취한 체하지 말아요"

하면서, 준의 팔을 밀어냈다.

그들이 사는 별관에 들어서서 1층 이유정의 방문 앞에 이르렀을 때 준은 팔을 들어 여자를 끌어안았다.

"안 돼요. 쉿."

금방 베스를 쫓던 목소리가 퍼뜩 생각나면서 준은 개가 되었다.

그는 여자의 머리를 두 손으로 감싸안고 이마에 입술을 댔다. 여자의 머리 냄새와 양주의 향기가 그의 코를 찡하게 쏘았다. 여자는 움직이지 않았다. 그는 여자의 턱을 받쳐들고 입술을 빨았다. 그녀는 문에 기대서서 양손을 아래로 드리운 채 남자에게 입술을 맡기고 있었다. 준의 머릿속에서 살진 양주병들이 와르르 쏟아졌다. 그는 여자의 목을 세게 끌어당기면서 여자의 다문 이빨 새로 그의 혀를 밀어넣으려고 했다. 그러나 그 단단한 상아의 빽빽한 벽은 열리지 않았다.

여자는 몸을 바로잡으며 준의 가슴을 부드럽게 밀어냈다.

"자, 가서 자요."

그리고는 이번에는 자기 편에서 남자의 머리를 잡고 준의 코끝에 가볍게 입술을 댔다.

그녀는 돌아서서 재빨리 방문을 열고 들어가버렸다. 찰각 잠기는 소리가 났다.

준은 문 앞에 우두커니 서 있었다. 한참 만에 빙글빙글 돌아가는 머리를 두 손으로 짚으며 그는 2층 계단을 한 발자국 한 발자국 올라갔다. 속으로 중얼거리면서. 나는 개다. 나는 개다……

12

오오 田園이여 戶房이여

시가지를 벗어나면서부터 버스는 속력을 내기 시작했다.

독고준은 열어놓은 창틀에 팔굽을 얹고 밖을 내다보고 있었다. 문득 생각이 나서 떠난 길이었으나 막상 떠나고 보니 그는 이상한 생각에 사로잡히는 것이었다. 오래 벼르던 일을 마침내 치르는 안도감 같은 것이었다. 안양安養에서 조금 더 가면 P면이다. 그 마을에 조부뻘 되는 분이 살고 계시다는 이야기를 생전에 부친에게서 듣고 있었다. 독고준의 할아버지는 한말韓末에 고향을 떠나서 W시로 갔는데 거기서 오래 산 집안이라 했다. 부친은 늘 월남하고서도 그곳에 한 번 다녀오지 못한 일을 안타까워했었다. 형편이 펴이면, 하고 미루어오다가 결국 그는 소원을 이루지 못하고 말았다. P마을에 살고 계시는 분과 독고준의 조부는 둘 다 독자獨子인

사촌 간으로 의가 자별했다고 한다. 그러니까 부친에게는 월남이라는 사실이 타향에 피난 온 것이 아니라 반대로 고향에 돌아왔다는 의미를 지니고 있었다. 그러나 월남 이후 그는 나날이 자기 자신의 무력을 느끼고, 연이은 실패는 고향을 찾는다는 일을 더욱 어렵게 만들었다. 고향에 간다면 으레껏 금의환향錦衣還鄕이다. 낙백하고 초라한 처지는 고향으로 향하는 마음을 더욱 멀리했다. 부친인들 한 번 가본 곳도 아니요 지금도 그분이 생존하고 있는지 여부도 알 리 없었으나 자손이라도 있으려니 하면 마음속에는 늘 치러야 할 의무로 남아 있는 모양이었다. 준은 거의 잊고 있었던 일이 문득 생각나는 순간에 한 번 가보기로 대뜸 작정하고 있었다. 버스를 타고 그곳으로 향하는 지금 그의 마음은 약간 부풀어 있기까지 하다. 그 자신이 오랫동안 별렀던 일을 실천에 옮기고나 있는 것처럼. 그분은 살아 계실까. 만일 작고했더라도 자손들은 있겠지. 아니. 반드시 그렇다고만 할 수도 없다. 솔가를 해서 이사했을 수도 있다. 만일 그 자리에 아직도 살고 있다면 한꺼번에 할아버지에 아저씨에 그리고 숱한 육촌 팔촌을 가지게 되는 것이다. 그 생각은 거짓말처럼 신기했다. 전해 내려오는 해도海圖를 가지고 바다의 도둑들이 보물을 묻어놓은 섬을 찾아나선 모험자 같구나. 그럼 모험이구말구. 그와 핏줄을 같이하는 수많은 사람들을 새로 찾아내는 것이다. 참으로 혈연이라는 것이야말로 신화神話가 아니고 무언가. 수백 년을 두고 내려오는 유전자遺傳子들의 행렬行列. 항렬이란 말은 그럴싸하다. 그것은 돌림자의 모자이크가 아니라 서로 닮은 버릇을 가진 생식 세포들의 꾸준한 항해航海의 선열船列

이다. 그 중에서 내가 차지하는 자리, 그것이 우리들의 값이었다. 항렬 속에 한 자리를 차지하고 있는 한 이 우주에서의 나의 위치는 든든한 것이었다. 한 포기 들꽃을 피우기 위하여 얼마나 많은 이슬과 햇빛이 필요했던가를 생각한다면 필경 한 편의 철학시哲學詩에 이르고야 말 것이다. 하물며 사람이랴. 족보를 떠받든 옛사람들은 틀림없는 시인이었다. 그 수많은 독고獨孤의 연속. ♂♂♂♂♂♂♂♂♂♂…… 그것은 역사요 우주요 신비다. 고이 간직한 족보책을 아주까리 등잔 밑에서 조심스럽게 펼쳐드는 순간, 그들의 눈앞에는 시적詩的 환상의 세계가 열렸을 것이다. 그것은 반드시 밥에 연결된 타산이었다고만 할 수는 없다. 밥까지도 포함한 더 넓은 삶의 신비를 그들은 느꼈을 것이다. 아득한 선조의 업적을 자기의 자랑으로 느낀다는 작업은 가장 보편적인 고전古典 연습演習이며 전통 계승의 방법이었을 것이다. 거기서 그들의 윤리가 나왔고 기쁨과 슬픔이 나왔다. 거기서 그들의 운명이 나왔다. 거기서 그들의 모든 것이 나왔다. 누백천 년을 두고 끊어짐이 없는 삶의 거구巨軀, 그것은 매머드와 같은 생명의 모습이다. 세기와 세기를 넘어서 한없이 뻗친 지체肢體를 가진 공룡恐龍. 그렇지. 족보란, 커다란 커다란 공룡이다. 그의 머리는 저 까무러지도록 아득한 선사시대에 놓여 있고 그의 어깨는 아마 삼국시대쯤에, 그리고 꼬리는 한없이 긴 ∞이다. 족보 속에 있는 개인은 공룡의 몸을 이루고 있는 낱낱의 세포. 그는 우람한 몸속에서 숨 쉬고 먹고 자라고 그리고는 잠든다. 죽는 것이 아니라 잠드는 것이다. 우리 조상들은 결코 죽을 수 없었다. 그들은 조상을 뵙기 위해서 저쪽 세상으로 갔을 뿐이다. 그리고 때때로 자손들 일이 걱정스러울 때는 무시로 찾아왔다. 그런 때 혹시 소갈머리 없는 자손들이 괄시나 할라치면 그는 자손 가운데 누구 만만한 사람에게 들러붙어서 따끔한 맛을 보여준다. 무당이 와서 몇 대 선조께서 노하셨다는 말을 받아 푸짐한 대접을 드린 다음에야 슬며시 물러간다. 참으로 장난기 있는 신화의 주민들. 살아 있는 자와 죽은 자가 거침없이 왕래한 신화시대를 산 것이 우리들의 삶이었다. 올림푸스의 신들의 사랑. 질투. 욕심. 이간. 싸움에 휩쓸려서 산 저 그리스 사람들의 삶을 우리 조상도 살았더니라. 벼슬과 직업, 사랑과 미움도 족보族譜에서 풀었다. 족보와 토정비결의 저 찬란한 황금시대. 아버지만 해도 그 시대를 산 분이었다. 그의 마음속에는 고향이 두껍게 자리 잡고 있었을 것이다. 어버이 살아실 제 못한 효도를 해드리는 것도 된다. 그리고 내게도 이제부터는 귀성歸省이라는 고전古典의 삶이 있게 된다? 참 사람 팔자 시간문제로구나. 내 몸 속을 흐르는 피와 닮은 피를 가진 사람을 발견하는 것. 그들을 사랑할 수 있느냐 여부는 나중 헤아릴 일이다. 나의 생활에 전혀 등장하지 않았던 인물들을 찾아내는 것. 혼자서는 연극을 못 하니까. 흠. 그러니까 나는 상대역 등장인물을 찾아다니는 고독한 주인공이 되는구나. 아하, 등장인물이 등장인물을 찾아내야 하는 연극은 얼마나 슬픈 일인가. 옳지. 이걸 한번 각본으로 써봐야 하겠다. 아니 그만둘까. 각본을 쓰느니 사는 게 빠르지 않은가.

"저 길로 가시면 돼요."

차장은 손을 들어 국도에서 갈라진 신작로를 가리켰다.

준은 버스가 산모퉁이를 돌아갈 때까지 그 자리에 서 있다가 발길을 돌렸다. 정오가 가까운 시각이어서 내리쬐는 볕은 후끈했으나 걷는 일이 고되게 생각되지는 않았다. 목적지에 가까워지면서 그의 마음은 감출 수 없이 설레는 것이었다. 근래에 이런 겪음은 현호성에 대한 음모를 계획했을 때 있고는 없었던 일이었다. 그리고 서울에서 조금만 벗어난 곳에 이런 기적 같은 전원田園이 있었구나 하고 바보같이 감탄하면서 걸음을 옮길 때마다, 노란 먼지가 탈싹거리는 시골 길을 그는 만족한 마음으로 걸어갔다. 먼 데 가까운 데 봉긋봉긋한 산과 언덕이 널려 있고 뒤돌아보니 국도는 이 푸른 공간을 누비며 지나간 한 줄기 아지랑이의 띠였다. 산에는 듬성듬성 나무가 있었으나 거의 모든 면적은 풀이었다. OP 일대보다도 나무는 오히려 적었다. 그런데도 산들은 넉넉히 산山이라는 느낌을 주었다. 부드러운 여름풀로 빈틈없이 덮인 자그마한 산은 얼핏 묘墓를 떠올리는 것이었다. 묘라고 생각해도 조금도 을씨년스런 생각은 들지 않았다. 사실 묘일 수도 있다. 지금은 없어졌지만 이 산과 들은 수없는 묘자리였을 것이다. 공동묘지가 없었던 옛날에는 생각 내키는 대로 사람을 묻었을 것이다. 살과 뼈가 썩어서 흙이 된다. 빗물에 씻겨서 흙은 밭에도 내려온다. 거기 곡식과 채소를 심어 먹는다. 우물에도 스민다. 산에서도 나무의 거름이 된다. 그 나무를 베어다 집을 짓고 또 불을 땐다. 이렇게 조상을 먹고 마시고 입고 쓰고 불 때면서 살았더니라. 조상들은 죽지 않고 영원히 산다. 아무도 죽을 수 없다. 다만 메타모르포세이스가 자꾸 되풀이된다.

면사무소는 국민학교와 이웃해서 마을 어귀에 있었다.

부연 유리창이 달린 건물은 흔히 보는 우체국 모양으로 건물 한가운데 현관이 불룩 나와 있었다. 문을 밀고 들어서니 예대로 나무 울타리로 칸막이를 한 저편에 일고여덟 개 책상이 놓여 있었으나 자리는 비어들 있고 입구에서 떨어진 안쪽에서 한 사람이 도시락을 먹고 있다. 점심시간이었던 것이다.

사람 기척에 식사를 하던 사람이 고개를 들고 건너다보았다.

"저, 호적 관계로 좀 문의할 일이 있어서 왔는데……"

"호적이오?"

직원은 씹던 밥을 꿀컥 삼키고 컵에 담긴 물을 한 모금 마신 다음 말을 이었다.

"식사하러들 나갔어요. 좀 있으면 올 겁니다."

"고맙습니다."

직원은 대꾸도 없이 다시 도시락 위에 얼굴을 수그렸다.

준은 면사무소를 나와 국민학교 뒷동산에 올라갔다. 그리고 꽤 큰 소나무 밑에 자리를 잡고 앉았다. 세 방향으로 낮은 산이 엇놓여 둘러섰고 국도를 향한 쪽이 툭 트였다. 지금 독고준이 앉은 맞은편 언덕에 양철지붕을 간 교회당이 있다. 마을 한가운데로 내가 흐르고 어울리지 않게 반듯한 시멘트 다리가 걸려 있다. 눈에 보이는 호수戶數는 사오십. 산 너머에 다른 동네가 있을 것이다. 여기서는 보이지 않지만. 넓지도 않은 동네는 한참 바라보니 더 볼 것도 없었다. 그는 아까 면 직원에게 호적 일로 왔다고 한 자기 말을 생각하고 혼자 웃었다. 하긴, 분명한 호적 일이었기 때문이다. 그는 자리에서 일어나 국민학교 옆길을 걸어 내려갔다. 앉아 있기도 심심해서 동네 구경을 하기로 했다. 아까 그 시멘트 다리 쪽으로 자동차 두 대가 간신히 비켜갈 길이 나 있다. 그러니까 이 마을은 시냇물과 도로가 열 十자로 갈라놓고 있다. 조금 가니까 다방이 나선다. 2층집이다. 2층까지 합쳐도 온전한 단층 건물 높이가 될까 말까 한 집인데 '온실'이라고 간판이 붙어 있다. 아래층은 문방구를 팔고 있는데. 한옆에 2층으로 올라가는 계단이 있다. 먼지 낀 계단을 올라가본다. 좁은 방에 탁자가 시루 속처럼 붐비는데 막상 열 개도 안 된다. 자리에 앉는다. 탁자를 세어본다. 아홉. 그중 두 군데, 학교 선생님들 같은 인상의 한 패와 다른 자리 손님은 늙은 농부 한 사람이다. 그 순간에 이 다방의 이름이 '온실'인 까닭을 깨닫는다. 확실히 덥다. 그러니 온실보다는 한증막汗蒸幕이라고 했으면 싶을 정도다. 그냥 나갈 수도 없어서 소다수를 청한다. 후텁지근한 방에 앉아서는 시원한 것 같지도 않다. 열어놓은 창으로 이따금 후줄근한 바람이 기어든다. 이건. 기가 탁 막힌다. 이 마을에 와서 처음 느끼는 기분이다. 언덕에 앉아서 바라볼 때만 해도 이런 기분은 들지 않았는데. 카운터 위에 손으로 돌리는 축음기가 있는데 한창 유행하는 재즈가 허덕허덕 흘러나온다. 손님들도 그저 멍청히 앉아 있다. 학교 선생님들 같은 패가 일어선다. 레지에게 계산을 하면서 농을 주고받는다. 그들은 나간다. 왼쪽 창으로 학교가 보인다. 그렇구나. 지금 그 패들이 교문에서 비스듬히 이리로 뻗힌 길로 들어서는 게 보인다. 방 안은 더 참을 수 없이 후끈거린다. 레지에게 돈을 치른다. 레지는 한쪽 손바닥으로 얼음을 입에 밀어넣으면서 돈을 받는다. 계단을 내려온다. 한길이 훨씬 시원하다. 문방구점에서 밀짚모자를 사서 썼다. 아주 시원한 기분이다. 음식 파는 집이 나선다. 길로 향한 진열창에 삶은 돼지 머리를 올려놓았다. 울컥 메스꺼워진다. 희멀건 콧구멍이 금방 벌름거릴 듯했기 때문이다. 그 앞을 지나면서 보니 술꾼 두엇이 젊은 여자와 수작을 하고 있다. 그 다음은 파출소다. 입초立哨는 없고 열어놓은 현관문으로 속이 환히 보인다. 순경이 한 사람 윗옷을 벗고 세수를 하고 있다. 누런 토종 강아지 한 마리가 그 앞에 쭈그리고 앉아서 세수하는 사람을 보고 있다. '솜틀집'이라 붙여놓은 헛간 같은 집. 기중 활기 있다. 덜커덩덜커덩 소리가 나는 컴컴한 속에서 먼지가 보얗게 흘러나온다. 처마 밑 그늘에서 잠방이 입은 남자가 배꼽을 다 내놓고 낮잠을 자는 옆에서 머리에 수건을 쓴 아낙네가 퍼드러지게 앉아서 무릎 위의 어린아이에게 젖을 물리고 있다. 퍼런 심줄이 유난히 눈에 띄는 커다란 유방이다. 비켜서서 잠시 속을 들여다본다. 나무통을 씌운 기계가 피대를 물고 덜커덩덜커덩거리는 속에 두어 명이 기계 건너편에 서 있는데 그 자세가 꼭 발방아 찧는 형국이다. 얼기설기 널빤지를 댄 벽이 덜커덩거릴 때마다 와들와들 떤다. 단조한 덜커덩 소리. 떨리는 판자벽. 컴컴한 속에서 방아 찧는 그림자. 푸짐히 잠든 장정. 언제까지 그럴 셈인지 아낙네는 아직도 젖꼭지를 물린 채. 오래 서 있으면 자기도 그늘에 드러누워야 할 것 같은 생각이 들면서 발걸음을 옮긴다. 해는 더욱 찐다. 발끝에 풀썩거리는 먼지. 밀짚모자를 썼다고는 하나 그게 큰 구실을 못한다. 그런데도 산보를 그만둘 생각은 없다. 시계를 본다. 점심시간은 아직 남았다. 바쁠 것도 없다. 한 바퀴 다 돌고 가기로 한다. 게다가 기분이 나쁘지 않다. 단조하고 노곤한 덜커덩 소리. 더욱 찌는 듯한 볕. 그런데도 이 노곤한 기쁨. 몸의 세포마다 간질간질한 노곤한 즐거움이 있다. 생각하기도 귀찮다. 그저 노곤하다. 좋다. 걸어간다. 구두는 인제 온전히 한 꺼풀 말끔한 먼지를 입었다. 큰 옹기 독을 지게에 지고 지나간다. 막걸리 냄새가 물씬 풍긴다. 옳지, 아까 술집으로 가는가 보구나. 다리를 건너간다. 비탈진 언덕에 교회당이 있다. 올라가는 길 양편에 코스모스가 자라 있다. 양철지붕을 인 자그마한 건물이다. 한옆에 종을 달아맨 탑이 있고 그 바로 뒤에 개우리가 있는데 튀기인 듯싶은 개가 우리 밖으로 앞발을 내놓고 올려다본다. 아예 짖을 염을 않는 모양이 과연 교회 개 3년에 사랑을 알았음이 분명하다. 예배당 안을 들여다본다. 부연 마루 저편에 설교단이 있고 그 뒤에 성화聖畵가 한 장 달려 있다. 뒤뜰로 돌아가니 기와집 한 채가 덩그러니 앉았다. 장독대가 있고 칸나 한 포기가 우뚝 솟아 있다. 방문은 열려 있는데 발이 내려 있어서 사람이 있는지 없는지 알 길이 없다. 알 필요도 없다는 일이어서 얼른 돌아서 나온다. 지나치는 길에 쭈그리고 앉아본다. 졸음에 겨운 눈을 뜨고 개는 멋없이 마주보다가 혀를 빼문다. 진한 타액이 주르르 흐른다. 보니 사슬에 매여 있다. 간들 어디로 간다고 묶어두는가. 일어서서 언덕을 내려온다. 시계를 본다. 그래도 시간은 얼마 지나지 않았다. 다시 한길에 내려서서 조금 걸어가니 향교鄕校다. 여기 비하면 교회당은 말쑥한 편이었다. 터는 널찍하게 잡았는데 아주 퇴락했다. 둘러친 토담은 여러 군데가 헐어서 비루먹은 당나귀 옆구리요, 본전의 기와지붕은 퍼런 이끼가 앉은 데가 풀이 우거져 쑥대밭이다. 비껴선 다른 한 채에는 사람이 사는 것은 확실한데(댓돌 위에 남자 고무신 한 켤레가 놓여 있다) 여기도 역시 문에 발이 드리워져 사람의 모습을 볼 수 없다. 뜰에도 군데군데 잡초가 돋아난 것이 손질을 잘 안 하는 게 분명하다. 넓은 마당 가득히 6월달 정오 기운 볕이 푸짐할 뿐이다. 토담 너머로 이렇게 들여다보고 있으면 어느 폐허를 더듬는 심사가 된다. 본전의 단청 칠은 벗겨진 지 오래서 맨나뭇결이 그나마 비바람을 지나서 거무튀튀한 품이 한결 퇴락한 세월을 말해준다. 단청丹靑 말이 났으니 말이지 우리 건물에 칠하는 그 원색原色만은 도무지 곱게 볼 수 없다. 그 우악스럽고 치덕스런 빛깔을 마구 칠한 기둥과 설주를 볼 때마다 구역질이 난다. 국악 같은 맑은 소리와 시원스런 가락을 즐긴 사람들이 어쩌면 그런 색채를 택했을까. 모르다가도 모를 노릇이다. 그러니 저렇게 비바람에 씻겨서 칠이 벗어진 편이 훨씬 운치 있어 보인다. 굵직한 재목을 써서 지어놓은 그 허우대 큰 집은 방금 보고 온 교회당보다는 확실히 의젓해 보였다. 내 조상도 이 마당에서 팔자걸음을 옮겼을까. 그런 생각을 하자 그는 뿌듯한 감회를 느꼈다. 참으로. 참말 할 수 없는 것인가 보지. 인간은, 평범한 인간은 역시 전통의 품에 안겼을 때가 제일 푸짐한가 보지. 이 뜰에 사람이 웅성거리고 중앙 정가政街에서 무슨 일이 있을 적마다 상소도 올리고 했을 것이다. 지방 향교란 일종의 압력 단체였을 것이다.

부화뇌동만 했던 것도 아닐 게다. 무슨 일이든 오래 지나고 보면 이끼가 생기니까. 유교를 고지식하게 사랑해서 스스로 길이 아니면 가지 않는 무명의 성자聖者들도 있었을 것이다. 그런 사람들이 아득한 왕도王都에서 일어난 일을 이곳에 앉아서 슬퍼도 하고 분히 여기기도 했을 것이다. 혹 선왕의 장례 절차일 수도 있고 동궁의 성혼 전례일 수도 있었다. 왈가왈부. 성현의 말씀에 어쩌구 수염들을 쓰다듬었으리라. 무슨 꼬투리였든 그런 건 대단치 않다. 그들에게는 정치적 고집이 필요했고 약간은 천하의 도를 바로잡는다는 신념이 있었다고 보아야 한다. 그것은 고지식한 질서감각秩序感覺 같은 것. 그런 형태의 진리애眞理愛였을 것이다. 그런대로 그들은 임진년에 왜놈들을 몰아내지 않았는가. 아니 몰아냈다는 것이 좀 무엇하다면 아무튼 고지식하게 죽어가지 않았는가. 임진년 싸움에 비겁한 사람도 많았지만 귀여운 남녀도 많았다. 황송스럽게 이순신을 끌어내지 않더라도 사람들이 사람다운 본보기를 흠씬 보여주었다. 벼슬 높은 관리보다 벼슬 낮은 유생이, 잘 지내던 사람보다 엉덩이가 붓도록 곤장살이 올랐다가는 빠지고 하던 사람들이 칼 앞에서 용기를 보인 것도 유교의 말하자면 음력陰力이었을 것이다. 아뿔싸. 또 실수할 뻔했구나. 황성옛터에서 사직을 걱정하자는 게 아니었는데. 시계를 본다. 자, 슬슬 가볼까.

토담을 돌아 한길에 내려선다. '솜틀집'은 여전히 경풍 들린 노인처럼 덜커덩거리는데 처마 밑에 있던 남녀는 보이지 않는다. 그게 내 아주머니 되는 분이었는지도 몰라. 지서 앞을 지나면서 보니 하얀 칼라를 단 경관이 서류를 뒤적거리고 있다. 면직원에게 어떻게 물을까 생각해본다. 난데없는 문의여서 좀 거북하다. 실은 여기가 조부의 본적진데 연고자가 아직 살고 있는지 여부를 알려고 왔는데 호적을 좀 찾아봐주실 수 없겠습니까. 이렇게 말하기로 하자.

돼지머리 술집에서는 젊은 여자가 남자의 허리를 안고 수작하고 있다. 다방을 지나서 면사무소로 들어선다. 이번에는 책상마다 사람이 앉아 있다. 그는 호적을 맡아보는 사람을 찾아서 길에서 생각한 대로 물어보았다. 준의 말을 듣자 직원은 '히야 요 친구 봐라' 하는 식으로 준을 빤히 쳐다봤다. 아니꼬운 생각이 발끈해지는 것을 참으며 준은 그쪽의 대답을 기다렸다.

"알 수 없습니다."

대답이란 게 이렇다.

"네? 알 수 없다니요?"

"학생 이야기는 벌써 수십 년 전의 서류를 보아달라는 건데 지금 있는 서류는 다 사변 후에 작성한 겁니다. 전의 것은 사변에 다 타버렸어요."

딛고 있던 거미줄같이 섬세한, 그러나 질기다고 생각한 그물이 소리 없이 무너졌다. 간단한 설명이었으나 직원의 말은 충분한 것이었다. 독고준은 칸막이에 팔을 얹은 채 멍청하게 직원을 바라보며 얼른 말을 잇지 못했다.

실망하는 양이 좀 딱했던지 직원은 훨씬 수더분한 투가 되면서,

"여기서는 알아볼 것이 없어요. 내가 아는 한 우리 면에는 독고 獨孤 성 가진 사람이 없어요."

"없습니까?"

"없어요."

"무슨 도리가 없을까요. 여기서 사신 건 틀림없는데……"

"글쎄요…… 뭘 하려고 그럽니까? 가호적 내는 데는 그런 게 소용없습니다."

"가호적요?"

"네. 현거주지에서 신고하면 거기가 기본적이 되도록 돼 있어요."

"네. 그런 게 아니고, 이 기회에 일가를 좀 찾아보려구……"

'일가'라는 말을 하면서 준은 얼굴이 후끈거렸다. 여태껏 독고준의 사전에는 그런 말이 없었다.

"그럼 이렇게 해보세요. 이 길로 곧장 가면 향교가 있습니다. 거기 노인이 계신데 고장 일은 퍽 오래된 것까지 알고 있으니까요."

준은 그 말에 귀가 번쩍 트이는 것 같았다.

"아, 그런가요. 그럼 거기 들러보도록 하지요…… 고맙습니다."

그는 돌아서서 나오면서 자기 뒤통수에 방 안의 시선이 온통 쏠리는 것을 느꼈다. 입구까지 댓 걸음 되는 거리가 무척 긴 듯싶은 걸음을 간신히 옮겨서 사무실을 나서자 그는 가벼운 현기증을 느꼈다.

그는 다시 오던 길을 걸어 향교 쪽으로 갔다.

사변에 타버렸다는 말이지. 그럴 테지. 그의 속에서는 모래성이 자꾸 무너졌다. 왜 미리 생각 못 했을까. 아무튼 꼭 찾으리라고 한 것은 아니니. 혹시 산 사람이 더 확실한 얘기를 들려줄 수 있을는지 몰라. 그래도 한 가닥 요행을 바라면서 준은 향교의 대문을 들어섰다.

아까 그대로 댓돌 위에는 고무신이 놓여 있었다. 발을 드리운 방문 앞에서 몇 번 인기척을 했으나 안에서는 이내 응답이 없다. 준은 마루에 한쪽 무릎을 대고 살며시 발을 들쳐보았다.

방 안에는 머리가 하얀 노인이 목침을 돋워 괴고 잠을 자고 있다. 준은 발을 내리고 마루에 걸터앉았다. 좀더 기다려서 일어나기를 바랐던 것이다.

저만치 토담가로 화단 시늉을 낸 한 모서리에 해바라기·금잔화·봉선화가 몇 포기씩 심어져 있다. 앉은뱅이 같은 다른 꽃 틈에서 유독 해바라기만이 쑥 치솟아 있다. 왕잠자리가 한 마리 널찍한 잎새 끝에 가서 간들간들 앉았다가는 날고 날았다가는 앉고 한다. 노인은 숨소리도 없다. 적막강산寂莫江山. 문득 준의 가슴에 그런 감회가 소리 없이 오갔다. 순수한 슬픔. 허전함. 그리고 정반대로 기쁨 같기도 한. 어떤 새도마조히스틱한 심정이 환한 대낮의 공간 속에서 울렁거렸다. 그는 마루에 앉아서 한참이나 그런 상태로 있었다. 그러자 그의 속에서 오랫동안 자라오고 있는 부스럼은 또다시 혼혼한 취기臭氣를 피워내는 것이다. 이 냄새를 밀고 오는 것은 그 부스럼의 건너편 이름 지을 수 없는 허한 공간에서 밀려다니는 바람이었다. 그러면 그는 잠시 잊을까 하는 그 부스럼의 자각증상自覺症狀을 다시 느끼고 있는 자기를 발견한다.

무슨 잠을 그리도 오래 자는지. 노인은 좀체로 깨어날 줄을 모른다. 저대로 가려는 것이나 아닌지. 그는 발을 들치고 들여다보았다. 끙 소리도 없다.

"할아버지."

그는 나지막이 불렀다.

"할아버지."

죽은 듯이 누웠던 몸이 약간 움직였다. 그는 이번에는 좀더 크게 불렀다. 머리가 천천히 이편으로 돌아보면서 준은 처음으로 노인의 얼굴을 똑바로 볼 수 있었다. 잠에서 막 깬 사람이 하는 대로 한참은 의미 없는 시선을 보내고 있더니 이윽고 노인은 부스스 일어나 앉았다.

"뉘신가?"

담이 섞인 목소리로 노인은 첫마디를 물었다.

준은 허리를 굽힐 듯하면서,

"네, 실은 좀 여쭈어볼 말씀이 있어서……"

했다.

노인은 문지방에 다가앉으면서 한 손으로 등을 툭툭 치며 준의 말을 기다렸다.

"게 앉구려."

준은 권하는 대로 마루 끝에 노인과 엇비슷이 걸터앉았다.

"실은 제 조부께서 이 마을에 사셨습니다. 그러다가 한말韓末에 이북으로 가셨는데, 그분은 거기서 돌아가시고 지난 사변에 제 부친과 제가 월남했습니다. 그래서 한번 틈을 내어 고향을 찾는다는 것이 그럭저럭 미루다가 이렇게 와봤는데 면에서는 사변 전 호적은 타버리고 알 길이 없고 여기 와서 물으면 혹 알 수도 있다기에 이렇게 주무시는데……"

준은 더듬거리면서 이렇게 말했다.

"흠, 한말이라……"

노인은 준을 잠시 쳐다보다가,

"어렵겠는걸. 한말이면 우리가 겨우 글방에 다니던 시절인데 그래 조부께서는 존함이 뉘시오?"

준은 이름을 댔다.

"독고라?"

노인은 고개를 절레절레 흔들었다.

"모르겠군. 희성인데 얼른 생각 안 나는 걸 보니 알 도리가 없군. 가만 있자, 그래 조부께서 고향 떠나실 때 연세는 얼마나 되었소?"

"그러니까…… 아마……"

준은 어림으로 말했다.

"장정이시군. 그러니 코 흘리던 우리네하구 면대했을 리도 없구…… 마을은 틀림없소?"

"네, 여깁니다."

"허……"

노인은 잠방이 윗주머니에서 장수연을 꺼내더니 장죽에 담는다. 준은 호주머니에서 담배를 꺼낼까 말까 망설이다가 종내 그만두기로 했다.

"어렵겠소. 고을에서는 내가 그중 나이 먹고 또 이 고장 태생인

데 나보다 어른 되는 분들은 다 작고하고 타곳에 나가서 없고 하니…… 독고라는 성이 희성인데 내 기억에 없는 것을 보니 따로 아는 사람이 있을 성싶지 않구려. 워낙 오래되기도 했고……"

노인은 담배를 한 모금 빨고,

"이 마을도 그때부터 사는 집안은 몇 안 되지. 그리고 당주當主들은 다 젊은 사람이구…… 그래 춘부장께서는 생존해 계신가?"

"작고하셨습니다."

노인은 고개를 끄덕였다.

"그럼 지금은 혼잔가?"

"네."

노인은 쯧쯧 혀를 찼다.

"몹쓸 세월이군. 내 땅을 오가지 못하니……"

노인은 탄식하듯 말하고 마당으로 눈을 돌리며 가볍게 연기를 토했다.

준은 대꾸를 않고 노인을 자세히 바라보았다. 이렇게 되면 일은 다 끝난 일이었다. 허한 마음은 별난 움직임을 보이는 법인지 준은 노인의 관상을 뜯어보고 있었다. 아까 얼굴을 이편으로 돌리는 순간에 느낀 일이지만 이렇게 볼수록 노인은 귀골이었다. 넓은 이마에다 하관이 든든하고 콧날이 우뚝하다. 짧게 깎은 백발과 아래로 처진 듬성한 눈썹에도 희끗희끗 흰 털이 섞여서 더욱 품이 있어 보인다. 그러나 아무래도 가장 일품은 수염이었다. 흔히 있는 염소수염이 아니고 구레나룻에서부터 굽이친 하얀 수염이 끝에 와서 밖으로 슬쩍 까부라졌다. 윗수염 밑으로 말할 때마다 드러나는 이

빨도 노리끼하기는 하나 가지런하다. 준은 노인의 얼굴에서 풍기는 아름다움에 잠시 멍해졌다. 이 얼굴만 한 영혼을 가지고 있는 것은 아니리라. 그런데도 이 즉물적卽物的인 아름다움은 무엇인가. 저런 얼굴. 저 느긋하고 담담한 표정. 짐승 같지 않고 그러면서도 삶을 즐기고 난 사람의 만족한 여생의 회고록 같은 얼굴. 즐기기는. 설마 영의정이 살아남았을 리는 없고 글줄이나 읽은 촌로村老에 지나지 않는 이 노인은 아마 즐거운 일보다는 한스러운 일이 더 많은 채 이 나이가 됐을 것이다. 퇴락할 대로 퇴락한 향교를 지키고 있는 것을 보면 알조다. 시세에 뒤떨어진 학문을 한 탓으로 세상에서는 버림받고 그러면서 생뚱 같은 강개慷慨 속에 한평생을 지냈을 것이다. 사팔뜨기의 인생. 엉뚱한 영원을 바라보면서 보낸 삶. 피에로. 그런데 저 얼굴이다. 무엇인가 완결完結된 것을 소유한 사람은 저렇게 되는가. 그것도 아니다. 소크라테스는 유력한 반증이 아닌가. 얼굴과 영혼 사이에 있는 진정한 함수 관계는 어떤 것일까. 독고준의 방자한 공상과는 관계없이 노인은 마지막으로 또 한 번 인자한 친절을 베푸는 것이었다.

"가만있게. 어디 좀……"

노인은 일어서서 윗방으로 건너가더니 먼지 앉은 책묶음을 안고 나왔다.

"그리 좀 내서 털어주게."

준은 책뭉치를 들고 마당으로 나서서 먼지를 턴 다음 노인의 앞으로 밀어놓았다.

"이게 오래된 문선데……"

노인의 뒤적거리는 책은 향교의 기록으로 말하자면 회원 명부, 건물 재수再修 때 기부자 명부 같은 것인 모양이었다. 노인은 준에게도 나누어주면서 찾아보도록 권했다. 읽는 것도 아니고 또 문장보다 이름을 적은 문서라, 한 바퀴 검토하는 데 그리 오랜 시간도 걸리지 않았다. 독고獨孤라는 성은 그 속에 나타나지 않았다.

"허…… 섭섭하군."

노인은 옛날 세대의 사람만이 지닌 허심한 동정이 깃든 투로 중얼거리면서 책을 도로 안아다 두고 나왔다.

"할 수 없죠. 하긴 너무 오랜 일이어서 꼭 자신하고 온 일은 아니니…… 폐만 끼쳐드렸습니다."

노인은 고개를 저었다.

"자손된 도리로 당연한 일이지……"

그 말에 준은 또 한 번 얼굴이 화끈했다.

"달리 또 길이 있겠지요."

준은 그렇게 대답했다. 인제 볼일을 마쳤으니 돌아가야 할 순서였으나 자리를 뜰 자연스런 계제를 잡지 못했다.

"많이 퇴락했습니다."

침묵을 메울 겸 준은 본전을 쳐다보면서 말했다. 노인은 그저 고개만 끄덕였다. 그 동작은 구구한 설명보다 많은 것을 말해주었다.

해바라기 그림자가 퍽이나 늘어났다.

그는 일어서서 노인에게 하직을 고했다. 노인은, "이거 안됐군. 괜찮으면 천천히 놀다가 끼니나 대접했을걸"

하면서 대문까지 배웅을 했다.
 '솜틀집' 앞에서 돌아다보니 노인은 아직도 문간에 서서 이쪽을 바라보고 있었다.
 준은 돼지머리집 앞에서 문득 생각하고 열린 문으로 들어갔다. 토방에는 아무도 없었다. 그는 소리를 높여 주인을 찾았다. 부엌문을 밀고 아까 사나이의 허리를 안고 있던 여자가 나타났다. 정종을 찾으니 없다고 한다.
 그는 약주 한 되와 살코기를 사들고 오던 길을 다시 향교로 돌아갔다. 방에는 노인의 모습이 보이지 않았다.
 한참 만에 본전 모퉁이를 돌아나오는 노인에게 인사를 하고 무엇하게 생각지 마시라면서 술과 고기를 드리고 물러나왔다. 노인은 준에게 주소를 적어놓고 가기를 청하면서 자기가 알아봐서 알릴 일이 생기면 전하겠노라고 했다. 준은 영숙이네 주소를 적어드렸다.
 국도國道에 나와서 버스를 기다리는 사이가 말할 수 없이 지루했다. 30분을 기다리는 사이에 화물 자동차 두 대밖에 지나는 것이 없다. 철도 연변도 아니요 군대 주둔지도 아니고 보면 아마 이런 것이 정상이기도 하겠지 하고 그는 생각했다. 길가의 느티나무 밑에 앉아서 동리 쪽을 보면 양쪽에 다가선 낮은 언덕에 막혀서 강의 일부와 띄엄띄엄한 집들이 몇 채에 교회당이 들여다보일 뿐이다.
 먼지바람을 일으키며 버스가 와 닿았다.
 그는 자리에 앉으면서 마지막으로 마을 쪽을 바라보았다. 하루의 항해航海는 소득 없이 끝났다. 보물섬은 적힌 좌표座標 위에 있지 않았다. 그저 생각이 나서 찾아보았을 뿐이었다. 그런 정도의 보물이었다. 그러나 그에게는 값진 항해였다.

 돌아오는 버스 속에서 그는 눈을 감고 하루해를 보낸 마을에서의 일을 다시 떠올려본다. 면에서도 그랬고 향교의 노인도 한결같이 독고란 성을 생소한 것으로 여겼었다. 독고라. 하기야 역사책을 아무리 뒤져도 독고란 성을 가진 장군이나 관리는 나오지 않는다. 촌놈의 성이 김가 아니면 이가라고 하지만 옛날에는 김가나 이가라는 것만으로도 지역사회에서 보호를 받는 축에 끼었다. 그것도 아니었으니 필경 화려한 족보는 아니었음이 분명하다. 물론 화려해봐야 아무것도 아니겠지만 자취도 없어졌다는 건 좀 너무하구나. 독고란 성은 어떻게 생긴 것일까. 기회가 있으면 한번 조사해봐야 하겠다. 아무튼 나쁘지 않은 일이었어. 그의 두개골 어디선가는 아직도 덜커덩덜커덩 소리가 희미하게 울리고 있었다. 오늘 하루를 어느 영화관이나 음악실에서 지냈던들 이런 푸짐한 시간을 보내지는 못했으리라는 생각을 하자 좀 속이 풀리는 것 같았다. 가만있자. 우체국을 보지 못했구나. 없을 리는 없구. 그는 분주하게 머릿속에 있는 마을의 지도를 점검했다. 아무래도 그럴싸한 건물이 떠오르지 않는다. 그러자 면사무소 입구에 우체통이 있었던 것도 같고 기억이 가물거렸다. 아니. 없었던가. 양철을 인 그 건물 정면에다 빨간 벙어리저금통을 그려넣었다 지웠다 하는 작업을 수없이 되풀이하다 보니 버스는 어느새 한강 다리를 지나고 있다.

"재미 좋으신 모양이군요."

이유정은 등의자에 앉아서 주스를 마시고 있다가, 아틀리에를 들어서는 독고준에게 일부러 능청을 떨어 보였다.

"물론입니다……"

준은 맞은편 의자를 차지하면서 담배를 꺼내 물었다. 그러고 보니 종일 담배를 피우지 않고 지냈다.

"모든 게 재밉니다. 진흙탕에서 연꽃을 피우는 것, 거름더미에서 국화를 키우는 것, 창녀의 뒤통수에 후광을 그려넣는 게 시인이니까요."

"어쩌면."

"비아냥거리지 말아요. 최소한 수더분한 덕德이나 건지시도록."

"얼굴이 탄 걸 보니 피크닉을 간 모양이군, 맞았지?"

"서유기를 갔었지요."

"서유기?"

"저러니 무슨 신통한 그림을 그릴까? 손오공의 서유기西遊記지 무슨 서유길까."

"아이그 맙소사. 주여, 저이가 또 철학을 시작하였나이다."

"그러지 말아요. 우리는 원래 공리공담을 즐긴 민족입니다. 말하라. 한없는 요설을 시작하라. 아까운 말을 속에다 썩이고 있지 말고 지껄여라. 아무렴 누군들 대단한 말을 하지는 않았다. 눈 딱 감고 얼굴에 철면피를 쓴 자가 항상 득을 보았느니라. 닥치는 대로 눈에 띄는 물건마다 언어言語의 꼬리표를 붙여라. 그러면 그것은 네 것이다. 조상이 물려준 입까지 족치고 들여앉히지는 말아라.

말하라. 곳간 문을 열기 싫거든 불쌍한 엽전들의 말문이나 열어다오. 아뿔싸, 또 실수하는구나."

이유정은 준의 담배를 한 대 얻으면서 물어본다.

"누구한테 하는 소리예요?"

"나한테 하는 소립니다."

이유정은 담배를 한 모금 빨고,

"근데 나 사업을 시작했어요."

난데없는 소리에 이번에는 준이 물었다.

"화상畵商이래도 시작하는 건가요?"

이유정은 연기와 함께 웃음을 토해내면서,

"그럴듯한 짐작이지만 틀렸어요. 우리나라에선 화상이래야 뻔한 걸요. 몇 점 안 되는 고화古畵는 잘 움직이지 않으니 현대 화가들의 작품이 주로 되겠는데 가치가 확정된 작품이 아직 적거든요. 물건이 있어야 장사가 되잖아요? 이러구서야 무슨 화상이겠어요?"

"흠, 실정이 그렇겠군요. 그럼 뭡니까?"

"맞혀보라니까."

"기권."

"상업 미술점을 내려는 거예요."

"실내장식 말예요?"

"도안, 간판, 조원까지."

준은 이유정을 빤히 쳐다보았다.

"왜 그러세요?"

"아니, 감격해서 그래요."

"감격은."

"정말. 예술과 돈을 연결시키는 용기가 가상해서 그래요."

"돈도 돈이지만 현재 단계로는 큰 돈벌이는 못 되고 그저 아틀리에를 거리에 들고 나간다는 정도죠."

"예술의 대중화?"

"아니. 사람 만나기도 편리하고 부업도 되고 좋잖아요?"

준은 끄덕였다.

"찬성입니다. 응용미술. 좋군요. 응용문학도 좀 발전해야겠는데?"

"그런 게 어딨어요?"

"없긴. 장님이시군. 영화각본, 방송국, 신문광고, 신문기사, 이런 것이 말하자면 응용문학이지 뭡니까? 순수문학과 응용문학이라는 두 가지로 분류할 수 있죠?"

"기준은?"

"막연합니다. 순수한 문학이 순수문학이고 응용한 문학이 응용문학이죠."

"또."

"그보다두, 그래 곧 시작해요?"

"아니. 가을에나 가서 구체적으로 추진해볼 생각."

이유정은 잠깐 끊었다가,

"참, 언니가 이번 피서지를 어디로 할까 하길래 독고 선생과 상의해서 대답하겠다고 했는데……"

피서지라는 말이 '시골'과 연결되면서 준의 머리에는 P면이 퍼뜩 떠오르고 와들와들 떨던 '솜틀집'이며 돼지머리가, 세수를 하던 순경과 향교가 영화의 예고편 토막처럼 얼핏얼핏 머릿속에서 지나갔다.

이유정이 자기를 유심히 쳐다보는 기척에 준은 후딱 놀라며 웃는다는 것이 자기 생각에도 썩 매끄럽지 못한 웃음을 지었다.

"아무래도 이상해. 무슨 일 있는 것 아니에요?"

"그렇게 보여요?"

"보여요."

준은 얼른 대꾸는 않고 창밖으로 눈길을 돌렸다. 창에서 가까운 늙은 벚나무의 무성한 잎사귀가 어슴푸레한 황혼 무렵의 공기 속에서 희부윰한 부드러운 솜뭉치처럼 둥실 떠 있다. 역시 말하지 않기로 한다. 왜 그런지 오늘 하루의 여행을 말하고 싶지 않다. 무슨 구원을 찾은 것은 아니었다. 결국 나는 용기가 모자란 것인가 내 속에 자라는 그 모양할 수 없는 부스럼을 어느 누구에게 옮겨놓을 수 있다는 말인가? 비애悲哀 너는 모양할 수도 없도다 너는 나의 가장 안에서 살았도다 너는 박힌 화살 날지 않는 새 나는 너의 슬픈 울음과 아픈 몸짓을 지니노라 너를 돌려보낼 아무 이웃도 찾지 못하였노라 은밀히 이르노니 행복幸福이 너를 아주 싫어하더라 너는 짐짓 나의 심장心臟을 차지하였도뇨? 비애悲哀 오오 나의 신부 너를 위하여 나의 창慾과 웃음을 닫았노라 이제 나의 청춘青春이 다한 어느 날 너는 죽었도다 그러나 너를 묻은 아무 석문石門도 보지 못하였노라 스스로 불탄 자리에서 나래를 펴는 오오 비애 너의 불사조不死鳥 나의 눈물이여. 정지용鄭芝溶의 다디단 슬픔의 시구가 그의 속에서 황혼처럼 울려퍼졌다 슬픔을 이렇게 어루만지는 것을 나는 싫어하지 않았던가? 자기 꼬리를 삼키는 뱀이 되기 싫어 나는 몸부림치지 않았는가 그런데도 나의 이빨에 물리는 것은 바람뿐 하루를 보낸 그 지겨운 졸음이 퍼진 마을에서도 나는 바람을 씹었을 뿐 현호성을 물어뜯는 것이 소원이었으나 나는 그의 지갑을 조금 할퀴었을 뿐 그리고 그리스도의 소녀 김순임도 물지 못하고 말았다 나의 이빨은 가짜인가 남보다 자기가 속지 않는 의치義齒에 지나지 않는 것인가? 그 주막집 들창에 내걸렸던 삶은 돼지 머리에 박힌 이빨처럼 열어보지 못하는 치열齒列인가 치열 베스 쉿 베스 원형무대를 구경하고 바에 들러 오던 날 밤의 이유정의 치열 그것은 단단히 잠겨 있었다 내 혀는 그 거부 앞에서 무력했다 내 속의 바람 부스럼의 건너편에 있는 바람 그렇다 저 여름날 은빛의 새들이 도시를 폭격하던 날 그 부스럼은 움트기 시작했었다 조갯살 속에 끼어든 한 알의 모래처럼 그 여자는 나에게 고칠 수 없는 부스럼을 심어주었지 도시보다도 폭격보다도 조국보다도 나에게는 더 치명적인 한 알의 모래를 그것을 진주라 할 수 있을까 아니 그렇게 미화하지 못하는 게 내 병이다 그것은 부스럼이다 살에 파고드는 딴딴한 부스럼이다 곪지도 터지지도 않고 그저 저리고 쑤시는 부스럼이다 이 아픔을 잊기 위하여 나는 이빨을 세우고 먹이를 찾은 것이다. OP에서도 나는 줄곧 그 따분한 공기와 햇볕과 포대경砲臺鏡 속의 적敵을 짓씹어봤다. 그러나 실은 나 자신의 살을 파먹고 있었던 것이다. 김순임을 김학을 현호성을 물어뜯었다고 생각한 것도 착각이었다 내 살을 파먹고 있었을 뿐이다 어느 구석엔가 잘못이 있었다 이유정은?

준은 그녀를 건너다보았다. 저만치 떨어져 앉은 그녀는 그 사이 깜빡 어두워진 방 안에서 그저 윤곽만 보일 뿐이었다. 사람 모양을 한 그 두툼한 그림자가 그 순간 희미한 후광을 둘렀다. 저 부드러운 그림자를. 저 그림자를.

바위에 달려드는 파도처럼 소리치면서 그리로 달려가는 마음. 처음 파도는 단단히 다문 하얀 치열에 부딪혀 바스러지고 지금 다시 한 번 마음은 솟구쳐오른다.

우리 시대의 모험은 가까울수록 진짜다? 아니 어느 시대나 그렇지 않았을까. 어느 시대나.

13

V. 드라큘라 백작의 계보

검푸른 하늘에는 을씨년스런 조각구름이 빠르게 흘러갔다. 금방 한 줄기 비바람이 몰아칠 것 같은 어느 첫여름의 해질녘, 마차 한 대가 고성古城의 성문 안으로 들어갔다.

마차에서 내린 사람은 늙은 부인과 젊은 처녀 한 사람, 부인은 처녀를 방에 안내하고 편히 쉬라고 하면서 당부하기를, 복도 저편에 있는 별관 쪽으로는 절대로 가지 말라고 한다.

노부인이 방에서 나가고 홀로 남자, 처녀는 창가로 가서 밖을 내다보았다. 해가 떨어지고 황혼의 마지막 기운도 사라진 어슴푸레한 공기 속에서, 넓은 뜰과 우뚝우뚝 솟은 성벽의 망루는 그림 속의 풍경처럼 신비해 보였다. 그녀는, 멀리 떨어진 수도원 학교로 가는 학생이었다. 이곳을 지나가다 주막에서 만난 노부인의 친절한 권에 못 이겨 오늘 밤을 이 옛 성에서 묵어가기로 한 것이다.

저녁식사가 끝나고 얼마 동안 부인과 이야기를 나누다가 방으로 돌아온 처녀는 이 큰 성에 사람의 기척이 없는 사실을 괴이쩍게 생각하였다. 성에 들어온 이후 사람이라곤 노부인과 식사를 거들던 식모 한 사람밖에 보이지 않았다. 단 두 사람이 이 큰 성에서 사는 것일까? 한참을 생각한 끝에 아직도 어린 호기심에 가득 찬 처녀는 살그머니 방문을 열고 복도에 나섰다. 오른편은 계단을 내려 노부인의 방 쪽으로 가는 길이다. 그녀는 반대편 길을 택했다. 노부인이 가지 말라고 한 방향이었다. 그녀는 발소리를 죽이며 가운데 복도를 지나 별관에 들어섰다. 마침 달이 있어서 벽에 큼직큼직 뚫린 커다란 창으로 쏟아져 들어오는 퍼런 달빛이 십분 그녀의 눈앞을 밝혀주었다. 그때였다. 그녀는 흠칫 걸음을 멈추었다. 댓걸음 앞에 어느 방문이 비죽이 열린 사이로 불빛이 새어나오는 것이다. 그녀는 가슴이 방망이질 치듯 두근거리기 시작했다. 그녀는 끌리듯 불빛이 새는 문 앞으로 다가갔다. 그리고 좁은 틈새에 눈을 대고 방 안을 들여다보았다. 그녀는 깜짝 놀랐다. 방 안에는 한 젊은 남자가 손목과 발목에 각각 사슬을 달고 서 있었다. 그는 사슬을 끌고 한껏 앞으로 나와 있었으나 방 한가운데까지 나오고는 더 나올 수 없었다. 훌륭한 옷차림에 머리칼도 단정히 빗어넘기고 가죽 장화를 신고 있다. 고귀하게 생긴 얼굴이었으나 약간 푸른 기가 도는 낯빛이다. 그때였다.

"거기 누가 오셨군요! 여보세요! 문을 여세요, 네! 제발 나를 구해주세요!"

방 안에 있는 남자는 이쪽을 향하여 부르짖었다.

처녀는 온몸이 굳어버렸다.

"잠깐만 문을 여세요! 내 말을 들어보세요! 무서워할 것 없어요. 자, 나는 이렇게 묶여 있잖아요?"

처녀는 결심하고 문을 열었다. 그리고 한 발 들어섰다.

"오, 당신은 누굽니까?"

"저는 길 가던 사람인데 오늘 하룻밤 이 성에 손님이 됐습니다."

"그렇군요……"

남자는 끄덕이고 난 다음 뚫어질 듯이 쳐다보았다. 처녀는 그 눈길에 빨려들어갈 것처럼 어지러웠다.

"제 어머니가 뭐라고 합디까?"

"네?"

"그 부인이 제 어머닙니다. 그 여자가 나를 이렇게 가둬두는 것입니다."

"저런!"

"그녀는 이 성과 재산을 나한테 넘겨주기가 싫어서 나를 이곳에 묶어뒀어요. 벌써 몇 년째 이 답답한 방. 비가 오나 눈이 오나 봄이 오고 여름이 와도…… 지금은 봄이죠?"

"첫여름이에요."

"오, 그러면 오래지 않아 장미가 피겠군요. 아가씨, 이대로 가면 나는 필경 미쳐서 죽고 말 거요. 더 이상 이 무서운 외로움에 견디지 못하겠소. 나를 풀어주세요. 나를 살려주세요."

"아, 어떡허면 좋아요?"

동정의 눈물이 글썽한 처녀는 두 손을 마주 잡고 안타깝게 물었다.

"제 모친의 방에 가시면 경대 앞에 조그만 상자가 있어요. 그 속에 열쇠가 있어요."

"알았어요."

그녀는 다시 본관으로 건너갔다. 그녀의 가슴은 두려움과 그리고 또 한 가지 까닭으로 두근거렸다. 이 성의 참말 상속자를 위해서 용감히 도움을 베풀어야 한다는 생각이 그녀에게 용기를 주었다. 그녀는 열쇠를 훔쳐냈다. 그리고 공자公子가 시킨 대로 이번에는 뒤쪽으로 돌아가서 아래를 내려다보았다. 거기서는 남자가 갇혀 있는 방에 붙은 발코니가 내려다보이고 남자는 이미 사슬을 끌고 문턱까지 나와서 기다리고 있었다. 그녀는 겨냥해서 열쇠를 던졌다. 작은 쇳조각은 포물선을 그으며 남자의 발끝에 가 떨어졌다. 남자가 허리를 굽혀 열쇠를 집는다. 자물쇠에 갖다 댄다. 발이 풀렸다. 그리고 두 손목, 남자는 이쪽을 올려다보며 두 팔을 번쩍 들어 보였다. 마왕魔王은 풀렸다. 어둠의 성주 드라큘라는 망토자락을 휘날리며 나는 듯이 계단을 뛰어오른다. 첫 희생자는 어머니. 고성古城의 밤 속에 울려퍼지는 악惡의 아들의 드높은 홍소哄笑. 어머니의 피를 빨아먹는 아들. 그것도 모르고 무사히 학교에 도착한 처녀, 그 뒤를 따라온 드라큘라, 처녀의 앞에 나설 때는 그의 모습은 늘 단정한 귀공자다. 처녀는 모르는 동안에 그의 공범자가 되고 있다. 눈치를 챈 신학 교수의 추적. 연달아 일어나는 희생자.

마지막 장면. 풍차風車 칸에서의 결투. 아슬아슬한 순간에 교수는 풍차의 날개를 돌려 ✝자의 그림자 속에 마왕을 몰아넣는다. 비틀거리며 쓰러지는 드라큘라…… 벨이 울리고 불이 들어왔다.

독고준은 흘러나가는 사람들을 따라 영화관을 나섰다. 밖에는 비가 내리고 있었다.

그는 처마끝으로 누벼 가다가 찻집이 나서자 문을 밀고 들어섰다. 그는 빈자리를 찾아 앉았다. 학교에서 나오는 길에 있는 그 영화관은 그의 단골이었다. 값이 헐한 대신에 2~3년 전의 필름이 돌아가고 있었다. 오늘도 그는 집에 빨리 돌아가도 그렇고 해서 들어갔던 것이다. 손님은 역시 학생이 많다. 일류관에서 몇 해 전에 한 것을 지방 상영이 끝난 다음에 돌리는 것이다. 몇 년은 그만두고 몇십 년 지나더라도 일없을 일이었다. 화면에 나타나는 그렇고 그런 엎치락뒤치락을 바라보면서 멍청하게 앉아 있는 시간이 좋았던 것이다. 게다가 입장료가 헐하고. 물론 지금의 독고준은 입장료 때문에 궁색해할 필요는 조금도 없었다. 용돈은 남아서 걱정이었다. 다만 그 전날 전차비도 아쉬워서 걸어다니던 시절에 휴식을 즐기던 버릇이 남아 있었던 것이다. 하기는 그때에 비하면 의식주는 비할 수 없이 좋아졌을망정 그의 마음의 풍경은 조금도 나아진 것이 없었다. 마치 그 낡고 상한 삼류관처럼.

비가 오는 탓인지 넓은 홀에는 손님이 꽉 차 있었다. 지껄이는 소리와 사람의 훈김과 짖어대는 재즈가 한데 어울려 실내의 분위기는 후텁지근하고 소란스러운 동굴을 만들고 있었다.

생활에 쪼들리고 학비 걱정을 하면서 철 지난 영화를 보고 희미한 동굴 속에서 재즈를 들으며 멀건 커피를 마시는 사람들. 음악이 끊기는 사이사이 스며드는 빗소리. 문이 열리며 사람이 들어선다. 좌석은 입구에서 뚝 떨어져 낮아졌기 때문에 입구에 들어서는 사람의 다리만 보인다. 하이힐이 젖어 있다. 지나간다. 또 문이 열린다. 하이힐과 홀쭉한 바지 끝에 남자 구두. 음악실에 오기는 오랜만이다. 이런 데서 들려주는 음악은 즐기라는 게 아니고 서로의 이야기를 지켜주는 간섭음干涉音이다. 그래서 토막 잘리고 뭉치고 웅성거리는 소음이 어렴풋이 쿵쿵 박자를 씹으며 소용돌이친다. 막힌 동굴에 흘러들어와서 비비적거리는 진흙탕. 그 진흙탕에 빠져들어간다. 반듯한 평면 위에서 말쑥한 공을 노리며 에고를 추적하는 맛과는 또 다른 느낌이 여기는 있다. 끝없이 빠져들어가는 진수렁. 그러다가는 불쑥 솟아오르고. 울적한 드럼 소리, 게으르고 울적한 드럼 소리, 게으르고 단조한⋯⋯ 외가락인 박자. 여자의 목쉰 음성. 그대없이는이세상없네그대가슴은내보금자리내게로⋯⋯ "자네학교에남지?" "글쎄요⋯⋯" "졸업후에무슨계획있나?" "계획이뭐⋯⋯" "생각해보게⋯⋯" "참이번논문은좋더군" "뭘요⋯⋯" "안색이안좋군공부도몸을돌보면서하게" 아닙니다선생님마스터베이션을너무해서그렇습니다선생님은안그러셨어요? 목쉰음성그대없이는이세상없네나정말몰라또그소리야말했잖아염려없다고그래도미스터리난미스터리의성질을믿어커피둘홍차하나얘커피하나는설탕넣지마라이리줘전표는왜자꾸빠뜨리니그런것도아냐소집단속에서인간행위의미시적微視的진실을발견한다는거야미국사회학은세균학이돼가는건가아무튼미국사회는미래가있는사회야움직이고

회색인 341

비교적편견없고편견없어?깜둥이새끼하고는한자리에앉지않겠다는 데두그건뭔가남의일이라구너무혹독하게굴지는마라어느사회에나편 견은있는거야아무튼그들은문제를합리적으로해결하려고하잖아이세 상에해결못할문제는안녕히가세요비가아직오죠?더있을까요?어머 누가가시라고했어요이리줘염치를좀알아요염치를어떻게되니응새학 기야구월이란말이지응잘됐어이답답한데갈수만있으면가는거야아무 튼여기보다나을게아냐?석사과정까지할생각이야눌러앉는거아냐? 글쎄가봐야겠지만그러나역시엽전사는데가좋을지도몰라거기서후광 後光을달고살기는여기서고독한모양이야그야물론테네시윌리엄즈의 희곡읽었지옹색하게생각하지마라몫이나쁜놈은천당에서도벼락질할 거야그대없이는이세상없네정말못잊어그대만은못잊어……이쪽으 로앉아하루만빌려줄래곧돌려줄께공자가라사대책은빌려주는놈이병 신바지저고리소리마라도서관이없을때니까그랬지개인장서지도서관 하구구원할수있을까구원?치료책을마련했을때는병상病狀이달라지 구그러면또즉치료와병이숨바꼭질하는셈이군반드시위대해져야만 해?왜?왜그래?그냥아무것도아니게살면왜안돼?깡통아위대하고싶 지않기때문에위대해야하는거야우리가사는시대는미치도록사랑해요 당신이없으면……모자라는데어머니미안합니다제얘기를어떻게들 으셔도좋습니다알아요정말입니까말하지않고통할수있다면말을아낄 필요가있어요어차피말하나않으나마찬가지웅변은은銀침묵도은銀그 러니까지껄여요아무거나침묵은나빠요아무말도못한새에당하느니고 함을지르고물어뜯으면서이봐저게누구야데카르트아냐?그런가저건 뭣하러갖다놨을까너왜학교다니니?답답해답답해너애국자야?이자

식또덜떨어진소리인마애국자아니니까그러잖아강제북송하구말까? 글쎄교포가정부를안믿는다고선언하는판이니무슨수로막아? 일본애들눈으로보면남도정부요북도정부라는거겠지일본애들때문에우린명들었어근대국가를만드는데골몰해야할시기에당신이없으면이세상없네……그쪽에자리있잖아좀더옳지가볼까어느쪽으로갈래? 난좀들를데가있어그럼내일만나재선再選을하면자유당이되는거아냐하자녠정객들이름잘알아응뭐신문보느라면그렇게되잖아난일면은안봐안보는새에나라망하면망해? 그땐또모르지모르지가아냐민주사회의시민은그래서는안돼시시한소리마라그래어쭙잖은자식들육갑떠는이야기에지저분한가십이나주워읽으란말야차라리나라망하는걸보겠다어쩔수없어이건우리힘으로움직이는사회가아닌담에야미칠듯이사랑해그대없이는……

비는 멎어 있었다.

준은 한참 망설이다가 오랜만에 영숙이네를 찾아가기로 했다.

뜰에 내놓은 풍로에 냄비를 얹어놓고 마루 끝에서 채소를 다듬고 있던 영숙이 어머니는,

"어이그 선생님이!"

하면서 반가워한다.

"댁에는 별고 없으세요?"

"우리야 늘 그렇지…… 원 좀 놀러 오시지."

"네, 그만……"

준은 권하는 대로 마루에 걸터앉았다.

"이것 영숙이 주세요."

"뭘 이렇게……"

"영숙이 참고서예요."

그는 오던 길에 책점에 들러서 산 책꾸러미를 영숙이 어머니 쪽으로 밀어놓았다.

"천천히 저녁이나 들고 가우."

"그럴까요?"

"암, 좀 있으면 아범두 오구 영숙이도 올 텐데. 올라가요."

영숙이 어머니는 2층을 가리키면서,

"선생님 나가신 후로는 방을 비워놓구 있다우."

"안 나갑니까?"

"네, 마땅한 사람도 없구, 그래서 요새는 집회 때 형제들이 와서 쓰기도 하구 그러지…… 참 오늘 김순임 자매가 오겠군."

"요새도 오는가요?"

"네, 암전한 색시죠……"

영숙이 모친은 준의 눈치를 흘긋 보면서,

"늘 선생님 말씀을 하죠. 기도할 때는 선생님에게 은총을 빌구……"

"그래요……"

"암 그만한 색시도 없어요."

"비었지요?"

딴 얘기가 나올 것 같아서 준은 계단 쪽으로 걸어가면서 2층을 가리켰다.

"네, 올라가게세요. 시원하게 창을 열어놓고 한잠 쉬어요. 그새 저녁을 지을 테니……"

준은 낯익은 계단을 밟고 2층으로 올라갔다.

방 안에 가구는 하나도 없으나 말끔히 치워져 있었다. 그는 창문을 열어놓고 턱에 올라앉았다. 영숙이 어머니는 올려다보면서 고개를 끄덕였다. 일어서서 벽장 문을 열어본다. 역시 덩그러니 비어 있고 둥그런 수예틀이 하나 놓여 있다. 준은 윗옷을 벗고 번듯이 드러누웠다.

누군지 부르는 것 같다. 일어날까 말까 망설이는 중에 눈이 떠졌다. 눈이 부시다. 전등이 들어와 있다. 벌떡 일어나 앉는다.

"깨셨어요?"

꿈속에서 들리던 목소리가 났다. 준은 아직도 꿈속에 있는 착각이 들었다. 문간에 김순임의 모습이 나타났을 때에야 그는 완전히 제정신이 들었다.

"아, 오래 부르셨습니까?"

"아니에요."

"들어오세요."

김순임은 저쪽 창문을 등지고 앉았다. 하얀 블라우스에 곤색 치마를 입은 모습이 유별나게 깨끗해 보였다. 그녀는 늘 대하는 사람과 하듯이 교회 일에 대해서 이것저것 이야기를 하였다. 그러자 독고준은 새삼스럽게 한때 자신이 이 여자를 두고 쌓아올렸던 생각이 되살아났다. 그리고 지금 눈앞에 보는 여자는 변함 없이 순결하고 아름다웠다. 그녀의 얼굴이 또 다른 누군가를 닮은 듯해서 그는 생각해보았다. 무슨 까닭인지 P 마을의 향교 노인이 퍼뜩 떠올랐다. 그 두 얼굴 사이에 어떤 닮은 데가 있는가? 그녀의 얘기에 귀를 기울이고 있으면서 그는 점점 부드러워지는 마음을 느낀다. 그리고 이처럼 상대방의 마음을 가라앉히고 너그럽게 하는 이 여자의 인품을 귀하게 느꼈다. 오래 다른 곬을 따라 흐르던 마음이 무슨 계기로 불시에 제자리로 찾아들 듯이 그의 가슴은 부드럽게 부풀고 그녀를 향하여 밀려가고 싶었다.

"두 분 내려와요. 저녁 드십시다."

아래층에서 영숙이 어머니가 부르는 소리에 그들은 일어섰다.

그때였다. 준은 가벼운 외마디소리를 지르면서 한 걸음 물러섰다. 김순임은 공포의 빛을 가득 담은 남자의 얼굴을 보았다.

"왜 그러세요?"

그녀는 놀라며 물었다.

"네…… 갑자기……"

준은 이마를 짚으며 한참 그 자리를 움직이지 않았다. 그의 얼굴은 금세 해쓱해 있었다.

"몸이 불편하세요?"

"네, 좀…… 인제 됐습니다."

준은 아래를 굽어본 채 그렇게 말하고 앞장을 서서 계단을 내려갔다.

식사가 끝나고 한 시간쯤 놀다가 준은 자리를 일어섰다.

유정은 아직 돌아오지 않았다. 준은 자기 방으로 들어가자 옷도

벗지 않은 채 침대에 쓰러졌다. 아까 김순임의 얼굴이 그 영화 속의 여주인공처럼 보였던 것이다. 그리고 같은 순간에 준은 보았다. 그 뒤쪽 창유리에 비친 한 남자의 얼굴을—창백한 드라큘라의 얼굴을. 준은 담배를 붙여 물고 의자에 가 앉았다. 그는 웃어보려고 했다. 잘되지 않았다. 드라큘라. Vampire. 그의 머릿속에 낮에 본 영화의 스산한 그림들이 다시 한 번 펼쳐졌다. 그러고 그는 새삼스럽게 이 괴담怪譚이 지니고 있는 아름다움을 알아보는 것이었다. 드라큘라는 희생자의 목줄기를 날카로운 덧니로 물고 피를 빨아먹는 흡혈귀다. 희생자는 똑같은 흡혈귀가 된다. 그리하여 또 다른 희생자를 찾아 헤맨다. 그들은 식인종은 아니다. 뼈와 살에는 식욕이 없는 것이다. 다만 피를 빨 뿐이다. 그것도 이빨로 상처 낸 자국에서 맛본다는 정도다. 이 경우에 피를 빤다는 행위는 생물학적인 행위라느니보다도 한 상징적인 의식儀式이다. 그렇게 해서 그는 또 하나의 동무를 만드는 것이다. 만일 피를 빤다는 행위에 중점을 둔다면 이야기는 아무것도 아니다. 왜냐하면 그렇게 보는 경우 여름밤의 하늘을 날아다니는 수없는 흡혈귀들—모기들과 다를 것이 없기 때문이다. 그렇다. 사슬에 묶인 젊은 남자는 외로웠던 것이다. 그는 사슬에서 풀리자 어두운 거리를 연인戀人을 찾아다닌다. 영화에서는 그의 희생자들이 그를 따르고 숨겨주고 사랑하고 있었다. 희생자들은 그를 미워하지 않았다. 드라큘라는 다만 외로운 마음의 창문을 두드렸을 뿐이다. 그 상식의 감옥에서 빠져나오라고. 그리고 열쇠를 던져준다. 그것은 신神을 잃어버린 인간의 드라마다. 그는 신을 사랑하지 못한다. 일요일마다 얼마간의 돈을 내면 교회에서 사 마실 수 있는 성혈聖血에 구미를 잃어버린 인간의 비극이다. 그의 혀는 인간의 피만 찾는다. 성혈은 그의 입 안을 상하게 한다. 그 거짓의 액체는 그에게 구토를 일으키게 한다. 시수屍水와 같은 신의 피는 그의 심장을 파괴한다. 그는 신에게 싸움을 선언한다. 교회와 군대를 가진 신은 그를 잡아가두려 한다. 낮 — 상식의 태양이 비치는 시간에 그는 무력하다. 밤 — 모든 시대에 혁명가들이 이용한 그 반역의 시간에 그는 활동한다. 드라큘라 전설이 어떻게 만들어졌는지는 몰라도 그것은 기독교 신에게 자리를 뺏긴 토착신土着神의 모습일 수도 있다. 그렇다면 그건 우리의 모습이 아닌가. 드라큘라를 쫓아다니는 신학 교수는 혁명가를 뒤따르는 밀정密偵처럼 얄밉게 보였다. 영화에서 신학 교수는 끝내 드라큘라를 죽이고 만다. 그것은 깨어난 영혼에 대한 학살虐殺이다. 오랜 세기를 통해서 교회에 반대하는 모든 개인을 압살한 법왕들의 하수인下手人이다. 분명히 드라큘라는 악역惡役으로 신학 교수는 선역善役으로 돼 있는 드라마에서 이렇게 드라큘라의 편을 드는 심리는 무엇인가. 간단하다. 내가 드라큘라이기 때문이다. 사랑. 신의 사랑. 아무의 피도 아닌 피. 이웃을 해치지 않는 흡혈귀는 합법이지만 진짜 피를 요구하는 자는 마귀이다. 가혈假血 아닌 진짜 피를 탐내서는 안 된다. 드라큘라 전설은 교회에 대한 반항의 설화다. 진짜 피를 요구해서는 안 된다는 가르침에 대한 협박이다. 그런데 나는 왜 그렇게 놀랐을까? 김순임의 얼굴이 여주인공처럼 보이고 그 뒤쪽 창에 비친 내 얼굴이 드라큘라처럼 보였을 때 나는 왜 그토록 놀랐을까? 나는 그리스도를 믿지도 않고 따라서 드라큘라를 악마라고도 생각하지 않는 바에야. 그리고 유리창에 비친 모습은 처녀 앞에 나타날 때 드라큘라가 지니는 그 단정한 모습이었는데. 이빨도 드러내지 않은. 그런데…… 그런데 왜 나는 물러섰을까? 그때 나는 온화한 심정이었다. 그녀가 사랑스럽다고 느끼고 있었다. 사람이 사람을 사랑할 때는 드라큘라를 닮는 것인가. 서로의 피를 빠는 그것은 다만 상징일 따름이다. 그렇다. 그것은, 내가 주저한 것은 연민憐憫이었다. 그녀의 평화를 해치고 싶지 않은 마음이었다. 신의 피가 말라버린 지 2,000년이나 됐는데도 수도꼭지를 틀 듯이 성혈을 배급하는 시대라 할지라도 어떤 사람들에게는 거짓말이 필요하다. 그들에게서 거짓의 평화를 빼앗는 것, 그래서 끝없는 방황의 밤 속으로 몰아내는 권리가 옳은 것인가. 그것은 안 된다. 어린아이의 손에서 꽃을 뺏어서는 안 된다. 비록 그것이 가화假花라 할지라도. 김학이네는 뺏어야 한다고 주장할 테지. 그게 정치가들이다. 또 다른 가화를 안겨주면서. 김학이는 맘씨 고운 아이니까 좀 괴로워할 거야. 그는 마음이 가벼워졌다.

준은 일어서서 창으로 갔다. 언제나처럼 거기에 한 남자가 그를 보고 있었다. 그는 웃고 있었다. 그렇지. 고독하다고 해서 아무나 물어서는 못 쓰지. 남자는 씩 웃었다. 물고 싶은 사람을 물지 않는 것. 그 역설逆說을 견디어내는 한 아무도 나의 정체를 알아차리지 못할 것이다. 상식의 교회에 나가서 역한 성혈을 마시는 체하면서 추방을 면하는 것. 김순임에 대해 청산되지 못했던 어떤 감정이 깨끗이 가셔지는 것을 느낀다. 김순임에 대한 사랑은 그렇게 다루어야 할 일임이 분명하다. 준은 어떤 슬픔과 동시에 자랑스러움을 느꼈다.

그는 이유정의 방으로 내려가보았다. 그녀는 막 옷을 바꿔 입고 있었다.

"됐어요. 들어와요."

"바쁘지 않아요?"

"어머, 예의바르셔."

"하하."

"독고준 선생은 그럴 땐 아주 순진해 보여요."

"좋을 대로."

"음악 들을까?"

준은 끄덕였다.

"모차르트."

바이얼린 소나타가 조용히 울려나왔다.

"카를 바르트가 말예요……"

"응……"

"…… 말한 적이 있어요. 만일 자기가 천당에 가면 먼저 모차르트의 안부를 물어보고 그런 다음에야 아우구스티누스, 아퀴나스, 루터 같은 신학자의 소식을 물어보겠다고."

"전위 예술가가 모차르트를 좋아한다는 건 이상하지만."

"글쎄, 전위음악만은 못 따라가겠어요. 음악에서만은 타협하고 싶어요."

"전위 음악가는 미술에서만은 타협하고 싶다고 할 겁니다."

"전 이런 생각을 해볼 때가 있어요. 예술가란 대중이 따라오는 걸 싫어하는 게 아닐까고. 어떤 전위예술이고 보편화되면 거기서 도망치는 거죠. 미술사를 보아도 그래요."

"단순히 자기를 남과 구별하자고만 그런다고는 할 수 없겠죠. 예술에는 개인을 넘어선 측면도 있으니까."

"모차르트에 무슨 사회적인 측면이 있겠어요?"

"조화調和를 믿었다는 것이겠죠. 가장 확실한 보수주의자 아닙니까? 전 음악이 무서워요. 음악은 공자 같은 성인이거나 풀피리를 부는 소 치는 아이 같은 부류거나 최고이든 최하이든 어떤 통일을 얻은 인간에게만 즐길 권리가 있는 것이지 그 중간에 있는 자에겐 해결이 못 돼요."

"음악을 해결이라고 생각하는 건 잘못이에요. 그건 아무것도 해석하지 않아요. 따라서 해결도 없고."

"음악에 대해서만은 미신을 버리지 못하는 사람은 꽤 많은 셈이군요. 피카소만 해도 그런 신임은 못 받을 테죠."

"못 받아요. 어떻게 보면 피카소는 아주 동요가 심한 사람이라고 할 수 있어요. 시계의 추처럼 극에서 극으로 흔들려요. 데생 같은 건 그리스 조각 같은 엄밀한 균형을 보여주는가 하면 물체를 산산이 쪼개고. 전쟁과 평화 같은 서사시를 만들고……"

"비평가들의 뒤통수를 치는 거군요."

"아마 죽은 다음에나 완전한 평가를 할 수 있는 화가."

"현명한 태도라고 할 수 있어요. 그는 본능적으로 자기가 살고 있는 시대의 낌새를 알고 있어요. 너무 결정적인 말을 하면 망신하게 된다는……"

"성실하기만 하다면 예술가에게 망신이란 있을 수 없잖아요?"

"그런대로 음악이나 미술만 해도 그렇다고 할 수 있지만 문학은 반드시 그렇다고 할 수도 없어요."

"문학도 그렇지 않을까요?"

"문학도?"

"네."

"그러나 문학이 음악이 될 수는 없는 일이죠."

"비관할 필요 없어요. 천재에게는 불가능이 없다잖아요?"

"그런데 난 천재가 아니거든요?"

"저런, 난 또 그런 줄 알았는데."

"미안합니다."

피아노 반주가 라일락꽃 무더기처럼 피어오른다.

김순임은 집으로 돌아가면서 독고준을 생각하고 있었다. 그 남자를 구원하라, 어디선가 그런 소리가 들리는 듯이 느꼈다. 뜻하지 않고 다시 만난 독고준은 언제나 다름없이 그녀에게는 수수께끼 같았다. 아까 2층에서 독고준이 흠칫했을 때 그녀는 다른 일을 기대하고 있었다. 그 전날 밤, 같은 장소에서 그에게 무안을 준 일을 그 후에도 몹시 뉘우쳤다. 그녀에게 독고준은 주主의 품을 떠나 헛된 방황을 거듭하고 있는 어린 양으로 비쳤다. 그에게 도움을 주고 주의 말씀으로 희망을 주어 새로 나게 할 수 있다면 얼마나 좋을까. 이사를 한 다음 다시는 만나지 못할 줄 알았는데 우연히 만난 것도 뜻이 있는 일같이 여겨졌다. 주님께서 불쌍한 영혼을 버리지 않으시고 그를 따르는 무리에 넣으시고자 하시는 것이지. 저도 진리를 알고 싶습니다, 하고 그는 말한 적이 있다. 지난겨울에. 간단한 일인데. 주님께 모든 것을 의지하면 되는데. 이 세상 온갖 것이 주님께 속하고 우리의 육신과 마음도 주님을 기쁘게 하기 위하여 만들어졌다는 것을 믿기만 하면 되는데. 주님과 겨루려고 하면 안 된다. 세상의 지혜 있다는 사람들처럼 교만하지만 않으면 모든 사람이 구원을 얻을 수 있다는 것을 믿게 해야지. 그런데 그는 왜 열심히 연구하고 싶어 하는 태도를 보이지 않을까. 내가 그를 가르칠 수 없다고 생각하는 것일까. 나는 주님의 심부름꾼일 뿐이지 나한테 꺼릴 일은 없다는 것을 모르기 때문일 거야. 주님. 이 불쌍한 여자에게 빛을 주신 자비로운 하나님 아버지. 나에게 성령을 주소서. 주를 위하여 더욱 일하고 그리하여 주의 뜻이 이 땅에 이루어지는 데 더욱 부지런한 역군이 되게 하소서. 이 세상 끝날이 오기 전에 주의 불쌍한 양을 한 마리라도 더 거두게 하시옵고 항상 믿음 약한 몸에 성령이 역사하게 하시고 악한 유혹에 들지 말게 하시옵소서. 나를 위해 살지 말고 주를 위해 살 수 있도록 인도하여 주시기를. 온 세상이 소돔과 고모라의 제도를 따르는 날에도 주님을 섬기는 군사들을 보호하여 잠든 사람들을 깨우는 나팔수로 삼으시며 늘 함께하시기를. 이는 우리가 약한 때문이오며 주에게 드릴 번제를 나의 곳간으로 가져갈까 두려워함이니 주여 항상 같이하소서. 의로운 선지자들처럼 이웃을 위하여 사는 용기와 사랑으로 이 영혼을 가득 채워주시옵소서. 지혜 있는 사람을 대적할 수 있는 지혜를 주시옵소서. 지혜 가운데 가장 크신 당신의 말씀으로 저들을 돌아서게 하려 함이니 오직 당신의 영광을 위해서이옵니다.

그녀는 전찻길까지 나가는 어두운 길을 걸어가면서 속으로 줄곧 기도하였다. 그리고 지난겨울 눈이 내린 저녁에 이 길에서 독고준을 만난 생각을 하였다.

독고준은 유정의 방에서 나와 자기 방으로 올라가려다 말고 당구실로 들어갔다. 언제나처럼 방은 네 개의 공이 지키고 있을 뿐이었다.

그는 큐를 잡고 상대 없는 플레이를 시작하였다. 아까까지 느끼던 어떤 자랑스러운 마음이 조용히 잦아드는 기분이었다. 그는 공을 때렸다. 딱. 좀 비뚤게 맞혔다. 또 한 번. 누군가 지켜보는 듯한 기척에 준은 획 돌아보았다.

아무도 없었다.

벽에 붙어서 의자가 세 개 놓여 있다. 그 의자에 방금까지 누군가 앉아 있었던 것 같은 환각幻覺을 느낀다. 그는 머리를 설레설레 흔들었다. 강해야 한다. 최소한 나의 에고는 지킬 수 있도록. 태연한 낯빛으로 약간 웃음 띠고 신神 없는 고독을 견디어내기만 하면. 족보族譜 잃은 외로움을 견디어내기만 하면 새 태양을 볼 수 있을는지도 모른다. 우리 대代에. 그 전에 고꾸라지지만 않으면. 아주 질긴 신경을 가지고 탐욕스럽기 때문에 절약하면서. 사랑하기 때문에 사랑하지 말기로 하면서. 사랑하기 때문에. 그럼. 그렇고말고. 추방된 드라큘라가 복권復權될 때까지 이단심문소의 밀정들에게 들키지 말기 위해서. 김순임. 난 그 애를 좋아했던 모양이구나. 천사天使. 어쩌면 이 사회에 아직도 그런 종자가 남아 있을까? 마치 이 땅에 더러운 치사한 전쟁이 있었다는 사실이 거짓말이기나 한 것처럼. 어쩌면 그런 여자가 이 더러운 도시에 살고 있을까. 행복한 은총받은 귀여운 색맹色盲. 썩어가는 시체에서 하나님의 이적異蹟의 가능성만을 보는 사람. 그녀에게 매달릴 것인가? 매달릴 것인가? 아니. 그렇게 해서는 안 된다.

그는 허리를 펴고 한 손으로 머리카락을 긁어올렸다.

드라큘라 전설傳說을 거꾸로 이해하게 된 인간은 김순임 같은 애를 다쳐서는 안 된다. 신神이라는 완충기를 잃어버린 사람. 족보族譜라는 브레이크를 잃어버린 자동차는 꽃밭에 방향을 돌려서는 안 된다. 강해야 한다. 그런데도 마음은 허전했다. 그녀의 유순한 눈매. 동그스름한 턱이 눈앞에 아물거린다.

손을 내밀면 그녀는 끌려올 것이다. 교회 일에 대해 말하면서 그녀가 보여준 그 성의가 지니는 또 하나의 마음을 읽어내기는 쉬운 일이었다. 그런데도 손을 내밀지 않겠다는 것은? 그것은 무엇일까?

준은 큐를 공에 갖다 댄 채 한동안 움직이지 않았다. 그녀가 만일 내 맘에 든다면 그녀를 가져야 할 게 아닌가. 누구에게 체면을 차린단 말인가. 아니 그래서는 안 된다. 왜? 양심 때문에? 양심이 아니다. 우선 귀찮은 일이다. 그대는 싸움을 회피하는가? 꾀어봐도 쓸데없다. 어린애하고 시합할 수는 없다. 그뿐이다. 그럴 테지.

절차가 귀찮아서 안 하는 일을 대견한 자비심이기나 한 것처럼 생각하지는 마라. 그래도 좋다. 체중이 다른 선수가 시합을 할 수 없듯이 이건 순전히 절차의 문제라고 해도 좋다. 나의 행동에다 그럴듯한 윤리의 콧수염을 달게 하고 싶은 생각은 티끌만큼도 없다. 내가 과부의 돈을 훔치지 않는다면 그건 동정 때문이 아니다. 귀찮기 때문이다. 그러니까 연민憐憫 때문이 아니었구나. 하하, 그렇게 생각해도 좋다. 연민은 사랑에 통한다고 했으니 내게 그런 게 있을 리 없고 가만있거라 이제 그대가 원하는 대답을 생각해낼 테니 생각해봐 아마 이럴 거야……

큐를 잡은 손은 떨리고 그의 이마에는 진땀이 배었다. 창백한 얼굴을 하고 그는 공을 노려보았다.

그는 눈앞의 공을 노려보던 시선을 문득 들어 창을 바라보았다. 유리창에 비친 한 남자의 얼굴. 그는 손에 잡은 큐를 그 남자를 향하여 힘껏 던졌다.

큐는 겨냥이 빗나가 창문을 맞히고 요란한 소리를 냈다. 유정이 달려와 문을 열었을 때 독고준은 당구대에 이마를 대고 엎드려 있었다.

"웬일이야?"

그녀는 준의 어깨에 손을 대며 얼굴을 들여다보았다.

한참 만에 준은 고개를 들었다.

"웬일이야. 아이 저 땀."

준은 씩 웃었다.

"미안합니다. 공이 맞질 않아서……"

그녀는 의심쩍은 눈으로 마루에 굴러 있는 큐를 홀깃 보았다.

"아무리 때려도 맞질 않아……"

준은 턱으로 공을 가리켰다.

유정은 준의 낯빛을 살피면서 어깨를 달싹해 보였다.

준은 당구대에 걸터앉으면서,

"큰 소리가 났어요?"

하고, 침착하게 물었다.

"웬일인가 했지?"

그녀는 아직도 수상쩍다는 듯이 준을 쳐다보면서 자기도 대에 올라앉았다. 그러고 말했다.

"무슨 일 있는 거 아냐?"

"무슨 일?"

"굳이 말해달라곤 않지만, 생각나면 언제든지 상의해줘요."

"그런 얼굴 하면 꼭 사감 선생 같군."

"그럼 못써요. 사람 말을 받아들일 줄 알아야지."

이유정 씨 당신까지……

"그렇게 나오면 난 거짓말 고백이라도 해야 될 것 같은 생각이 들어."

유정은 대꾸를 하지 않았다.

유정은 준이 자기 방으로 올라가는 것을 보고 방으로 돌아와 의자에 앉았다. 무릎 위에서 깍지를 낀 손을 내려다보면서 그녀는 생각에 잠겼다. 귀국할 당시에 비하면 자기는 안정이 되고 오랜 외국 생활에서 온 이화감異和感도 거의 조정이 되었다.

역시 고향이 좋다는 것은 편한 몸가짐으로 돌아갈 수 있다는 일이다. 객지에서 어떤 일을 겪고 왔는지 주위 사람들은 모른다. 사람이 자기 일대—代에서 넘어설 수 없는 벽, 외국 생활에서 그것을 느꼈다. 한 개인의 재능이나 결심만으로는 풀리지 않는 매듭. 그녀는 아픈 경험을 통해서 그것을 배웠다. 상대방을 원망하던 마음도 지금은 가셨다. 잘되지 말란 법도 없지만 외국인끼리의 애정에는 숱한 덤을 짊어져야 했다. 나의 경우에는 불행하게도 그 덤이 너무 무거웠다.

울고 나면 후련해진다는 것. 그리고 또 웃을 수도 있다는 생각을 요즘 해본다. 어른이 된다는 일은 다른 게 아니다. 넘어져보았다는 이야기다. 넘어졌다가도 일어날 수 있다. 가벼우면 그 자리에서 툭툭 털고 일어날 수 있고, 심하게 넘어졌으면 몇 달을 걸릴지도 모르지만 의족義足을 달고서도 설 수 있다. 애초에 독고준은 그녀의 눈에 귀여운 재롱둥이로만 비쳤다. 바에서 돌아온 날 밤의 일만 해도 그녀는 어렵게 생각하지는 않았다. 요즈음 그녀는 약간 혼란해졌다. 나이가 문제되지 않는다던 청년의 익살을 생각하다가는 혼자 혀를 차본다. 적어도 자기를 대할 때는 미운 소리만 골라 하면서 태평한 체하는 그의 언동에는 어딘가 허한 데가 있다. 형부와 동향이라는 것밖에는 모르지만 남의 집에 와 있으면서 그런 데 쓸 신경은 아예 가진 게 없는 듯한 처신. 그녀는 거울 앞에 가서 비스듬히 얼굴을 비쳐보았다.

가장 자신을 가지는 코끝에서 윗입술에 이르는 부분. 그녀는 손가락으로 눈썹을 매만져본다. 왜 그런지 흥겨운 기분이 되면서 그녀는 두어 번 발레의 동작을 해본 다음 옷을 벗고 자리에 누웠다.
 위층에서 쿵 하는 소리가 들린 듯해서 귀를 기울여본다. 이내 기척이 없다.
 그녀는 이불을 끌어올리며 돌아누웠다.
 탁상시계가 맑은 소리로 시각을 울리기 시작한다. 열하나.
 그녀는 다시 돌아누우면서 중얼거렸다. 이상한 아이야……

 정통正統의 악마를 끝내 찾아내기나 한 것처럼 웬 수선이었을까? 사람은 실수를 하는 법이니까. 너무 까다롭게 굴지 말기로 하자. 정통은 없다는 것. 족보族譜는 불타버렸다는 것. 돌아갈 고향은 없다는 것. 이것이 분명한 사실이 아닌가. 저 많은 사람들. 거짓말 족보를 끼고 거리에서 성혈을 보리냉차처럼 파는 사람들을 경멸하는 것이 참다운 용기 가진 사람이다. 그들은 두려운 자들이 아니다. 그들은 어차피 멸망할 사람들이 아닌가. 밀정密偵을 피하는 지하 운동자는 편의便宜를 위해서 피하는 것이지 자기가 죄가 있어서 그러는 것은 아니다. 그런데도 충격을 받은 건 오랜 습관이 시키는 노릇이리라. 이미 있는 질서에 반대되는 일에는 모조리 부정의 어두운 칠을 해버린 상식의 꾀에 부지중 빠진 것이지. 범죄인의 상像을 거부한다. 나는 범인이 아니다. 나는 그들의 법을 인정하지 않기 때문에. 상식의 십자가로 나를 사로잡으려 해도 소용없다. 나는 그들의 시선視線이 이루어놓은 십자 포화砲火 속에서도 쓰러지지 않을 것이다. 나는 꿋꿋이 서서 웃는다. 그리고 사랑을 비럭질하지는 않을 것이다. 훔치지도 않을 것이다. 나는 그 대신 현호성에게서 당당히 뺏었다. 고립된 싸움을 위해서는 돈이 필요했기 때문이다. 그 돈으로 나는 시간을 샀다. 사람의 피 대신에 나는 시간을 씹었다.

준은 담뱃불을 붙여들고 창 앞으로 걸어갔다. 유리 저편에는 언제나 보는 친구가 서 있었다. 준은 그 얼굴을 대하자 약간 부끄럽게 생각했다. 나의 단 하나의 벗. 제일 믿을 수 있는 동맹자를, 일시나마 수상쩍게 생각한 것이 미안했던 것이다. 모든 일은 우리 두 사람이 해결하는 길밖에는 없다. 끈질긴 꾐과 속임수에 넘어가서는 안 된다. 유리 속의 남자는 그렇다고 머리를 끄덕이면서 담배를 한 모금 빨았다. 그 여유 있는 몸짓에 준은 안심했다. 사랑을 얻을 수 없을 때는 시간을, 시간으로 만족하지 않으면 안 된다. 마치 아무 일도 없는 사람처럼. 아무렇지도 않은 것처럼. 그런데 드라큘라는 어쩌다 흡혈귀가 되었을까. 영화에는 거기 대한 풀이는 없었다. 옛날 얘기가 흔히 그렇듯이 대뜸 설명 없이 등장하는 것이었다. 준은 '파우스트'와 '드라큘라'를 비교해보았다. 아마 드라큘라도 처음에는 독서가였을 것이다. 넓은 성안에서, 장가도 들지 않은 그로서 할 일이라곤 책읽기밖에 없었다. 파우스트처럼 철학·문학·연금술, 게다가 신학까지 닥치는 대로 읽었을 것이다. 그러나 해결은 없었다. 낡은 책 냄새가 밴 어두운 서재에서 어떤 순간 그의 머리를 스치고 지나가는 생각이 있었다. 내가 바로 신神이 아닐까? 그 순간에 그는 으스스 떨었다. 그래서는 왜 안 되는가? 신은 아무리 불러도 대답이 없다. 이 세상에 다시 오겠다고 약속하고도 이내 소식이 없다. 그에게는 그럴 힘이 없는 것이다.

그를 기다리는 것은 소용없는 일이다. 확실한 것은 나뿐이다. 그렇다. 신은 유有가 아닌가. 그런데 내가 확실히 증명할 수 있는 것은 나다. 그러므로 나는 신神이다. 그는 흥분과 두려움이 엇갈리는 한밤을 새우면서 끝내 결심했을 것이다. 내가 신이라면 나는 사도使徒를 가져야 한다. 그는 주主가 되기를 택했다. 이렇게 해서 밤의 포교가 시작되었다. 낮에는 이미 땅을 차지한 승려들의 눈이 있었기 때문이다. 적들은 마귀가 다니니 문단속을 하라고 선전했다. 파우스트는 타협했으나 드라큘라는 타협하지 않았다. 파우스트는 적의 진영에 타협하여 작위를 받았으나 드라큘라는 학살되었다. 그가 십자가 그림자에 걸려서 그 그림자 속에서 타 죽은 것은 얼마나 상징적인가. 드라큘라도 십자가에 못 박혀 죽은 것이다. 거짓 상식과 비열한 평화를 뜻하는 그 갈보리의 십자가에. 이렇게 해서 그는 주가 되었다. 왕관과 천사군과 나팔과 처벌로 표현되는 지배자의 의상을 벗어버리고, 반역과 뒤따르는 밀정의 무리와 고문과 사랑의 호소로 표현되는 반란자叛亂者의 모습으로 학살된 것이다. 그는 검은 신약新約의 주인공이 된 것이다. 검은 신약의 어두운 주主 드라큘라. 후신약後新約의 주 드라큘라. 자기가 꾸며낸 생각에 만족하여 독고준은 아까까지 자기를 괴롭히던 물음―사랑하는데 왜 사랑해서는 안 되는가 하는 문제를 잊어버리고 말았다. 그런데. 그는 문득 걸음을 멈췄다. 나는 지금 뭘 하고 있는 거야 그리스도가 나하구 무슨 상관이야 드라큘라가 나하고 무슨 상관이야 다른 사람들의 룰을 따라 육갑하자는 거야? 번역극에 출연하고 있었구나 아뿔싸 또 실수할 뻔했구나.

그는 깔깔 웃었다. 그리고 아주 유쾌해졌다. 돈키호테는되지않겠다는것선교사부인을흉내내는원주민아가씨는되지말자는것이내결심이아니었나— 빌어먹을이놈의세상을살자면함정투성이구나그런데나는그걸할뻔했으니천만의말씀이다드라마여안녕난그런각본에끼지않는다. 함정에서 벗어난 짐승처럼 가볍고 신나는 동작으로 그는 옷을 벗고 자리에 들었다. 침대에 뛰어오를 때 쿵 하고 소리를 냈다. 몇 번 뒤채다가 조용해졌다. 어느새 가볍게 코를 골며 잠이 들었다. 아주 태평한 숨소리였다.

14

보리밭으로……

　1959년 어느 비가 내리는 여름 저녁에, 독고준의 집으로, 그의 친구인 김학이 진로 소주 한 병과 말린 오징어 두 마리를 사들고 찾아들었다. 학은 조용한 골목으로 들어서면서, 자식은 이상한 데다 둥지를 틀고 있단 말이야, 하고 그동안 무심히 드나들던 친구의 새 기식처의 높다란 돌담을 올려다보았다. 주인은 집에 있었다. 반가워하는 품이 그답지 않게 지루한 시간을 보내고 있었던 모양이었다.
　"잘 왔어."
　"확실해?"
　"물론이야. 이건 뭐야?"
　학은 꾸러미를 비죽이 열어 보였다.

준은 큰 소리로 웃었다.

"자네 졸업하면 진로회사에 들어가라구."

"그럴 생각이야."

이번에는 두 사람이 같이 웃어댔다.

준은 친구가 가져온 물건을 받아서 책상에 얹어놓고, 창 옆으로 놓인 의자를 권하고 자기는 침대에 걸터앉았다.

그리고 친구를 향해 싱글거리면서 물었다.

"어때?"

"응, 그저 그래."

"잠깐 기다려……"

"왜?"

"응, 뭘 좀 시킬려구."

"그럴 거 없어."

"가만 앉아 있어."

그는 일어서서 친구의 어깨를 꾹 누르며,

"모처럼이니까 한 상 벌여야지"

하고는, 방을 나갔다.

문이 닫히고 친구의 모습이 사라지자, 학은 의자 등에서 좀 물러나면서 다리를 죽 펴고 방 안을 둘러보았다. 상 위에는 무얼 쓰고 있었던 모양으로, 백지며 원고지며가 널려 있고 마루에는 뭉쳐서 버린 종이가 흩어져 있다.

침대에는, 새로 깐 지가 얼마 안 되어 보이는 시트 위에 머리맡으로 책이 두서너 권 굴러 있다. 일인용 쇠침대다. 발치에 캐비닛

이 하나. 문으로 들어서면서 왼편에는 책상이 놓여 있다. 이만한 물건을 놓았는데도 공간은 여유가 있으니 한식집에서라면 꽤 큰 방이다. 그런 생각을 하면서 학은 창문 쪽으로 머리를 돌려 밖을 내다보았다. 그러나 유리 속에는 흘러내리는 빗물 속에 그 자신의 얼굴이 이쪽을 보고 있을 뿐 캄캄한 저쪽은 보이지 않았다. 귀를 기울인다. 아무 소리도 없다. 워낙 빗물이 굵지 않은 것과 집이 큰 탓이리라. 창유리를 타고 흘러내리는 물줄기만이 밖에서 비가 오고 있음을 알릴 뿐이다. 문이 열리는 소리가 나고 주인이 돌아왔다.

그는 호콩과 깍두기가 담긴 쟁반을 학이 앉아 있는 책상과 침대 사이에 놓인 낮은 탁자 위에 얹고, 자기는 침대에 걸터앉았다.

"자 한 잔."

"아니, 손이 먼저 받아야지."

준이 학의 잔에 따르고 다음에 자기가 자작으로 채운 잔을 들어서 친구에게,

"누구를 위해 비울까?"

학은 잠깐 생각하다가,

"대통령 각하를 위하여."

"좋아. 대통령 각하를 위하여."

그들은 잔을 단숨에 비웠다.

이번에는 준이 불렀다.

"7월의 밤을 위하여."

"좋아. 7월의 밤을 위하여."

"카아. 오징얼 구울 걸 그랬어."

"굽지 않은 것도 맛이야."

"소주 안주는 이놈이 제일야."

학은 오징어 다리를 씹으면서 물었다.

"그래 각료들도 잘 있나?"

"응?"

"미래 내각의 각료 여러분 말이야."

"응. 참 이번 호야."

학은 한 손에 잔을 잡은 채 다른 손을 놀려 책상 위에 놓아두던 종이봉투 속에서 『갇힌 세대』를 꺼내 준에게 주었다.

준은 잡지를 받아서 천천히 책장을 넘겼다.

김학의 글의 나오자 그는 술잔을 가끔 입으로 가져가면서 읽어 갔다.

― 만일 상해임시정부가 해방 후 초대 내각이 되었더라면 사태는 훨씬 좋아졌을 것이다. 그들은 선거 없이 그대로 정권을 인수한다. 상해의 밤의 권위를 장하여, 홍구공원의 권위를 장하여. 국가는 신화로 시작되는 것이기 때문에 그들은 우선 친일파를 철저히 단죄했을 것이다. 그렇게 해서 반민특위는 이단심문소가 될 수 있었겠고 대차대조표는 엄중히 작성되고 청산되었을 것이다. 고등계 형사와 고문파 법관과 군수 나으리 그리고 식민지 관청의 아전들은 쩍 소리 못하고 들어앉았을 것이다. 이것은 정치적 카타르시스라는 점으로 국민의 정신 위생에 기여하는 바 컸을 것이다. 다음에 그들은 애국

자들을 모시는 서낭당을 방방곡곡에 세웠을 것이다. 하얼빈 역두의 영웅, 청산리의 기사, 서울 역전의 돈키호테. 천안의 잔 다르크…… 별같이 빛나는 부족의 영웅들이 푸짐한 제상을 즐기며 허공에서의 방랑을 멈추었을 것이다. 그리고 조선신궁 자리는 틀림없이 한국의 웨스트민스터가 되었을 것이다. 행정은 서툴지만 고지식해서 거짓말이 없으며 주석이 지방 순시 때 허물이 있는 면장을 담뱃대로 때렸다는 보도가 신문에 나면 국민들은 가가대소했을 것이다. 고적의 보존과 유물의 발굴을 위한 대★ 4개년 계획이 수립되어 있는 것은 닦고 묻힌 것은 파내어 산산조각이 된 '민족의 얼굴' 봉합 재생 작업이 신나게 진행되었을 것이다. 그렇게 하여 '가네시로 센다쯔'는 도로 김선달이 되었을 것이다. 광복군 장교들이 국방군의 창설자가 되어 황포군관학교의 약간 고색창연하나 틀림없이 애국적인 전통을 수립하여 광복군의 '전사戰史'가 사관생도의 필수 과목이 되었을 것이다. 만주가 우리 땅이라고 기회 있는 때마다 걸고넘어지면서 북한 당국을 향하여는 가까운 데 있으니 빨리 수복해서 UN에 맡겼다가 통일되면 합병토록 하라는 권고를 하여 김일성이가 오줌을 싸게 만들었을 것이다. 일본에 대해서는 삼십육 년 후에 국교를 재개토록 방침을 세우고 모든 행사 때마다 동쪽을 향해서 이빨을 세 번 가는 절차를 국민의례에 규정한다. 윗물이 맑으니 아랫물이 맑아서 사회 도의가 가을 하늘을 닮았을 것이다. 주석을 비롯한 요인들이 죄다 바지저고리를 착용하고 소찬으로 만족하니 뇌물을 바칠 도리가 없다. 이렇게 해서 한 십 년 지나면 일본 아이들이 멍들여놓았던 상처도 가시고 얼이 빠졌던 해골이 제구실을 하게 된다. 물론 북쪽의 친구들은 언감생심 불장난하지는 못한다. 누구 말마따나 마음은 원이로되 손발이 떨려서. 그럴 즈음 외국에 유학 갔던 친구들이 하나둘 돌아와서 영감들 시대는 이 정도로…… 하는 의견을 슬금슬금 비치면서 근대화니, 국민 경제니, 실존주의니 하며 영감들이 자신 없는 시비를 걸어온다. 지저분하게 굴지 않았을 것이다. 해방 후 처음 되는 보통선거를 위한 계획이 발표되고 곧이어 제헌국회가 구성된다. 다만 사람이면 다시는 책임 있는 자리를 사양해야 마땅한 사람들 — 즉 저 고등계파들은 입후보가 금지된다. 그리고 주석 이하 요인 전원은 입후보를 사양한다. 헌법이 만들어지고 젊고 유능한 정부가 서면서 신화시대는 끝나고 실무자들의 시대가 시작된다. 외국의 문물을 요령 있게 받아들이면서 착실히 일을 한다. 학교는 들어갈 때부터 밥벌이를 위해 준비하는 곳임을 명심시키고 고등학교만 나오면 한 입은 굶지 않게 교육을 한다. 국민에게 헛바람을 집어넣지 않으며 급하다고 바늘허리를 매지도 못하며 공든 탑이라야 무너지지 않는다는 것을 계몽한다. 뇌물 먹지 않는 전통이 엄격하니 고관이래야 별것 없고 그저 부지런한 사람이 재산을 모은다. 그리고…… 부질없는 가정을 하다 보니 슬그머니 비감해진다. 나는 여기저기 다니며 물어보았으나 한결같은 얘기는 몸 성히 공부 잘해서 훌륭한 사람이 되라는 말뿐이었다. 나는 문득 깨달았다. 나는 학생이구나……

"음 좋은데!"
"자네 스타일을 흉내내봤어."

"훌륭한 황사진이야."

"황사진?"

"미래에 대해선 청사진이란 말이 있으니까 이건 황사진이지."

"지나친 기회니까?"

"그럼."

"읽을 만해?"

"훌륭하다니까. 자, 잃어버린 황사진을 위해 한 잔."

준은 잔을 내려놓고 이마에 손을 대고 한참을 말이 없다가 다시 고개를 들며 말했다.

"마지막 구절이 그만야."

"그래?"

"결국 우리는 학생이라는 거."

"정치 담당 세력이 아니라는 사실."

"거창하게 말할 것 없이, 아직 아이들이란 거지."

"여봐, 난 문자 그대로만 주장한 게 아니야."

"그럼."

"학생임에도 불구하구 우리는 괴로워야 한다는 사실에 문제는 있다는 그런 뜻을 말한 거야."

"혁명 하자는 거야?"

"그렇게만 말하지 마."

"아니, 난 비꼬는 게 아니야. 괴롭다는 건 더 말할 것 없는 일이지만, 구체적으로 어떻게 하자는 거야? 자네 대답은 듣지 않아도 알아. 정치 토론회를 열고 방학 때마다 봉사대에 참가하고 하는 유의 사회 참여를 말하는 거겠지?"

"음, 가능한 모든 수단으로 개혁을 위한 행동을 하는 일이지."

학은 오징어를 찢으면서 한마디한마디 힘을 주며 말했다.

"좋은 일이야. 그러니까 그건 혁명이 아니야. 시간 속에서 작업하는 것이지. 성실해. 그러나 혁명이 아니고 개혁인 바에야 그와 같은 참여는 다른 사람에게 강요되어서는 안 돼. 혁명처럼 이것이냐 저것이냐가 아니고 이미 주어진 자리 속에서 노력한다는 경우에는, 길은 두 갈래가 아니고 무수히 많다는 거야. 안 그래? 행동력이 약한 골샌님이 여름 한 달을 시골 아이들에게 산수를 가르치는 것과 그 한 달을 자기 연구에 바치는 것과, 사회에 기여하는 바를 따진다면 우열을 가리기는 힘든 일이야. 우리는 자네 말처럼 학생에 지나지 않아. 정치적으로 넓은 의미에서 말이지, 정치적으로 무력한 존재야. 외국 압제자들을 상대로 하는 경우에는 학생의 입장은 훨씬 간단했어. 그러나 지금 자기 나라를 가졌다는 조건에서는 아주 불리해. 그러니 시간만이 해결한다는 거야. 자네들이 내각을 만들 때 잘하는 수밖에. 그때 잘하자면 지금 착실히 공부해둬야 할 게 아냐? 몸 성히 공부 잘해서 훌륭한 사람 되라는 말이 맞지 뭐야?"

학은 고개를 흔들었다.

"훌륭한 사람 될 때까지 나라가 유지할는지 의심스러워. 그래도 앉아서 A학점만 노려야 하나?"

"얘기가 자꾸 되돌아가는군. 그럼 어쩌자는 거야?"

"어쩌자는 게 없어."

"그럼 자네하구 나 사이엔 결국 생각하는 것처럼 큰 차이는 없다는 거야."

"라구 자네는 해석하구 앉아 있는 데 반해서 난 그래도…… 하고 쓸모없는 신경을 소비한다는 차이는 있지."

"지사志士들은 어쩌면 그렇게 독선적일까? 성실이란 건 사람의 얼굴이 다른 것처럼 서로 다른 법이야."

"자네 성실은?"

"애국자만은 안 되겠다는 거야."

"그렇다면 혁명을 한대두 모의謀議에는 안 끼겠단 말인가?"

"안 껴."

"아까 얘기하고 다르지 않아?"

학은 말끝을 약간 올렸다.

"자네가 말하는 혁명이란 뜻있는 분들이 모여서 당파를 만들고 폭력으로 정권을 인수한다는 것이겠지?"

학은 웃으며,

"그게 혁명이잖아?"

"그러니까 싫어. 이것 봐. 혁명은 새 신화神話를 실천하는 거 아니야? 지금 당장에 민주주의를 대신할 새 신화란 걸 생각할 수 있나? 없단 말야. 그렇다면 그건 혁명이 아니라 강제적인 정권 교체, 즉 사람을 바꾸는 것밖에 안 되는 건데, 난 새 신앙을 제시하지 않는 사람의 교체는 위험스런 일이라고 봐. 이 자네 글에 있는 상황과는 달라. 자네 말처럼 상해의 권위를 장한다는 신화적인 후광이 있는 인물이나 집단인 경우라면 몰라도 지금 우리 사회에 어디 그런 인물이나 집단이 남아 있나? 다 잡아먹었거나 멍이 들고 말지 않았나? 그렇다고 난 현상을 바꾸는 길이 하나도 없다는 건 아니야."

학은 준의 낯빛을 살피면서,

"그건?"

"어느 날 이천만(물론 국민학교 이하는 빼고) 민중이 홀연 인간적 모욕을 실감하고 일제히 동시에 폭동을 일으킨다면, 그땐 나도 그 대열 속에 있을 거야."

"지독하군."

"……미안해."

학은 싱그레 웃으며 성냥을 그어 담배를 피웠다. 준은 마주 웃어 보이며,

"우리 얘기는 늘 제자리걸음일 수밖에 없어. 다른 얘기 할까?"

"그럴 수밖에 없겠군."

"술 좀더 가져올까?"

"아니야. 취했어."

"자고 가면 되지."

"아니야. 내일 내려가기로 했어."

"그래? 비도 오고……"

그는 일어서서 창문을 열었다. 비는 아까보다 가늘어져서 안개처럼 내다 보였다.

"갈 수 있어. 차를 타면 그만이니까."

준은 자리에 와 앉았다.

"방학이면 집에 가고…… 역시 방학은 그쪽이 나아."

"미안해."

그들은 웃었다.

"방학에 갈 데 없으면 와."

"음, 저번에도 말했지만, 아마 이 집 식구들 따라서 어디 가게 될 거야. 일단 갔다가 그쪽으로 갈 수도 있으니까, 그때 어쩌면 신세질지도 모르겠어."

"좋도록 해, 언제든지. 경주는 처음이랬지?"

"못 가봤어."

"한번 와볼 만할 거야."

"글쎄, 나도 가고 싶어. 신라의 밤 노래를 부르며……"

"남들은 그러지만."

"고향은 떠나봐야 안다더군."

"사실인 모양이야. 자네한테는 안된 말이지만……"

학은 친구의 눈에 언뜻 지나가는 빛을 보고 머리를 숙이는 시늉을 했다.

"뭐 자네 탓인가? 고향이란 역시 좋지?"

"좋을 것 있어, 그렇지."

"가령 경주 사람들을 보면서, 서라벌 그 옛날에 저 사람들의 선조는 무슨 직업에 어떤 역사를 가졌을까를 생각하면서 길을 걸어도 재밌지 않겠나?"

"향토의 재발견인가?"

"그런 거겠지. 우린 모두 고향을 잃어버린 사람들이니까. 같은 고향이라도 경주쯤이면 좀 감회에 젖을 맛도 있을 테니까."

"그런 것도 아니야. 서울이야 물론 객지구, 그렇다고 집에 가면 마음이 가라앉는 것도 아니구…… 내 형은 바다에서 불국사 생각을 했다지만……"

"자넨 아직 어려서 그래."

"그럴지도 모르지."

학은 가볍게 받으며 생각난 듯이,

"참 김순임 씨……"

준의 표정이 금시에 굳어졌다.

학은 좀 어색해지면서 말을 이었다.

"만나보나?"

"응, 얼마 전에도 만났어."

"인상이 좋던데?"

"그래? 잘해봐."

"공연한 소리."

"아니야. 난 아무것도 아냐."

"그래도 나를 만나면 자네 얘기만 물으니 어쩌나."

준은 어색하게 웃었다. 놈이 여자 얘기에는 순진하구나 하고 학은 우스워졌다.

"타락한 영혼을 구해줄 천사일지 알아?"

준은 아래를 보면서 대꾸를 하지 않았다. 학은 김순임의 얼굴을 문뜩 떠올리며 또 농을 했다.

"행복한 인간은 딴은 혁명에 흥미가 없는 게 당연하지……"

학은 말을 끊었다. 고개를 수그리고 있는 친구의 표정에서 이상한 것을 보았기 때문이다. 준은 아랫입술을 깨물며 무슨 고통을 참는 사람처럼, 두 손으로 침대 모서리를 움켜잡고 있다.
 혹 술이 깨는 기분을 느끼며 학의 입은 굳어버렸다.
 한참 만에야 준은 퍼뜩 얼굴을 들며,
 "취하는데?"
하고, 웃었으나 능숙하지 못한 표정이었다. 학은 시계를 들여다보고 일어섰다. 준은 앉은 채로,
 "왜?"
하고, 올려다보면서 손으로 앉으라는 시늉을 했다. 학은 창유리에 이마를 대고 밖을 내다본 다음,
 "비도 이만할 때 가야지"
하고, 쾌활한 어조로 말했다.
 그제야 준도 따라 일어나며,
 "아직 이르지 않아? 10시도 못 됐는데……"
하고, 평상의 어조를 회복하며 말렸다.
 "아니, 좀 늦었어. 떠나는 데 준비도 있고…… 나도 취했어."
 학은 종이봉투를 집어들었다.
 준은 자기 레인코트를 친구에게 걸쳐주면서 두 사람은 아래층으로 내려갔다. 1층 현관에서 그들은 외출에서 돌아오는 이유정을 만났다.

 찻길까지 나가서 차를 잡아 학을 태워 보내고 들어오면서 준은

언짢았다. 학의 이야기 때문이 아니라 자기의 태도 때문에 친구를 어색하게 만든 일이 안 되었던 것이다.

"그냥 가세요?"

그 소리에 걸음을 멈추고 서너 걸음 되잡아가서 유정의 방문을 열었다.

그녀는 편한 옷으로 갈아입고 앉아서 음악을 듣고 있었다.

"얘기하다 가요."

맞은편 의자에 기대앉은 준을 보며 그녀는 싱글싱글 웃었다.

준은 눈을 감았다. 바깥바람을 쐰 탓인지 술이 깬 것 같다.

"많이 마셨어요?"

"아니 워낙 약한 축들이니까."

그는 일어서서 선반에 얹힌 물병을 찾아 연거푸 두 잔을 마셨다.

"아주."

이유정이 웃지도 않으며 놀렸다.

"저러는 통에 술도 못 마셔."

준은 퉁명스럽게 받았다.

유정은 전축의 볼륨을 낮추어놓고 돌아앉으며,

"술맛도 모르면서"

하고, 입술을 내밀었다.

"술맛을 알지 말자니 괴로운 일이 많군요."

"······"

유정은 바라보고만 있다.

"흙처럼 취해보구 싶다가도 그만둬요."

"왜?"

"취할 만한 일이 없어."

"아이들이니……"

"아이?"

"어른인가?"

준은 마루에 시선을 못 박은 채 입 속으로 아이 아이, 하고 중얼거렸다.

이윽고 그는 고개를 들며,

"담배 있어요?"

하고, 딴말을 물었다.

유정은 준의 입에 담배를 물려주고 성냥을 그어댔다. 준은 여자를 올려다보았다. 엷은 빛깔의 옷 위로 헝클어진 머리가 탐스러웠다.

알맞게 취해서 허전해진 머리가 현악絃樂을 해면처럼 빨아들였다.

빨려든 음악은 머릿속에서 다시 흩어져버리고 소리는 자꾸 흘러들었다. 이보다 더 취하면 음악이고 뭐고 없을 게 아닌가. 현악은 5월의 아침 바닷가를 불어가는 바람처럼 싱그럽고 가볍게 달리고 멈추고 날아올랐다. 그는 담배를 비벼 끄고 이유정을 바라보았다. 그녀는 손에 든 신문에 시선을 보내고 있었으나 읽고 있는 것 같지는 않았다.

"음악이란 취하는 것과 깨 있는 것 사이의 문 같은 거군요."

유정은 끄덕였다.

"나는 문을 열고 저편으로 가는 게 두려웠어요. 그래서 음악도 달갑게 생각지는 않았어요. 그런데……"

준은 눈을 감았다. 싱그러운 5월의 바닷바람은 더욱 잘 먹어들어왔다.

유정은 청년의 얼굴에 떠오르는 소박한 기쁨의 표정을 보았다. 표정은 점점 부드러워지고 청년의 입언저리에 가벼운 웃음이 새겨졌다. 컵에 담은 맑은 물에 떨어진 방울을 그녀는 생각하였다.

파삭, 하고 전축 속에서 음반이 떨어지는 소리가 났다. 나뭇가지에 내려앉는 독수리의 깃 소리. 준은 혼잣말처럼 중얼거렸다.

"음악의 건너편에 있는 것."

이번에는 유정이 그 말을 받았다.

"그게 술이란 말이죠?"

"네."

"술만이 아니에요."

"그리고?"

"인간이죠."

준은 대답하지 않았다.

바다에서는 갈매기가 물결과 더불어 숨바꼭질을 하고, 환한 봄바다가 이글거리는 여름바다로 바뀌고, 그 바다 위에 멀리 방랑하는 새들의 차가운 그림자가 떨어지고, 그리고 눈이 날린다. 얼음바다. 구멍에 빠져 죽는 흰곰. 그리고는 다시 바람. 봄가을 없는 허무한 바람만이 남아서 자꾸 흘러간다.

준은 일어섰다.

"가서 자야겠어요."

"굿나잇 베이비."

준은 여자의 옷섶 새로 보이는 살을 바라보았다. 그것은 하얗고 따뜻해 보였다.

그녀는 한 손으로 가슴을 여미며 준의 팔을 잡았다.

문까지 바래다주고 그녀는 돌아섰다. 준은 그녀를 돌아다보았다.

준은 문을 열고 방을 나섰다.

그는 문간으로 걸어갔다. 문에서 한 걸음 떨어진 한 곳에서 그는 멈춰섰다. 양 손목과 다리를 묶은 사슬이 지그시 뒤로 당겼다. 그는 주먹을 쥐고 앞으로 몸을 당겨본다. 손목이 끊어질 듯이 아플 뿐 사슬은 꿈쩍도 않는다. 발을 움직여본다. 마찬가지다. 그러는데 어디선가 들려오는 목소리. 여자다. 이리 오세요. 그 방에서 나와야 해요. 누굴까. 생소한 목소리다. 이리 오세요. 그 방에서 나오세요. 당신은 누구요? 저요? 어머, 다 아시면서. 모르겠어, 누구야? 뭐라구요, 아시겠다구요? 그러실 테죠. 아니라고 대답하려는데 소리가 나와주지 않는다.

준은 눈을 떴다. 목이 마르다. 그는 침대 위에 일어나 머리맡에 놓인 병에서 물을 따라 마셨다. 다시 몸을 눕혔으나 얼른 잠이 들지 않는다. 꿈속에서 목이 잠겼던 생각을 하고 소리를 내본다. "나는…… 나는……" 엎치락뒤치락하면서 잠을 청하는데 정신은 더 또렷해진다. 배를 깔고 엎드리면서 라디오 스위치를 넣는다. 여러분이 듣고 계시는 것은 대한민국 서울에서 북한 동포 여러분에게 보내드리는 심야 방송입니다. 이번에는 음악을 들으시겠습니다. 「알로하오에」가 조용히 흘러나온다. 갑자기 흘러나오기 시작한 달콤한 음악은 그를 사로잡았다. 옛날에, 옛날 그때도 꼭 같은 목소리였다. 나는 당신이 누군지를 안다. 잘 알고 있다. 공장의 흰 굴뚝과 사과밭이 있는 그 집에서 아주 옛날에 나는 당신의 목소리를 들은 적이 있다. 그렇지, 당신은 우리를 주재했다. 앉아 있는 강아지표가 있는 라디오 앞에서는 깊은 밤 남모를 의식이 벌어지고 있었다. 숨을 죽이고 흥분해서. 깊은 감동과 공감을 가지고. 사랑하는 북한 동포 여러분. 오늘도 여러분이 고대하는 시간이 돌아왔습니다. 어제 여러분이 사시는 고장에서는 이런 일들이 있었습니다. 평양에서는. 청진에서는. 원산에서는. 나의 소년 시절의 시. 솜구름 아득히 비낀 여름 하늘을 날아와서 죽음을 투하한 새들은 당신이 보낸 것이라고 우리는 생각하였다. 수평선 저편에서 날쌘 무쇠의 새들이 불쑥 떠오르며 저 장신의 거인을 거꾸러뜨렸다. 북한 동포 여러분, 오늘 서울 경복궁에서는 어린이 미술 전람회가 열렸습니다. 민족의 꽃봉오리인 어린이들의 귀여운 재주를. 수많은 시민들은. 대통령 각하는. 대통령 각하께서는. 준은 LST의 줄사다리를 오르고 있었다. 난간에 기대서 바라본 W시는 어슴푸레한 안개 속에서 낯선 도시처럼 싱싱했다. 왜 그런지 두려움은 없었다. 여러분이 꿈길에 그리는. 암, 아름다운 당신의 목소리가 있는 곳이니까. 아버지와 매부가 있는 곳이니까. 게다가 소년은 레미의 모험을 알고 있었다. 이승만 박사가 다스리는 곳이었으니까. 수용소의 철조망 건너편 흑인 보초의 두툼한 입술에서 소년은 처음으로 타향을 보았다. 바닷바람이 몰아가는 거리를 나란히 걸어가면서, 배가 고프면 추위를 더 탄다고 토론하는 부자가 있었다. 사과꽃 아래 오솔길을 끼고 걸어도 사랑은 또다시 시작할 수 있다는 것을 배우며 놀라는 어느 날 오후가 있었다. 영구차에 단 혼자 앉아서 아버지를 무덤으로 보내는 길가에서, 아이들은 딱지치기를 하고 있었다. 그때부터 아이들은 도덕적으로 저열하고 잔인한 꼬마 동물이라는 믿음을 가지게 되었다. 이사할 때마다 들고 다니던 헌 보따리 속에서 당증을 발견하고 두려운 기쁨을 가누며 음모를 생각한 저녁이 있었다. 그 모든 것이 이 아름다운 목소리에서 생겼다. 사람이 철수한 도시를 걸어가면서 나는 그 까닭을 알 수 없었다. 그 집 뜰 안에 피었던 꽃의 뜻을 알지 못했다. 폭음이 울리는 방공호 속에서의 숨 막히는 포옹의 뜻을 알지 못했다. 지금은 알 수 있다. 그것들은 다 하나였다. 그 여름의 하늘. 구름. 은빛의 새들. 땅 위에 흐른 피. 텅 빈 거리. 도시의 화재. 잔인한 아이들. 그것들은 다 하나였다. 김학이는 그러한 것들을 간단히 해결한다. 그것은 정치의 악惡이라고. 그것뿐일까. 인간이 어긋나고 넘어지는 것은 한 사람의 노인이 정치를 잘못하고 있다는 그 한 가지에서 오는 것일까. 나는 다른 길을 택했다. 나는 내 심장이 믿을 수 있는 증오에만 의지하기로 했다. 그러나 나는 누이를 위해서 현호성에게 복수한 것일까. 그것은 거짓말이다. 나는 나를 위해 음모했을 뿐이다. 그런데. 그런데. 그렇지. 나는 악한이 되기를 택했다. 나는 자유라는 것. 이 희한한 자유를 돈과 바꾸겠다는 것. 그 돈을 시간과 바꾸겠다는 것. 그 시간을 자유와 바꾸겠다는 것. 그런데

이 순환의 어딘가에 잘못된 것이 있었다. 나는 왜 김순임을 유혹하지 않았는가. 넓은 집 2층 한 칸을 쓰고 밥을 얻어먹는 게 무어 그리 굉장한 복수인가. 나는 속이고 있었다. 나는 어느 법정을 위해서 정상참작의 자료를 교활하게 마련하고 있었다. 죄를 범한다면서 죄인이 되지 말자고 한 곳에 나의 간계가 있었다. 손에 피를 묻히지 않고 살인하자는? 그런 일이 가능한가? 신에게도 악마에게도 붙지 않는다는. 그러나 나는 배신할 신을 가지고 있지 않다. 나에게는 드라마가 불가능했던 것이다. 불가능한 것을 뛰어넘는 것, 그것이 혁명이다? 불가능한 것을?

  준은 벌떡 일어나 마루에 내려섰다. 그리고 방 안을 걸어다니면서 자기의 머리를 움켜잡았다.

  불가능한 것을? 그렇다. 내가 신神이 되는 것. 그 길이 있을 뿐이다. 그러나. 그것은 번역극이 아닌가? 거짓말이다. 유다나 드라큘라의 이름이 아니고 너의 이름으로 하라. 파우스트를 끌어대지 말고 너 독고준의 이름으로 서명하라. 너의 이름을 회피하고 가명을 쓰려는 것, 그것이 네가 겁보인 증거다. 남의 이름으로는 계약하지 않겠다는 깨끗한 체하는 수작은 모험을 회피하자는 심보다. 아니 나는 모험을 했다. 노동당원을 협박해서 돈을 뺏었다. 현호성에게는 내가 고통일 것이다. 나는 그에게서 돈을 뺏는 것으로 만족이다. 신파는 싫다. 내 속에서 자라온 불치의 부스럼을 어루만지며 나는 간소한 동굴에서 쉬기를 원했다. 거짓말이다. 현호성은 너를 베스만큼으로밖에는 여기지 않는다. 너와는 상대를 안 해주고 있지 않은가. 뼈다귀나 던져주고 있을 뿐이다. 비겁한 너는 주인의 식탁은 감히 쳐다보지 않았다. 너는 형법을 참조하면서 도둑질을 하는 악당처럼 치사한 놈이다. 아니다, 아니다.

그는 창으로 걸어가서 유리 속을 들여다보았다.

창백한 남자가 그를 지켜보고 있었다. 그 남자는 쌀쌀하게 말했다. 정직하게 살아. 아주 정직하게. 이 집을 나가란 말인가. 그렇게 바본 줄은 몰랐어. 그러면 그러면. 나는 용기가 없었던 게 아니다. 나는 신파는 싫었을 뿐이다. 나는 절제를 하려던 게 아니다. 돈키호테를 재연하고 싶지 않았을 뿐이다. 필요하다면 한다. 돈키호테인 줄 알면서 풍차를 향해 달려가는 길밖에는 이 시대에는 남지 않았다는 걸 몰라? 그리스도 없이 유다가 돼야 한다는 걸 몰라? 너는 천민을 깔보고 있다. 공주하고만 정사를 하려고 들어. 네가 신이라면 모든 사람이 신이야. 상대역이 없다고 건방지게 굴지 마라.

그는 신음하면서 침대에 걸터앉았다. 그러면 북한 동포 여러분을 위한 심야 방송을 마치겠습니다. 여러분 다음 이 시간까지 안녕히 계십시오. 그리고 애국가. 준은 마치 오랜만에 듣는 음악처럼 그 노래를 들었다.

애국가가 끝나자 갑자기 밤이 방 안에 꽉 들어찼다. 준은 다이얼을 이리저리 돌렸다. 이상한 소리라 나오는 곳이 있다. 이, 이, 삼, 오, 사, 육. 팔, 삼, 삼, 육, 육, 육. 그 삼 단계의 숫자를 두 짝씩 불러가고 있는 여자의 목소리였다. 호수는 마냥 계속된다. 정확만을 기하려는 건조한 여자의 목소리. 356 777. 948 333. 547 666. 123 355. 388. 444 444. 준의 머릿속에서 아까 저녁에 음악을 듣던 때와 꼭 같은 현상이 일어났다. 이것은 암호다. 남한에 있는 스파이에게 보내는 북한의 암호 송신이다. 999 333. 753 555. 311 222. 148 077. 888 444. 699 233. 666 222. 444 444. 갈피를 잡을 수 없이 어지러웠던 그의 머릿속에 뜨거운 바람이 불고 규칙 바르게 해안을 때리는 물소리만이 울려퍼졌다. 송신소에 비치한 원장原帳과 관계없이 저 부호를 해석하는 스파이처럼. 그에게 있어서 저 암호는 무한히 깊고 자유다. 마치 저 현의 당증처럼. 왜 현이 공상당원이기 때문에 협박하는 것이라고 생각했을까. 왜 나의 매부였기 때문에 복수하는 것이라고 속였을까. 왜 그 당증을 예금 통장으로만 생각했을까. 알 수 없는 어떤 것. 내가 넘어서기를 주저한 어떤 곳으로부터 보내온 초대장이라고 생각하자. 초대자의 이름은 어떻든 좋다. 문제는 초대되었다는 데 있다. 이 초대에 응하기로 하자. 초대자의 이름을 알기 전에는 벨을 누르지 않겠다는 것이 비겁한 일이라면.

유리창이 환해지더니 조금 있다가 우렛소리가 들렸다. 준은 일어서서 창문을 열어보았다. 바람을 타고 빗발이 날려들어왔다. 빗소리는 무겁게 가라앉은 소리로 신음하고 번개가 칠 때마다 창백한 수없는 빗발이 화살처럼 모습을 드러냈다.

그는 창문을 닫고 머리맡에 벗어두었던 바지를 집어서 꿰고 띠를 맸다. 333 444. 444 444. 여자는 여전히 숫자를 부르고 있었다. 준은 문을 열고 복도로 나섰다.

그는 층계를 천천히 걸어내려갔다. 층계가 일단 끝나고 구부러지면서 다시 시작되는 장소에서 그는 계단에 걸터앉았다. 천장에 달린 전등빛을 등으로 받아 그의 그림자가 요철凹凸을 이루며 계단에 엎어져 아래로 뻗어 있었다.

준은 그림자를 내려다보았다. 그것은 또 한 사람의 자기가 거기 쓰러져 있는 것처럼 보였다. 그의 마음속에서 알 수 없는 힘이 솟았다. 갑자기 그의 심장은 뛰기 시작했다. 관자놀이로 더운 피가 콸콸 흐르기 시작했다. 그러나 준은 곧 일어서지는 않았다. 그는 좀더 진정하고 싶었다. 결심을 하는 데는 격해야 할지 모르지만 실행하면서까지 흥분할 필요는 없다. 그녀의 묵직한 몸을 상상해 보았다. 목이 잠기며 마른침이 넘어갔다. 그는 두 손으로 자기 목을 꽉 붙들었다. 얼핏 부끄럽다는 생각이 들었기 때문이다. 그는 목을 움켜잡은 채 그 자리에서 오래 생각에 잠겼다. 그러나 자꾸 침이 넘어오고 얼굴이 달아오를 뿐 그는 결단을 내리지 못했다. 그동안에도 번개가 치고 그때마다 푸른빛이 창문마다 켜졌다가는 사라졌다. 그는 머리를 쓰다듬으며 일어섰다. 그의 입가에는 엷은 웃음이 있었다.

소리를 내지 않고 천천히 계단을 내려가 복도를 걸어갔다. 이유정의 방문 앞에 이르렀을 때 그는 잠시 멈춰섰다가 손잡이를 지그시 비틀면서 앞으로 당겼다. 문은 소리 없이 열렸다. 문이 안으로 닫히며 그의 모습은 속으로 사라졌다.

해설

자아와 현실의 변증법

김치수
(문학평론가)

　　최인훈의 『회색인』은 그의 대부분의 소설이 그러하듯이 이 작가의 개성이 뚜렷하게 나타나는 작품이다. 그의 주인공 독고준은 다른 주인공들과 마찬가지로 자기를 둘러싸고 있는 상황에 대해서 질문을 하고, 그 상황 속에서 살고 있는 '자아'에 대해서 질문을 하기도 하며, 자신의 모습을 자괴의 눈으로 바라보기도 한다. 그렇기 때문에 이 작품에서도 일반적으로 소설이라는 양식 속에서 생각할 수는 없는 에세이 스타일의 이야기가 독고준이나 김학이나 황 노인 등의 입을 통해서 자주 나오게 된다. 실제로 그의 소설 속에서 이른바 '사건'의 설명이라고 할 만한 부분은 다른 소설에 비해 양적으로도 작은 비중을 차지하고 있을 뿐만 아니라, 1950년대의 다른 작가들에게서처럼 사회적 사건의 개인적 경험을 소설적 구성 속에서 극적인 요소로 삼고 있지 않다. 그의 소설은 사회적 현실에 대한 주인공의 경험을 표면에 내세우지 않고 일종의 배경

음악으로 처리하고 있다. 다시 말하면 사회적 현실 그 자체가 소설의 표층 구조를 형성하고 있는 것이 아니라, 사회적 현실이 주인공이라는 개인과 어떤 관계에 놓여 있으며, 주인공이 그 사건을 어떤 방식으로 수용하고 있고, 그 수용의 영향이 어떤 식으로 나타나고 있는가 하는 것이 소설의 전면에 나타나고 있다.

이 소설에서 주인공 독고준의 어린 시절의 경험 가운데 그의 뇌리를 떠나지 않고 그를 따라다니는 사건은 '폭음. 더운 공기. 더운 뺨. 더운 살. 폭음'이라는 것이다. 6·25전란에 있어서 폭격의 장면을 이야기하는 이 묘사는, 어린 시절의 '공포'에 관한 것이 아니라 유일한 '행복'의 순간에 관한 것이다. 그러나 '행복'의 순간은 다른 사람들이 '공포'를 느끼는 순간에 체험된 것이라는 이유 때문에 주인공에게는 무언가 모순된 느낌으로 받아들여져야 함에도 불구하고 주인공에 의해 포기될 수 없는 어떤 것이 되고 있다. 이러한 주인공의 특이한 감수성은 얼핏 보기에 혹은 도덕적으로 보면 패덕한 것으로 보일지 모른다. 그러나 어린 시절을 수많은 '이야기' 책 속에서 자신을 길러온 주인공의 독백 속에서 그 비밀의 정당함을 발견하게 된다. "죄의 기쁨 속에서도 이야기의 세계는 여전히 매력이 있었다. 그것은 일종의 거꾸로 선 세계, 물구나 무선 정신의 풍토였다"는 고백에서 금방 알 수 있는 것은, '이야기'라는 것이 어린이들에게 금지된 어떤 것이라는 사실이다. 어른들에 의해 금지된 어떤 것은 말하자면 기존의 체제에 편입된 사람들의 눈에는 불온한 것이어야 한다. 그렇다면 '이야기'라는 것이 아직 체제에 흡수되지 않은 어린이들에게는 왜 위험한 것이고 불온한 것인가? 아마도 여기에 가장 뚜렷한 대답을 해주는 것이 소설의 기원이라고 할 수 있는 『천일야화』일 것이다. 매일 밤 이야기가 끊길 때마다 백성을 죽이는 잔인한 술탄에게 세헤라자데는 매일 밤 재미있는 이야기를 들려줌으로써 백성의 생명을 구해줄 뿐만 아니라 자신의 생명도 구하게 된다. 이것을 술탄의 입장에서 보면 백성을 죽이는 체제의 종말을 가져오게 한 것이기 때문에 술탄의 체제에게는 불온한 것이 되고, 반면에 백성의 입장에서 보면 '이야기'가 구원의 길이었던 것이다. 이 경우, 이야기를 너무나 단순하게 해석하는 모험을 범하고 있기는 하지만, 문학이란 말하자면 이처럼 체제에 불온한 본질적 성격을 갖고 있는 것이다. 오늘날은 페르시아 시대에 비해서 더욱 체제가 강력하기 때문에 체제에 편입되지 않은 상태에 있는 어린이들에게도 어디에서나 체제에 순응할 수 있는 교육을 시키게 된다. 그렇기 때문에 집에서나 학교에서 공부를 시키며, 동시에 소설 따위를 읽는 것은 공부의 범주에 속하지 않게 된다. 따라서 소설 따위를 읽는 어린이는 처음부터 죄의식을 느끼게 되는 것이다. 그리하여 독고준은 "이야기가 더 현실적이고 현실이 더 거짓말 같은 질서"를 보게 되면서 "물구나무선 정신의 풍토"를 자기 안에서 기르게 된다. 이때부터 독고준은 현실의 이중 구조를 경험하게 된다. 즉, 공부를 잘해야 한다고 주장하던 체제가 어느 순간에 책에서 얻은 지식을 발표했을 때는 '소부르주아적'이라는 자아비판을 강요받게 되고, 지도원 선생의 말을 좇게 되면 어머니와 형의 말을 듣지 않는 결과가 되고, "고개를 뒤로 돌릴 적마다 거기 어머니와 형의 모습을 기대하는 마음과 그러지 말았으면 하는 마음"(p.55)의 갈등을 느껴야만 되었다. 이것은 자아의 외부에 존재하고 있는 두 개의 요소가 대립되고 있는 관계로부터 현실과 자아 사이에 있는 대립, 그리고는 자아 내부에 있는 두 요소의 대립으로까지 확대(혹은 축약)되고 있는 것을 보여주고 있다. 이와 같은 대립 관계는 주인공이 경험한 역사적 공간 속에서도 확인된다. 즉 남과 북으로 대립된 상황 속에서 자라온 독고준을 통해서 작가는 6·25전란을 다룬 소설가로서는 드물게 이데올로기 문제를 제기하고 있다.

이 이데올로기의 문제 제기는 적어도 작가 자신이 소속된 집단의 이념에 대해서 논의한다는 점에서 지극히 당연한 것이다. 그럼에도 불구하고 최인훈에게 있어서 이것의 중요성은 동시대의 다른 작가들이 거의 이 문제를 다루지 않고 있기 때문에 강조될 수 있다. 최인훈이 독고준의 입을 통해 이야기하고 있는 두 이데올로기에 대한 태도는 해방 직후 채만식의 태도와 비슷한 발상 위에 서 있다. 그것은 이 두 이데올로기가 외부에서 주어진 것이라는 이유 때문에 이 땅에 토착화하는 데 무수한 모순을 동반하고 있다는 사실의 주장에서 엿볼 수 있다. "제국주의를 대외 정책으로, 민주주의를 대내 정책으로 쓸 수 있었던 저 자유자재한, 행복한 시대는 영원히 가고 우리는 지금 국제 협조, 후진국 개발의 새 나팔이 야단스러운 새 유행 시대에 살고 있으니, 민주주의의 거름으로 써야 할 식민지를 부앙천지 어느 곳에서 탈취할 수 있으랴. 그러나 식민지 없는 민주주의는 크나큰 모험이다"(p.11)라고 이야기하는 것처럼 주인공의 이데올로기에 대한 사변은 끊임없이 계속된다. 이러한 주인공의 태도 속에서 자칫하면 두 이데올로기를 배척하고 새로운 '한국적' 이데올로기의 설정을 염원하는 것처럼 생각하기가 대단히 쉽다. 그것은 그러나 최인훈의 문학이 지향하는 바가 아니다. 최인훈은 말하자면 '한국적' 이데올로기의 설정 자체도 또 다른 집단 이념의 지배 속으로 들어간다는 이념의 속성을 알고 있으며, 이 경우, 이념이란 개인의 자유와 모순되는 것이며 또 다른 체제화를 의미한다는 것을 알고 있는 것이다. 그렇기 때문에 김학이 독고준에게 동인으로 가담할 것을 요구했을 때 독고준은 그 제안을 거절하는 것이다. 개인이 어떤 집단에 소속되었을 경우에는 필연적으로 그 집단의 유지를 위한 집단 내부의 요구에 순응해야 하고 그렇게 되면 집단 내부의 질서 때문에 개인이 자유로운 사고를 할 수 없게 되는 것이다. 물론 여기에는 두 가지 관점을 들 수 있다. 하나는 사고의 자유를 어느 정도 희생하면서라도 집단의 내부에서 모순을 함께 살며 자신의 이념을 정립하며 실천하는 관점이 좋다는 것이고, 다른 하나는 그런 집단으로부터 벗어나서 자신의 자유로운 사고가 집단에 반영이 되든 안 되든 상관없이 그 자체로서 자신의 삶을 이루게 되어야 한다는 관점이다. 그러나 문학의 속성이 체제에 의해 수렴당하는 것에 대항하는 것이라면, 최인훈의 주인공이 두번째 관점에 서는 것은 바로 문학의 보존이라는 작가의 선택의 결과라고 생각해야 할 것이다.

그러나 최인훈의 주인공의 괴로움은 과연 집단에 소속되지 않는다고 해서 자신의 '에고'를 지킬 수 있는 것이 아니고, 그러한 '자아'로서의 삶만으로 자신의 지성을 만족시킬 수 없다는 데 있다.

다시 말하면 자신의 밀실은 부단한 외부의 도전 속에 놓여 있고 따라서 주인공은 '광장'이나 '밀실' 어느 한쪽만을 선택할 수 없는, 그래서 양쪽을 왔다 갔다 하는 방황을 숙명으로 갖게 된다. 애써도 추어올릴 수 없는 이 정신의 자세. 회색의 의자(이 작품이 처음 발표되었을 때의 제목이 '회색의 의자'라는 것을 기억하기 바란다)에 깊숙이 파묻혀서 몽롱한 눈으로 세상을 바라보기만 하자는 이 자세. 그러면서도 학의 말에 반발하고 싶고 그들이 만들고 있다는 서클에 퍼뜩 생각이 미치곤 한다. "나라는 놈은⋯⋯" 이와 같이 자신을 자괴의 눈으로 바라보게 되는 독고준은 개인과 사회의 갈등을 진지하게 반성하고 있는 지성을 소유하고 있다. 이러한 주인공을 내세우고 있는 최인훈은 문학이 현실을 개조하는 혁명의 직접적인 수단이 될 수 없다는, 그러면서도 문학이 개인과 사회 사이에 있을 수밖에 없는 모순과 갈등을 개인의 고통의 측면에서 쓸 수밖에 없다는 태도를 취하게 된다. 역사 속의 문학이 사람으로 치면 '회색인'의 자리를 차지하고 있는 사실에 대한 고통스런 인식으로부터 최인훈 문학의 진정한 의미는 드러난다. 그것은 문학이 칼이나 총, 정치적 발언이나 경제적 계획처럼 현실의 개조에 직접적인 영향력을 발휘할 수 없음에도 불구하고 언젠가는 개인의 조건을 개선하는 데 어느 만큼 영향을 미치리라는 기대를 저버릴 수 없는 데서 비롯된다. 그 때문에 김학이 "혁명이 가능했던 상황이란 없었어. 혁명은 그 불가능을 의지로 이겨내는 거야" 하고 했을 때 독고준은 '사랑과 시간'이라고 대답을 해놓고 "그러나 얼마나 기다려야 하는가. 언제 우리들의 가슴에 그 진리의 불이 홀연히 당겨질 것인가. 그것은 기다리면 자연히 오는 것인가. 만일 너무 늦게 온다면. 사랑과 시간. 이것이 스스로를 속이는 기피가 안 되려면 무엇이 있어야 하는가"(p.87)라는 무수한 사변의 세계에 빠진다. 이 사변의 세계는, 문학을 선택한 이유가 스스로 낭만적인 혁명가가 될 수 없는 데 있다면 바로 문학 자체의 속성이라 할 수 있을 것이다. 그렇기 때문에 그 '무엇이' 최인훈에게는 바로 문학 활동 그것일 수밖에 없다. "혁명. 피. 역사. 정치. 자유. 그런 낱말들이 그들의 자리를 풍성하게 만들고 있었으나, 그것들이 장미꽃·저녁노을·사랑·모험·등산 같은 말과 얼마나 다른지는 의문이었다. 왜냐하면 그들에게는 그 무거운 낱말들 — 혁명·피·역사·정치·자유와 같은 사실의 책임을 질 만한 실제의 힘이 없었기 때문이었다. 그들이 지배할 수 있는 것은 언어뿐이었다. '사실'에 영향을 주고, '밖'을 움직이는 정치의 언어가 아니라 제 그림자를 쫓고 제 목소리가 되돌아온 메아리를 되씹는 수인囚人의 언어 속에 살고 있었다"(p.104)와 같은 언어 인식은 '언어'와 '현실' 사이에 놓여 있는 심연을 어떻게 극복할 수 있는지 하는 최인훈의 작가적 고민이었고, 그의 날카로운 통찰력은 "그들의 언어가 수인의 언어여야만 했던 것은 그 언어를 품고 있는 사실事實의 세계를 반영한 탓이었다"(p.105)고 이야기하게끔 되었다.

  작가로서 이러한 언어에 관한 성찰은, 언어가 적어도 눈에 보이고 혹은 정신적으로 경험한 세계를 어떻게 하면 언어와 사실 사이에 있는 깊은 단절의 간극을 메우면서 재구성해낼 수 있는지 반성하는 단계로 넘어간다. 그렇기 때문에 독고준은 '이유정'의 그림에 관한 태도를 보며 자신도 그림을 그렸으면 하는 강렬한 충동을 느끼기도 한다. 이유정의 전위적 그림에서 독고준이 부러워하는 것은 그림에서는 물감이나 구도가 현실에 의해 오염되지 않은 순수한 상태로서 창조될 수 있었기 때문이었다. 반면에 언어에 있어서 순수성은 그 자체로 역사의 때에 의해 오염되어 있는 것이기 때문에 경험한 세계를 그것으로 재구성하는 데 있어서 가능한 것은 소설의 양식의 변화를 꾀하는 것이다. 그러한 이유로 최인훈의 소설에는 띄어쓰기가 무시된 수많은 기록이 나타난다. 이른바 낙서에 해당하는 이 부분들은 의사 전달의 기능을 가진 언어의 사용에 작가 자신이 부끄러움을 느끼고 있음을 보여주는 동시에 한 문장 한 문장의 연속 속에서 의미가 흘러내려야만 한다는 교과서적 태도로부터 탈피해서 사고의 무수한 편린들이 여기저기에 거점을 마련하고 있음으로 해서 하나의 '이야기'의 구조가 소설의 구조로서 가능하다는 것을 보여주고 있다. 그러한 이유 때문에 최인훈의 소설은 사변으로 가득 차 있으면서도 그 사변이 바로 이야기로 바뀌지 않고 하나의 집합을 형성하고 있다. 사변의 집합체라 할 수 있는 최인훈의 소설은 그러므로 이로정연理路整然, 그래서 대단원으로 가는 극적 결말을 갖고 있지 않다. 이러한 그의 소설을 읽는 독자는 아마도 주인공과 자신을 동일시해서 소설을 읽는 동안만은 자신의 삶을 잊어버리고 마치 자신이 주인공이나 된 것처럼 소설 속의 삶을 사는 일을 방해한다. 이 소설적 조작은 최인훈의 소설이 독자에게 현실의 도피 공간이 되지 않음을 이야기하며 동시에 독자로 하여금 고통스런 자신의 삶에 끊임없는 질문을 던지게 하며 자신의 현실로부터 떠날 수 없도록 깊은 의식을 갖게 하고 나아가서는 소설과 문화에 대한 독자 자신의 태도를 반성하게끔 한다. 이와 같은 소설 문법의 파괴는 한편으로 소설의 제도화를 방지하며 다른 한편으로는 언어와 현실 사이에 있는 음모 관계를 어느 정도 드러나게 해준다.

그렇다고 해서 최인훈의 소설이 '아무렇게나' 씌어진 작품이라는 것은 아니다. 『회색인』의 첫 장에 보면 김학이 소주병을 들고 독고준을 찾아온 장면이 나오고 마지막 장에도 같은 장면이 나온다. 이것은 작가가 이 소설의 공간을 구조화하고 그 구조 속에서의 정신의 모험을 시도하고 있음을 알게 한다. 따라서 이 소설은 그 자체로는 닫힌 공간임을 알게 되지만, 다른 한편으로 1958년과 1959년이라는 사건의 시간을 통해서 이 소설은 얼마든지 계속될 수 있다는 앙드레 지드적 명제인 열린 공간임을 보여준다. 이 소설의 열린 구조는 그 뒤에 씌어진 『서유기』에 의해 뒷받침을 받고 있다.

그렇다면 독고준이 '당증'을 가지고 매부를 위협한 사건과, 그가 김순임과 이유정을 사랑했던 것은 어떻게 설명될 수 있는가? 우선 당증은 체제가 사용하는 '상징'으로 된 것이다. 이 상징이 이데올로기의 대립 속에서는 때로는 개인의 긍정적 측면이 되고 때로는 부정적 측면이 된다. 이 부정적 측면이 지배하는 사회에 있어서 그 '상징'이 갖고 있는 제도적 허위의 힘은 실제로 막강한 것이 된다. 그러니까 개인이 어느 체제에 소속되어 있을 경우에는 그 개인을 결정짓는 요소가 체제에 의해 마련된 무수한 상징의 집합에 지나지 않는 것이며, 따라서 그 개인은 '자아'를 가질 수 없게 된다. 독고준에게는 하나의 휴지에 불과한 '당증'이 그의 매부에게는 삶을 좌우하는 힘을 갖게 되는 것이다.

그리고 김순임과 이유정은 독고준에게 자신의 두 개의 얼굴을 대변한다. 독고준이 어렸을 때 경험한 '성'의 눈뜸은 그가 경험한 모든 것들 중에 가장 진실한 어떤 것이었고 그의 '에고'에 감추어진 비밀이었다. 그가 처음에 김순임으로부터 강한 성욕을 느낀 것은 본래로 돌아가고 싶은 원초 감정이라 할 수 있을 것이다. 뿐만 아니라 자신의 소외된 감정을 기독교적 신앙을 통해서 해결하고자 하는 김순임에게서 독고준은 일종의 동류 의식을 느꼈던 것이다. 반면에 이러한 감정적 세계와는 별도로 독고준의 지성은 무수한 정신의 모험을 시도하며 현실에서의 패배를 작품으로 보상하려는 이유정에게서 지적 동류 의식을 발견하게 된다. 독고준이 마지막에 김순임의 방으로 들어가지 않고 이유정의 방으로 들어간 것은, 자신의 두 개의 얼굴 가운데 지성 쪽을 택한 것을 의미한다. 이러한 선택은 작가 최인훈이 현실의 투사를 택한 것이 아니라 소설을 택한 것이기 때문에 당연한 귀결인지 모른다. 이것은 최인훈이 정신의 투쟁을 계속하겠다는 의지의 표현인 것이다.

〔1977〕

해설

모나드의 창과 불안의 철학시哲學詩
— 최인훈의 『회색인』 다시 읽기

우 찬 제
(문학평론가)

1. 회색의 불안 의자

최인훈의 『회색인』은 한국 사회와 문명, 예술, 문학 전반에 걸친 폭넓은 성찰적 논변을 펼치고 있는, 매우 이채로운 텍스트이다. 이미 평판작 『광장』에서 이명준이나 정 선생의 발화, 그리고 서술자의 논평을 통해 해방기에서 한국전쟁기에 이르는 시기의 문제적 지점들에 대한 심도 있는 관념적 성찰을 보인 바 있다. 그와 같은 관념적 성찰이야말로 이전의 소설에서는 좀처럼 보기 힘들었던 비판적 산문정신의 소중한 열매이고 그만큼 새로운 소설의 가능성을 암시하는 것이었다. 『회색인』에서는 그러한 관념적 성찰의 폭이 훨씬 넓어지고 정도가 깊어진다. 이명준 중심의 관념 표출이 지배적이었던 『광장』에 비해, 『회색인』에서는 주인공인 독고준獨孤俊을 중심으로 하되, 그의 친구 김학, 황 선생, 오승은, 김 소위 등 상대 인물이나 위성 인물들도 나름의 관념적 성찰의 몫을 일정하게 담당하고 있으며, 여성 인물의 경우도 『광장』의 윤애나 은혜에 비해 『회색인』의 김순임과 이유정이 훨씬 성숙한 개성을 보이고 있는 게 사실이다. 정도의 차이는 있지만 『회색인』에 등장하는 여러 인물들은 대부분 자기의 성찰적 관념을 표출할 줄 아는 문제적 개인들이다. 1958년 가을에서 1959년 여름에 이르는 1년여의 시간을 배경으로 하여, 이들은 『광장』에서의 성찰을 포월包越하면서 더욱 문제적인 세계사 속의 한국 역사와 사회, 전통과 문화 전반에 걸친 새로운 성찰의 세목을 다각적으로 펼친다. 그들이 끊임없이 관념적 성찰을 시도하는 것은, 일차적으로 그들이 진정한 관념 혹은 이성적 성찰의 지평으로부터 결여를 절감하고 있기 때문이다. 그들이 터 잡고 있는 현실도, 그 현실이 참조할 수 있는 지상의 척도도, 그들 자신의 정신적 성숙도, 모두 한결같이 결여와 허기로부터 자유롭지 못한 까닭이다. 그러한 결여의 체험과 인식으로 말미암아 그들이 처한 실존의 둥지는 곧 불안의 둥지요, 그들이 앉은 의자는 불안한 '회색의 의자'에 다름 아닌 것이다. 그 어느 쪽도 맞춤인 인식의 거울이라고 여겨지지 않는 가운데 '회색의 의자'에 앉은 젊은 영혼들은 대개 이상과 현실, 욕망과 실재, 가능태와 현실태, 이드와 슈퍼에고 사이에서 방황하고 불안해하는, 다시 말해 진정한 에고의 자리를 알지 못하는 에고들이다. 젊지는 않지만 황 선생의 경우도 그와 같이 경계선의 불안한 회색 의자에 앉아 있기는 마찬가지로 보인다. 그러한 불안기가 그들로 하여금 더더욱 관념적 성찰의 지평으로 유도한다. 그 결과 소설은 극적인 구성을 넘어서서 관념적 탐문의 담론장이 된 것처럼 보인다.

『광장』의 이명준과는 달리 『회색인』에서 독고준은 이렇다 할 극적인 행동도 벌이지 않고 그러므로 인상적인 사건을 극화하지도 않는다. 그럼에도 독고준은 대단히 인상적이고 특징적인 인물로 독자들의 뇌리에 오래도록 기억된다. 보기에 따라서는 아이로니컬하지 않을 수 없는데, 그렇다는 것은 그의 실존적 조건 자체가 이미 문제적 서사 상황을 연출한다는 점과 관련된다. 독고준은 일제강점기에 북한에서 출생하여 학교를 다니다가 월남하여 남한에서 대학을 다니는 인물이다. 어머니와 누이 등 여러 가족은 북한에 남아 생사를 알지 못하고, 함께 월남한 아버지는 남한에서 타계한 상태다. 이렇게 분단된 남북조 시대의 상황으로 인하여 '독고獨孤' 상태에 처한 단독자의 초상인 독고준은 그야말로 고독한 자유인이다. 그는 기존의 경계를 허물고 기존의 영토를 넘어서 새로운 사유와 인식으로 진정한 삶의 지평을 열기를 간절히 소망하고 갈구하는 인물이다. 그 자신이 결여로 인해 매우 불완전한 존재임을 승인하는 인물이기에 결여를 넘어서기 위한 허심탄회한 보헤미안의 방랑을 서슴지 않는다. 물론 그에게 방랑이란 관념의 방랑이다. 거기서 끊임없이 새로운 길을 내고 지운다. 관계없는 것들을 짝 짓기도 하고 관계있는 것들을 과감히 해체하기도 한다. 그렇게 해서 독고준은 1960년대 소설사에서 매우 독특한 인물로 호명되기에 이른다. 우리는 독고준을 이렇게 부른다. 남북조 시대를 가로지르며 잃어버린 자기를 찾아서, 혹은 정립된 적이 없는 자기를 찾아서, 열정적으로 자기 성찰과 세계 인식의 도정을 보인 존재의 연금술사라고 말이다. 그의 존재와 그의 탐문은 비단 『회색인』의 성공에서 그치지 않고 『서유기』를 거치고 『소설가 구보씨의 일일』을 경유하고 『태풍』을 지나 『화두』에 이르는 최인훈 소설의 핵심적 자양분이 아닐 수 없다. 아마도 『회색인』에서 보인 독고준의 관념적 성찰이란 오래된 자양분이 없었던들, 20세기의 운명과 20세기인들의 지적 자산과 20세기 한국인들의 집단무의식과 20세기 한국인의 성찰을 집약적으로 다룬 『화두』는 탄생되기 어려웠을 것이다.

2. 창 없는 모나드의 창

라이프니츠는 모든 존재의 기본으로서의 실체, 그 단순하고 불가분한 것을 모나드라고 불렀다. 물리적인 원자와는 다른 비물질적 실체인 모나드의 본질적 작용은 표상이다. 외부의 것이 내부의 것에 포함되는 것으로서 표상에는 물론 의식적인 것에다 무의식적인 미소표상微小表象까지를 포함한다. 이 표상 작용에 의해 모나드는 단순성을 넘어서 외부의 다양성과 관계를 맺을 수 있다. 하여 모나드에 의해 표상되는 다양성은 세계 전체에 육박한다. 모나드를 일컬어 '우주의 살아 있는 거울' 혹은 '소우주'라고 하는 것도 그런 까닭이다. 그런데 모나드들은 각각 독립되어 있고 상호 인과관계를 지니지 않는 것으로 얘기된다. 아울러 모나드는 창窓을 가지고 있지 않다고 말한다. 창이 없는 모나드들이 독립적으로 행하는 표상 사이에 조화와 통일이 이루어진다면, 그것은 왜일까? 라이프니츠는 예정조화豫定調和 때문이라고 했다. 신이 미리 정한 법칙에 따라 모나드의 작용이 일어나기 때문이라고 보았다.

라이프니츠와는 달리 독고준은, 그리고 독고준을 통한 최인훈은 신의 뜻에 의한 예정조화를 신뢰하지 못한다. 혹은 신뢰하지 않는다. 그는 자기 시대/세대를 "엉거주춤한 세대. 무슨 일을 해보려 해도 다 절벽인 사회. 한두 사람 힘으로는 어쩔 수 없는 시대"(p.40) 혹은 "격식도 없고 믿음도 없는 시대"(p.163)로 받아들이는 인물이다. 그리하여 그는 자신을 "투쟁과 체념 사이의 조화를 얻지 못"(p.163)하는 가운데 "막막한 공간에서 고독을"(p.80) 견디는 존재로 정위한다. 그렇게 고독을 함께 견디는 사람들끼리의 "우주감정宇宙感情"에 때로 기대를 걸기도 한다. 자신의 에고와 이웃의 에고와의 연대, 다시 말해 "그의 에고와 이웃 에고와 별하늘. 이 세 개의 점을 연결한 삼각형 속에서 그는 외로움과 싸"(p.81) 우기도 한다. 그것은 청년기에 흔히 있을 수 있는 "체계體系에의 집념"이기도 하고, "세계를 한 가지 원리로 설명하고 싶다는 욕망"이거나, "가족으로부터 분리되어 소속할 체계를 잃은 에고가 자기 분열을 막기 위해서 환경과의 사이에 벌이는 본능의 싸움"(p.81)이기도 하다. 그러나 그 싸움이란 결코 쉬운 게 아니어서 그는 "깊은 회의와 권태의 의자에서"(p.82) 벗어나기 힘들어한다. "애써도 추어올릴 수 없는 이 허물어진 마음. 회색의 의자에 깊숙이 파묻혀서 몽롱한 눈으로 세상을 바라보기만 하자는 이 몸가짐"(p.84) 때문에 고통스러워한다. 독고준의 친구인 김학은 '갇힌 세대' 동인이다. 그 동인들은 "집단에서 에고로, 에고에서 집단으로. 인간의 역사는 이 두 극極 사이를 오가는 시계추 같은 것. 그 사이에 집단도 아니고 에고도 아닌 중간형을 만"(pp.114~15)들고자 한다. 그런 그들을 "정체를 알 수 없는 안타까운 마음을 달래기 위하여 〔……〕 서툰 논리를 움직여보고 자기에게만 가장 확실한 아포리즘을 상대방에게 던지고 하면서 정신의 줄타기를 희롱하는 한 무리의 광대들"(p.104)로 여기는 독고준은, 서툰 논리를 경계하면서 예정조화가 거부된 시대의 단자화된 존재의 심연을 성찰하고자 한다. 그러면서 관찰자적 사색가 혹은 성찰적 견자의 입장을 심화한다. 이는 그의 성의 상징처럼 그가 '독고獨孤 의식' 혹은 '고아' 의식을 지니고 있는 것과 관련된다. 이런 처지와 의식은 그로 하여금 나름의 자유의 지평으로 나아가게 한다. "혼자라는 생각이 이상한 감동을 주었다. 혼자다. 가족이 없는 나는 자유다. 신은 죽었다. 그러므로 인간은 자유다, 라고 예민한 서양의 선각자들은 느꼈다. 그들에게는 그 말이 옳다. 우리는 이렇다. 가족이 없다, 그러므로 자유다. 이것이 우리들의 근대 선언이다"(p.139).

요컨대 독고준은 서양적인 신도 죽었고, 한국적 가족도 소거된 상황에서 '독고獨孤 의식'을 강화하는 인물이다. 그렇게 된 것은 모나드의 창이 없는데다 각각의 모나드들이 제대로 된 표상 작용을 하지 못하는 닫힌 시대이기 때문이다. 바로 그렇기 때문에 독고준은 더욱 창을 내고자 애쓴다. 『광장』에서도 그랬지만 『회색인』에서도 인물들은 자주 창을 응시한다. 혹은 "그는 반대편 창으로 내다보았다"(p.142)의 경우처럼 창을 통한 인식의 소통을 기획한다.

물론 창을 통해 모나드들 사이의 창을 내는 것도 중요하지만, 우선은 자기 안에서 인식의 창, 자기 소통의 창을 내는 게 중요하다고 독고준은 생각한다. 그가 자주 창의 유리를 통해 내면의 대화를 시도하는 것도 이런 사정과 관련된다.

유리에 얼굴이 비쳐 있었다. 그는 찬찬히 들여다보았다. 유리 속의 남자의 눈도 그를 지켜보고 있었다. 그 남자는 그에게 묻고 있었다. 나는 누구냐 너는 그것을 나에게 말해주어야 한다. 나는 모른다 그런 말은 통하지 않는다 나는 너에게서 대답을 들을 때까지 너의 곁에서 떠나지 않는다 무엇 때문에 너를 사랑하기 때문에 사랑하면 이러긴가 나는 그런 사랑을 원치 않는다 네가 원하지 않아도 할 수 없다 네가 가는 곳이 어디든지 그곳에 나는 있다 나를 잊어버리면 안 된다 네가 가장 열중한 순간에도 너의 등 뒤에는 내가 있다 너는 없다 너는 나의 그림자다 그렇지 않은 줄 번연히 알면서 앙탈하지 말라 모든 것이 사랑 때문이다 그것만은 사실이다 당장 대답하라는 것도 아니지 시간은 있다 다만 그 시간들을 허비하면 안 돼 우리는 타협할 수도 있지 않은가 우리만 입을 다물면 아무도 모른다 그렇지 않은가 나도 그 말은 이해할 수 있다 그러나 전례가 있지 않은가 그건 번번이 실패하지 않았는가. (p.280)

자신과 유리에 비친 이미지와의 부단한 대화, 그것은 자아와 그림자와의 대화이기도 하고, 자아와 이상적 자아와의 대화이기도 하고, 자아와 감시자와의 대화이기도 하다. 또한 그것은 대화이자 대결이기도 하다. 그 대화/대결은 결렬될 듯 이어진다. 그것이 단절되는 순간 존재의 파국을 맞을 것 같은 위기와 불안감이 그 대화를 지속시키는 역동적인 힘이 된다. "나의 감시자가 지켜보는 가운데 나는 나의 일을 한다. 이 대결을 풀어버린다는 것이 불가능하다면 이 길을 끝까지 가는 길뿐이다"(pp.280~81). 이렇게 끊어질 듯 이어지는 단속적斷續的인 대화와 대결을 통해 자아의 창을 내고 다른 모나드들과도 역동적인 창을 내려는 의지가 관념적 성찰의 원동력이 된다.

3. 자기 정립을 위한 보헤미안의 방랑, 혹은 새로운 작가의 탄생

그와 같은 대화와 대결의 과정은 독고준의 메모에서도 여실하게 확인된다. 그의 노트에 메모된 파편들을 몇 가지로 정리하면 이렇다. 먼저 독고준의 실존적 상황을 인지케 하는 파편들이 눈에 띤다. "겨울. 수인. 고문拷問. 국경. 도시의 사람들. 식민지의 백성. 두 개의 길. 좌와 우. 식민지하 조선 인텔리겐차의 절망. 최소한의 인간. 천재의 밀실. 결핵 병원. 겨울의 분위기"(p.274. 메모의 파편들을 인용자가 발췌하여 정리한 것임. 이하 같음). 시간적으로 겨울이다. 공간적으로는 결핵 병원과도 같은 천재의 밀실에 고문당하듯 갇혀 있다. 속절없는 식민지 백성의 운명에서 벗어나지 못한다. 또 그가 처한 공간은 국경과 같은 경계, 좌와 우라는 두 개의 길 사이의 회색 지대다. 경계선에서 탈주하면서 진실한 인식 지평을 모색하는 '회색인'은 '최소한의 인간'일 수밖에 없지만, 그가 처한 상황과 정직하게 대결하고자 한다. 그 대결을 위한 주체의 행동을 알리는 지표로 '창'이 전경화된다. 창을 통해 주체는 여러 탐구 내지 인식 대상의 파편들과 만난다. 이를테면 "U.S.A. 점묘법. 추상. 종족의 의미. 우민의 Glory. 서양으로부터의 출애굽. 싸움의 삶과 체념의 삶. 살았다는 행위에서 본전 뽑기. 혁명. 거짓말쟁이들의 순정. 불타는 격정. 영웅의 상. 믿음. 악과 선. 쇼펜하우어와 니체. 모나드. 살고 싶어 하는 자는 산다. (거짓말. 가장 선량한 사람 죽고 악인 생) 세 개의 타입. 신과 인간과 자연. 전쟁과 평화. 로맨스의 핵. 서양의 악덕. 성급한 유토피아에의 욕망. 에고의 문제와 집단의 문제. 무로 들어가는 등신대의 문으로서의 에고. 들어간 후의 무장 해제 불가"(p.275에서 발췌). 이런 탐구 대상들은 소설 『회색인』 도처에서 각각 크고 작은 비중으로 탐문되는 세목들이다. 이중에서 특히 '에고의 문제와 집단의 문제' '서양으로부터의 출애굽' '신과 인간과 자연' '성급한 유토피아에의 욕망' 등은 핵심 주제로 성찰되고 토론된다. 그와 같은 세목들을 탐구 대상으로 하는 주체의 지향 의식을 짐작케 하는 파편들도 있다. "탈주. 새로운 인간. monadology. 세계인의 비열에서의 탈출"(p.275) 등이 그것들이다. 회색의 경계에서 탈주하고 '세계인의 비열에서 탈출'하여 새로운 인간론, 그 monadology를 구상하고자 지향한다. 이런 지향의식이 주체로 하여금 더 불안하게 하고 갈증 나게 한다. 그래서 무의식의 저층에서는 그런 불안의 기미들이 꿈틀거린다. 가령 "살. 다락방의 욕망. Sex. 왈츠. 카프카의 불알. 죄. 꿈. 목마름."(p.276) 같은 것들이다. 무의식의 심연에서 불안, 욕망, 향락 등이 얽히고설키며, 닫힌 세계의 억압을 넘어 진정한 삶과 예술에 대한 욕망들이 탈주의 지향 의식을 자극한다. 그리고 모나드 안에서 섬세한 창을 내며 숨결과 리듬을 새롭게 생성해내고 모나드와 밖의 세계 사이의 소통을 위한 창도 내고자 애쓴다.

그래서 독고준은 "저 표표한 보헤미안들. 영혼의 방랑자들"(p.257)을 욕망한다. 닫힌 시대의 닫힌 세대들은 그런 보헤미안들에 비하면 아직 준비가 덜 되어 있고 여건이 열악하다고 생각한다. "그들의 언어가 수인의 언어여야만 했던 것은 그 언어를 품고 있는 사실事實의 세계를 반영한 탓이었다. 젊은 영혼의 세계와 현실의 체계가 비교적 원만한 연속을 가지고 있는 사회였다면 그들은 덜 괴로웠을 것이다. 마음은 높고 현실은 낮았다. 무슨 방법으로든지 착륙하는 것이 필요했으나 그러지 못하는 데 슬픔이 있었다"(p.105). 같은 부분에서 보이는 것처럼 영혼과 현실 사이에 거리가 자심하고 그 거리를 좁힐 다리도 창도 없는 까닭이다. 창 없는 모나드의 창을 내기 위해 독고준은 독서와 성찰과 소설 쓰기에 주력한다. 그는 어려서부터 상당한 탐독가였다. "외로워서?"였는지 "미친 듯이 읽었"(p.41)다고 했다. "소년 독고준은 그의 독서를 통해서 눈부시게 다채로운 현상現象의 저편에서 울리는 생명의 원原 리듬, 혹은 원原 데생을 찾아낸 것이었다"(p.48). 여기서 말하는 "생명의 원原 리듬, 혹은 원原 데생"은 예정조화가 아니더라도 모나드들이 허심탄회한 소통 속에서 서로에게 창을 낸 소망에 가까운 결과일 터이다. 독서를 통해 얻은 영혼의 자양분을 바탕으로 불안하게 닫힌 시대의 삶과 인간과 예술에 대한 무한 성찰을 수행한다. 누이를 배신한 현호성의 집에서 엉거주춤하게 머물면서도 그것이 용인되는 것은, 오로지 독서와 성찰과 소설 쓰기의 시간을 확보할 수 있기 때문이다. 그에게 한가롭고 자유로운 "일요일의 시간"이 절실히 필요했다. 그는 이렇게 생각한다. "나는 한가하다 그러므로 나는 존재한다"(p.255). 결론을 서두를 필요 없는 공상으로" "일요일의 시간"을 보내면서 그는 소설을 쓴다. "위대한 소설을. 위대한? 아니 위대하지 않아도 좋다. 그저 쓴다. 심심할 때면. 소설은 나에게 또 하나의 자유를 줄 것이다. 소설을 쓰고 있는 동안 나는 신이니까. 그렇게 해서 나는 신이 된다"(p.234). 소설을 쓰는 동안 그가 신이 된다고 감각하는 것은 신에 의한 예정조화가 아닌 작가에 의한 모나드의 창의 현시와 연관된다. 소설을 통해서 그는 창을 가진 모나드가 된다고 여긴다.

독고준이 보기에 국내 문단에 횡행하는 모더니즘에는 "무책임한 에피고넨들"(p.238)만 무성하다. 문화적 문맥을 모른 채 근거 없는 모방과 차용을 하면서 '전위'라고 호들갑을 떠는 것을 신랄하게 비판한다. "우리는 '시시포스의 엉덩이 밀기꾼'쯤이다. 그래서 우리들의 괴로움은 시시포스의 고결한 고통과 수난의 얼굴을 닮지 않고, 늘 어리둥절하고, 환장할 것 같고, 겸연쩍고, 쑥스럽고, 데데하고, 엉거주춤한 것이다"(p.245). 또 "정립定立이 없는 반정립 反定立"(p.238)이 이루어지는 예술 풍토를 무척 못마땅해한다. 그에 따르면 전위적인 예술은 새로운 시점視點과 "체계體系에의 욕망"으로 새로운 "존재의 도식을 만"(p.271)들겠다는 "생산자의 자세"(p.263)에 의해 탄생된다. 생산자의 자세, 곧 작가의 에토스를 강조하는 것은 소설 전편에서 전경화되는 에고에의 의지와 관련된다. 창 없는 모나드의 창을 내는 작가의 에토스야말로 진정한 소설과 문학, 예술 형성의 본질적 핵자이다. 최인훈이 보기에 작가는 그렇게 탄생되는 것이다. 그리고 동시대 작가의 윤리란 그러해야 한다고 생각한 것 같다. "보편과 에고의 황홀한 일치. 그것만이 구원이다. 어떠한 이름 아래서도 에고의 포기를 거부하는 것. 현대 사회에서 해체되어가는 에고를 구하는 것, 그것이 오늘을 사는 작가의 임무일 것이다"(p.271).

4. 드라마 거세 시대의 관념적 성찰

앞에서 언급한 것처럼 『회색인』은 극적인 구성을 넘어 관념적 성찰을 주조로 하고 있는 소설이다. 소설 도처에서 드라마가 없는 시대라고 말하고 있거니와, 그렇다는 것은 독고준이 생각하는 것처럼 "보편과 에고의 황홀한 일치"가 매우 어려운 불안한 시대이기 때문이다. 드라마가 거세된 시대인 까닭에 드라마를 복원하기 위한 성찰적 노력이 요청된다는 작가의 견해를 짐작케 하는 대목이다. 그럼에도 이 소설에 극적인 요소가 전혀 없는 것은 아니다. 독고준에게 "원형"(p.197)적 체험으로 끊임없이 환기되는 방공호 체험 장면이 바로 그것이다.

그때 부드러운 팔이 그의 몸을 강하게 안았다. 그의 뺨에 와 닿는 뜨거운 뺨을 느꼈다. 준은 놀라움과 흥분으로 숨이 막혔다. 살냄새. 멀어졌던 폭음이 다시 들려왔다. 준의 고막에 그 소리는 어렴풋했다. 뺨에 닿은 뜨거운 살. 그의 몸을 끌어안은 팔의 힘. 가슴과 어깨로 밀려드는 뭉클한 감촉이 그를 걷잡을 수 없이 헝클어지게 만들었다. 폭격은 계속되었다. 폭탄이 떨어져오는 그 쏴 소리와 쿵, 하는 지동 소리는 한결 더한 것 같았다. 준은 금방 까무러칠 듯한 정신 속에서 점점 심해가는 폭음과 그럴수록 그의 몸을 덮어누르는 따뜻한 살의 압력 속에서 허덕였다. 폭음. 더운 공기. 더운 뺨. 더운 살. 폭음. 갑자기 아주 가까이에서 땅이 울렸다. 어둠 속에서 사람들이 한꺼번에 웅성거렸다. 폭음. 또 한번 굴이 울렸다. 아우성 소리. 폭음. 살냄새…… (p.62)

전쟁이 한창이던 어느 뜨거운 여름날 소년 독고준이 학교에 갔다가 거리로 나섰을 때 마침 공습이 시작된다. 어디선가 누이 또래의 여자가 나타나 어린 그의 손목을 끌고 방공호로 대피한다. 그 방공호 안에서 독고준은 최초의, 치명적인 성적 체험을 하게 된다. 직접 몸으로 겪은 이 체험은 반복적으로 귀환한다. 그 체험 이후 어느 여자를 만나더라도 그 여름날의 여자와 비교해보는 버릇이 생겼고, 심지어 다른 여자를 보면서 그녀로 착각하는 환각에 빠지기도 한다. 이 체험을 통해 어머니와 누이로부터 독립하여 성인의 세계로 입사하는 계기를 마련하는 것처럼 보이기도 한다. 그런데 그 입사식은 양면적이다. "그의 기억의 깊은 바다 밑으로부터 한 마리의 인어가 물결을 헤치고 올라와서 바다 위에서 헤엄치던 다른 한 마리의 인어와 어울려 하나가 되었다"(p.142) 같은 부분에서 환기되는 것처럼 에로스적 충만의 원형적 체험이라는 것이 그 하나다. 다른 하나는 몸과 혼이 분열되면서 영혼에 의한 육체의 억압이라는 가역반응을 보인다는 점이다. 『광장』『회색인』에서 『화두』에 이르기까지 많은 최인훈의 소설에서 대체로 몸의 에로스는 억제된다. 대신 혼의 관념이 몸의 에로스와 그 억제 양상까지 성찰하는 면모를 보인다. 어쩌면 몸이나 혼 양쪽에서 공히 준비되지 않은 상태에서 경험한 방공호 체험은 트라우마에 가까운 것으로 각인되었는지도 모른다.

　이와 같은 원형적 입사식의 양면성은 이 소설의 인물 구성에도 구조적으로 관여한다. 주 인물 독고준의 상대역으로 여성 인물 둘이 등장한다. 독실한 기독교 신자인 김순임과 미국 유학을 다녀온 화가 이유정이 그들이다. 독고준이 에고를 강조하는 인물임은 이미 살핀 바 있다. 그는 에고의 자리에 있다. 이유정은 욕망과 예술을 표상하는 이드의 자리를 차지하는 인물이다. 반면 김순임은 종교나 신 혹은 절대선을 표상하는 슈퍼에고의 자리에 값한다. 이 양자 사이의 역동적 상호작용을 통해서 독고준은 상당한 수준의 성찰적 동력을 얻는다. 무엇보다 에고를 제대로 성찰할 수 있는 구조적 계기를 마련할 뿐만 아니라 욕망과 예술의 문제에서 신의 문제에 이르기까지 다양한 성찰적 세목들을 체계적으로 확보하기에 이른다. 물론 이 두 여성과의 관계에서 독고준은 김순임과 거리를 두면서 이유정에게 가까이 가는 모습을 보인다. 소설의 끝도 그가 이유정의 방으로 들어가는 것으로 처리된다. 이 장면이 내게는 단순한 사랑의 선택으로 보이지 않는다. 신이나 절대선의 문제까지 인식하면서 예술을 선택하는 모습으로 보인다. 그러므로 독고준에게, 그리고 작가 최인훈에게, 예술은 결코 카오스와도 같은 욕망의 대상에 국한되지 않는다. 카오스의 현실에 코스모스의 질서를 체계적으로 부여할 수 있는 로고스의 승화가 그에겐 문학이다. 최인훈의 문학에서 관념적 성찰이 전경화되는 것도 이와 관련된다. 어쩌면 최인훈은 철학을 가로지르며 시를 짓듯 소설을 성찰하고 쓴 것인지도 모른다. 그러기 위해 그토록 험악한 자기와의 싸움을 불안스레 벌였는지도 모른다.

i) 혁명은 남과 나, 타자他者와의 싸움이 아니고 내가 나와 싸우는 싸움이야. 그렇기 때문에 혁명에는 그렇게 음산한 피가 흐르면서도 아름다운 거야. 시詩가 될 수 있지. (pp.209~10)

ii) 한 포기 들꽃을 피우기 위하여 얼마나 많은 이슬과 햇빛이 필요했던가를 생각한다면 필경 한 편의 철학시哲學詩에 이르고야 말 것이다. (p.311)

독고준, 김학을 비롯한 젊은 세대들은 드라마가 거세된 시대에 자신들이 할 일이 혁명과 사랑뿐이라고 생각했다. 그런 생각을 지닌 김학에게 황 선생은 i)에서 혁명은 무엇보다 자기와의 싸움임을 강조한다. 그래서 음산하면서도 아름다운 것이라며, 그래야 혁명이 시가 될 수 있다고 전한다. ii)는 독고준의 생각이다. 가정법으로 진술하고 있지만 작가 지망생인 독고준, 그리고 작가인 최인훈의 핵심 생각이 들어 있는 문장이라고 생각한다. 한 포기 들꽃 속에 스며든 이슬과 햇빛을 성찰하려는 면모는 창 없는 모나드의 창 내기 혹은 체계에의 의지, 내지 카오스모스의 투시적 성찰이라고 풀어 말할 수 있겠다. 그렇다면 철학시가 될 수 있겠다고 말했는데, 그것은 소망이자 지향의식이다. 그리고 『회색인』은 그런 소망에 가까이 간 철학시 모양이 된 것처럼 보인다. 자세히 검토하지는 않았지만 김학과 벌이는 민족주의 논쟁이라든지, 황 선생의 발화에서 드러나는 역사의 원우연原偶然론이나 혁명론 및 종교론, 독고준의 에고론이나 예술론 등 철학적 성찰의 세목들은 퍽 다채롭고 깊은 편이다. 그와 같은 성찰들은 그 자체로 당대와 동시대인들과 진지한 대화를 요청한 것임과 동시에 자신의 철학시의 깊이 있는 질료이자 구성 요소가 된다. 이중 독고준의 에고에 관한 성찰은 별도로 부연할 필요를 느낀다.

5. 불안한 곤경과 가족서사를 넘어서

『회색인』에서 독고준은 실제 작가 최인훈과 상당히 닮아 있지만 자전적인 측면에서 보았을 때 전적으로 일치하지는 않는다. 실제로 최인훈은 가족 전체가 월남한 것으로 알려져 있지만, 독고준은 자신과 아버지만 월남한 것으로 그려진다. 이와 같은 허구적 설정은 최인훈이 문제 삼고자 하는 중요한 산문적 현실 중에 한국의 가족 문제가 의미 있는 자리를 차지하고 있음을 암시한다. 가령 남북조 시대라는 상황으로 인해 가족 없는 처지가 된 독고준이 가족에 대해 성찰하는 대목을 보기로 하자.

> 그런 '가족'이 독고준에게는 제일 아득한 존재가 되어 있다. 이남 땅에 부친을 파묻은 그의 형편으로서는 가족을 생각할 때에도 분열증에 걸린다. 그의 가족의 일부는 W시에 있고 일부는 서울 교외 땅 밑에 누워 있고, 그리고 독고준 나는 여기 셋집 2층에 쭈그리고 누워 있다. 그는 세 개의 점을 연결한 세모꼴을 만들어본다. 그 도형 圖形은 깨뜨릴 수 없이 든든하고 빛깔은 진해 보인다. 피와 추억과 사상과 약간의 증오— 즉 과거라는 시간이 만들어놓은 허물지 못할 집이다. (p.125)

자신의 가족 상황을 생각할 때 분열증에 걸린다고 독고준은 진술하고 있지만, 실제로 그 분열증은 타인들이 성찰하지 못하는 가족 문제에 대해 새롭게 성찰할 수 있는 유리한 입지를 제공하는 것이기도 하다. "현대 한국인이 방황하고 자신이 없는 것은 어떤 '연속'의 체계 속에 자기를 자리매김하지 못하고 있으며 또 사실상 불가능하기 때문이다"(p.126)라고 말하기도 하는 독고준이 보기에, 현대 한국인은 '가족'이라는 과거의 가치 체계로부터 자유롭지 못하다. 이는 '가족' 혹은 '가문'을 대신할 만한 새로운 가치 체계를 발견하지 못했거나 그럴 인식안이 부족하기 때문이다. 하여 독고준은 탈가족주의, 탈국가주의, 탈민족주의에 대한 여러 성찰들을 다채롭게 펼친다.

독고준은 홀로인 자신의 처지 때문에 불안한 곤경을 겪기도 하지만 역설적인 해방감과 자유를 느끼기도 한다. 친구인 김학은 그것을 부러워한다. 예컨대 독고준은 "고향도 없고 믿지도 못하게 어긋나버린 한낱의 짐승일 뿐"이라며 불안기를 노출하기도 하지만, "나의 고향은 나의 속에 있다고 믿게 된 인간. 그리고 그 '속'에서 소리도 없는 바람만을 느끼는 인간"(p.279)이라는 새로운 성찰을 내세우기도 한다. 지지적인 고향과는 다른 자기 안의 관념적 고향을 지녀가지게 된 독고준은, 저 질기고 끈덕진 지연과 혈연을 넘어서 진정으로 개성적인 에고에서 출발하는 새로운 인간상을 정립하려는 성찰을 계속한다. 그가 보이는 자아에 대한 근대적 성찰은 어지간하다. "특별한 에고란" 없어졌다는 것, "신과 영웅, 여신과 왕녀들의 시대는 갔다"는 것. "우리는 지금 저마다 신인 시대에 살고 있다"는 것. 하여 "나는 신이고 당신은 여신"이고, "나는 아폴로이고 당신은 비너스"인 시대를 살고 있다는 것. "모든 사람이 왕위王位 계승권繼承權"을 가지고 있는 시대를 살고 있다는 것. 이렇게 특별한 에고가 사라져버리고 저마다 개성적인 에고로 살아가는 시대이기에 "현대의 에고는 아메바처럼 자기 분열을 한다"(p.295)는 것. 더 나아가 "외롭고 미친 에고가 깊은 밤 은밀한 밀실에서 자기만이 목격하는 자기의 대관식戴冠式을 올리는 시대. 그리고 이튿날 아침에는 가방 속에 점심을 싸들고 회사로 출근하는 환상의 시대"(pp.295~96)라는 것. 이런 시대이기에 시대와 존재적 불안의 늪을 건너서 에고를 지키고 자기로 살기 위해서는 강해져야 한다고 독고준은 다짐한다. "태연한 낯빛으로 약간 웃음 띠고 신神 없는 고독을 견디어내기만 하면, 족보族譜 잃은 외로움을 견디어내기만 하면 새 태양을 볼 수 있을는지도 모른다"(p.354)고 생각하면서 말이다. 신이 지상을 떠나버린 시대의 불우와 가족 잃은 개인의 불안한 곤경을 넘어서기 위해서, 그는 그 자신의 에고를 강화하여 '모나드—신神'이 되고자 한다. 창 없는 모나드의 창을 내고자 그토록 진력했던 독고준이었다. 그러면서도 자신의 이런저런 곤경 때문에 주저하기도 했던 그였다. 그러나 그는 결국 자신이 내고자 했던 모나드의 창을 통해 전해오는 에피파니와도 같은 신호를 듣게 된다. 그것을 "내가 넘어서기를 주저한 어떤 곳으로부터 보내온 초대장"(p.384)이라고 생각하며 그 초대에 응하기로 한다.

그렇다. 내가 신神이 되는 것. 그 길이 있을 뿐이다. 그러나. 그것은 번역극이 아닌가? 거짓말이다. 유다나 드라큘라의 이름이 아니고 너의 이름으로 하라. 파우스트를 끌어대지 말고 너 독고준의 이름으로 서명하라. 너의 이름을 회피하고 가명을 쓰려는 것, 그것이 네가 겁보인 증거다. 남의 이름으로는 계약하지 않겠다는 깨끗한 체하는 수작은 모험을 회피하자는 심보다. (p.382)

다른 사람, 다른 존재가 아닌 자신의 이름으로 하겠다는 것, 자신의 이름으로 서명하겠다는 것, 바로 이것이야말로 독고준의 근대 선언이자, 근대 작가 선언인 셈이다. 그리고 그것은 곧 작가 최인훈의 준열한 선언이기도 하다. 최인훈의 문학은 이와 같은 자기 인식, 자기 서명 의식, 관념적 예술적 모험 의식과 자기 실험 정신의 소산이다. 그렇게 볼 때『회색인』이후 최인훈 문학의 원류의 상당 부분을『회색인』에서 찾는 것은 결코 무리한 일이 아닐 터이다. 소설『회색인』의 위대성은 바로 문학적 자기 성찰, 자기 정립, 자기 정초에 있다.

〔2008〕